LORI FOSTER
TORMENTA INMINENTE

Editado por Harlequin Ibérica.
Una división de HarperCollins Ibérica, S.A.
Núñez de Balboa, 56
28001 Madrid

© 2012 Lori Foster
© 2015 Harlequin Ibérica, S.A.
Tormenta inminente, n.º 185
Título original: A Perfect Storm
Publicada originalmente por HQN™ Books.
Traducido por Victoria Horrillo Ledesma

Todos los derechos están reservados incluidos los de reproducción, total o parcial.
Esta edición ha sido publicada con autorización de Harlequin Books S.A.
Esta es una obra de ficción. Nombres, caracteres, lugares, y situaciones son producto de la imaginación del autor o son utilizados ficticiamente, y cualquier parecido con personas, vivas o muertas, establecimientos de negocios (comerciales), hechos o situaciones son pura coincidencia.
® Harlequin, TOP NOVEL y logotipo Harlequin son marcas registradas por Harlequin Enterprises Limited.
® y ™ son marcas registradas por Harlequin Enterprises Limited y sus filiales, utilizadas con licencia. Las marcas que lleven ® están registradas en la Oficina Española de Patentes y Marcas y en otros países.
Imagen de cubierta utilizada con permiso de Harlequin Enterprises Limited. Todos los derechos están reservados.

I.S.B.N.: 978-84-687-5627-1

CAPÍTULO 1

Arizona Storm estaba tranquilamente sentada en el mullido sillón con las rodillas levantadas, la barbilla apoyada en ellas y los dedos entrelazados.

Esperando.

En la habitación silenciosa y umbría, aspiraba aquel aroma único a loción de afeitar mezclada con aceite para engrasar armas de fuego, y el olor embriagador a cálida virilidad. Él había tirado sus vaqueros y su camiseta arrugada al respaldo del sillón, tras ella. A mano, sobre la mesilla de noche, había dejado su pistola recién limpia y su mortífera navaja automática.

Sus calzoncillos descansaban, abandonados atropelladamente, en el suelo.

Aquel hombre la fascinaba.

Después de colarse sin permiso en su casa, Arizona se había quitado las zapatillas deportivas y las había colocado junto a sus botas, al lado de la puerta principal. El aire acondicionado, muy alto, le había dejado los pies fríos, y sin embargo él se cubría únicamente con una sábana fina.

Una y otra vez, Arizona recorrió su cuerpo con la mirada; desde el enorme pie que asomaba por un lado de la cama, a su pecho desnudo, cubierto solamente por un atractivo vello corporal, pasando por sus abdominales sólidos y planos, tapados con la sábana blanca como la nieve.

Tenía un brazo detrás de la cabeza y su axila, con su oscura pelambre, quedaba a la vista. Visto así casi parecía vulnerable, de no ser porque, a pesar de su postura relajada, su grueso bíceps sobresalía claramente.

Con sus casi dos metros de estatura y su cuerpo musculoso y finamente esculpido, Spencer Lark era uno de los hombres más fornidos e impresionantes que Arizona había visto nunca.

Y ella conocía a algunos especímenes de primera.

Sus largas pestañas oscurecían sus pómulos altos, pero aun así saltaba a la vista que tenía un hematoma debajo de un ojo. ¿Una pelea reciente? Arizona sonrió al imaginárselo, segura de que Spencer había salido vencedor. Su habilidad para el combate la intrigaba aún más que su impresionante cuerpo.

Era increíble, pero hasta su nariz ligeramente torcida la fascinaba. ¿Cuándo y cómo se la había roto?

Respiró hondo y dejó escapar el aire con un suave suspiro que, dado el silencio y el fino instinto de Spencer, turbó su sueño.

Arizona reconoció para sus adentros que tal vez quería despertarlo. A fin de cuentas llevaba ya un buen rato observándolo... y esperando.

Él giró la cabeza sobre la almohada y movió las piernas.

Arizona se quedó muy quieta y esperó a ver si se había despertado y qué hacía o decía. No lo conocía muy bien, y sin embargo tenía la impresión de que sí.

Más o menos.

Se habían conocido hacía un mes, durante una misión. Habían chocado enseguida, y Spencer la había puesto furiosa entrometiéndose en su vida.

Pero, lo que era peor aún, la había privado de la venganza que tanto ansiaba.

Él también necesitaba vengarse, claro, así que Arizona entendía sus motivos. Pero aun así no podía perdonárselo. Todavía no.

Pero lo entendía.

Al menos, eso creía. En cuanto hablaran, lo sabría con seguridad.

Él dejó escapar un sonido leve y rasposo al estirar su cuerpo largo y fuerte. Metió la barbilla. Flexionó los músculos.

La sábana se levantó formando una tienda de campaña.

Arizona lo miró con los ojos como platos, no alarmada, pero tampoco tranquila. Había tenido muy malas experiencias con hombres excitados, así que dudaba que alguna vez pudiera sentirse relajada en aquellas circunstancias. Pero no permitió que ello se interpusiera en su camino. A fin de cuentas, quería algo: tenía un objetivo.

Sabía que debería haberle quitado la pistola, o al menos haberla alejado de su alcance. Pero al verlo tumbado en la cama, se había sentado casi sin darse cuenta en el sillón y se había puesto a observarlo mientras dormía.

Desde aquel día fatídico en que le habían robado su destino, solo había visto a Spencer un puñado de veces. Había procurado mantenerse alejada de él. Había intentado olvidarlo.

Y no lo había conseguido.

Estirándose, él apartó el brazo de detrás de la cabeza y se pasó la mano por el pelo, por la cara y por el pecho. Al tiempo que profería un gruñido soñoliento, aquella mano desapareció bajo la sábana. Arizona abrió la boca y su corazón le dio un vuelco. Se aclaró la voz.

—¿Spencer?

Se quedó paralizado, abrió los ojos y la miró fijamente. Arizona frunció el ceño. No parecía muy sorprendido, y no dijo nada. Se limitó a mirarla. Con la mano todavía allí debajo.

—Sí... —fascinada todavía por su reacción, señaló con la cabeza su entrepierna—. No irías a tocarte un poco, ¿verdad? Porque, como espectadora, preferiría no ver ese espectáculo.

Él sacó la mano y volvió a ponerla detrás de su cabeza, callado todavía, sin dejar de mirarla. Casi relajado.

Su mirada era tan misteriosa, tan atrayente, que Arizona sintió ganas de retorcerse.

—Quiero decir que puedo esperar en la otra habitación si de verdad es necesario. Bueno, si no tardas mucho.

Él no reaccionó. Como si estuviera acostumbrado a despertarse con una mujer contemplándolo furtivamente en su habitación, la miró de arriba abajo, desde los dedos de los pies al largo pelo despeinado por el viento.

—¿Llevas mucho aquí?

—Media hora o así —la curiosidad la impulsó a preguntar—: ¿Ibas a...? Ya sabes —indicó con la cabeza su entrepierna.

—La mayoría de los hombres lo primero que hacen es decir hola a su amiguito de ahí abajo.

—¿Decir hola?

Él se encogió de hombros tranquilamente.

—Has forzado la puerta.

Una afirmación, no una pregunta. Ella también se encogió de hombros.

—Dado que no eres lo bastante estúpido como para dejar la puerta abierta, no me ha quedado más remedio.

Spencer volvió la cabeza, pero no para mirar la hora. Vio que la pistola seguía en la mesilla de noche, donde la había dejado, y fijó de nuevo la vista en ella.

—¿Sabes hacer café?

Arizona levantó una ceja.

—¿Intentas que salga de la habitación para poder levantarte de la cama? No soy una mojigata, ¿sabes? Quiero decir que, con mi pasado, he visto bastantes...

Él apartó la sábana y se sentó, y Arizona se calló de golpe.

Ay, Dios.

—Si no sabes hacer café, dilo —Spencer se estiró otra vez, con más parsimonia. Se sentó al borde de la cama, recogió sus calzoncillos y se los puso al levantarse.

Le sentaban como un guante.

En ellos también se formó una tienda de campaña. Y Arizona siguió mirándolo fijamente.

Él tomó la pistola y le echó un vistazo para comprobar que seguía cargada. Al descubrir que Arizona no la había tocado, asintió satisfecho.

Cuando pasó a su lado, la tocó debajo de la barbilla.

—Se llama erección mañanera, pequeña. No hay razón para

alarmarse —con la pistola en la mano, entró en el cuarto de baño. La puerta se cerró suavemente tras él.

Arizona cerró la boca. Odiaba que la llamara «pequeña». No era tan joven como él pensaba y, teniendo en cuenta sus experiencias, hacía mucho tiempo que no se sentía como una niña. Frunció las cejas e irguió la espalda. No conseguiría que la hiciera enfadar. No, nada de eso.

Esta vez, las reglas del juego las marcaba ella. Ella llevaría la voz cantante y, si alguien tenía que quedarse sin habla, sería él.

Se levantó, pero sin brusquedad. Los excesos de emoción delataban demasiadas cosas. No quería que Spencer se diera cuenta de lo mucho que la turbaba.

En la puerta del baño, afirmó con voz fría y comedida:

—Estaré en la cocina.

Unos minutos después, solo para demostrar que podía, se puso a hacer café.

Spencer estaba con las manos apoyadas en el lavabo de porcelana, con la cabeza colgando y los músculos en tensión.

«¿Qué demonios?».

Sabía que Arizona Storm era una chica impetuosa, temeraria y cabezota, claro. Se había dado cuenta nada más conocerla. Pero ¿colarse en su casa sin permiso? ¿Por qué demonios se había quedado allí, mirándolo dormir?

Se sentía... violentado. Furioso.

Y sentía también una extrema piedad. Por ella.

Maldición, no la quería allí, en su casa, dentro de su cabeza. Lo primero podía controlarlo. Controlar lo segundo le costaba más.

Como no se fiaba de que respetara su intimidad, abandonó la idea de ducharse y afeitarse y se lavó los dientes atropelladamente, se echó un poco de agua en la cara y se peinó con los dedos.

Al ver que ya no estaba en el dormitorio, se puso los pantalones con más calma y, en lugar de molestarse en ponerse la pistolera, se metió el arma en la cinturilla. Agarró su navaja, la abrió, volvió a cerrarla y se la guardó en el bolsillo.

Descalzo y sin camisa, fue en busca de Arizona, y tuvo que reconocer que la expectación que sentía despejó las telarañas de los viejos recuerdos y la falta de sueño.

Al verla arrellanada en una silla de la cocina, con los brazos cruzados y un pie enganchado detrás de una pata de la silla, sus sentidos se aguzaron más aún.

Dios Todopoderoso, era una belleza.

Delgada y esbelta, de largas piernas y curvas generosas, con una cara como salida de un sueño erótico, Arizona llamaba la atención allá donde iba. El pelo oscuro y ondulado, normalmente revuelto, le caía por la espalda. Su piel de color miel contrastaba vivamente con sus ojos azules claros, de densas pestañas. Boca carnosa, mentón fuerte, pómulos altos...

Spencer se preguntó qué extraña mezcla había producido aquel físico de ensueño.

Mientras él permanecía en la puerta sin que lo viera, ella se mordisqueó una uña. No llevaba maquillaje ni se pintaba las uñas, ni hacía nada para realzar su apariencia, pero tampoco le hacía falta.

—¿Nerviosa?

Se quedó quieta. Después puso cara de aburrimiento y giró la cabeza hacia él.

—¿Siempre duermes hasta mediodía?

—Sí, cuando he estado en pie toda la noche —se fue derecho a la cafetera, pero no le dio las gracias por preparar el café. A fin de cuentas, se había presentado sin avisar—. ¿Quieres uno?

—Si tienes azúcar y leche.

—Tengo crema —sirvió dos tazas y las puso en la mesa. Luego sacó el recipiente de la crema de la nevera. El azucarero estaba en medio de la mesa, junto al salero y el pimentero. Como muchas otras cosas de la cocina, se parecían a una vaca de una manera o de otra. Los había comprado su esposa, hacía años.

Mientras soplaba el café caliente, Spencer aplastó implacablemente los malos recuerdos. Arizona se sirvió dos cucharadas de azúcar llenas y un buen chorro de crema. Él observó su boca carnosa mientras bebía. Espabilándose, probó un sorbo y estuvo a punto de atragantarse. Era el peor café que había probado nunca, y tan fuerte como para desollarle la garganta. Pero Arizona no pareció notarlo, así que se armó de valor y bebió sin quejarse.

Le vendría bien una sobredosis de cafeína.

El silencio se alargó mientras cada uno bebía su café. Por fin, ella lo miró.

—¿Cómo es que te has acostado tan tarde? ¿Has estado de juerga?

Lo cierto era que había sentido la necesidad de desfogar energías por razones que no quería examinar demasiado de cerca. Se encogió de hombros y contestó:

—Fui a un bar, tuve algún problemilla —la miró—. Ya sabes lo que pasa, ¿no?

Ella asintió.

—Sí, yo he hecho lo mismo. Pero me ha ido mejor que a ti —esbozó una sonrisilla y le guiñó un ojo—. No me han puesto un ojo morado.

¿De verdad había estado en un bar? ¿Buscando problemas? ¿Otra vez?

No tenía por qué defenderse delante de ella, pero aun así dijo:

—Deberías ver cómo quedaron los otros tres.

—¿Ah, sí? ¿Solo tres? —chasqueó la lengua y lo recorrió con la mirada—. ¿Algún otro hematoma?

—No.

Ella apoyó la barbilla en el puño.

—Te acertaron de chiripa, ¿eh?

—Algo así —en realidad le habían lanzado una silla, pero qué más daba. No iba a contarle los detalles—. Bueno, dime, pequeña, ¿qué hacías tú en un bar?

Ella desvió la mirada. Spencer esperó para ver si se explicaba, si le contaba algún pormenor de su trágico pasado en manos de traficantes de seres humanos. Arizona sentía la necesidad de vengarse de personas ya muertas, de los monstruos que tanto daño le habían hecho.

De pronto se inclinó hacia delante.

—¿Puedes guardar un secreto?

Maldición, no quería jugar a aquello.

—Depende.

Ella arrugó el ceño.

—¿De qué?

—De si te conviene o no que lo guarde.

Se echó hacia atrás, irritada, y preguntó con aspereza:

—¿Qué más te da eso?

—¿Qué quieres contarme? —replicó él.

Se miraron un momento. Después, ella dijo:

—Que te jodan. Ya no quiero contarte nada —tras beberse de un trago el resto del café, se levantó haciendo chirriar la silla—. Me largo de aquí.

Spencer la agarró de la muñeca. Y, naturalmente, aquello la hizo reaccionar. Le lanzó un puñetazo y él lo esquivó, pero un instante después le propinó una patada en la espinilla. Por suerte iba descalza, pero aun así dolió.

Mucho.

Durante el forcejeo que siguió, la taza de café de Spencer cayó al suelo y se rompió. Como estaban los dos descalzos, Spencer decidió echársela al hombro sin más contemplaciones. Agarrándola por los muslos le advirtió:

—Muérdeme y te juro por Dios que te arrepentirás.

En lugar de resistirse, ella apoyó los codos en su espalda.

—No es la primera vez que me amenazas.

—Porque no es la primera vez que me atacas —pasó por encima de la taza rota, salió al pasillo y entró en el cuarto de estar.

La dejó caer sobre el sofá. Ella se levantó de un brinco. Forcejearon otra vez, y Spencer se hartó.

—¡Arizona! —la inmovilizó haciéndole una llave, con la espalda de ella pegada a su pecho y los brazos sujetos hacia abajo—. Vale ya, ¿de acuerdo?

Ella apoyó la cabeza contra su pecho para poder mirarlo.

Spencer esperó, resistiéndose a recular, impelido por... Dios sabía qué.

Ella asintió enérgicamente una sola vez. Él abrió los brazos y se quitó rápidamente de su alcance.

—¿De acuerdo?

—Que te den.

Cuánta hostilidad, cuánta rabia contra el mundo. Ella jamás lo reconocería, pero necesitaba un amigo, un confidente, y si para ello Spencer tenía que pasar por un infierno qué más daba. Llevaba mucho tiempo viviendo en el infierno.

—Has sido tú quien ha venido, ¿recuerdas?

—¡Y ahora intento marcharme!

A Spencer comenzó a dolerle la cabeza. Si Arizona se marchaba, se pasaría el resto del día preocupado por ella. O siguiéndola. Movió la mandíbula y dijo:

—Te guardaré ese secreto. ¿Cuál es?

—Vaya, qué generoso eres.

Él suspiró.

—Esa mueca burlona no te favorece. Dime qué es.

Con los párpados entornados, el color de sus ojos parecía más claro y sus pestañas más densas y negras. Respiró hondo dos veces, y a Spencer le costó no mirarle los pechos.

—Es mi cumpleaños.

Ah. No era eso lo que se esperaba. Ni de lejos.

—¿Tu cumpleaños? —preguntó tontamente.

—Sí, ya sabes, el día en que nací —al ver que no decía nada, añadió—: Ya tengo veintiún años. Soy legalmente mayor de edad. No una pequeña, como tú dices sin parar.

Arizona no tenía familia. Tenía un amigo, Jackson, el hombre que la había rescatado de la muerte. Tenía a Alani, que pronto sería la esposa de Jackson. Y tenía a la familia y a los amigos de ellos.

Pero ninguno propio.

Spencer meneó la cabeza.

—¿Ah, sí? —¿por eso había entrado en su casa? ¿Por eso se había quedado allí sentada, mirándolo dormir?

Ella puso los ojos en blanco.

—Sí, ¿qué esperabas? ¿Una confesión de asesinato?

—No sé —con ella no podía dar nada por sentado. ¿Por qué no quería que nadie se enterara de que era su cumpleaños? Spencer se rascó la barbilla áspera y la observó, pero no se le ocurrió el motivo. Bajó la mano—. Feliz cumpleaños.

—Gracias.

Se quedaron mirándose el uno al otro. Era una situación muy extraña, pero en Arizona todo era extraño. Sobre todo, la cantidad de maneras en que afectaba a Spencer, las emociones que agitaba y los deseos que encendía en él.

Ella se dejó caer en el sofá.

—Casi se me olvida. Quiero decir que hace muchísimo tiempo que nadie se acuerda de mi cumpleaños. Y normalmente solo se acordaba mi madre, que me decía «feliz cumpleaños» y nada más —esbozó una sonrisa torcida—. La mía no era una familia de tarta y velitas.

Así que ¿nunca había recibido un regalo de cumpleaños? ¿Nadie había celebrado nunca su nacimiento?

—No es que tenga importancia, ni nada por el estilo. Pero como siempre me estás reprochando que soy joven...

—Eres joven. No es un reproche, es un hecho —un hecho que debía recordar imperiosamente.

—Pero ahora soy legalmente mayor de edad.

¿Qué quería decir con eso? Spencer tenía treinta y dos años, era solo once años mayor que ella, pero se sentía el doble de viejo. Se frotó el cuello agarrotado. ¿Esperaba que le hiciera un regalo? ¿Que la sacara por ahí?

—Bueno... podríamos ir a comprar una tarta —o algo así.

La sonrisilla de Arizona se convirtió en una mueca burlona.

—No seas cretino. No quiero nada parecido, ni lo necesito. Solo te lo estoy diciendo para que dejes de llamarme «pequeña».

Desconcertado, Spencer se sentó a su lado en el sofá y se volvió hacia ella.

—¿Por qué quieres mantenerlo en secreto?

Soltó un bufido.

—Ya conoces a Jackson. Tú sabes que montaría una fiesta o algo así, y no quiero —masculló en voz baja—: Bastante carga soy ya.

—No creo que él esté de acuerdo con eso —Jackson la trataba como a una hermana pequeña, y seguramente querría celebrar su cumpleaños, hacer algo especial para compensar un poco un pasado tan oscuro, tan deprimente, que ninguna joven debería haber sufrido.

—Sí —Arizona pasó la mano por la pana del sofá—. Puede que no. Pero aun así es la verdad.

Puesto que ella no quería, Spencer no diría nada, pero no le agradaba la idea.

—No deberías ocultarle cosas. Se preocupa por ti.

—Lo sé —cruzó los brazos—. Pero ya tiene suficientes cosas en las que pensar. Recuerda que está organizando una boda.

¿Estaba celosa de Alani? Por lo que él había visto, Arizona miraba a Jackson con el corazón en los ojos. Él era lo único que tenía, así que significaba mucho para ella.

—Más bien la está organizando su novia.

—Alani está embarazada, ¿recuerdas?

—Eso he oído —sabía también que el embarazo había sido una sorpresa inesperada y feliz, y que en modo alguno había forzado su decisión de casarse—. ¿Te molesta?

—Claro que no —contestó con firmeza—. Pero está muy liado y no quiero darle más molestias.

Una cena fuera, un pequeño regalo, una tarta y unos abrazos... ¿De veras le parecía para tanto?

—Yo creo que Jackson podría soportarlo.

—Además —añadió ella, interrumpiéndolo—, ahora tengo una nueva identidad, ¿recuerdas? No puedo celebrar una fecha de cumpleaños que podría delatarme.

En un esfuerzo por ayudarla, Jackson había tapado sus orígenes, enterrando su pasado todo lo que había podido, y por su seguridad le había procurado una nueva identidad, incluido un nuevo nombre. Era un modo de empezar de cero, de hacer tabla rasa.

Pero nada de eso ayudaría a Arizona a curar las heridas de su pasado.

Incómodo, Spencer buscó algo que decir. No hacía mucho que se conocían, y las circunstancias en que se habían encontrado no habían sido las más favorables. Él, que era cazarrecompensas, había seguido la pista a unos criminales psicópatas... que le estaban siguiendo la pista a ella. Arizona, que era temeraria a más no poder, se había utilizado a sí misma como cebo. Entre tanto, Spencer había conocido a Jackson y se había enterado de parte de su historia común.

Se presentaban como amigos, o quizá como hermanos. Pero los matices de su relación hacían imposible que lo suyo fuera tan sencillo. Sobre todo, con el físico de Arizona y teniendo en cuenta que Jackson le había salvado la vida y que ella había estado prisionera de una banda de traficantes de seres humanos que, tras servirse de ella, habían intentado matarla como castigo por escapar.

Su muerte habría servido de escarmiento a las víctimas que seguían atrapadas. Pero, por suerte, aquellos malnacidos habían muerto, y también por suerte (al menos en opinión de Spencer), Jackson ya estaba enamorado de Alani, así que su interés por Arizona no podía ser amoroso. En cuanto a Arizona... no estaba tan seguro.

Jackson era un buen hombre. Un protector.

—¡Por el amor de Dios! —Arizona le dio un golpe en el hombro—. ¿Se puede saber qué te pasa? No se ha muerto nadie. Deja de poner esa cara tan triste, ¿quieres?

Lo intentaría.

—Bueno, ¿y para qué has venido? —acordándose de cómo había entrado, se volvió para mirar la puerta—. No me habrás destrozado la cerradura, ¿verdad?

—Tu cerradura está perfectamente. Es una mierda, pero está perfectamente —apoyó los pies sobre la mesa, delante del sofá—. Se me da bien abrir cerraduras.

—¿Por qué será que no me sorprende?

Arizona se miró las piernas y movió los dedos de los pies.

—Necesito ayuda —dijo despreocupadamente.
Spencer se puso alerta.
—¿Con qué? —¿se había metido en algún lío? ¿Alguien andaba tras ella de nuevo?
—Prométeme que no vas a decírselo a Jackson y te lo cuento.
Temeroso por ella, Spencer respondió:
—Claro. No se lo diré a Jackson.
—Umm —entornó los ojos—. Te has dado mucha prisa en contestar.
—Pero ha sido una respuesta sincera —en ese momento su mayor preocupación era la seguridad de Arizona—. Habla de una vez.
—Está bien —volvió a frotar la pana del sofá y Spencer se sintió hipnotizado por el movimiento sensual de su mano—. Hay un restaurante. Bueno, la verdad es que es un bar de mala muerte, pero también sirven comidas durante el día.
—¿Qué bar? ¿Dónde?
—No pongas esa cara —se quejó ella—. Hasta que sepa que vas a ayudarme, no pienso darte ningún dato. Digamos simplemente que sospecho que forman parte de una red de tráfico de seres humanos a gran escala y que tal vez están utilizando a trabajadores en régimen de esclavitud. Quiero investigarlo. Pero no soy tonta. Sé que necesito refuerzos.

Santo Dios, era Jackson quien se dedicaba a investigar redes de tráfico de seres humanos, no Arizona. Y no trabajaba solo: trabajaba con otros hombres igual de capacitados que él. Se cubrían las espaldas unos a otros, y habían encargado a Arizona que se ocupara de las labores informáticas para que de ese modo participara en sus operaciones sin ponerse en peligro. Debía limitarse a hacer averiguaciones sobre el pasado y la procedencia de traficantes a pequeña escala y de ámbito local.

Solamente a hacer averiguaciones.
—He pensado que podría ofrecerme de cebo otra vez. Ya sabes, ir allí y ver qué pasa. Si tú vigilas, no hay peligro, ¿verdad? Si intentan secuestrarme, podríamos...

—No —contestó tajantemente—. No.
Arizona lo miró sin inmutarse y se encogió de hombros.
—Muy bien. Pensaba que a lo mejor querías que formáramos equipo, pero puedo arreglármelas sola —empezó a levantarse del sofá.
Spencer la agarró del brazo.
Un brazo delgado, cálido y muy suave...
Arizona lo miró con furia.
—Te aconsejo que me quites las manos de encima.
Notando un filo mortal en su voz, Spencer abrió los dedos.
—Dame un segundo para pensar, ¿quieres?
—De acuerdo —volvió a dejarse caer en el sofá—. Así que, cuando dices «no», no quiere decir forzosamente «no». Puede significar otra cosa. Por ejemplo, que necesitas tiempo para pensar.
Le estaba haciendo picadillo. Necesitaba tomar las riendas de la situación.
—No quiero que te pongas en peligro, y menos aún sola.
—Sí, pero, verás, no eres mi padre, ni mi novio, y desde luego tampoco eres nada intermedio. Así que, si no quieres ayudarme, esto no es asunto tuyo, joder.
—Quiero hacer una apuesta contigo.
Ella pareció interesada.
—¿Ah, sí? ¿Sobre qué?
Spencer se armó de valor.
—Te apuesto algo a que no puedes pasar un mes sin decir palabrotas.
Ella metió la barbilla y bajó las cejas.
—¿A qué viene eso?
Spencer no tenía ni idea, pero le molestaba que hablara tan mal.
—Pasa un mes sin decir tacos. Y cada vez que digas uno, me debes un beso.
Arizona se quedó de piedra. El silencio palpitó en la habitación. La tensión se acumuló como los nubarrones de una tormenta.

—¿Y bien? —preguntó él.
Con ojos chispeantes, Arizona se levantó despacio.
—Que te jodan —susurró.
Spencer vio que una vena latía en su garganta. Vio el miedo que ella se esforzaba por ocultar.
—Solo te he sugerido un beso, Arizona. Nada más. Y a pesar de lo que digas, para mí «no» significa «no». No debes tener miedo.
—¡No lo tengo!
—Tampoco tienes que esperar lo peor —no se movió, pero aun así pareció que, mientras se miraban fijamente, la tocaba de todos modos—. Yo jamás te haría daño —prometió—. Haría todo lo posible por protegerte.
—No necesito que me protejas —sus ojos se pusieron un poco vidriosos y un poco húmedos—. Sé defenderme.
No hacía mucho tiempo, no había podido defenderse, ni había habido nadie que la protegiera.
—¿Tanto te repugna que te besen?
Ella negó con la cabeza, pero dijo:
—No lo sé —luego añadió—: No me han... besado mucho.
—¿No?
Arizona apretó los dientes.
—Los tíos que pagan no pierden tiempo en eso. Por suerte —añadió con aire desafiante.
Sus palabras fueron como una patada en el estómago.
—Arizona...
—Les parecía sucia —levantó la barbilla—. Y me alegro.
¿Alguna vez había dado un beso sincero y afectuoso? Spencer no lo sabía. Pero por alguna parte tenían que empezar, o jamás se libraría de su pasado.
Se echó hacia delante.
—Por la cara que pones, la idea de besarme te resulta insoportable, así que supongo que es un aliciente para que dejes de decir tacos, ¿no?
Ella dio un paso atrás y luego otro. Soltó los brazos, separó los pies y se preparó para luchar.

19

Después de todo lo que le había pasado a Spencer durante esos últimos tres años, su corazón debería estar encerrado en hielo. Y hasta que había aparecido Arizona, así había sido. Ahora, cuando estaba con ella, todo le parecía una herida en carne viva.

—De mí te fías —señaló.

Ella sacudió la cabeza.

—Yo no me fío de nadie.

Spencer se levantó lentamente y dio un paso hacia ella.

—Sí, te fías de mí. No quieres, y lo entiendo. De verdad. Pero ese no es modo de vivir y tú lo sabes.

Sacudiendo la cabeza otra vez, Arizona murmuró:

—No —luego añadió en voz más alta—: ¡No!

Él se detuvo.

—¿Por qué has entrado en mi casa para decirme que es tu cumpleaños? Si no te fías de mí, ¿por qué has dejado mi pistola y mi navaja encima de la mesilla de noche? Si te doy miedo, ¿qué haces aquí, pidiéndome que sea tu socio?

Arizona comenzó a respirar agitadamente. Cerró el puño en señal de advertencia. A Spencer no le importó. Tal vez, si le golpeaba, por fin vería la luz. Tal vez así dejaría de pensar en ella.

—Maldito seas —gruñó.

Y entonces sonó el timbre.

CAPÍTULO 2

Arizona vio que la calma se instalaba en el semblante de Spencer. Unos segundos antes había visto en él un tumulto de emociones. Ahora, en cambio, parecía tan comedido como un profesor universitario.

—Disculpa —dijo con absurda formalidad, y se volvió para dirigirse a la puerta.

En cuanto le dio la espalda, Arizona dejó escapar el aire que estaba conteniendo y sintió que se le aflojaban las rodillas. ¿Por qué Spencer la ponía tan nerviosa? ¿Por miedo? Sí, cuando estaba con él sentía un miedo inmenso. Pero no un miedo normal.

No un miedo con el que estuviera familiarizada.

Había convivido con el miedo casi toda su vida, primero con el miedo a su padre y sus amigos, y luego con el miedo a los odiosos traficantes y a los cerdos que acudían a ellos en busca de mujeres. Y después... con el miedo a estar sola, a ser incapaz de ayudar a otros.

A no servir para nada.

Desde donde estaba no podía ver a quien había llamado, pero oyó una aterciopelada voz de mujer diciendo en tono ronroneante:

—Spencer, cuánto me alegro de que estés en casa.

Se puso rígida. Recuperó la fuerza de las piernas. Y se apoderó de ella una antipatía mezquina. Aguzó los oídos, pero no oyó nada, y sospechó que la mujer estaba besando a Spencer.

—Lo siento, muñeca —dijo por fin él en voz baja—, pero no es buen momento.

«¿Muñeca?». ¿No era buen momento para qué? La curiosidad y otras emociones menos agradables la impulsaron a acercarse un poco más.

—Pero hace una eternidad —ronroneó la mujer—, y me prometiste...

—Yo no hago promesas.

—Lo sé —un suspiro exagerado—. No me refería a eso, pero... Dios mío, Spencer, te necesito —unas manos finas y pálidas rodearon el cuello de Spencer y tiraron de él.

Esta vez, a Arizona no le cupo ninguna duda de a qué se debía el silencio. Se estaban enrollando en la puerta, allí, en público.

Enfadada, Arizona avanzó rápidamente y vio a una rubia muy guapa besando apasionadamente a Spencer. Tenían los dos los ojos cerrados. Hacían buena pareja.

Entornó los ojos, furiosa.

Spencer sabía que ella lo estaba esperando, pero no estaba haciendo ningún esfuerzo por librarse de la rubia. Con una mano en la cintura de la chica mientras con la otra sujetaba la puerta, dejó que siguiera besándolo.

Arizona cruzó los brazos y apoyó el hombro en la pared.

—¿Podéis darme una estimación de cuánto va a durar esto? —preguntó.

Cuando la miraron, la rubia con sorpresa y Spencer con resignación, ella sonrió.

—¿Vais a seguir mucho tiempo? ¿Queréis que me vaya, o que espere fuera unos minutitos?

La rubia abrió la boca dos veces, pero no dijo nada. Tenía los labios húmedos y la cara colorada. Spencer, que parecía impasible, no dijo nada. Se limitó a mirar a Arizona. Cuando la rubia lo notó, se desasió de un empujón.

—¡Cabrón! —dio media vuelta y se marchó hecha una furia.

—¡Eh, que no hace promesas! —le gritó Arizona—. ¡Deberías recordarlo! —como la rubia no se dirigió a ningún coche, sino que cruzó el césped, dedujo que era una vecina. Qué oportuno. Spencer tenía un ligue en la puerta de al lado.

Él la miró con furia y la señaló con el dedo.

—Quédate aquí —y salió detrás de la mujer.

Como si... Como si le importara. ¿Quién era ella?

Intentando sacudirse el dolor que sentía, Arizona dijo «Sí, bwana» para que Spencer supiera lo que opinaba de su orden, y luego se acercó a la puerta para contemplar el espectáculo.

Las relaciones de pareja la desconcertaban. Nunca había visto el interés de tener a alguien siempre al lado, estorbando. La invasión de la intimidad, las expectativas, las obligaciones...

El sexo.

No, no quería nada de eso.

Y sin embargo la enfureció ver que Spencer aplacaba a la mujer abrazándola con ternura, y comprobar que la rubia se calmaba mientras él le daba explicaciones.

¿Qué le estaba diciendo? Seguro que no iba a reconocer que había estado viéndolo dormir, y que él se había levantado y se había paseado por la casa desnudo delante de ella. O que los dos se dedicaban a perseguir a traficantes de seres humanos, y que su único vínculo era el deseo de llevar a los malvados ante la justicia.

Pero de algo estaban hablando y, cuando la mujer miró a Arizona con aire comprensivo y apenado, Arizona montó en cólera. ¿Qué demonios...? ¿Aquella mujer florero le tenía lástima?

Hecha una furia, regresó a la cocina. Por el camino lanzó unos cuantos puñetazos y patadas, y luego respiró hondo. Ya había inspeccionado la casa de Spencer, así que sabía que podía volver a salir por la puerta de atrás y no tener que volver a verlo. Pero no lo haría. No iba a permitir que la ahuyentara. Ella no huía de nadie. Ya no. Nunca más.

Confiando en ocultar sus emociones, se puso a limpiar el estropicio del suelo. Buscó el cubo de basura y un rollo de papel de cocina. Casi había acabado cuando entró Spencer unos minutos después. En cuanto lo vio, tiró el último trozo de papel y se irguió.

—¿Te la tiras en la entrada?
—¿Qué? —preguntó él con aire receloso.
Hizo un círculo con una mano, estiró el dedo de la otra e hizo un grosero gesto imitando el acto sexual. El semblante de Spencer se endureció.
—Ya basta.
—¿Ah, sí? —se apoyó en la encimera—. Con el tiempo que has tardado, te habría dado tiempo.
—¿En cinco minutos? Yo creo que no.
Aquello la dejó desconcertada un momento, pero ¿qué sabía ella de sus hábitos sexuales?
—Lo que tú digas.
Spencer retiró una silla.
—¿Estás celosa?
—¡No!
—Entonces ¿a ti qué te importa?
Ella apretó las muelas.
—No me importa —pero su corazón comenzó a latir de una manera muy extraña.
—Te has negado a besarme —le recordó él.
—¡Pues claro que sí, joder!
—Entonces no te importará que la bese a ella, ¿no?
Arizona sintió el impulso de arrojarle a la cara la otra taza de café, pero no podía hacerlo. Sería desvelar demasiado, y además tendría que limpiar el estropicio.
Él bloqueó la puerta de la cocina, y ella no se atrevió a salir por la puerta de atrás. Spencer la alcanzaría enseguida y...
—¡Yo jamás te haría daño, maldita sea!
Se sobresaltó al oír su grito potente y grave. Pero parecía ofendido, más que furioso, y eso alivió su preocupación.
—¿Cómo lo sabes? —al menos su estallido la había hecho volver en sí y la había ayudado a sacudirse aquella extraña sensación de preocupación y de... tristeza.
Spencer estaba que echaba humo.
—Estabas ahí, calculando posibles vías de escape.
—Qué va —¿cómo lo sabía?

—Te lo he notado en los ojos, Arizona. Tienes una cara muy expresiva.

—¿En serio? —y ella que creía lo contrario. Había ocultado sus emociones muchísimas veces. Su tristeza. Su miedo. Sus anhelos

—Muy expresiva —respiró hondo y se pasó las manos por el pelo—. Pero no tenías por qué ponerte así. Marla solo es una amiga.

—¿Una amiga a la que te follas?

Él rechinó los dientes.

—De vez en cuando. Por acuerdo mutuo.

Ay, Dios, ¿por qué le dolía tanto aquello? No debería. No tenía nada que ver con ella.

—Así que te he estropeado un polvo, ¿eh? —dijo con sarcasmo, y meneó la cabeza con aire de lástima—. ¡Cuánto lo siento!

—No, no lo sientes, así que no mientas.

No, no lo sentía. Al contrario, se alegraba de haber impedido que se tirara a la rubia.

—Conque Marla, ¿eh? Era bastante... redondita, ¿no?

—Tiene muchas curvas, ¿y qué?

—¿Te gustan regordetas?

Spencer se frotó la cara, exasperado.

—A la mayoría de los hombres les gustan las mujeres con un poco de carne en los huesos.

Incapaz de refrenarse, Arizona miró su cuerpo delgado. A ella nadie la llamaría «regordeta». Tenía curvas, pero si Spencer prefería...

—Basta, Arizona.

—¿Basta qué?

—Basta de comparaciones —la miró de arriba abajo. Apartó los ojos y dijo—: Eres increíblemente sexy.

—¿Increíblemente? —de acuerdo, sabía que los hombres solían encontrarla atractiva, y normalmente la asustaba. Ahora, en cambio, no tanto.

—Hay muchos tipos de cuerpos distintos, pero casi todas las mujeres son bellas a su manera.

—Caray —¿de veras creía esa tontería?—. Eso ha sonado casi poético.

—Tú sabes que atraes a los hombres.

—Sé que me... ven —se le cerró la garganta, meneó una mano e intentó aparentar indiferencia—. Me miran y se dan cuenta de cosas. Nada más.

—¿Qué cosas?

—De lo que soy, de lo que he hecho.

—No —su mirada se suavizó—. Te miran y ven una mujer extremadamente bella y exótica. Nada más.

Si él quería creer eso, de acuerdo. Pero ella sabía la verdad: su horrible pasado se pegaba a ella como una camiseta mojada.

Spencer se dejó caer en una silla.

—Volvamos a la apuesta, ¿de acuerdo?

Ella prefería que no.

—¿Qué le has dicho de mí?

Él suspiró.

—¿De verdad importa?

—A mí sí —levantó la barbilla—. Venga, confiesa, ¿qué le has dicho?

Él movió la mandíbula.

—Que eras un ligue de una noche que no había captado la idea.

Increíble.

—¿Y se lo ha tragado?

—¿Que nos hemos acostado? Sí, se lo ha tragado —contestó con sorna.

—No, me refiero a si se ha creído que te he seguido hasta aquí y me he comportado como una acosadora.

Su semblante no cambió.

—Sí, se lo ha tragado.

—Ya. Hace que parezca una tarada. Peligrosa, incluso —se lo pensó y sonrió—. No está mal. Puedo soportarlo.

Él puso los ojos en blanco.

—¿Y la apuesta?

No le iría mal dejar de decir tacos. Siempre había querido

hacerlo de todos modos, solo que cuando se enfadaba se le escapaban sin querer.

—No sé. ¿Qué me das si gano?

—¿Qué quieres?

Negándose a reconocer lo mucho que le importaba su respuesta, ella dijo:

—Que me ayudes a investigar ese bar y, si es necesario, a intervenir.

Spencer la miró a los ojos un momento antes de asentir con la cabeza.

Imposible. Era demasiado fácil.

—¿En serio?

Él se recostó en la silla y cruzó los brazos.

—Te habría ayudado de todos modos. Así que sí, ¿por qué no?

—Me... —cerró la boca y arrugó el ceño. ¿Tenía pensado ayudarla desde el principio?—. ¿Vas a ayudarme? ¿De verdad?

—No puedo controlarte, así que sé que vas a hacerlo por tu cuenta de todos modos. ¿De veras creías que iba a dejar que te las arreglaras sola?

Dos emociones se batieron dentro de ella: el rencor por que quisiera controlarla y una punzada de... alegría.

Porque a él parecía importarle lo que le pasara.

Tonta, tonta, tonta. Funcionaba mejor cuando no le estorbaban las emociones. Ya era bastante duro preocuparse por Jackson, pero a él le debía mucho, así que era lógico que quisiera que estuviera a salvo. Lo último que le hacía falta era empezar a preocuparse también por Spencer.

Y hablando de Jackson...

Ya que Spencer parecía dispuesto a ayudarla, ¿por qué no presionarlo un poco más? Se sentó frente a él y, después de pensárselo un momento, dijo con cautela:

—Está bien. Ya que ibas a decirme que sí de todos modos, a lo mejor... —respiró hondo—. A lo mejor podrías ser mi pareja en la boda de Jackson.

—Trato hecho —le tendió la mano.

Caray. La rapidez de su respuesta la dejó aturdida. Pero no quería ir a una boda. Y ya que tenía que ir, no quería ir sola.

Spencer esperó.

—Si yo no puedo decir tacos —le advirtió—, tú tampoco.

—No hay problema —siguió con la mano extendida, mirándola con expectación.

Arizona no sabía qué pensar. Sabía que podía ganar aquella estúpida apuesta, pero aun así...

—¿De qué clase de besos estamos hablando?

Él esbozó una sonrisilla.

—De ninguno que sea preocupante, te lo prometo.

Su manera de decirlo le preocupó más que cualquier otra cosa. Pero hizo acopio de orgullo y le estrechó la mano.

—Ve preparando el traje para la boda, Spence, porque sé que voy a ganar la apuesta.

Él no le reprochó que hubiera acortado su nombre, a pesar de que Arizona sabía que le molestaba.

—Si tú lo dices —siguió sujetando su mano—. De todos modos habría ido contigo a la boda, así que lo mismo me da.

Tocarla le producía un extraño cosquilleo en la tripa, le hacía sentirse acalorado y nervioso. Ella se soltó, se levantó de la silla y lo miró con enfado.

—Si pensabas hacer las dos cosas, yo no gano nada en la apuesta.

—Pero ya has dicho que sí —sonrió—. Hasta nos hemos estrechado la mano. Y no sé por qué, pero creo que cumples tu palabra.

Como si él supiera algo sobre ella o sus principios... Se acercó a la cafetera y se sirvió otra taza.

—Está bien. Lo que tú digas. En cuanto a lo de ese bar...

—Entendido, Arizona. Aunque pierdas la apuesta...

—No voy a perderla —no podía. ¿Besos? No, no podía, no dejaría que eso ocurriera.

—Aun así iré contigo a la boda.

—Ya veremos —pero se sintió inmensamente aliviada al oírlo. Yendo con Spencer, la boda se le haría más llevadera.

—Y te ayudaré con lo del bar.
—Genial. Me alegra saberlo.
—Pero quiero que me escuches con atención.
«Allá vamos».Volvió a la mesa con su taza de café.
—Soy toda oídos.
—Puesto que quieres que te ayude, tienes que cumplir un par de normas.
—¿Cuáles?
—Dame el nombre y la dirección y le echaré un vistazo —dijo en tono severo—. Mientras tanto, no harás nada por tu cuenta. No vayas allí, ni siquiera te acerques. No quiero que sepan quién eres.

Arizona se rio.

—Perdona, socio, pero para eso ya es demasiado tarde.Ya he estado allí dos veces, y se han fijado en mí, así que... —se encogió de hombros—. Estoy metida en esto hasta el cuello y tenemos que ir mañana por la noche porque me están esperando. O vienes conmigo, o voy sola.

En cuanto entró en el pequeño restaurante, Spencer vio a Trace sentado cerca del fondo, bebiendo una Coca-Cola y comiendo una hamburguesa.

Pero era lógico que lo viera, porque Trace Miller nunca pasaba desapercibido. Era, de los hombres que conocía, el que parecía más capaz. Formaba parte de un trío al que Spencer había conocido tras seguir la pista de Arizona hasta la boca misma del lobo. Ella estaba en peligro, o eso había pensado él. No podía saber que había un grupo de operaciones especiales buscándola. Aquel trío tenía contactos increíbles, una influencia de largo alcance y capacidad suficiente para respaldar cualquier farol.

Claro que ninguno de ellos fanfarroneaba en realidad. Bueno, quizá Jackson, pero eso tenía más que ver con cómo era él que con su habilidad para servirse de sus mortíferas capacidades. Spencer tenía la impresión de que Jackson era un engreído de nacimiento.

Trace Miller, en cambio, era frío como el hielo. Su apariencia de portada de revista masculina no ocultaba su dureza. Como cazarrecompensas, Spencer había aprendido a medir a la gente de un vistazo para calibrar el peligro de cualquier situación dada. Trace le parecía de esos tipos que enseguida tomaban el mando y protegían a los inocentes, pero preferían hacer las cosas personalmente. Era de maneras refinadas, rico y eficiente... y mortífero cuando era necesario.

El trío parecía confiar en él... hasta cierto punto. Spencer no se hacía ilusiones al respecto: sabía que eran recelosos por naturaleza. Ya habían hecho averiguaciones sobre su pasado, desenterrado cosas que habría preferido mantener en privado, y seguramente lo conocían tan bien como él a sí mismo, aunque no dijeran gran cosa al respecto. De momento, no habían tenido motivos para ello.

Spencer no se tomaba su relación a la ligera, y además odiaba pedir favores. Sobre todo, detestaba reconocer que quizá no pudiera hacerse cargo de la situación él solo. Si Arizona no estuviera en peligro, haría las cosas a su modo y aceptaría las consecuencias. Pero Arizona estaba en medio. Qué demonios, estaba metida en aquello hasta el cuello, y eso lo cambiaba todo. Spencer sabía que el trío se preocupaba por ella, que para ellos era una prioridad. Era lógico que buscara refuerzos, por si acaso las cosas se complicaban. Quería que Arizona no corriera peligro, maldita sea.

Sintiéndose un poco desleal, cruzó el restaurante. Solo había prometido no contárselo a Jackson, se dijo.

De Trace no había dicho nada.

Cuando llegó a la mesa, Trace dejó a un lado su servilleta y levantó la vista.

—¿Hay algún motivo por el que te hayas quedado ahí observándome antes de entrar?

A Spencer no le molestó su pregunta directa. Negó con la cabeza y se sentó.

—No. Solo estaba pensando en algo. Sé que Jackson le buscó otro nombre a Arizona. Y sé que tu apellido y el de Alani son

distintos, aunque seáis hermanos. Así que ¿ella también cambió de nombre?
—No.
O sea, que Miller era un seudónimo.
«Lo que yo me figuraba». Asintiendo con la cabeza, porque en realidad no le importaba, dijo:
—Tengo un problema.
Trace preguntó con una media sonrisa:
—¿Y se llama Arizona?
—Bingo.
—¿Qué ha hecho ahora? —Trace se recostó en el asiento—. ¿Y por qué no acudes a Jackson? Arizona es como una hermana para él.
¿Sí? Spencer sabía que eso era lo que sentía Jackson, pero ¿y Arizona? A veces lo dudaba. Tenían una relación muy complicada, pero Spencer se limitó a decir:
—Arizona me ha hecho prometerle que no se lo diría a Jackson.
—Ah. Pero no dijo nada de mí o de Dare, ¿eh?
—No. Imagino que no se le ocurrió que podía recurrir a vosotros.
Dare era el tercer elemento del equipo. El día en que Spencer los había conocido a todos, Dare estaba de vigilancia, agazapado en una ladera con rifles de alta potencia listos para disparar si alguien les tendía una emboscada.
—Dudo que Arizona sepa que hemos seguido en contacto desde el día de aquella cagada.
Trace se encogió de hombros.
—Salió como estaba planeado.
—Arizona estaba en medio —todavía le enfurecía pensarlo. Arizona se había utilizado a sí misma como cebo para atraer a los traficantes de personas, sin saber que eran los mismos de los que había escapado: la misma gente que la había arrojado desde un puente, atada y vapuleada, a un río de aguas turbulentas para matarla.
Si Jackson no hubiera intervenido esa noche, si no hubiera

sido lo bastante hábil o lo bastante rápido, Arizona se habría ahogado.

Por desgracia, muy pocas personas habrían notado su ausencia. Y a menos aún les habría importado.

Spencer sintió un calambre en las tripas. Hasta ahora, y a pesar de lo joven que era, a Arizona le habían repartido muy malas cartas. Y aun así era tan... vital.

—Dado que querían matarla, yo diría que tienes razón —Trace se quedó mirándolo—. ¿La ves mucho?

—No, qué va —no quería traicionar la confianza de Arizona, así que no podía explicarle que había estado intentando evitarla (y olvidarla) y que se la había encontrado sentada en su habitación, viéndolo dormir—. Se pasó por mi casa.

La expresión de Trace no cambió.

—¿Para enrolarte en uno de sus planes disparatados?

Spencer se puso a la defensiva.

—Lo que le falta en tamaño y fuerza lo compensa con su inteligencia y su valentía.

—¿Valentía? —Trace levantó una ceja—. Temeridad, diría yo.

—Puede ser. Me molesta que no sea más precavida y que dé tan poca importancia a su propio pellejo.

—Sí, lo sé. Más vale que quien se líe con esa chica tenga mucho temple, porque no la veo tranquilizándose en un futuro inmediato.

Sí... A Spencer no le gustaba pensar en Arizona con otro. Y por cómo había reaccionado ante la idea de besarlo, sabía que aún tenía muchos problemas que superar. Ahora tenía personas que la querían, pero ella solo se fiaba del lado feo de la vida.

Porque era lo único que conocía.

Trace se puso serio.

—Creía que Jackson la tenía ocupada haciendo labores informáticas.

Obviamente, no lo suficiente.

—Hace eso... y más cosas.

Trace suspiró.

—¿En qué se ha metido ahora? —preguntó.

Spencer le habló del bar y de las sospechas de Arizona.

—Me ha dicho que ya ha estado allí un par de veces y que se han fijado en ella.

—Esa chica llamaría la atención en cualquier parte.

Un hecho irrefutable. Spencer nunca había visto una mujer tan impresionante como Arizona.

—Así que, tal y como están las cosas, tengo que dar por sentado que hay algo turbio. Lo que significa que es posible que ya la hayan estado siguiendo.

—Puede que sepan dónde vive, qué sitios frecuenta. Podrían secuestrarla en plena calle —Trace le lanzó una larga mirada—. Por desgracia, sucede continuamente.

Por eso precisamente quería protegerla Spencer.

—No tengo más remedio que involucrarme.

—No, no tienes más remedio —Trace se quedó pensando—. Dame el nombre del sitio y la dirección.

—El Ganso Verde, en el centro de Middleville.

—Mierda —dijo Trace, sorprendido.

—¿Qué pasa? ¿Lo conoces?

Trace se echó a reír.

—Tiene mucho instinto, eso hay que reconocerlo.

—Entonces, tiene razón sobre ese sitio, ¿verdad?

—Me temo que sí. Pero, por suerte para tu paz de espíritu, ya lo teníamos localizado, aunque estábamos en las primeras fases de la operación. Dare estaba haciendo averiguaciones sobre los dueños, y yo pensaba pasarme por allí para verlo por dentro.

—De eso ya se ha encargado Arizona —se frotó el puente de la nariz—. Dice que se sentó a una mesa y que, cuando un chaval fue a tomarle el pedido, se fijó en que tenía unos moratones y un dedo torcido, como si se lo hubiera roto y no hubiera soldado bien. Y el chico no la miró a los ojos. Seguramente no tenía más de dieciséis años.

El semblante de Trace reflejó su ira, pero su voz sonó en calma cuando dijo:

—Maldita sea, ojalá hubiéramos actuado antes.

Pero no podían estar en todas partes al mismo tiempo.

—Cuando el chico le llevó la comida, Arizona le preguntó si aquel era un buen sitio para trabajar. Le dijo que estaba buscando trabajo.

—¿Y cómo reaccionó él?

—No pudo o no quiso decirle lo que pagaban por hora.

—Porque no le están pagando —repuso Trace con acritud.

—Es lo que supone Arizona. El chico se puso muy nervioso y le indicó al hombre con el que tenía que hablar si quería trabajar allí. Arizona dice que es un tipo alto y flaco, de unos cuarenta y cinco años, pelo castaño y escaso, ojos marrones, perilla, pendiente y un tatuaje tribal de colores en el brazo izquierdo. Por lo que pudo averiguar, es el dueño del local.

—Terry Janes —Trace cruzó los brazos—. Cumplió condena cuando era más joven por trapichear con drogas y luego se ha metido en líos un par de veces más por robo, allanamiento y presunta violación. Lo sentenciaron por dejar medio muerto a uno de una paliza, pero no llegó a cumplir condena. Es imposible que sea el propietario.

Aquello sonaba peor de lo que imaginaba Spencer.

—Esa noche, Arizona estuvo vigilando el local y solo salieron dos de los empleados. Janes, el barman y el gorila de la puerta. Los que tienen llave, supongo. Janes se encargó de cerrar. Es un barrio peligroso, así que es lógico que tengan rejas en las ventanas, pero en este caso...

—En este caso son para que no se escapen los trabajadores —tras pensar un momento, Trace se inclinó hacia delante y apoyó los brazos en la mesa—. Por favor, dime que Arizona no ha hablado con él.

Era la única buena noticia en medio de aquel panorama desastroso.

—Dice que no, pero le dijo al chico que volvería mañana por la noche... y está segura de que ese tal Janes lo oyó.

—Seguramente lo hizo a propósito.

—Imagino que sí.

Trace sacudió la cabeza.

—Así que ahora estarán esperándola.

—Ya conoces a Arizona. En eso consistía su plan. Quiere que lo sepan, que hagan algún movimiento, para poder dejarlos al descubierto.

—Por lo menos ha tenido el sentido común de acudir a ti para pedirte ayuda —Trace sacó su móvil—. ¿Dónde está ahora?

—¿En este preciso momento? Ni idea —y eso era un problema, porque podían secuestrarla en cualquier momento. Cuando no podía verla, le preocupaba lo que estaría haciendo, si estaría a salvo.

Se preguntó si ella pensaría en él la mitad de lo que él pensaba en ella.

Sería agradable afirmar que solo le movían motivos altruistas. Pero no era toda la verdad, y lo sabía.

Miró su reloj de pulsera.

—Va a pasarse por mi casa dentro de un par de horas para planificar lo de mañana.

—¿Para planificar lo de mañana? ¿Es lo mejor que se te ha ocurrido?

Spencer se encogió de hombros. Era la única excusa que se le había ocurrido para ganar tiempo y poder entrevistarse con Trace... y comprarle a Arizona una tarta de cumpleaños.

—Llámalo como quieras —dijo Trace—, pero tienes que conseguir que se quede a pasar la noche contigo. Y no la pierdas de vista hasta que se vaya al Ganso Verde.

—¿Cómo demonios voy a hacer eso? —«¿y no tocarla?».

—No sé. Busca una manera. Dile que tenéis que repasar el plan.

«O darle un repaso a ella». Spencer meneó la cabeza.

—¿Crees que eso va a llevarnos toda la noche?

—Imagino que depende de cómo te lo montes, ¿no?

Spencer captó la indirecta. Pero Trace tenía que estar bromeando.

—El caso es que Arizona es muy... esquiva.

Y se quedaba muy corto. Arizona era muy valiente y bravucona, hasta que alguien mostraba interés íntimo por ella. Entonces entraba en acción su instinto de sobrevivir, de luchar o escapar.

De momento, con él siempre había optado por luchar.

Y cada vez que eso sucedía, el tornillo que atenazaba el corazón de Spencer se apretaba un poco más. Tenía un plan para ayudar a Arizona con aquello. Un plan masoquista que sin duda a él lo volvería loco, pero que a Arizona...

—Sabe que la deseas.

—No —maldición, lo había dicho demasiado deprisa y había sonado muy a la defensiva.

Trace se limitó a mirarlo.

—Soy demasiado mayor para ella —«por Dios, cállate, Spencer».

—Teniendo en cuenta por lo que ha pasado y cómo vive, yo diría que eres justo lo que necesita.

Spencer no quería hablar de aquel tema ni con Trace ni con nadie. Como si se diera cuenta, Trace no esperó confirmación.

—Consigue que vaya a tu casa y yo encontraré el modo de averiar su coche. Es una buena excusa para que se quede a pasar la noche. Así podrás tenerla controlada mientras nosotros cerramos ese antro.

—¿Cerrarlo? —preguntó sorprendido. ¿De veras podía ser tan fácil apartar a Arizona del peligro?—. ¿Así como así?

—Sí, así como así —Trace añadió enigmáticamente—: De todos modos ya estábamos en ello.

¿Se refería a él, Dare y Jackson? Spencer no se lo preguntó. Sabía que de todos modos no iba a decírselo.

—Me alegra saberlo.

—Y ahora que Arizona se ha metido en medio... Puede que todavía tardemos un tiempo, pero voy a hacer lo posible por acelerar las cosas.

—Eso espero, porque ya conoces a Arizona: no va a ser fácil conseguir que se quede en segundo plano. En cuanto a quedarse en mi casa... Puede que averiarle el coche funcione una vez, pero ¿y después? No va a gustarle la idea de que la protejan.

Trace miró la mesa.

—La comprendo. Después de lo que le pasó, sufre al pensar que haya alguien en esa situación.

—Sabe lo que es —dijo Spencer en voz baja—. Conoce muy bien esa angustia —y en el caso de Arizona el único modo de escapar de los recuerdos era ayudar a otros. Si no, sentiría que no se había hecho justicia.

Se quedaron callados un momento. Luego Trace abrió su teléfono móvil y pulsó una tecla.

—Deja que haga esta llamada y enseguida te digo lo que vamos a hacer.

CAPÍTULO 3

El sol brillaba en los ojos de Arizona mientras esperaba en el coche a que regresara Spencer. Cada vez hacía más calor: dentro del coche, y de su mente.

Aburrida y soñolienta, echó la cabeza hacia atrás, cerró los ojos para evitar el resplandor del sol... y recordó el día de aquella horrible confrontación.

La voz de Spencer sonaba firme:

—Sea lo que sea lo que te ha hecho Chandra, pagará por ello.

Pero Arizona sabía que no podía ser verdad. Ni siquiera pensar que Chandra había muerto le parecía retribución suficiente. Y ahora las personas a las que quería, las personas que le importaban, estaban en peligro.

Por ella.

Un odio ardiente y un miedo profundo se agitaban dentro de ella.

No le fue fácil, pero se fingió indiferente a la situación. No podía serlo, desde luego, enfrentada a su torturadora, a la responsable de tanto dolor, de tanta desgracia. Todo ese tiempo había creído que Chandra estaba muerta, fuera del alcance de su venganza.

E incapaz de causar más dolor.

Y sin embargo allí estaba. Sonriendo. Tan perversa como siempre. Por desgracia esta vez Arizona no era su único objetivo. También pensaba hacer daño a otros: a Jackson y a su novia, Alani.

Y a Spencer.

No, a Spencer no. Él se había escabullido segundos antes de que las cosas se complicaran. ¿Adónde había ido?

¿Qué importaba? A ella no, desde luego. No podía importarle.

Tendría que hacerse la valiente. Compuso una sonrisa astuta para ocultar su dolor y dijo con sorna:

—*Las muertas no suelen hablar. Y tú estás muerta, aunque todavía no te des cuenta.*

Una risa maníaca. La horrible carcajada de Chandra.

Arizona sintió frío. Y determinación. No se daría por vencida.

—*Esto es entre tú y yo. Deja a los otros al margen.*

—*Si vuelve a hablar, disparadle* —*ordenó Chandra sin hacer caso de su advertencia.*

Y lo harían. Sus matones disfrutarían disparando contra ella.

¿Qué podía hacer? ¿Quedarse atrás, como le había pedido Jackson? Le debía tanto... Pero no podía hacerlo. Si no se ponía en peligro, no podría atacar. Y quería hacerlo. Necesitaba hacerlo.

Así que ¿qué más daba que le temblaran las manos?

¿Qué importaba que su corazón latiera con violencia y que le ardieran los ojos? No huiría jamás.

Aquel era su infierno.

Tenía derecho a ponerle fin.

Estaba decidida... pero entonces todo sucedió al mismo tiempo. Múltiples disparos, caos...

¡Spencer! No se había ido. Todavía no.

Con una expresión feroz y los dientes apretados, avanzó hacia ella.

Le había robado su venganza.

No la había abandonado.

La ira y el alivio se inflamaron dentro de ella al mismo tiempo, confundiéndola con su energía...

—¡Yuju!

Sobresaltada, Arizona se incorporó en el asiento. Echó mano automáticamente de su navaja y miró alrededor.

Allí parada, junto a la puerta del copiloto, inclinada para mirar por la ventanilla, estaba la vecina tetuda de Spencer, dedicándole una sonrisa radiante.

Perfecto. Justo lo que le hacía falta.

Alterada todavía por el recuerdo, respiraba agitadamente. El sudor le caía por la espalda y le humedecía las palmas de las manos. Muy despacio, confiando en que la vecina no lo notara, retiró la mano de la navaja escondida a la altura de sus riñones y se apartó el pelo de la cara.

¿Dónde demonios estaba Spencer? Había aparcado allí hacía veinte minutos, pero no había visto su camioneta. Y mientras intentaba decidir si quedarse o irse, había hecho un recorrido imprevisto por la calle del recuerdo.

Se pasó el antebrazo por la frente y subió las ventanillas del coche. Se desabrochó el cinturón de seguridad y salió de su Focus negro.

—Yuju para ti también —dijo con sarcasmo—. ¿Sabes dónde está Spencer?

—Ha salido —contestó la rubia.

—¿No me digas? —rodeó el capó, se apoyó contra el parachoques y cruzó los brazos—. No pasas nada por alto, ¿eh?

La sonrisa de la rubia se difuminó, y Arizona se sintió casi mezquina.

—Perdona. He tenido un mal día —le tendió la mano—. Arizona.

—¿Qué?

Acostumbrada a aquella reacción, se encogió de hombros.

—Me llamo así, Arizona.

—Ah —la vecina le estrechó la mano flojamente, procurando que el contacto fuera lo más breve posible—. Marla.

—Encantada de conocerte, Marla.

Spencer le había pedido que fuera a las seis y ella había llegado veinte minutos antes de tiempo, pero ¿y qué? No podía volver a colarse en su casa, y menos aún estando allí Marla.

—Oye, eso que pasó esta mañana... ¿Spence y tú estáis juntos?

Marla pareció recuperar su valor.

—Sí.

¿Nada más? Arizona frunció los labios y esperó.

—Llevamos... eh... llevamos viéndonos bastante tiempo ya —añadió Marla.

¿Viéndose? ¿Qué quería decir? ¿Solo se acostaban, o salían

juntos por ahí? A bailar, a cenar, al cine... Arizona no sabía muy bien qué se hacía en esos casos. En toda su vida, nunca había tenido una verdadera cita.

Aquello podía ser una oportunidad de oro para conseguir información.

—¿En serio? ¿Cuánto tiempo?

La valentía de Marla comenzó a disiparse.

—Bastante.

¿Quería decir que eran pareja?

—Bueno, claro. Es natural. Fíjate —señaló las tetas de Marla—. Ningún tío puede renunciar a eso, ¿no?

Marla retrocedió dos pasos.

—Cuando he salido, parecías perdida en tus pensamientos.

«Perdida» era una palabra muy acertada. Pero ya no. Nunca más volvería a estar perdida.

—Solo estaba esperando a Spence.

—¿Por qué?

—Me ha pedido que viniera a cenar con él —dijo Arizona con delectación.

Marla echó hacia atrás sus redondeados hombros e intentó mirarla con desprecio.

—Pierdes el tiempo.

Arizona sonrió.

—Vaya, te veo muy posesiva.

La rubia la miró aún con más recelo.

—Lo digo en serio. Puede que Spencer y yo no estemos... comprometidos...

—Lo vuestro sigue en el aire, ¿eh?

—Pero nos entendemos bien.

¿Qué quería decir? ¿Sobre qué se entendían?

—Explícate, ¿quieres?

—No puede ser tuyo.

—Yo no he dicho que lo quiera —se apartó del coche y la rubia dio otro rápido paso atrás—. Por lo menos, para lo que tú estás pensando.

—¿No?

—Desde luego que no. ¿Quieres tirártelo? —se le cerró la garganta, pero consiguió decir—: Por mí no hay problema.

Marla analizó su respuesta y sonrió lentamente. Arizona no se fio ni un poco de su sonrisa.

—¿De qué te ríes?

—No te has acostado con él, ¿verdad que no? —repuso Marla, rebosante de humor.

¿Cómo lo sabía?

—Yo no voy contando esas cosas por ahí.

Marla sacudió la cabeza.

—Spencer me dijo que lo vuestro había sido un ligue de una noche, un error, pero ahora sé que era mentira.

¿Un error? El muy capullo. Se las pagaría por aquello.

—¿Estás llamando mentiroso a Spence?

—Solo digo que se inventó una historia por alguna razón. Quizá para protegerte, no sé. Sé que es un cazarrecompensas. Puede que estés trabajando con él en alguna operación secreta o algo así.

—Tienes mucha imaginación —contestó Arizona en tono burlón.

Marla se encogió de hombros.

—Yo solo sé que no te has acostado con él.

—Estás muy segura, ¿no?

—Absolutamente —Marla rezumaba satisfacción. Incluso se inclinó hacia Arizona—. Si te hubieras acostado con él, no reaccionarías así.

Parecía tan convencida que picó la curiosidad de Arizona.

—¿Ah, sí? ¿Y eso por qué?

—En primer lugar, porque todo en él es enorme —ronroneó Marla con énfasis.

A Arizona casi se le paró el corazón.

—¿Y eso te gusta? —susurró, asombrada.

Marla arrugó el ceño y se apartó.

—Cuanto más grande, mejor, no hay duda.

Arizona arrugó la nariz.

—Si tú lo dices.

La rubia se estremeció de placer.

—Es delicioso.

—¿Me estás diciendo que aunque sea tan grandullón, no te sientes... —no se le ocurrió una palabra mejor y dijo—: amenazada?

—¿Con Spencer? Claro que no.

Umm. Así que Spencer era superalto, supermusculoso y superhábil. Pero a ella nunca le había hecho daño.

—Entonces, ¿te gusta que sea grande?

—Eso, y que sabe muchas cosas.

Fascinante. ¿Qué cosas podía saber Spencer que ella no sabía y que hacían que Marla quisiera acostarse con él una y otra vez?

—Ponme un ejemplo.

—¡No pienso decírtelo!

—Ya me parecía —dijo Arizona para provocarla—. No puedes ponerme un ejemplo porque no lo sabes.

—Es maravilloso.

Arizona soltó un bufido.

—Maravillosamente insoportable.

—Es atento y paciente.

—Igual que mi corredor de apuestas —replicó Arizona— y no quiero acostarme con él.

Marla picó el anzuelo y volvió a inclinarse hacia ella.

—Es el mejor amante y el más generoso que he tenido nunca.

—¿Cuántos has tenido?

—Dios mío —Marla se apartó de nuevo, sorprendida—. ¡Eso no es asunto tuyo!

—El tema lo has sacado tú —curiosa todavía, preguntó—: Así que ¿qué hace concretamente Spence que es tan alucinante, hasta el punto de que estés dispuesta a pelear por él?

Marla se puso pálida.

—¿A pelear? Pero... pero yo no he dicho nada de pelear.

—¿No? Entonces ¿qué es esto? —Arizona agitó una mano entre las dos—. ¿Una visita de cortesía?

Marla tardó un momento en recuperar el habla.

—Me dijo que lo estabas acosando.
Teniendo en cuenta que se había colado en su casa y había estado mirándolo mientras dormía, no podía negarlo.
—Ehhhh... puede ser.
Marla volvió a armarse de valor.
—Pues no sé por qué estás aquí, pero más vale que te vayas haciendo a la idea de que no puede ser tuyo. Es mío, y va a seguir siéndolo.
Spencer llegó en su coche y, al verlas juntas, se apresuró a aparcar su camioneta en el camino de entrada a su casa. Arizona levantó una mano para protegerse los ojos del sol y lo vio cruzar el césped con paso rápido. Parecía preocupado. ¿Qué creía que iba a hacerle a su amiguita?
—Es tu última oportunidad de decirme qué tiene de especial.
—Eso es personal, así que olvídalo.
—Aguafiestas —le dijo a Marla, y luego esperó a que Spencer llegara junto a ellas.

A pesar de que Arizona se comportaba como si no hubiera pasado nada, Spencer seguía enfadado. No sabía si de verdad ella carecía por completo de habilidades sociales, o si disfrutaba buscándole las cosquillas de todas las maneras posibles.
Lo de Marla iba a complicarse. Ya había empezado a ponerse pesada y, ahora que veía a Arizona como una amenaza directa, seguramente redoblaría sus esfuerzos.
Justo lo que necesitaba.
Desde que había perdido a su mujer tres años antes, de vez en cuando había cedido a sus bajos instintos. Era un hombre adulto y, entre sus largos periodos de abstinencia, necesitaba algún alivio.
No se culpaba por ello.
Pero liarse con Marla había sido un grave error. Eran vecinos, y además ella aspiraba a casarse. Por desgracia, un par de meses después de mudarse a aquel barrio, lo había pillado en un mo-

mento de debilidad, un momento del que él se arrepentía, y después... En fin, se había acostado con ella tres veces en total.
Había sido una idiotez. Y se arrepentía de ello.
Pero en todo caso había sido antes de conocer a Arizona, y desde que la conocía... No, desde que la conocía no había vuelto a desear a Marla.
Arizona se sentó a horcajadas en una silla y lo observó intensamente mientras él preparaba la cena. Parecía especialmente atenta a sus movimientos, Spencer no sabía por qué.
No la entendía.
Apenas habían hablado desde que la había hecho entrar en casa más o menos a rastras improvisando una excusa. Había notado que parecía divertida y curiosa, y aquello le había preocupado aún más.
—La comida huele bien.
Spencer, que estaba junto a la cocina, dando la vuelta las chuletas, se volvió para mirarla. ¿Una rama de olivo? ¿De Arizona? No era tan tonto como para rechazarla.
—Gracias. Podríamos haber usado la barbacoa, pero...
—No quieres que Marla nos vea juntos —sonrió—. Lo entiendo —levantó una mano como si sostuviera una pistola—. Te tiene en el punto de mira y está a punto de disparar.
Sonó el microondas y Spencer sacó las patatas.
—Marla ha malinterpretado la situación.
—No, yo no lo creo. Sabe que todavía no te tiene en el bote —soltó un bufido y añadió—: No puedo creer que le hayas dicho que nos hemos acostado.
Spencer estiró el cuello.
—Es una excusa como otra cualquiera.
—Sí, puede ser. Pero ya sabe que es mentira.
Él se quedó quieto.
—¿Se lo has dicho?
—No fue a propósito.
La mirada de Arizona era tan intensa que le quemaba. Cortó las patatas y puso la mantequilla. Casi odiaba preguntarlo, pero...
—¿Cómo ha salido a relucir ese tema?

—Cuando se dio cuenta de que no iba a ponerme hecha una furia porque te la estés tirando, dijo que estaba segura de que no nos habíamos acostado. Dijo algo sobre que eras tan bueno en la cama que, si hubiera probado lo que tienes que ofrecer, lucharía con uñas y dientes para conservarlo para mí sola.

Spencer notó que el calor le subía por el cuello.

—¡Qué idiotez!

—Bueno, lo dijo ella, no yo. Yo me mostré notablemente escéptica.

—Conque pones en duda mis hazañas, ¿eh?

—La verdad es que no me habló de ninguna en concreto. Solo dijo que estás muy bien armado.

A él estuvo a punto de caérsele el plato de las patatas. Volvió lentamente la cabeza para mirarla.

Impasible, Arizona preguntó:

—¿Eso no hace que todo sea más incómodo?

Ay, Dios. No estaba preparado para aquella conversación. Más tarde, quizá. Cuando hubiera tenido tiempo de pensar qué decir, cómo tranquilizarla. Cómo afrontar la conversación despreocupadamente, con indiferencia... ¿A quién pretendía engañar?

No podía hablar del tamaño de su manubrio con ella. Ni ahora, ni nunca.

Carraspeó y siguió preparando la cena.

—Típico de mujeres, ponerse a cotillear.

—¿Sabes?, le pedí detalles y no quiso dármelos.

Se volvió bruscamente para mirarla.

—¿Le pediste detalles a Marla sobre mí? ¿En la cama?

Arizona se encogió de hombros.

—Parecía tan entusiasmada que sentí curiosidad.

La curiosidad... estaba bien. Mejor que el miedo. Spencer pensó en su franqueza, en la facilidad con que hablaba con él de temas tan íntimos. Era señal de confianza, ¿no?

—¿Vas a decírmelo? —preguntó ella, animándose.

Spencer negó con la cabeza. No, no le contaría nada. Al menos todavía.

—Puede que luego.
—¿Para qué esperar?
Él apagó la cocina.
—La cena casi está lista.
Ella arrugó el entrecejo, pero dijo:
—Qué bien, porque estoy muerta de hambre.
Menos mal que habían cambiado de tema.
—¿Cuándo has comido por última vez?
—No lo sé.
—¿Cómo que no lo sabes?
—Me tomé una barrita energética a eso de la hora de la comida.
—¿Y desde entonces nada?
Negó con la cabeza.
—¿Qué has desayunado?
—Café, contigo.
A él empezó a dolerle la cabeza.
—¿Y anoche cenaste?
Arizona se quedó pensando. Luego negó otra vez con la cabeza.
—¿Por qué no comes? —preguntó, irritado.
—A veces se me olvida —se levantó y se acercó a la cocina—. ¿Quieres que te ayude a algo para que acabes antes? Me están sonando las tripas.
Mientras olisqueaba las chuletas, Spencer miró su coronilla, su pelo oscuro y lustroso. Todo en ella era enternecedor.
En caso de que un puercoespín pudiera ser enternecedor.
—Puedes poner la mesa si quieres.
—Claro —le dio un empujón con la cadera, sonrió y dijo—: Una de las cosas que aprendí en el colegio al que me mandó Jackson fue a poner bien la mesa. Pero imagino que tú prefieres algo más informal, ¿no?
—Informal me parece perfecto.
Después de conocer a Arizona, había hecho algunas pesquisas sobre su pasado, pero había descubierto muy poco. Imaginaba que Jackson se había encargado de borrar todas las pistas. Así

trabajaba aquel trío de élite. Cuanta menos información, mejor para ellos.

Le fascinó ver a Arizona moverse por su cocina y ponerse de puntillas para alcanzar los armarios. Había vuelto a dejar las deportivas junto a la puerta de la calle y sus pies descalzos eran estrechos y bonitos. Tenía las manos finas y las muñecas pequeñas.

Era muy femenina, pero rebosaba energía y era siempre impredecible.

Confiando en parecer caballeroso, dijo:

—Háblame del colegio.

Sin mostrar signos de ofenderse, ella contestó:

—Era una escuela para señoritas muy exclusiva. De alto copete —le lanzó otra sonrisa—.Yo no encajaba allí, claro, pero Jackson les pagaba un ojo de la cara, así que siempre me trataron bien.

Spencer se quedó mirándola. Santo Dios, ¿todavía existían esas escuelas?

—¿Lo dices en serio?

—Claro —llevó dos platos a la mesa y dijo—: Si alguien me estaba siguiendo la pista, no se le habría ocurrido buscarme allí, ¿no?

—A mí no se me habría ocurrido buscar a ninguna chica joven en un sitio así —y menos aún a Arizona—. ¿Cómo era?

—Nos daban clases de cultura general y de cosas como... —pasó la mano sobre la mesa—. Etiqueta. Esta mesa no es buen ejemplo, pero tú ya me entiendes.

—¿Y lo soportabas?

—¿Por qué no? Pensé que así podría aprender a no desentonar y, aunque no lo decía, Jackson prefería tenerme encerrada allí, donde no podía meterme en líos —sacudió la cabeza—. Puede ser muy cabezota.

—¿Ya entonces te metías en líos?

Se quedó pensando un momento e hizo una mueca.

—Creo que sobre todo quería sacarme de su apartamento porque intenté liarme con él.

Spencer se quedó sin habla. Arizona lo miró.

—Qué tontería, ¿eh?

—Yo... —se espabiló—. ¿Te...?

—Deja de tartamudear, Spence. Vaya, no esperaba que te costara tanto hablar de sexo.

—¿De sexo? —entonces ¿se había acostado con Jackson? Una neblina roja invadió su visión. Ese hijo de...

—Tranquilo, ¿de acuerdo? —puso los ojos en blanco—. Yo me ofrecí, él se negó y a partir de entonces cambió. Se sentía incómodo, supongo. ¿Cómo quieres que lo sepa?

—¿Se negó?

Arizona suspiró, un poco soñadora.

—Sí, se negó —dijo en voz baja.

Spencer lo entendió de repente.

—Querías compensarle por lo que había hecho, ¿no?

—No. Bueno... puede ser —hizo una mueca—. Algo así, supongo. Pero Jackson habló conmigo cara a cara y fue... muy amable.

¿Tanto que la había mandado a una escuela elitista en la que no encajaba?

—Sí, es todo un señor.

—Lo sé —sin abandonar su sonrisilla, añadió—: Fui yo quien le sugirió lo del ir a un colegio, pero no me esperaba que fuera ese colegio. Solo quería no sentirme tan tonta, ¿sabes? Pero hablamos de ello y me gustó la idea —le lanzó una mirada—. Aunque yo no tenía ni idea de que fuera tan caro.

—¿Lo pagó todo Jackson?

—Sí. Qué locura, ¿eh? —volvió a los armarios para sacar los cubiertos y dijo—: El dinero le sale por las orejas.

—Considéralo una inversión de futuro —si no conociera a Jackson, si no supiera que era un hombre de honor y que estaba enamorado de otra, Spencer se habría sentido un poco celoso. No podía negar que sentía una punzada de resentimiento al saber que Arizona se había ofrecido a él. Pero Jackson había hecho bien al rechazarla.

Y, cuando llegara el momento, él haría lo mismo. Por el bien de Arizona.

—Eso precisamente dijo Jackson.
Después de remover las verduras al vapor una vez más, Spencer las puso en una fuente y las llevó a la mesa. Puso una patata y una chuleta en el plato de Arizona y luego se sirvió. Tenía muchas más preguntas que hacerle, pero también quería darle de comer.

—¿Qué te apetece beber?

—Leche estaría bien.

Aquello le sorprendió, aunque sin saber por qué.

—De acuerdo, leche —mientras le llenaba un vaso, preguntó—: Entonces ¿te gustó el colegio?

—Estaba bien —arrugó la nariz—. Excepto porque eran unos chivatos. Se lo contaban todo a Jackson. Era él quien pagaba, así que supongo que es lógico. Pero no podía escaparme ni un día o dos sin que le fueran con el cuento.

—¿Por qué te escapabas? —preguntó Spencer.

—Porque me ponía inquieta —miró su comida fijamente.

Él se sentó a la mesa con un vaso de té con hielo.

—Adelante, come.

Arizona volvió a sorprenderle haciendo gala de unos modales impecables. Se puso la servilleta en el regazo, cortó un trocito de chuleta y lo masticó sin hacer ruido. A él le encantó mirarla.

—¿Está buena?

—Umm. Deliciosa —lo miró de arriba abajo—. El sexo, la cocina, las jo... dichosas peleas... ¿Hay algo que no se te dé bien?

—Casi, casi —había estado a punto de decir un taco, y entonces le habría debido un beso. Negándose a reconocer su decepción, Spencer pinchó un buen pedazo de patata con mantequilla—. No hagas caso a Marla sobre lo del sexo. En cuanto a las peleas, sé defenderme, pero también me han zurrado muchas veces.

—Y además modesto —acabó de comer otro bocado—. ¿Por qué dices que no le haga caso a Marla?

—Tú misma lo has dicho: está interesada en mí. No le conviene ofenderme, ¿no crees?

—Supongo que no. Pero no es solo eso. Hablaba como si fueras algo especial. Algo más que...

—Bueno... —dijo él, interrumpiéndola—. ¿A qué te referías con eso de no desentonar?

Ella tardó un momento en contestar.

—¿Qué sabía yo de buenos modales? Incluso antes de que me atraparan los traficantes, mi familia no era lo que se dice normal.

—¿Y cómo la describirías tú? —preguntó con suavidad.

—Umm... Bueno, mi madre no estaba mal del todo, supongo, si no fuera porque bebía demasiado y porque soportaba a mi padre y a sus amigotes. Y sobre mi padre no puedo decirte gran cosa porque tengo prohibido decir tacos —sonrió—. Digamos que no ganaría el premio al mejor padre del año.

—Eso deja abiertas un montón de posibilidades.

—Sí, bueno, piensa lo peor y acertarás —levantó su vaso de leche a modo de saludo.

Lo peor era... espantoso. Claro que Spencer ya lo había imaginado.

—Y después de que me atraparan los traficantes —añadió ella sin darle tiempo a compadecerla—, en fin, ya sabes cómo son esas cosas. Tienes que vivir con lo mínimo en todos los aspectos. Con el mínimo respeto, el mínimo abrigo... y el mínimo alimento. A Spencer se le encogió el corazón.

—¿No tenías leche?

—No, a no ser que me la diera un cliente. Y entonces siempre suponía que podían haberle echado droga. No teníamos verdadero contacto con el exterior, excepto durante alguna transacción, así que no sabía qué pasaba en el mundo. En otras palabras, que era una ignorante y una inculta... Hasta tú te has dado cuenta de lo mal que hablo, ¿no?

Spencer se sintió culpable.

—Sé que te gusta hablar mal, cariño. No es que no sepas hablar de otro modo.

—Solo porque Jackson me mandó a ese colegio. Fin de la historia.

—Tú no eres nada tonta.
—Lo sé.
—¿Sí?
Arizona asintió con la cabeza. Tenía el último trozo de cena en la boca.

Spencer quiso preguntarle si había acabado los estudios, si había conseguido algún título, pero temía la respuesta. Cuando se presentara la ocasión, se lo preguntaría a Jackson.

—¿Has acabado?

Ella se recostó en su silla con un suspiro.

—Estaba riquísimo, gracias. No recuerdo cuándo fue la última vez que alguien cocinó para mí. Puede que fuera Jackson, pero tuvo que ser antes de irme al colegio.

—¿Tu madre cocinaba?

Ella se rio.

—No, la verdad.

Él apartó el plato, cruzó los brazos sobre la mesa y formuló la pregunta que le rondaba por la cabeza:

—¿Cómo te atraparon los traficantes?

—¿De veras quieres saberlo?

Quería, más que cualquier otra cosa, que confiara en él.

—Si no te importa contármelo.

—No es ningún secreto. Bueno, sí, para casi todo el mundo. Pero no para quienes me conocen de verdad y saben a lo que me dedico y que fui...

Spencer esperó a que acabara.

Ella se armó de nuevo de valor y le sonrió.

—Mi padre me cambió por drogas.

Spencer tragó saliva dos veces, embargado por una oleada de emociones entre las que predominaban la rabia y la compasión.

—¿Cuántos años tenías?

—Diecisiete —se mordisqueó el labio inferior, absorta—. Cuanto mayor me hacía, más se fijaban en mí sus colegas. Oí un par de insinuaciones, dichas como en broma pero que en realidad no lo eran, ¿sabes lo que quiero decir?

—Sí —cabrones.

—Me desarrollé. Y enseguida dejaron de bromear.

Dios santo. Spencer sabía cómo funcionaba aquello. El tráfico de personas no sería rentable si no hubiera demanda.

—¿Tu padre los conocía? —¿sabía lo que le harían?

—Sí, los conocía. Creo que los admiraba por obligar a las chicas a prostituirse —esbozó una sonrisa amarga—. Los muy cerdos.

—¿Y tu madre?

Arizona se encogió de hombros.

—Se lo pasaba casi todo, hasta que se aprovechara de las otras chicas, aunque sabía en qué situación estaban. Pero imagino que venderme fue la gota que colmó el vaso —miró su tenedor—. Por desgracia, cuando intentó detenerles, la mataron.

Dios. Y eso significaba que su padre se habría convertido en un cabo suelto. A pesar de que ya sabía la respuesta, preguntó:

—¿También mataron a tu padre?

—Sí, y me alegré.

Así que no tenía a nadie. Spencer procuró pensar que al final había conseguido escapar.

—¿Cómo te escapaste?

—Cuando llevaba allí más de un mes, decidí que no podía soportarlo más. Sabía que si me escapaba intentarían matarme, pero... —se encogió de hombros como si no le importara—. De todos modos estaba prácticamente muerta, ¿sabes?

Spencer no supo qué responder.

—Estábamos en una parada de camiones, a punto de hacer una transacción, y vi a una camionera en un trailer parado al ralentí. Pensé que quizá fuera mi única oportunidad de escapar.

—¿Le pediste ayuda?

—No hubo tiempo para formalidades —esbozó una sonrisa—. Pobre mujer. Eché a correr y me subí a la cabina de un salto. El corazón me latía a toda velocidad y estaba casi histérica. Cerré la puerta del copiloto y le grité a la cara: «Arranca, arranca, arranca». Por suerte para mí, me hizo caso.

CAPÍTULO 4

Aunque intentara quitarle importancia, el horror de aquella situación dejó sin palabras a Spencer.

—Me imagino lo que pensaría.

—Sí —Arizona soltó una risa suave—. Al principio pensó que iba a robarle o algo así. Estaba muy asustada. Pero luego Jerry...

—¿Jerry?

—Uno de los matones que se encargaban de controlarnos —respondió con un ademán desdeñoso—. El caso es que vino hacia nosotras con los ojos inyectados en sangre. Y, cuando sacó la pistola, la camionera puso en marcha el camión y salió de allí sin perder un segundo. Quería que le diera una explicación, claro, así que en cuanto avanzamos un poco le dije que un tipo había intentado violarme. En realidad no era mentira, pero tampoco era toda la verdad. Es solo que... No podía hablar de aquello en ese momento, ¿entiendes?

—Entiendo —y era cierto. Muchas mujeres sentían vergüenza por lo que se habían visto obligadas a hacer. Hablar de ello con extraños resultaba doloroso.

—Quiso llevarme a la policía, pero yo solo quería estar libre. Así que, cuando llegamos a un tramo tranquilo de la carretera, le di las gracias y me largué.

¿Sola? La idea de que una chica de diecisiete años maltratada anduviera buscando cobijo ofuscó a Spencer. Era un milagro que hubiera sobrevivido, pero lo había hecho.

—Sé lo que estás pensando —sacudió la cabeza—. Pero no pasó nada. Por suerte no hacía frío, ni llovía. Robé un coche y, como todavía necesitaba dinero, atraqué a un camello.

—Espero que estés exagerando.

—No. Era un baboso. Hice como que me interesaba —soltó un bufido—. Me llevó a su habitación y, cuando se puso a manosearme, le quité la pistola.

—¿Le disparaste? —preguntó Spencer disimulando su horror.

Arizona lo miró como si estuviera loco.

—Habría hecho mucho ruido.

¿Y solo por eso no lo había matado?

—Entiendo.

—Lo dejé sin sentido de un golpe con la culata. Tuve que pegarle dos veces para dejarlo K.O. Con el primer golpe solo lo dejé aturdido. Pero cuando me marché respiraba.

—¿Y te llevaste su dinero?

—Sí. Esperaba que me alcanzara para comprar comida, ¡pero el tío llevaba encima quinientos pavos!

—¿Quinientos? —Spencer silbó. Perder esa cantidad habría puesto de muy mal humor a cualquier camello de tres al cuarto. Por suerte Arizona había conseguido escapar—. ¿Te marchaste de aquella zona?

—Me largué enseguida, con su dinero y su pistola —sonrió, orgullosa de sí misma—. A los dos días, tenía un coche, dinero suficiente y un arma. Me fui a otro pueblo, encontré un sitio donde vivir. Pensé que lo que me había funcionado una vez me funcionaría más veces, así que viajaba a otras zonas a robar a camellos. Y de vez en cuando también ganaba algún dinero jugando.

La idea de que Arizona venciera a un matón armado debería haber resultado cómica, pero Spencer la había visto en acción.

—¿Aprendiste a luchar luchando?

—La supervivencia es buena maestra —sonrió—. Pero prefería el juego.

—¿Y ahora prefieres luchar?

Ella no respondió.

—Gano mucho porque se me da bien hacer trampas. También soy una buena ladrona, y forzar cerraduras se me da de miedo.

Haciendo un esfuerzo, Spencer dijo en tono neutro:

—Si esas habilidades te ayudaron a salir adelante, me alegro de que las tengas.

—¿Aunque me colara en tu casa?

Con la mirada fija en su vaso de té, contestó:

—Podría darte una llave si quieres.

—¿En serio? ¿Te fías de mí?

En realidad, no. No del todo. Al menos, en lo tocante a sus emociones. Pero respecto a sus pertenencias materiales... Fijó los ojos en su mirada burlona.

—¿Serías capaz de robarme?

—¡No!

—Eso me parecía. Así que ¿por qué no voy a darte una llave?

Arizona lo miró un rato. Luego sonrió.

—Eres muy generoso, Spence.

—Spencer —puntualizó él con forzada paciencia. Sabía que Arizona acortaba su nombre cuando estaba enfadada... o cuando se sentía vulnerable.

—Pero no necesito una llave —se volvió con fingido desinterés—. No pienso venir tan a menudo.

Seguramente no, pero a él no le importaría que lo hiciera. Disfrutaba de su compañía.

—Entonces tienes permiso para colarte en mi casa siempre que te apetezca.

Ella se rio a medias.

—Entonces no tiene gracia.

Spencer sonrió a pesar de que no tenía ganas de reír. No podía imaginar cómo conformaba la personalidad de un ser humano el haber pasado por lo que Arizona acababa de contarle. Sabía lo básico por Jackson, pero, ya que ella parecía tener ganas de hablar, quería que se lo explicara todo desde su perspectiva.

—Entonces, ¿qué pinta Jackson en todo esto?

—Sí, esa es la parte interesante, ¿eh? —se inclinó hacia delante y le sonrió—. Verás, a esos cerdos no les hizo ninguna gracia que me escapara, pero cuando por fin me encontraron decidieron no utilizarme para lo de siempre.

—¿Para qué te querían? —preguntó él con suavidad.

—Para que mi muerte sirviera de escarmiento a las otras.

—Me... —titubeó y luego siguió atropelladamente—. Me dieron una paliza. Intenté defenderme, pero me ataron las manos a la espalda y luego... —vaciló y arrugó un poco el ceño. En voz más baja, añadió—: Me arrojaron al río desde un puente.

Los músculos de Spencer se tensaron. El aire abandonó sus pulmones. Lo sabía ya de antes, pero oírselo contar a ella hacía que fuera más vívido.

—Querían ahogarte.

Ella se sacudió la melancolía.

—Hacía una noche horrible. Había tormenta, y los truenos retumbaban por todas partes, tan fuerte que se sentía su temblor. Estaba tan asustada que, cuando me tiraron al río, apenas me dio tiempo a reaccionar, a dejar de patalear y a intentar caer con los pies por delante y tomar aire antes de hundirme en el agua helada —se apartó el pelo de la cara con las dos manos—. Pensé que iba a morir.

—¡Dios mío! —se le encogió el estómago. Deseó abrazarla, sentarla sobre sus rodillas, estrecharla entre sus brazos y decirle... ¿qué? ¿Que no volvería a ocurrirle nada malo?

Sabía que ella no lo permitiría, así que se conformó con tomar su mano.

—Siento mucho que pasaras por todo eso.

—Sí, menuda mierda, ¿eh? —tras darle un breve apretón, apartó la mano—. Conseguí sacar la cabeza del agua, pero no fue fácil, y sabía que no podría mantenerme a flote mucho tiempo. Y, aunque encontrara la forma de llegar a la orilla, volverían a tirarme al río. O me pegarían un tiro. Estaba segura de que no iban a marcharse hasta que estuvieran seguros de que había muerto. Verás, ya me habían dicho que necesitaban que la policía encontrara mi cuerpo. De ese modo, podrían contárselo a las otras mujeres y utilizarlo para disuadirlas...

—Me hago una idea —y quería matarlos a todos. No podía, sin embargo: ya estaban muertos.

—Pero no contaban con Jackson —apoyó la barbilla en el puño y sonrió—. El pobre se topó con aquel lío sin saber cómo. Nunca entenderé por qué, pero el caso es que se metió en el fregado, se cargó a los matones y luego...

Spencer esperó.

Arizona suspiró y lo miró a los ojos.

—Se lanzó de cabeza al río para rescatarme.

—¿Cuántos hombres eran?

—Tres —sonrió al pensar en la destreza de Jackson—. Pero cuando pienso en la cara que tenía esa noche, creo que no habría importado que fueran una docena.

Spencer ni siquiera pudo esbozar una sonrisa.

—¿Los mató?

Ella hizo un ademán con la mano.

—No sé si los mató él o...

—Sé lo del grupo, cielo.

Se quedó quieta, ladeó la cabeza y lo miró. Pasados unos segundos dijo:

—Yo no soy tu cielo, pero vale, si lo sabes, entonces sabrás también que ninguno de esos cretinos sobrevivió.

Spencer tomó de nuevo su mano y acarició sus nudillos con el pulgar.

—Me alegro.

—Sí, yo también —miró desconcertada sus manos unidas, se aclaró la voz y se apartó—. Y ya está. Ya sabes que Chandra, la cabecilla de la red, se escapó esa noche. Como no estaba en el coche, ni en el puente, los chicos no se enteraron de que había estado allí. Yo no sabía que no la habían visto, así que supuse que también la habían eliminado.

—Ya no volverá a hacerte daño.

Arizona lo miró con el ceño fruncido.

—Porque tú la mataste, cuando eso debería haber sido privilegio mío.

—Lo siento —dijo sinceramente.

—Bueno... ahora están todos muertos y ya no tengo nada que hacer.

Sus cambios de humor desconcertaban a Spencer. Sí, había disparado a Chandra, pero llevaba algún tiempo persiguiéndola por motivos propios, y era cuestionable quién de los dos tenía más derecho a cobrarse venganza.

—¿Lista para el postre?

—¿El postre? —preguntó ella—. ¿En serio? Tú sí que sabes tratar a una chica.

Arizona estaba pensando en lo agradable que era hablar con Spencer. No se ponía sentimental con ella, no intentaba consolarla ni ligar con ella. Solo la escuchaba.

Y ella sabía que la entendía.

Sí, la había agarrado de la mano, pero la gente hacía esas cosas: se tocaban unos a otros. Lo había visto muchas veces con Jackson, Trace, Dare y sus esposas. No lo odiaba, pero tampoco le entusiasmaba.

Cuando era Spencer quien la tocaba, le afectaba mucho más, sin saber por qué. No era insoportable, pero... no sabía si alguna vez se acostumbraría.

Entonces, Spencer se apartó de la nevera y ella vio que llevaba en las manos una tarta de cumpleaños, pequeña, pero muy bonita.

Atónita, apartó lentamente su silla y se levantó. De pronto le temblaban las piernas.

—¿Qué es eso?

—Una tarta de crema de vainilla con nata montada —contestó él tranquilamente—. Creo que tiene relleno de frambuesa entre las distintas capas —la miró a los ojos—. Pero no tienes nada que temer, Arizona. No está envenenada, y te prometo que no tienes por qué asustarte.

—¡No estoy asustada! —pero lo estaba. Sentía el impulso de escapar y el corazón le latía a toda prisa.

—Tonterías. Pareces a punto de echar a correr.

Ella metió el mentón. ¿Cómo lo sabía? ¿Y cómo se atrevía a decirlo en voz alta?

—Yo no huyo de nadie.

Spencer puso la tarta sobre la mesa, delante de ella, y dijo con una sonrisa:

—A veces deberías hacerlo. Pero ahora no —se cernió sobre ella y susurró—: De mí, nunca.

Arizona no se atrevió a mirarlo. Fijó los ojos en la tarta. Tenía flores de azúcar y las palabras «Feliz cumpleaños» escritas con crema azul claro en la parte de arriba. Se le hizo un nudo en la garganta.

—Te dije que no hicieras ninguna tontería.

Él alargó una mano y le puso muy suavemente un mechón de pelo detrás de la oreja.

—Lo sé. Por eso me he refrenado y no le he puesto velas.

Soltó un bufido.

—Te habría...

—¿Qué? ¿Me habrías tirado la tarta a la cara?

—A lo mejor sí —su proximidad física la ponía nerviosa—. Bueno, vuelve a tu sitio si vamos a comernos esto.

Aunque no lo miró, le sintió sonreír.

—Está bien —se apartó de ella—. ¿Más leche? ¿O café?

—Leche —ahora que tenía espacio para respirar, se llenó los pulmones y dijo a regañadientes—: Es una tarta muy bonita, gracias.

—Ha sido un placer —volvió a llenarle el vaso—. Y dicho sea de paso, por si quieres corresponderme, mi cumpleaños es justo antes de Acción de Gracias.

Aunque sabía que estaba bromeando, Arizona se imaginó cómo sería. Comprar una tarta para alguien, compartir ese día especial... como estaba haciendo en ese momento.

Una cosa tan normal...

—Sí, de acuerdo.

La sonrisa de él se hizo más amplia.

—Te tomaré la palabra —agarró una espátula con el mango en forma de vaca, cortó la tarta y le puso un trozo grande en el plato.

Tal vez fuera la sensación de no saber lo que la ponía tan nerviosa, pero no pudo refrenarse: tenía que intentar comprender qué se proponía Spencer.

—Ya te dije que le hice esa propuesta a Jackson.

Spencer, que estaba cortando otra ración de tarta, levantó la mirada.

—¿Qué propuesta?

—La de acostarme con él —lo miró furtivamente y añadió—: Y que me rechazó rotundamente. ¿Sabes por qué?

Asintiendo, Spencer contestó en tono solemne:

—Se lo ofreciste por obligación.

Arizona había confiado en pillarlo desprevenido, pero él no pareció inmutarse.

—Había hecho tanto por mí... —y Spencer también quería hacer cosas por ella. Pero ¿por qué?—. Demasiado.

Pasaron unos segundos mientras él la observaba.

—Dudo que Jackson lo viera así.

Arizona sabía perfectamente cómo lo veía Jackson.

—Sentía... lástima por mí.

Spencer negó con la cabeza.

—No.

—Bueno, no por el rescate —dijo atropelladamente—. A Alani también la rescató, pero eso no le molestaba. A ella la persiguió como un loco. Porque no le daba pena.

Poco convencido, Spencer se frotó el labio superior mientras medía sus palabras y, tras dudar un poco, dijo por fin:

—A mí me da pena lo que te pasó, Arizona, todo lo que te han hecho. Pero no me das pena tú, porque sé que eres una superviviente, no una víctima.

Ella lo miró con el corazón acelerado.

—Entonces... ¿quieres acostarte conmigo?

Él vaciló otra vez. Luego se encogió de hombros.

—Estoy vivo, ¿no?

Aquellas palabras arañaron los nervios de Arizona como unas garras, dejándola sin aliento.

—Entonces...

—Desearte y pensar hacer algo al respecto son dos cosas muy distintas. Hay muchas cosas que quiero, pero un hombre como es debido sabe dominarse. No abusa de los demás, ni los fuerza a nada —alargó una mano con la palma hacia arriba y esperó a que ella la aceptara.

Ella se sintió como una cobarde, pero no pudo darle la mano. Sacudió la cabeza y cruzó los brazos. Spencer apoyó la mano sobre la mesa y aceptó su decisión sin comentarios.

—No puedo negar que eres una chica preciosa...

—Una mujer —Arizona se mordisqueó el labio, enojada consigo misma. «Idiota», se dijo—. Ya soy mayor de edad —balbució, y se sintió aún más tonta—. Solo me refería a eso.

—Eres una mujer de veintiún años —convino él—. Una mujer impresionante.

—Impresionante —hizo una mueca burlona—. Lo que tú digas —pero en el fondo le gustaba que Spencer la encontrara atractiva.

—Cualquier hombre que te mire te admirará, Arizona. Y muchos te desearán. Fantasearán con verte desnuda, con acostarse contigo. Así funciona la mente de los hombres. Somos muy visuales, y muy sexuales. Pero eso no es una maldición.

—Pues a mí me lo parece.

—Aunque estés dispuesta, entre nosotros no va a pasar nada de eso. Y no porque me des pena —dijo con énfasis—, sino porque eres demasiado joven para mí, porque has pasado por demasiadas cosas para entender por completo lo que quieres o necesitas, y porque no te fías del todo de mí.

Y porque todavía estaba enamorado de su mujer.

Pero Arizona no tuvo la crueldad de decírselo. Tocó el mango en forma de vaca de la paleta y dijo:

—Supongo que esto lo compró tu mujer.

Echándose hacia atrás, la miró... y pareció replegarse sobre sí mismo.

Impasible, Arizona añadió:

—Parece una de esas cosas que compran las esposas. Las buenas esposas, quiero decir.

Él empuñó su tenedor y comenzó a comerse la tarta.

—¿Y qué compraría una mala esposa?
—Drogas, alcohol, no sé. Esas cosas.
Se quedó parado un momento.
—Arizona...
—¿Vas a hablarme de ella?
Respiró hondo dos veces y sacudió la cabeza.
—Cómete tu tarta.
—Es casi demasiado bonita para comérsela —los cristales de azúcar de las flores brillaban. Entre capa y capa chorreaba la crema de frambuesa. Tomó una gran cucharada, se la metió en la boca y dejó escapar un gemido—. Ah, sí. Está aún más rica de lo que parece.

Casi se había terminado su ración de tarta cuando él dijo:
—Sé que has hecho averiguaciones sobre mí.
No tenía sentido negarlo.
—Sí, bueno...
—No me importa. Yo hice lo mismo contigo, o lo intenté.
No habría encontrado gran cosa, pero ella sí. Sabía lo de su mujer, cómo había muerto y cómo había evitado Spencer comprometerse desde entonces.

Pero quería saber más. Quería saber los pequeños detalles, los matices que hacían que un hombre y una mujer siguieran juntos. Enamorados.
—Entonces ¿vas a hablarme de ella?
Spencer bebió otro sorbo de café y dejó su taza.
—No.
Arizona intentó refrenar su curiosidad, pero él le había hecho tantas preguntas que ¿por qué no podía hacérselas ella a él? A fin de cuentas, hacía ya tres años.
—¿Era guapa?
Cerró los ojos lentamente en un gesto de resignación y apoyó la frente en el puño. Parecía haberse quedado dormido. Luego dijo:
—Era guapa, sí.
—He visto una fotografía pequeña —dijo ella, aliviada—. Pero no se la veía bien.

—Tenía el pelo largo y castaño —se incorporó de nuevo en su asiento—. No tan oscuro ni tan ondulado como el tuyo. Ojos marrones. Piel clara.
—¿Era llamativa?
Negando con la cabeza, dijo:
—Era muy discreta —se levantó de la mesa y llevó su plato al fregadero.
Arizona engulló el resto de su tarta y se reunió con él.
—Puedo fregar los platos.
—Solo voy a aclararlos y a meterlos en el lavavajillas.
—Ah.
Spencer tropezó con ella, la miró y ella se apartó con una expresión de disculpa. Pero no se alejó demasiado.
—¿Fue tu primer amor?
—Lo fue... todo.
Lo dijo como si tuviera planeado seguir solo el resto de su vida, o como si diera por sentado que no volvería a enamorarse.
—¿Te casaste joven?
—Justo después de que ella acabara la carrera —cerró el lavavajillas. De espaldas a ella, apoyó las manos en el fregadero y dijo—: Era dos años más joven que yo. Auxiliar de dentista, con un gusto un tanto peculiar, como verás por las vacas que hay por todas partes.
—A mí me gustan —hacían que todo pareciera muy hogareño—. Es una casa bonita —vieja y pequeña, pero muy limpia, con suelos de tarima, techos abovedados y altos zócalos.
Spencer asintió.
—Le encantaba esta casa. También le encantaba estar casada, y me quería. Con el tiempo quería tener hijos. Estábamos pensando en esperar un año más, pero entonces...
Entonces habían segado su vida. Arizona le tocó el brazo, indecisa, y esperó.
Como si aquel gesto le sorprendiera, Spencer dudó un momento.
—Una noche, cuando volvía del trabajo, paró en una tienda que abría toda la noche. Dos hombres...

—Que formaban parte de una red de tráfico de personas —añadió ella. Lo sabía por las averiguaciones que había hecho sobre él.

—Sí. Estaban intentando sacar a una mujer de allí, ella intervino...

Cerró el puño y Arizona se sintió muy, muy violenta. Apartó la mano de su brazo.

—Lo siento.

—También murió un dependiente de la tienda. Y otro cliente resultó herido.

—¡Qué cosa tan absurda! Pero así es siempre. Absurdo y cruel y...

Spencer se apartó de ella.

—Ya basta.

Ella bajó la mano.

—Encontraste a los tipos que la mataron.

—Sí. Pero solo eran una pequeña parte de una organización mucho mayor —la miró de frente—. Tenía tanto derecho a vengarme de Chandra como tú.

Chandra había sido el cerebro de aquella red. Arizona lo sabía porque había sido Chandra quien la había atrapado dos veces, quien había traficado con ella y quien había intentado matarla.

—La verdad es que me lo imaginaba —se apoyó en la encimera—. Tenemos eso en común, y normalmente no tengo nada en común con nadie. Como los dos queremos las mismas cosas, estoy dispuesta a perdonarte que me impidieras vengarme si trabajamos juntos.

Spencer se puso alerta y la miró con el ceño fruncido.

—Estamos trabajando juntos, ¿no? El Ganso Verde, ¿no? ¿Te refieres a eso?

—Sí, a ese bar —intentó parecer segura de sí misma—. Pero podríamos hacer más cosas si quisieras. Podría buscar redes de tráfico, investigarlas, y tú podrías ser mi fuerza bruta.

Él entornó los ojos, lo cual no era una señal muy prometedora.

—Porque tienes condiciones para ello, ¿no? —intentando bromear, Arizona le apretó el brazo.

Era duro como una roca. Y ella sabía de buena tinta lo rápido que era de reflejos. No había duda: Spencer era increíblemente fuerte y capaz. Ella admiraba mucho la fortaleza. Tratándose de él, demasiado.

Cruzó los brazos e intentó aparentar indiferencia.

—Así que ¿qué me dices, Spence? ¿Quieres que nos hagamos socios?

CAPÍTULO 5

—Me llamo Spencer y lo sabes —la agarró del brazo y la condujo hacia el cuarto de estar—. ¿Por qué te empeñas en cortar mi nombre?
—No lo sé, la verdad —hincó los talones en el suelo—. ¿Adónde vamos?
—He pensado que podíamos ver un poco la tele. Una película o algo así.
Arizona bostezó y se desasió.
—Tengo que irme. Estoy muy cansada. Necesito dormir un poco.
Mierda. Spencer miró su reloj.
—Solo son las ocho.
—Quien pronto se acuesta, pronto se levanta y todo eso —se dirigió a la puerta para calzarse.
—¿Te levantas temprano?
—Me levanto cuando me despierto. Y muchas noches no puedo dormir. Así que...
—¿Por qué no puedes dormir?
Ella lo miró impaciente.
—Mañana te hablaré de mis hábitos de sueño —se inclinó y se puso una zapatilla y luego la otra.
—Todavía tenemos que hablar del Ganso Verde. Cómo vamos a entrar, a qué hora, todos esos detalles —¿habría averiado ya su coche Trace?—. Tenemos muchas cosas que ultimar.

—Tengo algunas ideas al respecto. Pero podemos hablar mañana por la mañana —esbozó una sonrisa agria—. ¿O tienes planes con Marla?

Él no hizo caso y dijo:

—¿A qué viene tanta prisa?

Arizona abrió la puerta.

—Ya te lo he dicho. Estoy cansada.

Spencer sintió una bocanada de aire húmedo y caliente cuando la siguió fuera. Se estaba preparando una tormenta.

Tenía que encontrar el modo de retenerla.

—¿Dónde te alojas? —preguntó.

Ella contestó sin mirarlo:

—En un motel.

—¿En qué motel? —preguntó, receloso.

—En uno cualquiera —cuando iba por la acera, miró la casa de Marla—. ¿Crees que te conviene seguirme así? Ya sabes que tu novia estará pegada a la ventana, vigilando tus movimientos.

—No es mi novia —miró también hacia allí y vio una sombra apartarse de la ventana. Maldición. Alcanzó a Arizona antes de que llegara a su coche y dijo—: Olvídate de Marla. ¿Por qué no quieres contestar?

—¿A qué?

Resopló, impaciente.

—¿Dónde te alojas?

—No estaba esquivando la pregunta —abrió la puerta de su coche y se apoyó en el parachoques—. Pero todavía no has accedido a ser mi socio, así que ¿por qué voy a decirte nada?

—¿Eso es un chantaje?

Sus ojos, llenos de malicia, parecieron aún más azules.

—Coerción, digamos.

Spencer se frotó el cuello agarrotado.

—Voy a pensármelo —y hablaría con Trace y Dare...

—Ya. Hazlo.

Sin saber qué más decir, él se apartó y ella montó en el coche.

—¿Podrías ser más concreta sobre la hora a la que te levantas?

Arizona metió la llave en el contacto.

—No sé. Digamos entre las cinco de la mañana y mediodía.

¿Volvería a colarse en su casa para verlo dormir? Spencer se agarró al marco de la ventanilla bajada.

—Puedo seguirte, ¿sabes? Enterarme de dónde te alojas.

—¿Tú crees? —giró la llave... y no ocurrió nada. Arrugó el ceño—. Ya veremos.

Intentó arrancar otra vez.

El coche no reaccionó.

Aliviado, Spencer retrocedió y se preguntó qué haría ella.

Arizona arrugó el entrecejo, le brillaron los ojos y un color rabioso inundó sus mejillas. Pisó el acelerador, lo intentó otra vez y luego abrió la puerta del coche y salió. Cerró de un portazo. No hacía falta ser un genio para ver que estaba enfadada. Mucho.

—¿Tu coche no arranca? —preguntó él, impertérrito.

Ella rechinó los dientes.

—Vamos.

—¿Adónde exactamente?

—Adentro —echó andar y dijo por encima del hombro—. A no ser que quieras que me ponga hecha una furia aquí, delante de todos tus vecinos.

—Vamos dentro, entonces —un poco divertido, echó a andar tras ella.

Por desgracia, Marla salió a su porche. Llevaba una camiseta escotada. Lo miró con reproche y Arizona se giró hacia ella y le espetó:

—No digas ni una palabra —luego entró en su casa impetuosamente.

Marla se quedó allí, dolida.

—Perdona —dijo Spencer en tono de disculpa—. Está teniendo un mal día.

El impresionante pecho de Marla subió y bajó.

—Supongo que la noche va a ser mejor.

—Marla... —repuso con una nota de reproche—. Te dije que las cosas no eran así, ni contigo ni con ella.
Pareció recomponerse.
—No te entiendo.
—Sí que me entiendes, solo que no quieres reconocerlo.
—Lo pasamos bien juntos.
—Sí —y quizá si no hubiera conocido a Arizona... pero la había conocido—. Tengo que irme.
—¡Espera! —se humedeció los labios—. ¿Crees que va a haber tormenta?
Él echó una ojeada al cielo.
—Seguramente —de pronto comprendió dónde quería ir a parar—. ¿Sigues teniendo goteras?
—Sí —se apoyó en la barandilla—. En el techo de mi dormitorio. ¿Alguna sugerencia?
—Sí: pon un par de cubos... y llama a alguien para que repare el tejado lo antes posible —le hizo un saludo militar y entró en su casa. Apenas había cerrado la puerta cuando Arizona se precipitó sobre él.

Arizona le clavó un dedo en el pecho con aire batallador.
—¡Se lo has dicho a Jackson!
—No —Spencer la rodeó, cada vez más enfadado.
Ella lo agarró del brazo.
—¡Se lo has dicho! Le has dicho algo y por eso me ha estropeado el coche.
—Te das cuenta de que me estás llamando mentiroso, ¿verdad? —repuso en tono tajante.
Pero ella estaba demasiado enfadada para recular.
—¡Confiaba en ti!
—¡Tonterías! Eres más desconfiada que el perro de un chatarrero.
Arizona ahogó un gemido de sorpresa.
—Pero no se lo he dicho a Jackson, y te agradecería que dejes de chillar como una cría con una rabieta.

La rabia coloreó la cara de Arizona. Entornó los párpados.
—Está bien. Ya lo veremos. Jackson me dirá la verdad.
—¿Vas a llamarlo? —por él, estupendo. Sería ella quien descubriera el pastel, y al mismo tiempo sabría la verdad. Le hizo una seña—. Adelante.
—¡Voy a llamarlo! —sacó su móvil del bolsillo de atrás y marcó una tecla.
Como no quería perderse una palabra, Spencer dijo:
—¿A que no te atreves a poner el manos libres?
—¿Tienes ganas de cotillear? —replicó ella.
—No me fío de lo que vayas a decirme —estuvo a punto de sonreír—. ¿O es que te da miedo lo que pueda oír?

—¡Ja! —con la mirada fija en él, Arizona pulsó la tecla del manos libres. Su coche estaba averiado, y sabía que no era accidental. Conocía demasiado bien a Jackson.
Como no había usado el número de emergencia, Jackson contestó con un saludo, en lugar de guardar silencio.
—Hola, Arizona. ¿Qué pasa?
Al oír su voz, se animó, triunfal.
—¿Qué le has hecho a mi coche? —¿de veras creía que podían engañarla? ¿Que era tan tonta que no sabía cómo trabajaban? Ni soñarlo. Ella no era idiota.
—¿Qué? —Jackson pareció alarmado—. ¿Le pasa algo a tu coche?
Oh, oh. Parecía bastante sincero.
—Es inútil que lo niegues —insistió—. Sé que lo has averiado tú.
—Yo no. Alani y yo estamos cenando con Dare y Molly. ¿Dónde dices que estás? —añadió en tono de sospecha.
Mierda. ¿Era posible que el coche se hubiera quedado sin batería?
—¿Arizona?
—Estoy en casa de Spencer —contestó, desanimada.

—¿Sí? —Jackson pareció sonreír—. ¿Y qué haces ahí?

—Da igual. Mi coche no arranca. Está totalmente muerto. ¿Seguro que no le has hecho nada?

—¿Por qué iba a hacérselo? ¿Qué estás tramando? Ah, espera.

Oyó voces sofocadas, una breve conversación, y luego Jackson volvió a ponerse.

—Creo que ha sido Trace —pero antes de que ella pudiera reaccionar, preguntó—: ¿Por qué no me recordaste que era tu cumpleaños?

Ella dejó escapar un largo gruñido.

—Basta —dijo Jackson—. Deberías habérmelo dicho. O, mejor dicho, yo debería haberme acordado —su voz se hizo más profunda—. Siento haber estado tan distraído.

—No te preocupes —se le cerró la garganta. No quería mirar a Spencer—. Vas a casarte, por amor de Dios. Vas a ser papá. Bastantes cosas tienes ya en la cabeza.

—Eso no es excusa.

Tenía que poner fin aquello, y rápido.

—En serio, no importa.

—Claro que importa.

Era hora de cambiar de tema.

—¿Qué te ha dicho Dare? ¿Por qué cree que ha sido Trace?

—Spencer habló con Trace.

¡Ajá!

—Ese...

—Y Trace se lo dijo a Dare. Pero a mí nadie me lo dijo porque tú le habías hecho prometer a Spencer que guardaría el secreto, y la verdad es que eso me molesta muchísimo.

—Eh... Sí, bueno, es que...

—Se suponía que tenías que estar investigando, tesoro. Para mí. No montando una sucursal por tu cuenta.

—Bueno, yo...

—No empeores las cosas intentando darme gato por liebre —se rio al decirlo—. Me alegro de que estés ahí con Spencer, y más aún de que hayas tenido el sentido común de pedirle ayuda en lugar de meterte sola en la boca del lobo.

—Soy muy precavida —hasta ella hizo una mueca al oír su sarcasmo.

—Sí. Precavida. Así precisamente te describiría yo.

—Jackson...

Él la interrumpió.

—Trace te ha averiado el coche porque quiere que te quedes ahí, y eso es lo que vas a hacer. Si no, me veré obligado a abandonar esta cena tan agradable con mi novia y mis amigos, y ya sabes que eso no es conveniente.

Dándole la espalda a Spencer, ella susurró:

—No puedo quedarme aquí.

—¿Por qué no? —preguntó Jackson.

Casi al mismo tiempo Spencer dijo:

—¿Por qué no?

Ella gruñó otra vez. ¡Hombres!

—Porque no quiero, por eso.

—Vamos, Arizona —repuso Jackson—. Tú sabes que, en cuanto empiezas a meter las narices donde no te llaman, hay que cubrirse las espaldas. O sea, que uno tiene que cambiar su rutina, evitar los lugares que suele frecuentar. Así que no puedes volver al cuchitril donde te hayas estado alojando. Así no es como se hacen las cosas, tesoro.

Sí, eso lo sabía. Tenía pensado cambiarse de motel. Hasta llevaba la bolsa en el coche.

—No soy tonta, ¿sabes?

—Desde luego que no. Pero te estás precipitando. Toda operación requiere planificación —se oyeron más voces de fondo. Luego Jackson se rio y volvió a hablar con ella—. Dare dice que Trace lo tiene todo controlado, y que no te sientas culpable, que ya habían empezado el trabajo antes de que tú te metieras en medio.

—¿En serio? —aquello picó su curiosidad—. Entonces ¿yo tenía razón? ¿Es la tapadera de una red de tráfico de personas?

—Probablemente, pero es demasiado pronto para saberlo con seguridad, y demasiado pronto para descubrir nuestros planes. Todavía estamos haciendo la investigación preliminar —bajó la voz—. Pásame a Spencer.

—No.

—Arizona...

Tenía los hombros tan rígidos que le dolían.

—No necesito que nadie me cuide. Estoy bien.

—¿Vas a quedarte ahí?

—Umm... puede ser —dependía de lo que dijera Spencer y de lo que tuviera planeado. Ella sabía valerse sola.

Jackson suspiró y dijo:

—Espera un momento, cielo.

Segundos después, sonó el teléfono móvil de Spencer. Él le sonrió al contestar.

Increíble.

—Sí, hola —dijo Spencer—. Es lo que me figuraba —asintió con la cabeza—. Haré lo que pueda, pero no te prometo nada. Sí, está bien. Lo habría hecho de todos modos.

Cuando colgó, ella gruñó al teléfono:

—¿Satisfecho?

—Más o menos. Y feliz cumpleaños, cielo —añadió Jackson en voz baja.

Ella se puso colorada.

—Sí, eh, gracias.

—Te prometo que no se me volverá a olvidar.

Puso los ojos en blanco.

—¿No se supone que los hombres olvidan esas cosas?

—No.

Vaya, ¿tenía que parecer tan ofendido?

—Mira, no te preocupes, ¿de acuerdo? Spencer me ha comprado una tarta y todo.

—¿Todo? —ni siquiera intentó ocultar su alborozo—. Pues te debo un regalo, y no protestes. A Alani le encantará ayudarme a elegirlo. Nos vemos pronto, ¿de acuerdo?

Arizona se apresuró a decir:

—No es necesario, Jackson. Sé que estás muy liado con la boda y...

—Invitaremos a Spencer —repuso él sin prestarle atención—. Dare dice que podemos quedar este fin de semana en su casa. ¿Qué te parece?

Santo cielo, la había acorralado.

—Mira, no sé...

—Genial. El sábado a las dos. Tráete el bañador, iremos a nadar al lago. Podemos hacer una comida campestre. ¿Qué te parece? —antes de que ella pudiera responder añadió—: Entonces, quedamos en eso. Ahora tengo que colgar, o se me va a enfriar el filete.

—Está bien —contestó Arizona. Ya encontraría el modo de escabullirse. Sobre todo, de lo del baño en el lago—. Perdona por interrumpir.

—No has interrumpido nada —dudó un momento y luego dijo—: Te quiero.

La felicidad inundó el corazón de Arizona. Tragó saliva, emocionada. De espaldas a Spencer, dijo:

—Yo también a ti.

Cuando se guardó el móvil en el bolsillo, no supo qué hacer. Se sentía tan violenta que tenía ganas de esconderse.

—Te lo dije —dijo Spencer, muy satisfecho de sí mismo.

Arizona se volvió bruscamente.

—¡Se lo has dicho a Trace!

Él se encogió de hombros.

—Pero solo a Trace... así que me debes una disculpa.

Abrió la boca para insultarlo... y volvió a cerrarla. Sí, le debía una disculpa. Murmuró a regañadientes:

—Perdona.

Él tocó su barbilla y le hizo levantar la cara.

—Yo jamás te mentiré, Arizona.

Ella no se lo creyó ni por un segundo.

—Todo el mundo miente. Mentiras grandes, mentiras pequeñas... Nadie dice la verdad todo el tiempo.

—¿Tampoco tú?

Sobre todo ella. Cruzó los brazos debajo de los pechos.

—Cuando es necesario, cambio un poco la verdad.

—Yo no. Contigo, no.

Miró a su alrededor, confusa, preguntándose qué debía hacer. Se sentía avergonzada. Había molestado a todo el mundo con sus planes, cuando en realidad solo había pretendido involucrar a Spencer. Arrugó el ceño, enojada consigo misma.

Spencer pensó que aquel ceño iba dirigido a él.

—Tuve que decírselo a Trace. Tú lo sabes, Arizona. Eres inteligente.

—Y tú sabías que Trace se lo diría a Jackson.

Él cruzó los brazos, imitando su postura.

—Estás tergiversando los hechos. Trace me dijo que no se lo diría a Jackson y no se lo ha dicho. Se lo ha dicho a Dare. Y Dare no se lo ha dicho a Jackson hasta que tú has llamado y has descubierto el pastel. Así que no me culpes. Yo he cumplido mi parte del trato. Hasta donde he podido, al menos.

Arizona sacudió la cabeza, a pesar de que sabía que tenía razón. En el fondo, siempre había sabido que alertaría a los otros.

—¿Por qué tenéis esa necesidad absurda de proteger a todos los inadaptados?

—¿Eso crees? —le puso las manos sobre los hombros. No la atrajo hacia sí. Solo le ofreció... apoyo—. ¿Te preocupa lo que pensará Trace?

—Sé lo que piensa. Que soy patética y que necesito que alguien cuide de mí.

Él la miró especulativamente.

—Tú conoces a Priss, su mujer.

—Sí, ¿y qué? —Priss era divertida y segura de sí misma, y Trace la quería un montón.

—La vida de Priss no ha sido precisamente un camino de rosas, ¿sabes? Más bien de espinas, diría yo.

Al parecer, los chicos habían estado hablando. ¿Le había contado Jackson lo de Priss? ¿Le habría hablado también de Molly, la mujer de Dare?

—¿Adónde quieres ir a parar?

—Se lo dije a Trace porque necesitamos refuerzos si vamos a hacer esto...

—Vamos a hacerlo —no podía cambiar de idea ahora. Necesitaba mantenerse ocupada y sentir que hacía algo por cambiar las cosas.

Además, le gustaba estar con Spencer, aunque no quisiera reconocerlo.

—Trace entiende por lo que has pasado —la zarandeó suavemente—. Priss y tú tenéis mucho en común. Y, si crees que le da lástima su esposa, es que no los has visto juntos.

—Los he visto —mientras que Jackson era muy campechano, Trace podía ser muy autoritario. Priss, sin embargo, encajaba con él a la perfección. Y cualquiera podía ver que lo último que sentía Trace por ella era lástima—. Hacen muy buena pareja.

—Sí —le frotó los hombros con los pulgares—. La verdad es que te estás equivocando de perspectiva al considerar todo esto. Estás tan empeñada en defender tu independencia, y tienes tanta sed de venganza, que has olvidado cómo se hace.

—¿El qué?

—Una operación encubierta, una infiltración. ¿Crees que Jackson afronta estas situaciones solo? ¿O Trace, o Dare? Siempre trabajan en equipo.

Para que supiera eso, tenían que haber hablado mucho. ¿Tanto confiaba en él Jackson? Eso parecía.

Levantó la barbilla.

—Tú no.

—Hasta hace poco, no estaba a su nivel. Los trabajos a los que me dedicaba como cazarrecompensas eran de poca monta comparados con lo que hacían ellos. Pero ahora que los tentáculos de las redes de tráfico de personas alcanzan a todo el país, y hasta a otros países, puedes estar segura de que no me metería en ningún asunto a fondo sin asegurarme de que cuento con apoyos.

Comprendiendo que tenía razón, Arizona se alejó, y enseguida echó de menos su contacto. Spencer aguardó en medio de la habitación.

—¿Qué te ha dicho Jackson? —preguntó ella.

—Quiere que te siga si te vas, y que no te pierda de vista en toda la noche si es necesario —al ver que sus ojos se agrandaban añadió—: Y lo habría hecho. Lo haré, si no te quedas.

Ella se acercó a la ventana y contempló la lluvia que empezaba a caer. Si iba a ir a buscar su bolsa, más valía que lo hiciera cuanto antes.

—Quédate —dijo Spencer tras ella.

—Has dicho que no me mentirías.

—Y no te mentiré.

—Está bien, entonces... —se volvió parar mirarlo y preguntó atropelladamente—: Si no intentas acostarte conmigo, entonces ¿por qué haces todo esto? ¿Por qué te preocupas tanto, por qué eres tan atento, tan comprensivo y esas cosas?

Una sonrisa afloró a la boca de Spencer.

—Está bien, te diré la verdad. Quiero que las cosas mejoren. Quiero que seas capaz de pasar página...

¿De pasar página?

—¿Te refieres a estar con algún tío? ¿En serio? —era una idea tan ridícula que se echó a reír—. ¿Que me case y todo eso? Qué va.

—No tienes por qué casarte —recorrió su cara con la mirada y la posó en su boca. Luego volvió a mirarla a los ojos—. Podría ser solo una cita.

—¿Y crees que las citas son divertidas?

Él respiró hondo.

—Claro, casi siempre.

—¿Tú has salido con Marla?

—Eh... no.

—Solo te has acostado con ella, ¿eh?

—Arizona...

—¿Y el sexo es divertido?

Spencer la miró a los ojos.

—Sí.

—¿Puedes hablarme de ello?

Movió la mandíbula.

—¿Qué quieres saber?

Tantas cosas que no sabía por dónde empezar.

—¿Es igual con Marla que con tu mujer?

Sus ojos se oscurecieron, llenos de incredulidad y tal vez de tristeza.

—Si te refieres a si las mujeres son intercambiables, la respuesta es no. Para los hombres buenos, no. No, cuando a uno le importa una mujer.

—Entonces ¿Marla te importa?

—No como me importaba mi mujer, no. Pero como persona sí, por supuesto —puso los brazos en jarras, bajó la cabeza y se rio suavemente—. Dios, qué conversación tan violenta.

A ella no le importó. Él se había ofrecido a explicarse, y ella quería saber, así que esperó. Tras exhalar un largo suspiro, volvió a mirarla a los ojos.

—He sido sincero con Marla. No le he dado falsas esperanzas. No se las doy a ninguna mujer.

¿Tampoco a ella? Su apuesta mejoraría el lenguaje de Arizona, y él ganaría un beso cada vez que se le escapara un taco. ¿De veras era eso lo único que quería?

—Entonces con Marla era solo sexo, ¿no?

—No siempre se trata de amor.

—¡Dímelo a mí!

—A veces —prosiguió él como si no la hubiera oído—, basta con el placer.

—Si tú lo dices —dudaba que hubiera verdadero placer. Ella nunca lo había experimentado—. Entonces ¿cuántas mujeres ha habido?

Spencer pareció contrariado.

—Pocas, y muy espaciadas entre sí. Pero soy un hombre adulto, Arizona.

—¿Y tienes tus necesidades? —preguntó ella con sorna.

—Todo el mundo las tiene, hasta tú —cuando ella comenzó a negar con la cabeza, la cortó en seco—: Claro que sí. Y eso nos devuelve al punto de partida. Tú conoces los abusos, pero no sabes nada sobre el verdadero intercambio que debe tener lugar entre las sábanas.

—No siempre entre las sábanas.

Spencer se quedó callado un momento.

—No —dio un paso hacia ella y se detuvo—. Hay toda clase de encuentros sexuales, en sitios muy distintos.

—¿Y en posturas distintas?

—En posturas que uno debe disfrutar —alargó la mano, pero en lugar de tocarla la apartó y acabó frotándose la nuca—. Solo que no empieza con el sexo.

—¿No?

—Empieza con la atracción. Con una atracción mutua.

—Yo de eso no sé nada.

Spencer la escrutó con la mirada. Su voz se hizo más honda.

—Lo sé. A eso me refiero.

Su tono era tan grave que ella puso los ojos en blanco.

—Continúa. Atracción mutua —insistió.

Él asintió lentamente.

—Coqueteo, besos, una caricia o dos. Preliminares durante una hora, o un día. Consentidos por los dos, y compartidos.

Sonaba... bien.

—Sé que es así como se supone que tiene que ser —no estaba del todo al margen de la sociedad. Había visto películas románticas, y había observado la vida real. Personas que paseaban juntas, que hablaban entre sí. En sincronía.

Enamoradas.

Pero Spencer acababa de negar el vínculo entre amor y sexo, y no estaba segura de poder fiarse alguna vez del sexo por el sexo, sin ataduras.

Como si le hubiera leído el pensamiento, Spencer dijo suavemente:

—Puede ser maravilloso cuando ambas personas están dispuestas y lo desean.

—Y crees que necesito experimentar eso, ¿eh?

—Eres una mujer sana y llena de energía. Odiaría pensar que la crueldad deliberada de otras personas te impide conocer los placeres que puede ofrecer el sexo cuando es algo natural.

Por razones que no quería analizar, su actitud le molestó.

—A ver si me aclaro. ¿Quieres convencerme de que es bueno follar? ¿Pretendes que vaya en busca de un tío que esté dispuesto a acostarse conmigo? —le sonrió—. ¿Sabes qué, Spence? Desde mi punto de vista, eso hace que parezcas un chulo. El problema es que no entiendo qué obtienes tú a cambio.

CAPÍTULO 6

Spencer tuvo que reconocer que sonaba bastante mal. Sabía Dios que no quería dejarla en manos de otro. La idea de que la tocara otro hombre lo sacaba de quicio.

Pero él no era el hombre indicado para Arizona. Aunque no se llevaran tantos años, ella se merecía a alguien que estuviera dispuesto a comprometerse a largo plazo. Alguien con una visión más optimista de la vida.

Y él no solo se oponía a volver a comprometerse, sino que distaba mucho de ser optimista.

—No estaba intentando convencerte de que te acuestes con alguien —lo que quería era que no se sintiera... degradada. Pero no podía decírselo a las claras—. Lo que de verdad me gustaría es derribar esos muros para que dejes acercarse a personas que se preocupan por ti —probó a sonreír, pero ella no le devolvió la sonrisa—. En general, eres una mujer muy agradable.

Con una mano apoyada sobre su pecho, Arizona lo empujó y se apartó de él y de la ventana.

—Da igual. Si voy a quedarme, quiero que Trace arregle mi coche.

Aquel súbito cambio de actitud sorprendió a Spencer.

—¿Vas a quedarte? —¿conmigo?

Hizo un gesto de indiferencia.

—Solo por ahora.

—Entonces voy a avisar a Trace —así todos podrían ayudar a vigilarla.

Ella entornó los ojos. Dudó y luego se alejó.

—Será mejor que vaya a por mis cosas.

—¿Qué cosas?

—Mi bolsa y mi ordenador portátil. No soy tan tonta como os creéis —abrió la puerta y entró una racha de viento cargada de goterones de lluvia—. Madre mía, mira qué nubarrones de tormenta.

Spencer cerró la puerta. Entendía que llevara consigo el portátil, pero ¿la bolsa?

—¿Has traído una bolsa con ropa?

—Sí, verás, no tenía intención de volver a mi habitación en el motel esta noche.

Aquello le sorprendió, y al mismo tiempo le agradó que hubiera hecho planes para protegerse. Tenía la sensación de que se ponía en peligro demasiado a menudo.

Como estaba cayendo un chaparrón, la agarró del brazo y la apartó de la puerta.

—Yo voy a por tus cosas.

—No voy a derretirme.

Físicamente era la mujer más tentadora que había conocido nunca. No quería poner a prueba su propio aguante viéndola con la ropa empapada y pegada al cuerpo. Pero, aparte de eso, estaba preocupado. El cielo se había oscurecido y notaba una especie de turbulencia en el aire. Pronto la lluvia se convertiría en una tormenta en toda regla, como la de la noche en que la habían arrojado atada al río, la noche en que había podido morir... y caer en el olvido.

Lleno de emoción, le apartó un mechón húmedo de la mejilla.

—Parece que la lluvia va a convertirse en tormenta —en ese instante un relámpago cruzó el cielo oscurecido. Segundos después se oyó un trueno que hizo temblar las ventanas.

Arizona sonrió.

—Crees que va a molestarme, ¿verdad?

Temía que la tormenta hiciera aflorar recuerdos de pesadilla.

—Teniendo en cuenta por lo que pasaste, no me sorprendería.

—Sí —esta vez, cuando puso las manos sobre su pecho, Spencer sospechó que era simplemente para mantener el contacto con él—. Sería lógico que me asustara un poco, ¿no?

Spencer cubrió su mano con la suya. A pesar de su fortaleza, Arizona era menuda y delicada.

—¿Y te asusta?

Ella se rio.

—¿Sabes en qué pienso siempre que hay tormenta? En cómo me salvó Jackson esa noche. Hasta ese momento, la vida no era más que algo que tenía que soportar. Pero después todo cambió —acarició su pecho una vez y bajó la mano—. La verdad es que me encantan las tormentas.

Jackson le había dado la oportunidad de llevar una nueva vida, y sin embargo Arizona seguía sin sentirse a gusto. Sabía que Jackson valoraba su vida, pero ella no compartía aún ese sentimiento.

De un modo u otro, Spencer pensaba cambiar eso. Más resuelto que nunca, se apartó de la puerta.

—Perdona, cariño, pero soy un caballero. Voy a por tus cosas, y se acabó.

Vio durante unos segundos que Arizona se pensaba si debía oponerse a él. Después, se dio por vencida.

—Está bien, ¿quieres empaparte? Pues adelante —le dio las llaves de su coche—. Está todo en el maletero. Un petate azul y un maletín de loneta. Pero no se te ocurra tocar nada más —se volvió y se dirigió al pasillo.

Ansioso por ver qué más tenía en el maletero, Spencer salió a toda prisa. A los pocos segundos de dejar el porche estaba empapado. En lugar de purificar el aire, la lluvia adensaba el bochorno de septiembre. El asfalto de las calles despedía vapor que de cuando en cuando arrastraba una ráfaga de aire.

Spencer echó un vistazo a su alrededor y, al no ver nada fuera de lo normal, abrió el maletero. Y se llevó tal sorpresa que se le pusieron rígidas las rodillas y se olvidó de la lluvia. Entre una colección de pertrechos de supervivencia (agua, una manta, un botiquín) pulcramente ordenados, vio un rifle de precisión, unos prismáticos de visión nocturna, un machete, un chaleco antibalas y una pala. Arizona guardaba armas en cada recoveco del maletero.

Santo cielo... ¿Qué demonios tenía planeado? ¿O acaso consideraba que aquellas cosas eran necesarias para su vida diaria?

Por miedo a que alguien viera todo aquello, agarró el petate y el maletín y cerró el maletero. ¿Sabía Jackson que llevaba encima un arsenal? ¿Lo sabían Trace y Dare?

¡Alguno de ellos podía haberle dado una pista!

Con las dos bolsas pegadas al cuerpo para protegerlas de la lluvia, corrió por el camino de entrada y subió los escalones del porche. La lluvia caía casi en horizontal, golpeándole la espalda. Se quitó las botas y la camisa empapada antes de pisar la alfombra de la entrada.

Arizona estaba allí. Al fijar la mirada en su pecho desnudo, su sonrisa burlona se difuminó.

Ay, Dios. Spencer conocía aquella mirada y lo que significaba.

Tal vez ella no se diera cuenta aún, pero se sentía atraída por él. Y eso encendía la chispa del deseo de Spencer.

Dejó sus cosas en el suelo y los zapatos sobre la alfombra. Cuando se irguió, la lluvia le chorreaba por la frente, por los hombros y el vello del pecho. Arizona lo miraba tan fijamente, con una expresión tan táctil, que Spencer sintió que se turbaba y se olvidó de las armas que ella guardaba en el maletero. Cambió de postura, sintiendo en las manos, como un hormigueo, el deseo de tocarla.

—¿Te das cuenta de cómo me alteras?

Ella levantó las pestañas, lo miró y esbozó una sonrisa burlona.

—Perdona —a pesar de que se había puesto colorada, le lanzó una toalla y dijo con toda naturalidad—: He pensado que querrías secarte.

—Gracias.
Volvió a mirar su pecho.
—Arizona...
—Eres tan grandote, y tienes un cuerpo alucinante.
Si seguía mirándolo así, se excitaría. Le tocó la barbilla para que levantara la mirada.
—A mí también me gusta tu cuerpo.
Ella resopló.
—Yo no voy por ahí sin camiseta y empapada.
Por suerte. Intentando refrenar una sonrisa, Spencer repuso:
—Podrías probar...
—¡Ja! —agarró su petate y se alejó—. Espero que no te importe, pero voy a usar tu ducha antes de que se vaya la luz.
Arizona, en su ducha. Desnuda y cubierta de jabón...
—Date prisa —dijo—. No es seguro con tantos rayos... —la puerta del baño se cerró antes de que terminara la frase.
En fin, qué demonios. Como ya no tenía por qué preocuparse por su pudor, se quitó los vaqueros en la entrada de la casa y lo llevó todo al cuarto de la lavadora, donde también se quitó los calzoncillos y los calcetines. Envuelto en la toalla, se fue al cuarto de baño de su dormitorio. Se daría una ducha bien fría y luego, quizá, cuando consiguiera dominar su libido, podría hablar con Arizona sobre los planes para el día siguiente.
Y con un poco de suerte ella le explicaría por qué llevaba en el maletero un montón de armas y una pala.

Después de una larga ducha que no consiguió calmar su tensión creciente, Arizona se lavó los dientes, se secó el pelo y se puso una camiseta gris que le quedaba grande y unos pantalones cortos de pernera ancha. Normalmente dormía en camiseta y bragas, pero como iba a pasar la noche en casa de Spencer, decidió ponerse unos pantalones en nombre del pudor.
Recogió el cuarto de baño, guardó su ropa sucia en el petate y no dejó ningún rastro de su paso por allí. Spencer no parecía muy maniático, pero tenía la casa limpia y ordenada.

Su casa le encantaba, y el baño era especialmente bonito, con sus azulejos blancos y negros de estilo vintage. Las toallas hacían juego con la cortina de la ducha, que a su vez hacía juego con el visillo de la ventana, que combinaba con los cuadros decorativos y las figurillas.

Su mujer debía de haber sido toda un ama de casa. Arizona se la imaginó en delantal, haciendo galletas con una dulce sonrisa. No era de extrañar que Spencer la quisiera. Ni que después de tres años siguiera sin superar su muerte.

Consciente de que había prolongado la ducha todo lo posible, dejó de eludir lo inevitable y abrió la puerta. Descalza, fue en busca de Spencer y lo encontró arrellanado en el sofá del cuarto de estar, viendo la televisión y bebiendo una cerveza. Giró la cabeza al oírla acercarse... y se quedó quieto de esa manera en que se quedaban quietos los hombres cuando admiraban con la vista a una mujer.

Spencer se resistió, pero no pudo evitar mirarla de arriba abajo, deteniéndose unos segundos en sus piernas antes de fijar la mirada en su cara.

Aquella mirada debería haber hecho que se sintiera incómoda, y así había sido siempre antes de conocer a Spencer. Ahora, en cambio... Ahora no sabía qué era lo que sentía, pero desde luego no era incomodidad. Spencer no era un cerdo repugnante como los tipejos que la habían secuestrado, ni como los que pagaban por pasar un rato con ella. Pero tampoco negaba la sexualidad de ella, como intentaban hacer Jackson, Dare y Trace.

Sencillamente, parecía aceptarla. Y parecía que ella le gustaba.

—Hola —pasó a su lado, rodeó la mesa baja y puso el petate junto a la puerta, donde él había dejado el maletín del ordenador. Mientras Spencer seguía mirándola, se dejó caer en el otro extremo del sofá.

Él miró el sitio donde había dejado el petate y luego fijó en ella una mirada inquisitiva. Arizona puso los pies en el borde de la mesa, refrenó una sonrisa y clavó la mirada en el televisor.

—Bueno, ¿qué estás viendo?

Se hizo el silencio. Ella sintió la mirada absorta de Spencer fija en ella, recorriendo su cuerpo como si la tocara. Se obligó a mirarlo con una ceja levantada.

—¿Se te ha comido la lengua el gato?

Negó con la cabeza y miró de nuevo su bolsa, pero al parecer decidió no preguntarle por qué la había dejado junto a la puerta.

—Perdona —arrugó un poco el ceño y se volvió a medias hacia ella—. ¿Quieres una cerveza?

Arrugó la nariz.

—No. Mi padre bebía cerveza a montones.

—¿Te molesta? —se inclinó hacia delante para apartar la botella.

Arizona lo detuvo.

—No. La verdad es que me gusta cómo huele, es el sabor lo que no me gusta.

Tras sopesar la sinceridad de su respuesta, Spencer asintió.

—¿Otra cosa, entonces?

—No, gracias. Ya me he lavado los dientes —pasó una mano por la suave tela del sofá y añadió—: ¿Voy a dormir aquí?

Pasaron unos segundos.

—Sí, aquí, en mi casa —contestó Spencer con voz ronca.

—Me refería aquí, en el sofá.

—Tengo un cuarto de invitados, puedes usarlo. Te habría puesto el portátil allí, pero el maletín estaba mojado. Puedo llevarte las cosas a la habitación si quieres.

No le atraía la idea de usar el cuarto de invitados. En realidad, no era una invitada, sino más bien una intrusa. Y la idea de estar encerrada... Reprimió un escalofrío.

Antes de que se le ocurriera una forma de explicarle sus reservas, él echó un vistazo a su reloj.

—¿Quieres acostarte ya?

—No, qué va —se recostó en el brazo del sofá y estiró las piernas hacia él. Casi tocó su cadera con los pies—. ¿Te importa que me ponga cómoda aquí de momento?

—Nada de eso —le pasó un grueso cojín—. Estás en tu casa —tras dudar un momento, agarró la manta del sofá y le tapó los pies con ella—. Lo digo en serio, Arizona. Sírvete lo que quieras o lo que necesites.

—Gracias —puso el cojín a su lado—. Bueno, ¿qué estás viendo?

Él miró el televisor y luego la miró a ella, divertido.

—Combates de artes marciales mixtas. ¿Quieres que lo cambie, que ponga otra cosa?

—No, esto está bien. Me gustan las peleas —las artes marciales mixtas la fascinaban.

—¿Por qué será que no me sorprende? —preguntó él, ya más dueño de sí mismo.

—Porque ya me conoces, por eso —miró un momento la tele y luego preguntó con curiosidad—. ¿Tienes un luchador favorito?

—Unos cuantos —posó despreocupadamente la mano sobre su pie—. Si te apetece charlar...

Arizona se encogió de hombros, a pesar de que se le había acelerado el corazón al sentir su contacto.

—Claro.

Spencer bajó el volumen de la tele.

—Entonces vamos a hablar de los planes para mañana.

Menudo chasco. Arizona soltó un gruñido.

—Imagino que vas a insistir.

Él titubeó.

—Ya sabes que tenemos que coordinarnos.

Sí, lo sabía. Para ponerse cómoda, dobló las rodillas bajo la manta, apoyó la cabeza en el cojín y lo miró desde su lado del sofá.

—Llegaremos por separado, tú en tu camioneta y yo en autobús para que después podamos irnos en un solo vehículo. Asegúrate de aparcar lejos de la entrada para que nadie nos vea juntos después.

—Naturalmente —contestó él impertérrito.

—Yo entraré primero y me sentaré en la barra. Unos cinco o diez minutos después entras tú y te sientas en una mesa.

—¿Por qué no me siento yo en la barra?

—Porque yo ya he inspeccionado el local y es ahí donde me

he sentado —movió los hombros—. Tengo que estar ahí si quiero llamar la atención. Tú puedes estar al tanto más fácilmente desde la zona de comedor, sin que se fijen en ti.

Spencer no pareció muy convencido, pero accedió.

—Pero no voy a esperar tanto para entrar.

¿Por qué parecía irritado?

—Pues entra antes, entonces. Pero sé discreto.

Su pulgar se movió sobre el empeine de Arizona, y a ella estuvo a punto de parársele el corazón.

—No es mi primera operación, cariño.

Ella no era su cariño, pero...

—¿Qué estás haciendo?

—¿Qué?

Señaló con la cabeza sus pies.

Como si no hubiera sido consciente de que la estaba tocando, él miró su mano y volvió a acariciarla con el pulgar.

—¿Esto? —le puso los dos pies sobre su muslo—. Estás tensa.

Lo estaba, pero creía haberlo disimulado.

—Sí, bueno...

—¿No te gusta? —presionó, frotó y masajeó firmemente su empeine.

Y ella sintió que se derretía.

—Umm. Me gusta.

Spencer se detuvo otra vez con una mirada penetrante y ardiente.

—¿Nunca te han hecho un masaje en los pies?

—Será una broma, ¿no?

—Tú relájate y disfruta.

Aquello era demasiado personal, pero a Arizona le gustaba demasiado para pedirle que lo dejara. Respiró hondo y procuró volver a encauzar la conversación.

—Está bien, ya sabes que no tienes que fijarte en mí cuando entras en el local, ¿no?

—Si no me fijara en ti, sospecharían algo —dejó a un lado la cerveza, se volvió hacia ella y, con la mirada fija en su cara, siguió masajeándole los pies.

Arizona sintió un placer tan intenso que se quedó sin respiración.

Sin dejar de mirarla, Spencer dijo en voz baja:

—Ningún hombre con sangre en las venas dejaría de fijarse en ti, Arizona, así que olvídalo. Te miraré como van a mirarte todos los tíos que haya en el bar. ¿Crees que podrás soportarlo?

Ella se acurrucó un poco más en el sofá.

—Claro.

Spencer esbozó una sonrisa.

—Solo para que lo sepas, puede que también tenga que fingir que me interesan otras mujeres.

Aquello la sacó de su sopor.

—¿Por qué?

—Porque si ese sitio es lo que creemos, es muy probable que exhiban las mercancías. Y, si no me doy por enterado, pasarán de mí y perderemos una oportunidad.

Tenía razón. Pero Arizona no quería pensar en eso de momento, y al día siguiente... al día siguiente ya vería cómo lo afrontaría.

—De acuerdo, como tú digas —estiró los dedos de los pies cuando él volvió a tocarla—. Cuando ya estés en el bar, dejaré caer unas cuantas preguntas como quien no quiere la cosa, puede que tontee un poco y que me haga la desvalida. Ya sabes, para que parezca que soy una presa fácil.

—¿Lo has hecho otras veces?

Cerró los ojos y suspiró.

—Sí, muchas. Funciona si quieres hacer salir a la luz a cerdos sin escrúpulos.

Él desplazó las manos hasta sus tobillos y comenzó a masajearlos. Luego las deslizó de nuevo hasta sus pies. Qué maravilla...

—¿Y cuando salgan a la luz?

—Entonces podremos darles una paliza de... —se refrenó antes de soltar un taco.

Aquello de cuidar su lenguaje estaba resultando más difícil de lo que esperaba.

—Casi, casi —las manos de Spencer se detuvieron—. Pero esa parte del plan no me gusta.

—Entonces ¿qué quieres hacer? ¿Convencerles con buenas palabras para que se entreguen?

—Quiero que no te pongas en peligro y me dejes manejar la situación.

Ella se quedó mirándolo.

—Pobre Spencer. ¿Creías que ibas a convencerme con el masaje? ¿Por eso lo has hecho? Pues no.

Él apoyó una mano en el respaldo del sofá y otra cerca de su rodilla y se inclinó sobre ella.

Aquello la alarmó un poco. Estaba casi tumbada de espaldas. Llevaba muy poca ropa encima. Y un hombre de su envergadura podía ser muy imponente, aunque no tuviera malas intenciones.

—Eh... —dijo, y se pensó si debía darle un rodillazo en las costillas.

—Esto es lo que vamos a hacer, cariño —dijo con calma—: Tú haces las preguntas que sean necesarias, te haces la ingenua y, si alguien pica el anzuelo, empezamos a recoger sedal.

—¿Empezamos? —miró su garganta, los músculos de su pecho. «Concéntrate, Arizona»—. Entonces ¿no vas a dejarme al margen?

Negó con la cabeza.

—Por ahora, vamos a tomárnoslo con calma y a ver qué calado tiene la operación.

Buena idea. Siempre había más gente implicada de lo que parecía a primera vista. Tragó saliva y apoyó una mano en el pectoral izquierdo de Spencer. Era muy firme.

—¿Y después?

—Cuando sepamos a qué nos enfrentamos, actuaremos, pensando bien lo que hacemos y con suficientes refuerzos —miró su boca y bajó la voz—. Pero hasta entonces, no —se irguió de nuevo.

Arizona no se dio cuenta de que había estado conteniendo el aliento hasta que respiró hondo. Y no era únicamente miedo lo que sentía. Era consciente de ello, y eso también la ponía nerviosa.

—O me das tu palabra —añadió Spencer— o lo dejamos.

Se quedó allí, esperando, y por alguna absurda razón a Arizona le entraron ganas de reír.

—¿Sabes qué te digo, Spence? Después de ese maravilloso masaje de pies, estoy de acuerdo con tu plan de esperar a ver qué pasa —se puso de lado otra vez y levantó las rodillas para dejar de tocarlo con los pies—. Pero, si alguien me toca, no respondo de mí.

—Nadie va a tocarte.

¿Porque él no les dejaría? Su instinto protector no le molestó tanto como debería.

—Se acabó la charla. Tengo el cerebro cansado. Vamos ver las peleas.

Spencer deslizó una mano por encima de la manta, desde su pie a su rodilla y vuelta atrás. Fue una caricia ligera y cariñosa. Pero también excitante.

A Arizona no le importó que dejara la mano posada allí. Se preguntó qué sentiría si aquellos dedos tocaban su piel desnuda, y cambió de postura.

Sin dejar de tocarla, Spencer volvió a subir el volumen y se sumieron en un agradable silencio.

Casi sin darse cuenta, Arizona comenzó a sentirse tan cómoda y segura que se olvidó de su resentimiento cotidiano y de su desconfianza constante hacia todos y hacia todo. Por una vez se sentía... a salvo. Incluso contenta.

Era un sentimiento maravilloso.

Probablemente fue su conversación acerca de la esposa de Spencer lo que le hizo pensar en todo lo que se estaba perdiendo, en todo lo que nunca llegaría a tener: una familia, un hogar propio... hijos.

Mientras la televisión sonaba de fondo, con la cálida y reconfortante presencia de Spencer a su lado, se fue quedando dormida. Al bajar la guardia, sus pensamientos se retrotrajeron en el tiempo, y sus sueños la devolvieron de nuevo a la chatarrería.

Incapaz de apartar la mirada, observó cómo se efectuaba la transacción. El tipo que entregaba el dinero se frotaba repetidamente los labios uno contra el otro. Los tenía mojados de saliva, y a ella se le erizó la piel al mirarlos. El aire pegajoso de la noche aumentaba su sensación de asco. Se oían grillos, el tráfico lejano y, de vez en cuando, el ladrido de un perro.

Toda aquella degradación intentaba marchitar su coraje. Pero no lo permitiría.

Echó un rápido vistazo y comprobó que no tenía escapatoria. Una valla rematada con alambre de espino rodeaba la chatarrería. Cerca de allí, un guardia, al observar su nerviosismo, le dedicó una sonrisa maliciosa.

«No mires, no mires». Pero su mirada buscó automáticamente el pequeño cobertizo al que iban a llevarla.

Donde la habían llevado otras veces.

Se le enturbió la vista. Le ardía la garganta, sentía náuseas. Si echaba a correr, le dispararían. Pero ¿sería mejor o peor?

Dios, a esas alturas ya debería estar insensibilizada.

Y sin embargo lo sentía todo, cada pensamiento lascivo, cada intención maliciosa y retorcida, cada agresión, cada humillación.

Completada la transacción, el hombre de los labios fofos avanzó hacia ella. El corazón le latía con violencia.

Su pánico se intensificó.

Y su odio no paró de crecer.

Llegó y pasó la medianoche. Invadido por emociones tan intensas que apenas podía soportarlas, Spencer pensó en servirse una copa. Las dos cervezas que había tomado no habían conseguido embotar su deseo cada vez mayor, tanto físico como emocional.

Arizona había caído en un sueño profundo. Si se emborrachaba, no la molestaría.

Pero estaría menos alerta, y debía mantenerse despejado estando con ella.

Acabó la cerveza, reposó la cabeza en el sofá y cerró los ojos. Debería haberse ido a la cama, pero no quería. Por absurdo que pareciera, disfrutaba prolongando aquel momento de quietud con ella.

De momento, la había visto enfadada, a la defensiva, divertida y provocadora. Pero rara vez tranquila y relajada.

Arizona cambió de postura y tocó su muslo con los pies. Rodeó su tobillo con la mano y notó de nuevo su delicada estructura ósea, la calidez de su cuerpo a través de la manta. Si tocaba su piel desnuda, sería suave y sedosa...

Ella dejó escapar un gemido.

Spencer se puso alerta, giró la cabeza y observó su rostro a la luz del televisor. Sin aquellos ojos azules controlando cada uno de sus movimientos, su impacto debería haber sido menor. Pero Spencer se sintió como una bomba de relojería a punto de estallar.

Ninguna mujer debería ser tan sexy. Con aquella luz suave, el cabello oscuro y lustroso le caía alrededor de la cara y de los hombros como seda líquida. Y esa cara... Pestañas densas, pómulos altos, nariz respingona y una boca suave y carnosa.

Pero, a decir verdad, con aquel cuerpo a muy pocos hombres les habría importado que fuera espantosa. Al recorrerla con la mirada se le tensaron los músculos y sintió que le ardían las entrañas. La lujuria se agolpaba dentro de él como una marea, más fuerte cada vez que la miraba o que pensaba en ella.

Cuando estaba con ella sentía un anhelo que nunca antes había experimentado, y ello le hacía sentirse culpable por muchos motivos.

La valentía de Arizona lo sacaba de quicio y al mismo tiempo lo llenaba de deseo. Su forma prosaica de hablar y su curiosidad sexual lo aturdían a veces y a veces le daban ganas de enseñarle todo lo que se había perdido.

Ella se movió otra vez, y a él se le aceleró el corazón. Se sentía como un pervertido por excitarse mirando a una mujer dormida que se indignaría si supiera el rumbo que habían tomado sus pensamientos.

Pero Arizona era muy lista. Entendía cómo funcionaba el cerebro de los hombres, así que seguramente ya daba por hecho que aquellas ideas se le pasaban por la cabeza.

Y ese era el quid de la cuestión: que solo había conocido a cerdos inmorales que habían gozado forzándola, haciéndole daño, utilizándola, tratándola sin respeto ni preocupación alguna, con el único fin de satisfacer sus apetitos.

No, él jamás haría nada que pudiera apuntalar su opinión de los hombres, o ahondar sus heridas.

Mientras la miraba, ella arrugó las cejas y encajó la mandíbula. Dio un respingo, tensó los hombros y cerró los puños.

—Eh —temiendo lo peor, deslizó la mano hasta su rodilla—. ¿Arizona?

Se movió otra vez espasmódicamente, como si estuviera asustada. Dejó escapar un gemido de angustia.

«Mierda».

No podía soportar saber que tenía una pesadilla.

—Arizona —agarró su rodilla y la zarandeó suavemente—. Vamos, despierta.

Ella se giró con un grito sofocado y comenzó a lanzarle patadas y puñetazos. Spencer intentó esquivar los golpes y contenerla.

—¡Arizona! —agarró con fuerza sus antebrazos y la sujetó con fuerza—. Soy yo, Spencer.

Dejó de debatirse y lo miró con los ojos desorbitados, silenciosa y helada.

—No pasa nada, cariño —aflojó las manos y repitió—: No pasa nada.

Ella lo recorrió con la mirada y de pronto se levantó del sofá y se alejó, asustada, con los hombros hacia delante, los pies separados y la respiración agitada. Tenía lágrimas en las pestañas.

Spencer la miró desconcertado, sin saber qué hacer ni qué

decir. Ella se fijó en su postura relajada y luego se miró el cuerpo como si quisiera comprobar que estaba intacta.

—Arizona —dijo él en tono de reproche. ¿De veras creía que podía aprovecharse de ella mientras dormía? Claro que sí, teniendo en cuenta por lo que había pasado.

Se palpó el cuerpo, el nudo de los pantalones anchos y la camiseta. Al comprobar que estaba todo en orden, dejó caer los hombros y se rodeó con los brazos. Cerró los ojos y dejó escapar un suspiro entrecortado.

—Te has dormido en el sofá —le dijo Spencer con el tono más suave que pudo.

—No te has ido a la cama.

«Porque quería quedarme cerca de ti». Tragó saliva.

—Me he acabado la cerveza y he estado viendo las noticias. Nada más.

Ella se rio, histérica.

—Claro, claro —se pasó los dedos por el pelo y miró hacia la puerta de la calle.

—Estás pensando en huir —Spencer se tensó, listo para salir tras ella si lo intentaba—. No lo hagas.

—Ay, Dios —se tapó la cara con manos temblorosas—. Perdona, pero tengo que irme —se giró precipitadamente.

—¡Arizona!

Al oír su áspera orden, se quedó paralizada. Respiraba con dificultad y temblaba. ¿Qué podía decir él? ¿Qué podía hacer para ayudarla?

—Dentro de unas horas será de día —se inclinó hacia delante—. Vamos a hacer café.

Negó con la cabeza enérgicamente.

—Tengo que irme.

—No, cariño, no tienes que hacer nada. Puedes quedarte aquí —«conmigo». Sacudió la cabeza y añadió—: Seguramente tendrás que ir al baño, ¿no?

Ella lo miró, indecisa y preocupada.

—¿Al baño?

Él asintió. Si iba primero al baño, él tendría un poco de

tiempo para ordenar sus ideas y ofrecerle un argumento más coherente y persuasivo.

—Y además estás descalza. Y fuera sigue lloviendo —se levantó despacio, decidido a llegar hasta ella—. Todo el mundo tiene pesadillas, cariño. No hay por qué avergonzarse —no se acercó a ella todavía.

Girándose para mirarlo de frente, levantó un puño hacia él.

—Tú no tienes ni idea de lo que me pasa, así que deja de comportarte como si lo supieras.

—Podrías contármelo.

Aquello la hizo retroceder un paso.

—No —sacudió la cabeza con énfasis—. No voy a hacerlo.

—De acuerdo —avanzó hacia ella un paso, sin saber muy bien qué hacer—. Pero si alguna vez quieres hablar de ello, que sepas que estoy dispuesto a escucharte y que no te juzgaré.

Esbozó una sonrisa burlona.

—Genial. Gracias por el ofrecimiento —se pasó de nuevo la mano por el pelo. Miró a su alrededor, indecisa—. Mi dichoso coche sigue averiado.

—Porque quieren que te quedes aquí —«conmigo. Solo conmigo»—. Confían en mí, y tú deberías hacer lo mismo.

—Jackson, Trace, Dare... Son como una panda de viejas entrometidas.

—Les diré que has dicho eso —dio otro paso hacia ella—. Por favor, no te avergüences. Conmigo, no.

—¿Por qué contigo no? ¿Qué te hace tan especial? —preguntó ella, pasando a la ofensiva.

Buena pregunta, pensó Spencer. Y no sería fácil dar con una respuesta, sobre todo porque lo que más deseaba era estrecharla entre sus brazos, protegerla y... hacerla suya.

CAPÍTULO 7

Spencer hizo oídos sordos a sus propias reservas y le entregó un trozo de su alma.

—A veces yo también tengo pesadillas.

Arizona lo miró con los ojos todavía húmedos.

—Dudo que sean iguales.

—No, no son iguales en absoluto —no le resultaba fácil hablar de aquello. Nunca lo había hecho—. En mis pesadillas, veo a mi mujer pidiéndome socorro a gritos, pero no puedo ayudarla.

Arizona se quedó quita, alerta. Al menos había conseguido captar su atención. Su respiración se aquietó y dejó de temblar.

—¿En serio?

Spencer asintió.

—En mis pesadillas, siento su miedo y veo a esos hombres haciéndole cosas que... —movió la mandíbula y se obligó a decir—: Cosas que puede que hicieran y puede que no. La oigo gritar, desesperada y llena de pánico... y no estoy allí —se encogió de hombros, incapaz de expresar lo que sentía, cuánto odiaba todo aquello.

Arizona lo miró en silencio, expectante.

—No la ayudé. No la protegí como debía —reconoció él con el rostro crispado—. Los sueños siempre acaban igual: le disparan y muere en medio de un charco de sangre.

Arizona se rodeó con los brazos y bajó la voz.

—No es lo mismo, pero... es horroroso.
Spencer se acercó a ella.
—Fue uno de esos sueños lo que me empujó hacia Marla.
—¿Por qué? No lo entiendo.
—A veces un poco de contacto humano puede ayudar a ahuyentar los fantasmas —posó una mano sobre su hombro y se acercó un poco más—. Ahora mismo me vendría bien un poco de contacto. ¿Y a ti?
—¿Sexo?
—No —se le encogieron las entrañas—. Consuelo.
—Ah —se quedó quieta, rígida—. No sé. Nunca he...
—Nunca te han consolado. Lo entiendo —la atrajo lentamente hacia su pecho, y ¡Dios Todopoderoso, qué delicioso era!
Apoyó la cabeza sobre su coronilla y susurró:
—No es tan terrible, ¿verdad?
—No.
Con cuidado de no hacer nada que pudiera asustarla, mantuvo las manos quietas sobre su espalda y refrenó el deseo de besar su frente.
—No sé todo lo que te pasó ni cómo te afectaron esas cosas. Pero no tienes por qué enfrentarte a eso sola.
Se inclinó hacia él y lo rodeó indecisa con los brazos.
—Puede ser.
Spencer sintió sus manos en la espalda, su cuerpo suave y voluptuoso contra el suyo. Arizona frotó la nariz contra su hombro, y él la acarició lo más inocentemente que pudo.
Pasados unos segundos, ella lo apretó con un poco más de fuerza.
—Estás tan calentito...
—Y tú estás helada —le frotó los brazos con las manos. Ardía en deseos de llenarse las manos con su pelo, de apretarla contra sí—. ¿Quieres que baje el aire acondicionado?
—No.
—¿Por qué?
—Es tu casa. Tienes que estar a gusto.
Maldición.

—Quiero que tú también estés a gusto. Ojalá me creyeras.
Ella se echó hacia atrás para verle la cara.

—Supongo que podemos seguir aquí de pie, poniéndonos melodramáticos, o sentarnos y ponernos cómodos. O quizá podríamos intentar dormir unas horas más —bostezó—. Eso último empieza a apetecerme.

Su tentativa de ocultar sus emociones no engañó a Spencer. Entendía su necesidad de mantenerse entera, de aparentar fortaleza, y apreciaba sus esfuerzos, consciente de que muy pocas personas podrían hacer gala de tanto valor.

Le alisó el pelo sedoso y tocó su mejilla.

—Las cosas pueden ser distintas si confías otra vez en los demás, si empiezas a ver el lado bueno de la vida.

Arizona se frotó el ojo izquierdo.

—Sí, bueno, no pensaba cortarme las venas ni nada por el estilo. No hace falta que me sueltes un sermón.

Cuando hizo intento de apartarse, él la agarró por los hombros.

—¿Adónde vas?

—Al cuarto de baño.

—Ah.

Se apartó de él y Spencer bajó las manos. Mientras ella se alejaba, él contempló el balanceo de sus caderas, sintiéndose como un auténtico capullo, y se fijó en sus piernas torneadas y en lo largos que eran sus pasos. Cuando regresó un minuto después, vio que el aire fresco le había endurecido los pezones debajo de la camiseta. Tenía unos pechos grandes y firmes que destacaban más debido a su figura delgada y esbelta.

Bostezando otra vez, se fue derecha al sofá. Spencer se frotó la nuca.

—¿Vas a poder dormir? —preguntó.

—Sí, con tal de que te vayas a la cama en vez de quedarte ahí vigilándome —respondió despreocupadamente.

Spencer dudaba de que fuera a dormir. ¿Estaba planeando algo? Seguramente.

Se quedó mirándola.

—¿Estarás aquí dentro de un par de horas, cuando me levante?

Arrugó un poco el ceño.

—¿Quieres que esté aquí?

—Sí.

Algo oscureció los ojos de Arizona. ¿Alivio, quizá?

—Claro que quiero.

—Entonces aquí estaré.

Todavía indeciso, Spencer insistió:

—Si tienes otra pesadilla...

—No, no voy a despertarte, así que ni lo menciones. Es una tontería. Soy una persona adulta. Y sé cuidarme sola —se acurrucó bajo la manta—. Pero también prometo no salir huyendo como una loca en plena noche. ¿Te basta con eso?

Spencer supuso que tendría que bastarle.

—De acuerdo.

—Ahora vete o tendré que pensar que eres igual de protector que los otros tres.

Spencer se puso delante de ella. No podía dejarla así, así que se agachó ante ella y le acarició el pelo.

—Estoy al fondo del pasillo si cambias de idea.

¿Qué estaba diciendo?

Ella lo miró fijamente.

—¿Cambiar de idea sobre qué?

Buena pregunta. Ni siquiera él estaba seguro de qué quería decir.

—Si no puedes dormirte. Podemos hablar, o ver la tele, o desayunar —le tapó los hombros con la manta—. Avísame.

Ella respondió poniendo los ojos en blanco, dejó caer la cabeza sobre el brazo del sofá y fingió roncar. Con una sonrisa, Spencer le apretó el hombro y se incorporó para marcharse.

Quería llevarle una almohada.

Quería sentarse allí y seguir... tocándola. Pero sería un error presionarla. Así que reguló el aire acondicionado, entró en su cuarto, cerró la puerta y se desvistió.

Tardó un rato, pero por fin se quedó dormido.

Y por una vez no soñó con su esposa. Solo soñó con Arizona.

Y sus sueños fueron sorprendentemente agradables.

Arizona se puso a canturrear mientras acababa de ducharse. No era la idea de ponerse ropa nueva lo que la animaba. Detestaba la vestimenta ideada para llamar la atención, pero la aceptaba como un medio para alcanzar un fin. Necesitaba que se fijaran en ella en el bar, y había elegido la ropa adecuada para ello.

Así que no, no era la ropa; era Spencer quien la hacía sentirse... alegre. Qué extraño. Rara vez se sentía tan despreocupada, y nunca gracias a un hombre.

Adoraba a Jackson, claro, y seguramente lo adoraría siempre. Era su hermano, su mejor amigo, su camarada y su confidente, o casi. Sabía cosas sobre ella que muy pocas personas sabían, porque había estado presente, porque había presenciado lo sucedido y había arriesgado su vida para salvarla.

Cada vez que lo pensaba, se sonrojaba de vergüenza y la embargaba la gratitud. Jackson había hecho tantas cosas por ella... y ella no había hecho nada por él. Era una carga que él tenía que soportar. Una responsabilidad añadida, teniendo ya tantas.

Estaba en deuda con él, y se sentía culpable por ello. Necesitaba pagarle de algún modo a Jackson todo lo que había hecho por ella.

Y algún día, de algún modo, lo haría.

Pero Spencer... Sí, Spencer era más un auténtico colega. Entre ellos había igualdad. Ella había tenido una pesadilla espantosa, y eso era un asco, pero había visto la expresión de sus ojos marrones oscuros cuando él le había contado sus propias pesadillas.

Eso era lo que marcaba la diferencia: el hecho de compartir cosas.

Habían conectado casi desde el principio. Con un poco de suerte, podrían seguir aunando sus fuerzas para llevar a los criminales ante la justicia.

Fiel a su palabra, estaba en la cocina de la casa de Spencer, tomando un café, cuando él se había levantado. Había estado atenta a cualquier ruido, preguntándose si dormiría hasta muy tarde, ansiosa por verlo, por hablar con él, así que, naturalmente, lo había oído en cuanto se había levantado de la cama.

Pensando seguramente que se habría escapado, había recorrido a toda prisa el pasillo y entrado en la cocina, donde se había parado en seco al verla.

Tenía el pelo revuelto, la barba un poco crecida y llevaba puestos solamente unos calzoncillos. La había mirado fijamente y Arizona había advertido su alivio. Porque de verdad quería que estuviera allí.

Su corazón volvió a dar aquel extraño brinco. La barba era bastante atractiva, pero vestido solo con los calzoncillos estaba impresionante. Tenía un cuerpo fantástico. Lo había notado más de una vez, y no con la admiración analítica con que se fijaba en el físico de Jackson, Dare y Trace. Los tres eran fuertes, altos y ágiles, tenían excelentes reflejos y una enorme resistencia. Spencer era todo eso, y además guapísimo. Cada vez que fijaba en ella aquellos ojos oscuros y soñadores, Arizona sentía un extraño cosquilleo en la boca del estómago. No era desagradable, pero sí desconcertante.

Por eso, en cuanto había tenido ocasión, se había marchado.

Se sentía un poco culpable por ello, pero se había recordado que tenía que preservar su independencia, que debía demostrar su valía ante el mundo y sobre todo ante sí misma, y eso la había ayudado a marcharse mientras él se duchaba.

Había dejado su antiguo hotel y había ido a comprar la ropa que se pondría esa noche y un bikini para la excursión a casa de Dare. Después se había registrado en otro hotel. Había tenido el teléfono desconectado, convencida de que Spencer la llamaría. Pero no la había llamado.

Todavía, al menos.

Se negaba a sentirse decepcionada por ello. Se reuniría con ella esa noche para ayudarla, y eso era lo que más necesitaba.

Después de ducharse, se envolvió una toalla alrededor del pelo y otra alrededor del cuerpo. Acababa de salir del cuarto de baño cuando sonó su móvil.

«Spencer».

Negándose a pensar en cómo se le había acelerado el corazón, respiró hondo y agarró el teléfono. Sin duda estaría enfadado por que se hubiera marchado mientras él se duchaba. Pero discutir con él era casi tan estimulante como todo lo que compartían. Estaba deseándolo.

Sonriendo con expectación, respondió despreocupadamente:

—¿Diga?

—Me has dejado tirado.

Se le aceleró el pulso al oír el timbre de su voz. No lo había dejado tirado. Simplemente... se había marchado. ¿Por qué hacía que sonara tan personal?

—Conque te has dado cuenta, ¿eh? Pero qué astuto eres, Spence.

—Te has largado mientras estaba en la ducha.

¿Por qué no estaba colérico? Había conseguido darle esquinazo, lo cual demostraba más o menos que era mejor que él... ¿no? Debería estar furioso. Y sin embargo tenía un aire misterioso y enigmático.

—Tenía cosas que hacer, pero estaba allí cuando te despertaste, ¿verdad? Hasta me quedé a desayunar.

—¿Estabas esperando tu oportunidad?

—He cumplido al pie de la letra nuestro acuerdo —contestó en tono más acerado—. Como hiciste tú cuando hablaste con Trace, pero no con Jackson.

Nada. Ni una protesta, ni una réplica, ni siquiera un sonido de exasperación. Aquella indiferencia le estropeaba toda la diversión. Suspirando, se dio por vencida y dijo:

—He tenido que ir de compras para tener algo que ponerme esta noche.

—Entonces ¿no ha sido solo por vengarte de mí por haber hablado con Trace?

—No —bueno, un poco quizá sí—. Además, tenía que cambiar de hotel y... En fin, una tiene que prepararse antes de seducir a las masas.

—Quería que te quedaras.

Vaya. Notó su desilusión. Y se sintió muy culpable.

—Ya te dije que no podía.

—Tú y yo vamos a tener una larga charla sobre lo que puedes o no puedes hacer.

Parecía tan seguro de sí mismo que a Arizona le dieron ganas de replicar. Pero tenía que mantener la paz para que Spencer siguiera trabajando con ella.

—Está bien. ¿Cuándo?

—En cuanto me dejes entrar.

—¿Dejarte...? —sintió que la ira empezaba a apoderarse de ella—. ¿Dónde estás?

Tocaron enérgicamente a la puerta.

—Abre, cariño.

Arizona se apartó de la puerta y gritó con rabia:

—¿Qué cojones haces aquí, Spencer?

—No quiero llamar la atención aquí. ¿Vas a abrir o no?

Se miró a sí misma. La toalla blanca casi no la tapaba.

—No, no voy a abrir —podía esperar a que se vistiese. Le sentaría bien pasar un rato en el destartalado vestíbulo del hotel—. No tenías derecho a venir aquí...

—Como quieras —cortó la llamada.

«Grrrr». Furiosa (y decepcionada por que se hubiera dado por vencido tan fácilmente), decidió exigirle que volviera y presentara batalla, como ella quería. Avanzó hacia la puerta con decisión, pero al echar mano del pomo oyó un chirrido dentro de la cerradura. Conocía aquel sonido.

¡Intentaba entrar en su habitación!

Levantó las cejas y su ira se disipó de pronto. Miró a su alrededor, comenzó a retroceder... y la puerta se abrió de golpe.

Spencer entró mientras guardaba una ganzúa y una llave en un estuchito de cuero, cerró la puerta de un taconazo y se volvió para mirarla.

Su sorpresa fue aún mayor que la de Arizona.

Al verla casi desnuda, cubierta únicamente con un par de toallas, se puso en alerta máxima. La recorrió con la mirada, pero no se movió. Cuando por fin fijó la mirada en su cara, sus ojos se oscurecieron.

—Hola.

¿Hola? ¿Eso era lo único que se le ocurría? Arizona olvidó que estaba medio desnuda. Se acercó a él, furiosa, y le clavó un dedo en el pecho.

—¿Se puede saber qué cojones haces aquí?

Él la agarró del dedo y se lo sujetó.

—¿Creías que eras la única que sabía abrir una cerradura?

Ella se desasió de un tirón y casi se le cayó la toalla. Aseguró el nudo por encima de los pechos y retrocedió. Más calmada, masculló:

—No me refería a eso y lo sabes.

Spencer levantó una ceja y avanzó hacia ella.

—Ya te dije que se me daba bien seguir pistas.

—Me has seguido a mí, Spencer. No es lo mismo.

Él se encogió de hombros y recorrió la habitación con la mirada.

—No, pero casi.

Cuando miró el portátil que ella había colocado sobre la mesita de noche, Arizona lo cerró de golpe. Spencer no hizo caso. Levantó la camiseta y el sujetador que ella había dejado tirados sobre la cama. Arizona se los arrebató de un zarpazo. Era una persona ordenada y pensaba guardarlos en su petate en cuanto se hubiera vestido.

Spencer sonrió ligeramente.

—Me alegro de que seas rápida comprando. Tardaste menos de veinte minutos. Admirable.

¡La había estado siguiendo todo el tiempo! Lo agarró del brazo, pero no consiguió que se volviera hacia ella.

—¡Estabas en la ducha! ¿Cómo te has enterado de que me iba?

A pesar de que ella seguía agarrándolo, Spencer se acercó a la ventana, y ella lo siguió. Apartó la cortina para mirar fuera.

—¿Creías que me fiaba de que fueras a quedarte? No. Estaba atento. Es extraño, Arizona, pero la verdad es que casi puedo leerte el pensamiento —miró primero su mano, que seguía agarrando su brazo, y luego su cara—. Sabía desde el principio que pensabas marcharte. Te lo vi en los ojos.

Ella quiso negarlo, pero Spencer se había percatado de sus intenciones ya muchas veces.

—Así que se supone que yo tengo que confiar en ti, pero no al revés.

—Dame una razón para confiar en ti y lo haré —fue a sentarse al borde de la cama. La miró, sonrió y tocó el colchón, a su lado.

Arizona negó con la cabeza. Tenía que vestirse antes de acercarse a él. Al contrario de lo que afirmaba Spencer, confiaba en él, pero no se sentía a gusto a su lado cubierta únicamente con una toalla.

Spencer siguió mirándola a la cara.

—¿Querías sabes qué hacía con Marla, por qué disfrutaba tanto acostándose conmigo?

Los ojos de Arizona centellearon y su mandíbula se aflojó. No podía hablar en serio. Pero lo parecía.

—Eh... sí —quería saberlo de veras. La triste verdad era que había pensado en ello muy a menudo, cuando debería haber estado pensando en otras cosas.

—Entonces, hablemos —volvió a dar unas palmadas en el colchón, a su lado.

Arizona miró su cuerpo casi desnudo y tocó la toalla que cubría su cabeza.

—De acuerdo. Dame un par de minutos —se volvió hacia el cuarto de baño.

Spencer se inclinó hacia delante y la agarró de la mano.

—No, ahora —tiró de ella y la hizo sentarse a su lado.

El muslo desnudo de Arizona rozó su pantalón vaquero suave y desgastado. Aspiró el olor de su cuerpo, aquel olor a piel calentada por el sol, a loción de afeitar y a... hombre, y luchó por mantener la toalla cerrada por encima de los muslos.

—Debería ir a vestirme primero, ¿sabes?

—No tardaremos mucho —miró sus muslos tan fijamente

que Arizona sintió que empezaba a acalorarse y que los dedos de sus pies se tensaban. No era una sensación desagradable.
Se aclaró la voz.
—Está bien. Adelante.
Él deslizó la mirada hasta la juntura de sus muslos, y luego por su pecho y sus hombros, hasta que por fin la miró a los ojos.
—La seducía poco a poco.
Arizona no lo entendió.
—¿Qué quieres decir?
—Un hombre considerado dedica tiempo a los preliminares.
¿Y él era considerado? Seguramente.
—¿Te refieres a los besos, las caricias y esas cosas? —esbozó una sonrisa burlona. Según su experiencia, aquello solo prolongaba lo inevitable.
—Si eso es lo que le gusta, sí. Muchos besos y montones de caricias. Hacerlo me brinda la oportunidad de conocer las reacciones de mi pareja en diversos aspectos. Así puedo juzgar qué es lo que le gusta más a una mujer, y lo que menos, y me ajusto a ella —alargó el brazo y deslizó el nudillo de un dedo por su mejilla.
Arizona se quedó helada. Luego respiró bruscamente.
—Cuando te toco así —murmuró él—, se te pone esa mirada.
Le apartó la mano de golpe, a pesar de que se estaba deshaciendo de placer.
—Yo no pongo ninguna mirada —como no fuera, quizá, una mirada de miedo que se esforzaba por ocultar. Con Spencer, sin embargo, no tenía miedo. Estaba un poco preocupada, quizá, sobre todo por cómo la hacía sentir, pero no temía lo que pudiera hacerle.
Él sonrió, comprensivo, y dijo:
—Esa mirada me dice que te gusta que te toque, siempre y cuando no lleve las cosas demasiado lejos.
Levantó el mentón.
—¿Qué mirada es esa? Descríbemela.

—Más tierna. Más cálida —puso una mano alrededor de su cuello y tocó su nuca—. Mucho más cálida.

Ella tragó saliva con dificultad.

—Creía que estábamos hablando de Marla y de ti.

Se puso muy serio.

—Sé que no eres consciente de ello, pero un hombre de honor no habla de los detalles íntimos de sus relaciones de pareja con otras mujeres.

—¡Eres un farsante! —no tenía intención de decirle...

—Pero —añadió, posando la mano en su hombro—, puedo contártelo a grandes rasgos.

Ella cruzó los brazos. Tendría que conformarse con eso.

—Más vale que merezca la pena.

Él esbozó una sonrisa torcida, pero no se rio.

—Un hombre inteligente aprende a interpretar las reacciones de las mujeres. Cualquiera puede practicar el sexo, y estoy seguro de que sabes que los hombres se... disparan muy fácilmente.

Arizona lo miró de reojo.

—Sí, así es —a algunos hombres les bastaba con mirar a una mujer. A otros en cambio... no. Pero no quería pensar en eso.

Spencer pareció angustiado un instante.

—Ya. Bueno, pues, siendo así, la manera de que sea más placentero para un hombre es hacer que la mujer también disfrute.

—¿A ti eso te importa?

—Me importa muchísimo.

Ah. No entendía por qué, pero se encogió de hombros.

—A la mayoría no les importa...

Spencer le tapó la boca con un dedo.

—La verdad, cariño, no sabes qué les importa a los hombres porque no has conocido a ningún hombre de verdad, a hombres buenos —bajó la voz y miró su boca—. Al menos, imagino que no has tenido relaciones íntimas por elección propia, pero supongo que podrías haber...

—No —se estremeció al pensarlo.

—¿No hubo nadie antes de que te secuestraran? —se quedó

observándola—. ¿Ni nadie después, o en algún momento durante el secuestro?

Soltó un bufido.

—Antes, con mis padres, me habría sido muy difícil encontrar el momento. Y después y durante... —apartó la mirada—. No.

Spencer acarició su brazo hasta el hombro y la agarró de la barbilla.

—Entonces fíate de lo que te digo. A los hombres normales y sanos les encanta que las mujeres se exciten.

—¿Sí? —sabía tan poco acerca del placer femenino como de los hombres normales y sanos.

—Los sonidos que hace una mujer cuando se corre, cómo se tensa —su voz se hizo más honda y se volvió rasposa—. Cómo se moja y se acalora, cómo pierde el control... —se detuvo.

Sonaba muy bien, desde luego.

—Continúa —le urgió Arizona con un nudo en la garganta.

Spencer sacudió la cabeza, mirándola fijamente.

—Ya sabes lo que quiero decir —sus pómulos se acaloraron, y Arizona se inclinó para observar mejor su expresión.

—¿Te estás excitando, Spence?

—Un poco —respiró hondo, soltó el aire y añadió con voz más estridente—: Llevar a una mujer al clímax es un subidón, y la mayoría de los hombres se esfuerzan mucho para que así sea.

Umm.

—Entonces ¿estás diciendo que todas las mujeres con las que te acuestas se corren?

Tras lanzarle una larga mirada, él soltó una carcajada.

—No tienes precio, ¿lo sabías?

No, no lo sabía. Siempre había tenido un precio, y no era mucho.

—¿Estás evitando responder?

—Los hombres siempre mienten respecto a su éxito con las mujeres. La mayoría, por lo menos.

—¿Hasta los hombres buenos?

—Me temo que sí —le lanzó una mirada tan cariñosa que Arizona la sintió en todo su cuerpo—. Como es tan importante que la mujer también disfrute, ningún hombre quiere reconocer que ha dejado insatisfecha a su pareja. Sería un golpe muy duro para su ego. Pero, ya que te he prometido sinceridad total, reconozco que alguna vez me ha pasado.

Arizona se llevó una mano al pecho teatralmente.

—¡No!

—No mucho desde que maduré, y no por falta de esfuerzo por mi parte. Pero las mujeres son complejas. Mucho más que los hombres.

—Entonces ¿hasta una mujer que no te importe...?

—Yo no me acostaría con una mujer que no me importara.

—¡Eso son chorradas! Los hombres practican el sexo por el sexo constantemente.

—Igual que las mujeres. Pero tiene que haber atracción, y eso denota al menos cierto grado de afecto.

—Así que nunca has pagado por hacerlo, ¿eh? —preguntó ella con ánimo de burlarse de él.

—No, nunca. Y menos aún por hacerlo con una menor.

—No te pongas de uñas. Solo era un comentario.

Él siguió con el ceño un poco fruncido.

—¿Te das cuenta de que hay una gran diferencia entre una mujer que decide prostituirse y una a la que la obligan a hacerlo?

—Sí, la que lo elige debe de estar loca.

—Más bien desesperada, pero no siempre. El caso es que ningún hombre de verdad intentaría forzar a una mujer, ni participaría cuando otro la fuerza. De hecho, haría todo lo posible por impedirlo.

Eso no se correspondía con su experiencia. Solo había conocido a hombres dispuestos a hacer la vista gorda, a participar y a obviar lo evidente.

—Debe de haber muy pocos hombres de verdad en este mundo.

—Esa una visión muy cínica de las cosas, cariño, y tarde o

temprano te darás cuenta. Yo hago todo lo que puedo físicamente y confío en interpretar bien las reacciones de mi pareja, así que voy despacio cuando ella quiere y más deprisa y más fuerte cuando lo necesita, pero aun así puede ser muy difícil acertar, y a veces me quedo corto.

—¿Alguna se ha quejado?

Él sonrió.

—La mayoría de las veces tengo éxito.

Sí, a Arizona no le costó creerlo.

—Fanfarrón.

—Estoy siendo sincero, como te prometí.

Le había contado un montón de cosas sin entrar en detalles, pero de momento Arizona decidió dejarlo ahí.

—Gracias por la lección —dio una palmada sobre sus rodillas desnudas—. Ha sido genial, pero ahora tengo que...

—Dame el beso que me prometiste.

Le dio un vuelco el corazón, las piernas se le convirtieron en gelatina y su columna se puso rígida. Spencer le hizo girar la cara hacia él.

—Has dicho un taco.

—No es verdad. ¿Cuándo?

—Cuando he llegado. Dos veces, en realidad, así que creo que me debes dos besos, para ser exactos.

¿Qué había dicho? ¿Qué había...? Ah, sí. Recordó su estallido al entrar él. Pero en parte había sido culpa de Spencer.

—Me has pillado por sorpresa.

—Lo sé. Y es muy posible que no sea la última vez, así que más vale que te vayas acostumbrando a pagar prenda.

A ella se le aceleró el pulso.

—No sé si puedo —dijo con una vocecilla débil—. Spencer...

—¿Tampoco has disfrutado nunca con un beso?

—No. A Jackson se lo ofrecí, pero eso ya lo sabes.

Spencer asintió.

—Y dado que se lo ofreciste por motivos equivocados, él te rechazó.

—Me habría rechazado de todos modos, le hubiera ofrecido lo que le hubiera ofrecido —se encogió de hombros—.Ya te he dicho que le doy pena.

Spencer lo dejó pasar y dijo:

—Es solo un beso. ¿Por qué te asusta tanto?

Le costó tragar saliva. Negó con la cabeza, reacia a confesarse. Seguramente Spencer pensaba que era una temeraria, y ella se esforzaba por dar esa impresión. Pero sabía la verdad: en el fondo, era una cobarde.

—Yo he sido sincero contigo, Arizona. ¿No puedes serlo tú también? —acarició su brazo—. Dímelo. ¿Qué es lo que te asusta tanto?

Ella miró fijamente la puerta del cuarto de baño, la alfombra, la mano de Spencer sobre su brazo. Muy bien, ¿quería que fuera sincera? Lo miró a los ojos.

—Tarde o temprano, estallarás.

Se hizo el silencio en la habitación. Esperaba que Spencer negara esa posibilidad. Que intentara engatusarla. Persuadirla, quizá.

—Dame tu mano —dijo él con voz tranquila pero firme.

—Pero...

—Te lo estás poniendo más difícil —añadió suavemente.

Arizona empezó a irritarse. Spencer quería jugar a aquel estúpido juego, pues bien, jugarían. Había dado su palabra y pensaba cumplirla.

Con dedos temblorosos, le tendió el brazo. Spencer le abrió la mano suavemente. La suya era mucho más grande, el doble que la de ella, y más gruesa y áspera. Pero también cálida. Durante unos instantes se limitó a sostenerle la mano y a mirarla mientras le acariciaba los nudillos con el pulgar. Arizona sintió un hormigueo en el estómago.

—Relájate —se acercó su mano a la boca, miró la palma y luego le dio un beso.

Firme y largo.

A ella se le aceleró el pulso. La inundó una oleada de calor. Su boca era cálida, su aliento húmedo, su caricia increíblemente tierna.

Ay, madre.
De pronto la soltó, se levantó y se acercó a la ventana. Arizona mantuvo el brazo estirado medio minuto antes de darse cuenta de lo que hacía y retirarlo.

—¿Ya está?

Con las manos en las caderas, la cabeza gacha y los hombros rígidos, él contestó:

—Por esta vez, sí.

¿Por esta vez? Ella acercó la mano cerrada al pecho, estremecida todavía por su beso.

—No habrá una próxima vez.

—Me debes una más.

¿Era una amenaza? Teniendo en cuenta lo débil que se sentía cuando estaba con él, ¿de qué otro modo iba a verlo? ¡Spencer la confundía tanto!

Se levantó.

—Entonces dámelo ya, jod... jopé.

Divertido otra vez, se volvió hacia ella.

—No, todavía no. Puede que luego. Ahora tenemos que hablar de otra cosa. Y sí, primero deberías vestirte.

—¿Por qué? —cruzó los brazos—. ¿Empiezo a ponerte nervioso?

—Estoy empalmado, así que no serviría de nada mentir.

Ella bajó la mirada hacia su entrepierna y la mantuvo fija allí. Vaya, vaya, vaya. En lugar de angustiarse, se sintió satisfecha.

—Te está bien empleado.

—Que me mires así no ayuda.

—Pobrecito —seguramente debería dejarlo en paz. De todos modos, no le daba del todo miedo que la deseara. En realidad, lo había sabido desde el principio. Él nunca le había ocultado su atracción. Así que aquello no era más que...

—Arizona...

Resoplando, levantó la vista y lo apuntó con el dedo.

—No te muevas. Me visto en menos de tres minutos.

CAPÍTULO 8

En cuanto desapareció en el cuarto de baño, Spencer dejó escapar un suspiro.

Tras encender el televisor para que sonara ruido de fondo, se tumbó en la cama con un gruñido. Le había besado la palma de la mano, nada más. Pero había oído cómo se le aceleraba la respiración, había sentido cómo temblaba, y le habían dado ganas de devorarla de la cabeza a los pies y... Ay, Dios.

Aquella toallita tan pequeña... ¿Cómo demonios se le había ocurrido impedir que se vistiera enseguida? ¿Desde cuándo era tan masoquista?

Pero ya sabía la respuesta. Desde que había conocido a Arizona, había pasado por un auténtico infierno: quería estar con ella pero se negaba a aprovecharse de su vulnerabilidad presionándola con el fin de satisfacer su deseo. Si hubiera sido cualquier otra mujer, ya habría hecho todo lo posible por acostarse con ella.

Tenía unas piernas tan increíblemente bonitas y esbeltas...

Se frotó la cara con las manos, pero siguió viendo sus músculos suaves, sus muslos tersos y su piel de color miel. Hasta sus pies le parecían sexys, tan pequeños y estrechos, y con el empeine alto. Y aquellas rodillas adorables... Dios, lo tenía crudo.

Mierda. Se ajustó los vaqueros y procuró dominarse. La extraña mezcla de curiosidad y sinceridad de Arizona acabaría por matarlo.

Y pensar en ella, en su cuerpo, no iba a ayudarle a aliviar su erección. Tenía que concentrarse en otra cosa, como en la colección de armas que guardaba en el maletero. O en su propensión a ponerse en peligro.

Esa mañana, mientras la seguía, había llamado a Trace, que se había enfadado al saber que ella había intentado darle esquinazo. Como seguía teniendo el coche averiado y Spencer iba siguiéndola, Trace había dado por sentado que estaría a salvo. Y conocía a Arizona, así que entendía la responsabilidad que había echado sobre los hombros de Spencer. Pero había querido ponerle más vigilancia y tener una conversación muy en serio con ella.

Consciente de que a Arizona no le agradaría ninguna de esas cosas, Spencer le había asegurado que de un modo u otro se las arreglaría para que volviera a su casa y para mantenerla allí mientras durara la investigación y la redada.

Pero si no lo conseguía...

Se abrió de golpe la puerta del baño, interrumpiendo sus cavilaciones. Arizona entró en el dormitorio con el pelo húmedo y vestida con unos vaqueros ceñidos y de cintura baja y una camiseta de tirantes. A juzgar por su expresión, a ella no le había costado dominarse.

Spencer se incorporó con un suspiro. A través de la fina tela de la camiseta se veían la curva de sus pechos y la silueta de sus pezones. Se le quedó la boca seca.

Ella se paró junto a la cama y puso los brazos en jarras.

—Muy bien, Spencer, algunas normas de partida.

Miró su cara enfadada.

—Norma número uno, te quedas conmigo.

Ella cerró la boca. Tras parpadear dos veces, negó con la cabeza.

—No, la norma número uno es que me dejes respirar un poco.

—Hicimos un trato —le recordó él.

El enfado cubrió sus mejillas de rosa.

—No me refería a eso. Me refería a que me hayas seguido...

—Protesta denegada —se levantó y se acercó a ella—. O te

quedas conmigo o me lavo las manos en este asunto y te las arreglas con el trío dinámico.

Ella lo miró y tensó la boca.

—¿El trío dinámico?

No mirarle los pechos era un suplicio.

—Llámalos como quieras. Tú sabes que te agobiarán más que yo.

—Sí. Me asfixiarán.

Y, naturalmente, Spencer contaba con que lo odiara.

—Exacto.

Apoyó una mano en la mesilla de noche y tamborileó con los dedos.

—¿De veras me harías eso?

—¿Para asegurarme de que estás a salvo? —removería cielo y tierra—. En un abrir y cerrar de ojos.

Ella volvió a tamborilear con los dedos.

—De todos modos ahora estarán pendientes de lo que pasa.

Él no iba a mentirle negándolo.

—Pero, si permites que me pegue a ti como una lapa, se quedarán en segundo plano y no te agobiarán. Hoy, por ejemplo. Si Trace no hubiera sabido que iba siguiéndote, te habría seguido uno de ellos. Y ahora mismo estarías manteniendo una conversación muy distinta.

Dejó de tamborilear.

—Y sin besos.

¿Le había gustado? ¿O seguía intentando luchar contra sus propias reacciones?

—Teniendo en cuenta que dos están casados y el otro, comprometido, seguramente no.

Ella se rio.

—¿Seguramente?

—Son hombres buenos, hombres honorables —reconoció Spencer. De eso no había duda. Pero en lo tocante a Arizona... Se encogió de hombros—. Es difícil resistirse a ti.

Lo miró de arriba abajo... y dio un paso atrás.

—Jackson se resistió perfectamente.

Dios, no quería volver a oír aquello. ¿Por qué seguía sacándolo a relucir? ¿Estaba enamorada de Jackson? Al pensarlo, dentro de él se agitó una peligrosa mezcla de emociones.

—No nos desviemos de la cuestión. Para simplificar las cosas, tienes que quedarte conmigo hasta que hayamos investigado a fondo ese bar.

Ella se alejó, pensativa.

—Tu sofá es muy cómodo.

—Te dije que podías usar el cuarto de invitados.

Levantó un hombro.

—¿No quieres que duerma en el sofá?

Spencer cruzó los brazos, desconcertado.

—No me importa que duermas en el sofá, pero ¿por qué quieres dormir ahí cuando puedes tener tu propia habitación? Allí puedes instalarte a tus anchas —y por si algo le preocupaba, añadió—: Mientras estés conmigo, no te presionaré para que hagas nada que no quieras hacer... excepto besarme cuando digas tacos.

Ella lo miró con enfado.

—No se me escapará ninguno.

—Te daré toda la libertad que pueda. Intentaré no estorbarte. Pero, si vas a algún sitio, tengo que saberlo. Se acabó el corretear por ahí sola. Y punto.

Arizona volvió a pasearse por la habitación, con la cabeza gacha y las manos en las caderas. Cuando se volvió hacia él, hizo un gesto afirmativo.

—Está bien, de acuerdo.

Él pasó a la siguiente condición.

—No harás planes sin mí. Ninguno. O trabajamos juntos en esto, o no trabajamos.

—De acuerdo, está bien. Lo mismo digo.

¿Estaba siendo razonable? Spencer lo dudaba, así que no se molestó en comprometerse a respetar la misma norma.

—Dime por qué tienes tantas armas en el maletero del coche.

—Me gusta estar viva —contestó al instante.

Su respuesta desconcertó a Spencer.

—¿Necesitas una pala para estar viva?

Levantó la barbilla.

—Ya sabes para qué la necesito.

Sí, seguramente lo sabía, pero quería equivocarse.

—Explícamelo.

—Si tengo que matar a alguien, también tengo que enterrarlo.

Ay, Dios. Spencer se sentó en la cama. No debería haber preguntado.

Arizona se rio.

—Vamos, anímate, Spencer. Solo era una broma.

—¿Una broma? —la miró con enfado—. ¿Te parece divertido bromear con el asesinato?

—A veces sí. Depende de quién sea la víctima, ¿no? —siguió paseándose por la habitación como un tigre enjaulado—. Llevo la pala por muchos motivos. Por si me quedo atascada en el barro, por si tengo que usar el cuchillo y esconderlo... —se encogió de hombros—. Es una herramienta muy útil. Conviene tenerla a mano.

—¿No piensas matar a nadie? —preguntó él, escéptico.

—No he dicho eso. Si hay que matar a alguien, si tengo que defenderme o defender a otra persona...

—Lo haré yo —él estaba entrenado, era un hombre y... y quería protegerla de toda la fealdad que pudiera.

—No hace falta. Sé defenderme sola.

Pero ya no tenía por qué hacerlo.

—Si llega el caso —dijo con más firmeza—, si las cosas se ponen violentas, seré yo quien las resuelva.

La respiración de Arizona se agitó.

—¿Igual que mataste a Chandra Silverman aunque era yo quien tenía derecho a hacerlo?

Ya habían debatido quién de los dos tenía más derecho en ese aspecto. Pero Spencer era consciente de que sus motivos para perseguir las redes de tráfico de personas habían cambiado: ya no era venganza por la muerte de su esposa lo que buscaba, sino proteger a Arizona.

Ella se merecía ver la vida con normalidad, no aumentar sus malos recuerdos matando a alguien, aunque fuera alguien tan malvado como Chandra. Tal vez ella no se diera cuenta, pero matar no le procuraría paz. Solo enturbiaría más aún sus pesadillas.

Ella, sin embargo, no parecía estar de acuerdo. Spencer se acercó a ella.

—Cálmate un momento.

Volvió a clavarle el dedo en el pecho.

—¡Cálmate tú!

La agarró de la mano.

—Ya basta.

Ella forcejeó un momento y luego se inclinó hacia él, llena de ira.

—Una cosa es que juegues a ser caballero andante y otra muy distinta que creas que puedes cambiarme, porque si es así olvídalo.

—¿Cambiarte cómo? —le sorprendió que dejara que siguiera sujetándole la mano. La atrajo hacia sí más suavemente y la apretó contra su pecho—. ¿Qué quieres decir?

—He visto violencia. La he vivido. Y puedo aguantar un golpe como cualquier tío.

Por encima de su cadáver.

—Tú no eres un tío —era una mujer menuda y susceptible, y no podía soportar la idea de que le hicieran daño físicamente.

—Da igual. Ahora que soy libre, pienso ser yo quien dé, no quien reciba.

—¿Y cómo piensas hacerlo? ¿Vengándote a diestro y siniestro?

—Haré lo que me parezca oportuno. Lo que sea mejor. Puedes ayudarme o puedes quitarte de mi camino para no estorbarme.

No, no iba a librarse de él tan fácilmente.

—Estoy aquí para ayudarte, ¿recuerdas? —pasó el pulgar por

sus nudillos tensos, confiando en tranquilizarla—. Por eso necesitamos algunas normas básicas.

—Ya he aceptado tus estúpidas normas.

Cierto. Y como no pensaba perderla de vista, podría impedir que usara la mayoría de sus armas.

—¿Qué llevas encima?

Ella comprendió la pregunta y se relajó un poco.

—Depende de adónde vaya. Normalmente una navaja, spray de pimienta y una porra. La porra es telescópica, así que puedo llevarla en el bolso —señaló su enorme bolso.

—Increíble.

Arizona se encogió de hombros y añadió:

—Si quiero llevar pistola a escondidas, suelo llevar una Beretta Bobcat. Es pequeña y fácil de esconder. Y, si no tengo que ocultar nada, entonces llevo mi Glock, y puede que también un rifle. Y me pongo mi chaleco antibalas. Si vigilo de noche, tengo unos prismáticos de visión nocturna muy prácticos. No son baratos, pero merece la pena comprarlos.

Completamente armada y pertrechada, como un auténtico soldado.

—¿Qué pensabas llevar esta noche?

—No mucho, con esta ropa —desasió su mano, se acercó a su petate y saco una navaja automática. Pulsó un botón y se abrió. Pero cerrada era muy fina y sería fácil esconderla al fondo de su bolso—. No es mi preferida, pero servirá.

Spencer cruzó los brazos y la miró de arriba abajo.

—¿Cuál es tu favorita?

Animada, sacó una funda de cuero y extrajo de ella un cuchillo grande y de aspecto mortífero. La luz del techo hizo centellar su hoja cuando le dio la vuelta.

—Mi bebé.

Spencer sintió un peso en el corazón al ver el arma. No era un cuchillo corriente, era un cuchillo de ataque, un arma que haría muchísimo daño si se utilizaba contra alguien o si se volvía contra su propietario.

—¿Verdad que es una preciosidad?

Él intentó mostrarse interesado, en lugar de escandalizado.

—Acero inoxidable, punta de cincel y acabado de pólvora negra antirreflectante.

—Sí —Arizona agarró con fuerza la empuñadura—. Y cómodo, además —giró la mano sujetando con firmeza el cuchillo.

Spencer dejó escapar un gruñido por respuesta. Ella lo miró.

—Tengo un arnés de nailon que me permite sacarlo fácilmente y al mismo tiempo mantenerlo escondido —sonrió—. A veces solo hace falta que lo saque. La mayoría de los tíos se largan al verlo.

Él respiró hondo para calmarse.

—¿A veces?

—Otras... —devolvió el cuchillo a la funda y lo guardó en su bolsa— luchamos. Pero, si sabes usarlo, un buen cuchillo es un arma estupenda, así que no te preocupes, ¿de acuerdo?

La furia hizo perder la calma a Spencer. Le asombraba la despreocupación de Arizona. Tal vez fuera capaz de vencer a un hombre si estaba suficientemente borracho, o era lo bastante tonto o carecía por completo de entrenamiento. Pero pensar aunque fuera por un segundo que podía impedir que un matón volviera aquella hoja mortífera contra ella...

Ajena a su furia, ella sacó un catálogo.

—¿Sabes lo que quiero de verdad? —hojeó el catálogo hasta que llegó a una página muy manoseada. Se puso delante de él, se inclinó y señaló una navaja muy cara y ornamentada—. ¿A que es genial?

Spencer apenas la oyó mientras hablaba de las cachas de titanio de la navaja, de su mecanismo y sus resortes. Apesadumbrado, se sentó a un lado de la cama.

—Sabes mucho de cuchillos.

—Sé mucho de armas en general —se sentó a su lado—. Pero prefiero las navajas.

Y la navaja que deseaba era una que Spencer ya se había comprado. Resultaba irónico. Otra cosa que tenían en común: la afición a las navajas de calidad.

—En cuanto consiga ahorrar lo suficiente, me la compro.

Los contrastes de Arizona hacían que le diera vueltas la cabeza. Allí sentada, a su lado, mientras hablaba de armas, parecía muy joven y dulce. Era tan intrínsecamente femenina, tenía un rostro tan expresivo y un tono de voz tan ligero... y sin embargo estaba hablando de comprarse un arma letal que, si se daban las circunstancias, no dudaría en utilizar contra un matón.

Sus muslos se tocaron. El olor embriagador de Arizona inundó la cabeza de Spencer.

Y ella quería hablar de quién tenía más derecho a vengarse.

Decidido a dejar las cosas claras, Spencer la hizo levantarse, le puso las manos en los hombros y la miró con severidad... y en ese momento sonó su móvil.

Maldición. Titubeó, pero sabía que debía contestar.

Arizona se apartó de él y levantó una ceja.

—¿Esperas una llamada?

—No —miró la pantalla y vio que era Trace. Molesto por la interrupción, respondió secamente—: Enseguida te llamo.

—No, estoy abajo, ven a verme —contestó Trace, y colgó.

Vaya, aquello sí que era una interrupción.

—Perdona.

Arizona entornó la mirada. Spencer ignoró su curiosidad y dijo:

—Tenemos que cenar algo antes de ponernos en marcha esta noche.

Ella miró el teléfono que sostenía en la mano y luego fijó la mirada en su cara, pero no le preguntó quién había llamado.

—¿Cenar antes de ir a un bar parrilla?

A él se le heló la sangre en las venas. Otra vez.

—Dios santo, Arizona, no me digas que comes allí.

Batió las pestañas y dijo:

—¿Crees que van a envenenarme?

¿Cómo demonios había sobrevivido tanto tiempo?

—Envenenarte, no. De momento no te quieren muerta. Pero ¿drogarte? Sí.

—Sí, bueno, para lo que me quieren, lo mismo daría una

cosa que otra —resopló—. Pero no, no como allí. Ten un poco de confianza en mí, ¿quieres? —preguntó con cierta acidez.

Comprendiendo que otra vez se había burlado de él, Spencer gruñó:

—¿No puedes responder a las claras por una vez?

—Claro, y sí, tenemos que cenar. Hamburguesas, si quieres.

—¿Cuánto tiempo necesitas para prepararte?

Ella sonrió.

—Veinte minutos, más o menos —señaló su cara—. Tengo que arreglarme un poco si quiero llamar la atención.

Llamaría la atención de todos modos. Además de un cuerpo increíble y una cara preciosa, tenía suficiente presencia para que todo el mundo se fijara en ella allá donde fuera.

—¿Prometes reunirte conmigo abajo cuando estés lista?

—Palabra de honor.

La miró a los ojos, la creyó y luego se inclinó y le dio un beso en la frente.

—Beso número dos —le dijo.

—Ah —pareció desconcertada un momento—. Bueno... bien. Me alegro de haber resuelto ese asunto.

Solo para sorprenderla, Spencer la besó otra vez en la sien, alargando el beso. Aspiró su olor suave y limpio y dejó que su nariz tocara su pelo húmedo mientras absorbía su vitalidad casi eléctrica.

Trace estaba esperándolo abajo... y quizá fuera una suerte. Al menos así podría distraerse.

Cuando puso fin al beso y se apartó, ella permaneció clavada en el sitio. Satisfecho por su reacción, Spencer abrió la puerta y dijo por encima del hombro:

—No me hagas esperar.

Trace inspeccionó con la mirada el motel que había elegido Arizona, fijándose especialmente en las salidas y las ventanas que podían abrirse. Recorrió su perímetro, observando la iluminación, los establecimientos cercanos, el ambiente, el tráfico... y tuvo que reconocer que Arizona tenía buen criterio.

Regresó a la entrada para reunirse con Jackson, que ya había inspeccionado el edificio. Lo encontró en la puerta, sonriendo absorto, sin duda pensando en su boda inminente.

Había intentado que no lo acompañara, pero, teniendo en cuenta su relación con Arizona, no le había sorprendido que se hubiera empeñado en hacerlo.

Jackson le caía muy bien y, aunque no quisiera reconocerlo, le alegraba mucho que Alani estuviera enamorada de un hombre que podía protegerla.

Sonriendo, le dio en el hombro una palmada tan fuerte que Jackson se tambaleó hacia delante.

—¿Qué demonios...? —Jackson recuperó el equilibrio y frunció el ceño.

—Has venido a trabajar, así que despéjate, ¿de acuerdo?

—Estoy perfectamente despejado —Jackson sonrió—. Menos cuando pienso en mi bella futura esposa.

—Que por lo visto es todo el tiempo —Trace reparó en una pareja que entraba en el motel y en un hombre que salía.

—Por suerte para ti —repuso Jackson—, soy multitarea.

Entraron juntos en el vestíbulo.

—Bueno, ¿qué opinas?

Jackson se encogió de hombros.

—Es un sitio que yo también habría elegido.

—Lo mismo digo.

—Ya te dije que Arizona es muy lista. Pero tiene poca fuerza física, aunque tenga agallas.

—Spencer la está vigilando de cerca.

Jackson resopló, divertido.

—Apuesto a que sí.

Umm. Trace se quedó mirándolo.

—¿Te molesta que le interese?

—En absoluto... a no ser que le haga daño.

—¿Y si es así?

—Le haré pedazos —Jackson se alejó para echar un vistazo a los pasillos, los aseos y las máquinas expendedoras.

Trace lo vio alejarse. Jackson y Arizona no compartían lazos de sangre, de modo que no era lo mismo que lo que había sentido él cuando Jackson había empezado a perseguir a su hermana Alani. Pero se parecía tanto que se sintió lleno de satisfacción.

Su satisfacción duró poco, sin embargo.

¿Haría daño Spencer a Arizona, aunque fuera sin querer? Lo que le había sucedido la había dejado en un estado emocional muy frágil, pero todas las averiguaciones que habían hecho sobre el pasado de Spencer indicaban que era un hombre con principios. Ahora que lo conocía, Trace se daba cuenta de que sentía el impulso de proteger a Arizona, y a todo aquel que necesitara ayuda. Era un hombre decente y capaz y, por desgracia, desde el fallecimiento de su esposa tres años antes, no tenía compromisos familiares. Si decidía cortejar a Arizona, Trace estaba seguro de que lo haría sin prisas y con cuidado.

Pero Arizona... En fin, ella tentaría hasta a un santo, y nadie tomaría a un cazarrecompensas como Spencer por un santo. Afortunadamente, el trauma de Arizona no la había despojado de su independencia, ni de su capacidad para decir lo que pensaba. Si Spencer no le interesaba, se lo haría saber.

Y Spencer lo respetaría.

Trace confió en que, siendo los dos adultos, podían decidir qué relación tener. Pero para asegurarse pensaba tener una pequeña charla con Spencer de todos modos.

Cuando bajó a la entrada del motel, Spencer encontró a Jackson allí de pie, amedrentando a los presentes. La gente procuraba dar un rodeo para esquivarlo, y Jackson, que fingía estar borracho, les daba motivos de sobra para desconfiar de él.

Así que ¿esa era su tapadera? Spencer había deducido que se serviría de alguna treta que le permitiera hacerse el tonto. Era un luchador impresionante, de reflejos afilados como navajas y una intuición asombrosa. Pero también era sencillo, campechano e irreverente, el polo opuesto de Dare y Trace.

Trace tenía la prestancia de un hombre de negocios implacable. Poseía un ímpetu irrefrenable y no era fanfarrón como Jackson, sino que se comportaba con discreto aplomo, pese a ser muy consciente de sus propias capacidades.

Dare, al que Spencer había visto un par de veces, era callado y pragmático, y se tomaba con mucha naturalidad sus habilidades. No hablaba mucho, pero tampoco le hacía falta.

A Spencer le caían bien los tres. Cuanto más sabía sobre sus operaciones y mejor los conocía, más le gustaban sus métodos y respetaba su influencia.

Evidentemente, Jackson no quería que nadie se diera cuenta de que estaba buscando posibles vías de escape. Sacudiendo la cabeza, Spencer miró a su alrededor en busca de Trace. Estaba de espaldas a la escalera, mirando hacia el aparcamiento. A Trace parecía preocuparle menos que alguien pudiera fijarse en él, casi parecía desdeñar su entorno.

Spencer dio un rodeo para esquivar a Jackson y se dirigió hacia Trace. Sabía que este era consciente de su presencia, seguramente habría visto su reflejo en el ventanal, así que dijo tranquilamente:

—Perdona que te haya hecho esperar.

Trace siguió observando el aparcamiento.

—¿Qué le has dicho a Arizona?

—Nada.

Trace se volvió.

—¿No sabe por qué has salido?

—Se está preparando —apoyó un hombro en la pared—. He hecho lo que haría cualquier caballero: dejarla sola para que se arregle.

—¿Y siempre eres tan caballeroso con ella?

Arrugó el ceño al oír su pregunta.

—¿Por eso has venido? ¿Para averiguar cuáles son mis intenciones?

Trace esbozó una sonrisa.

—Dudo que conozcas tus intenciones en este momento.
Aquello enfureció a Spencer.
—Sé perfectamente lo que hago.
Trace sonrió más aún.
—Sigue diciéndote eso si así te sientes mejor.
—¿Qué demonios quieres decir con eso?
Trace se puso serio.
—¿No te ha preguntado quién te había llamado ni dónde ibas?
—No le gusta preguntar demasiado —al recordar su interrogatorio sobre sexo, Spencer se lo pensó mejor—. O puede que sea muy selectiva respecto a cómo y cuándo pregunta.
Trace asintió con la cabeza.
—¿Vas a decirme qué haces aquí? —preguntó Spencer, cada vez más tenso.
—Hoy te ha dado esquinazo.
¡Y un cuerno!
—Tenía que hacer unas compras, nada más.
—Se marchó sin decírtelo.
—Es muy independiente, ya lo sabes —movió la mandíbula—. Ya te dije que lo tenía todo bajo control.
—Deberías entender una cosa, Spencer.
Lo entendía perfectamente: aquello era una advertencia.
—Te escucho.
—Jackson ha adoptado a Arizona como si fuera su hermana, con la bendición de Alani. A Priss y a Molly les cae bien, y lamentan su situación, igual que Dare y yo —no desvió la mirada de la de Spencer—. Es de los nuestros.
¿De los nuestros? Fue el tono, más que el mensaje, lo que puso a Spencer al borde de la ira.
—¿Qué quieres decir?
—Quiero decir que, contigo o sin ti, vamos a protegerla.
Aquello se parecía mucho a una amenaza, y Spencer se apartó de la pared y se irguió. Cuadró los hombros y movió la mandíbula.
—¿Crees que yo no puedo hacerlo? ¿O que no quiero?

—Creo que los hombres dominados por la lujuria a veces dejan que sea su pene el que tome las decisiones.

Jackson se reunió con ellos y dijo:

—Amén —señaló la bragueta de Spencer—. Nada de pensar con las gónadas.

Spencer arrugó el ceño, ofendido por la advertencia, aunque fuera un poco cierta.

—¿Haz lo que digo, pero no lo que hago? ¿De eso se trata?

—No —contestó Trace.

—Umm... puede ser —dijo Jackson.

Trace meneó la cabeza con un suspiro.

—Ignórale. Jackson es un glotón.

Jackson se inclinó y susurró en voz lo bastante alta para que Trace le oyera:

—En la cama, quiere decir, pero, como voy a casarme con su hermana, no quiere entrar en detalles.

Y así, de pronto, la tensión se disipó. Spencer se apoyó contra la pared para observar la conversación entre los dos hombres.

Trace miró con enfado a su amigo.

—La dejaste embarazada.

—Sí —Jackson suspiró teatralmente—. Y saber que lleva dentro un hijo mío la hace aún más sexy.

Trace se puso bruscamente delante de él, dándole la espalda, y volvió a dirigirse a Spencer:

—De momento, estoy dispuesto a dejar que te ocupes de Arizona.

—Vaya, gracias —no le importaba decirle a Trace que no tenía intención de largarse, dijeran lo que dijeran al respecto.

—Eh —dijo Jackson, un poco molesto—, ¿es que yo no pinto nada en esto?

—Tú ya has hecho bastante —repuso Trace.

Jackson abrió la boca, sonrió y volvió a cerrarla. Trace le dijo a Spencer:

—Puedes mantenerla a salvo si no te separas de ella. Por mí no hay problema.

—Por mí tampoco —dijo Jackson—. Me parece bien.

Trace añadió, interrumpiéndolo:

—Pero, si Arizona decide que ese arreglo no le interesa, tendrás que largarte.

—Eso lo decidiré yo, no vosotros —replicó Spencer.

—Te equivocas —Jackson se situó junto a Trace—. Es Arizona quien tiene que decidirlo. Y nosotros la respaldaremos.

—Intenta llevarte bien con ella. O déjala —le advirtió Trace.

—No te será fácil —Jackson sacudió la cabeza, comprensivo—. Arizona puede ser muy... exasperante. Pero más te vale no perder la paciencia con ella. Si crees que puedes perderla, es mejor que te marches ahora.

Spencer se puso rígido. Al diablo con sus capacidades y con su influencia. Él decidía sobre su vida, y sería él quien decidiera cuándo alejarse de Arizona, si llegaba el caso.

—No acepto órdenes vuestras.

—Entonces ¿piensas acostarte con ella? —preguntó Trace.

Spencer se puso en guardia.

—Eso no es asunto vuestro.

Jackson cruzó los brazos.

—Claro que lo es —miró a Trace—. Es un tío, y Arizona es... en fin...

—No es fácil resistirse a ella —dijo Spencer entre dientes—. Lo sé, creedme. Pero tengo treinta y dos años, y ella no solo ha pasado por un infierno, sino que apenas es mayor de edad.

Trace lo miró fijamente.

—Entonces ¿tus motivos son únicamente altruistas? ¿La estás vigilando solo por preocupación por otro ser humano? ¿Nada más?

—Repito que no es asunto vuestro.

Jackson ladeó la cabeza para mirarlo.

—Te asociaste con ella.

—Fue ella quien acudió a mí —les recordó—. Ya lo sabéis.

—Entonces, si no hubiera ido a buscarte —dijo Jackson—, ¿no habrías vuelto a verla?

Maldita sea, no se dejaría acorralar por ellos.

—Hemos coincidido un par de veces.

—Pero no has ido detrás de ella, ¿verdad?

No le había hecho falta, porque, cada vez que veía a uno de los chicos, daba la casualidad de que Arizona también se presentaba. Pero no pensaba seguir dándoles explicaciones. Apretó los dientes y dio un paso adelante...

—Dejadlo, niñas, estáis llamando la atención —Arizona se abrió paso a codazos entre Jackson y Trace, se detuvo delante de Spencer y lo miró con el ceño fruncido—. Te van a salir arrugas.

Al verla, a Spencer se le quedó la mente en blanco.

—Dios mío.

Con las manos en las caderas, ella se giró y los miró a los tres.

—Habéis elegido un lugar muy transitado para comparar el tamaño de vuestros pitos, ¿no, chicos?

Trace hizo caso omiso de sus palabras y la recorrió con la mirada. Luego cerró los ojos.

—Maldita sea, niña —Jackson se quitó la chaqueta e intentó ponérsela a Arizona. Se le vio la pistola, pero era preferible eso a que Arizona llamara tanto la atención.

Y teniendo en cuenta su atuendo, su pelo y su maquillaje, no podía pasar otra cosa.

Se había quitado los vaqueros y se había puesto una minifalda vaquera muy corta y descolorida. La camiseta negra de tirantes, muy escotada, hacía imposible que llevara sujetador y realzaba la firmeza y la redondez de sus pechos. Unas sandalias de tiras y unos grandes pendientes de aros completaban su vestimenta. Pero no se había conformado con eso. Con las pestañas pintadas con rímel negro y los labios cubiertos por un brillo rosado, parecía... un sueño hecho realidad.

Spencer recorrió la zona con la mirada y vio que, en efecto, habían llamado la atención.

—Hay que moverse. Ya.

Trace gruñó, enojado, mientras Arizona intentaba impedir que Jackson la tapara.

—Esto va a ser una cagada de primer orden.

Arizona dejó de forcejear para decir:

—Si yo no puedo decir palabrotas, vosotros tampoco.
Spencer se recuperó por fin de la impresión.
—¿Has dejado algo en la habitación?
Ella levantó el petate, el maletín del ordenador y su bolso.
—No veo razón para que tengamos volver aquí después de cenar, así que lo tengo todo aquí y en el maletero del coche.
Eso significaba que no tenía gran cosa. Spencer arrugó el ceño al tomar el maletín, pero comprendió que tendría que dejar para más adelante sus preguntas acerca de su falta de efectos personales.
—Vámonos a cenar —tras quitarle el petate con cierto esfuerzo, se volvió hacia Trace—. ¿Podríais...?
—Saldar la cuenta del motel, sí, claro. No te preocupes. Pero, antes de parar a cenar, llévatela bien lejos de aquí.
—O mejor aún —añadió Jackson—, id a un restaurante con servicio para coches y comed en el coche.
Agrupados a su alrededor, tapándola todo lo que podían, la condujeron a la camioneta de Spencer.
—¡Dejad de agobiarme! —se quejó ella, y dio un empujón a Jackson.
Spencer se metió entre ellos. No le gustaba que Jackson se pegara tanto a ella. Además, con él Arizona solía mostrarse más razonable.
—Date prisa, cariño —le dijo al oído—. Por si alguien viene a buscarte luego, cuanto menos llamemos la atención, mejor.
Ella avanzó enérgicamente, pero siguió refunfuñando.
—Sois vosotros los que estáis montando una escena.
—No eres tan ingenua —le dijo Trace.
—Nunca he dicho que lo fuera —replicó ella.
—Entonces sabes el aspecto que tienes.
Al llegar a la puerta del copiloto de la camioneta, Arizona se volvió y lo miró con descaro.
—Entonces ¿he conseguido lo que me proponía?
Trace y Jackson se quedaron mirándola. De arriba abajo.
—Por amor de... —Spencer abrió la puerta y la levantó en brazos para sentarla en el asiento—. Corta el rollo, Arizona —

sabía que ni Jackson ni Trace querían mirarla embobados, pero resultaba muy difícil no hacerlo.

Tras cerrar de golpe la puerta, les dijo:

—Luego os llamo —rodeó el coche, se sentó tras el volante y arrancó. No miró atrás, e hizo lo posible por no mirar tampoco a Arizona.

CAPÍTULO 9

Jackson se sentía como si acabaran de pegarle un puñetazo en el estómago. No sabía que Arizona pudiera estar tan despampanante. Tenía ojos en la cara, claro, y no era tonto. Pero se trataba de algo más. Arizona poseía una sensualidad innata que, con una sola mirada, era capaz de seducir a un hombre.

Si no estuviera enamorado de Alani, si no supiera lo que había sufrido Arizona, si no tuviera un profundo código moral que le impedía aprovecharse de los demás, en fin... se habría sentido tentado.

A su lado, Trace guardaba silencio. Se quedaron mirando ambos hasta que Spencer y Arizona se perdieron de vista. Perplejo todavía, Jackson se volvió para mirar a Trace. Su amigo lo miró, y se echaron a reír.

Después de reírse un rato, Jackson sacudió la cabeza.

—¿Has visto a esa chica, joder?

Trace refrenó su risa y contestó:

—Habría sido difícil no verla —sonrió otra vez—. Spencer también la ha visto.

—Sí —Jackson se pasó una mano por la cabeza—. Esto va a ponerse interesante.

—Va a ser un trago para él —Trace comenzó a alejarse. Jackson lo siguió.

—Arizona ni siquiera parece haberse dado cuenta.

—Todas las mujeres se dan cuenta de esas cosas.

—No seas cínico, Trace —meneó la cabeza—. Arizona es distinta.

—Eso es quedarse corto —observó el aparcamiento y el motel antes de montar en su discreto coche—. Vámonos ya o los perderemos.

Jackson se abrochó el cinturón de seguridad y esperó mientras Trace salía del aparcamiento y comenzaba a seguir a Spencer a distancia prudencial. Había algo que le molestaba. No le gustaba que Arizona subestimara su atractivo, y odiaba que se utilizara a sí misma como cebo.

—Se ve a sí misma como una mercancía, ¿sabes?

Trace no dijo nada.

—Piensa que es un cuerpo con un precio, no una mujer capaz de ponerlo a uno cachondo.

Trace lo miró con una ceja levantada.

—¡A mí no! —santo Dios, la había rechazado, ¿no?—. Demonios, tú sabes lo que siento por Alani. No deseo a ninguna otra mujer. No he deseado a ninguna otra desde que la conocí.

—No es necesario que entres en detalles.

Jackson no le hizo caso.

—Quiero decir que lo noto cuando una mujer es atractiva. No soy ciego. Pero soy inmune a...

Trace puso los ojos en blanco.

—No tienes que convencerme de nada. Yo tampoco soy ciego, así que sé a qué te refieres.

—Lo que quiero decir es que Spencer va a pasar un mal rato. Claro que él no está enamorado de otra, así que no tiene que sentirse culpable por fijarse en ella.

—No —convino Trace—, pero su conciencia no va a permitir que se olvide del pasado de Arizona.

—Por suerte —Jackson cambió de postura cuando divisaron la camioneta de Spencer delante de ellos y dijo en voz baja—: Si lo olvidara, tendría que darle una paliza. Y en general me cae bien, así que preferiría no tener que hacerlo.

—Puede que, si lo intentas, Arizona tenga algo que decir al respecto.

—¿Tú crees?

—Los dos hemos notado cómo ha reaccionado Spencer al verla —miró a Jackson—. Pero ¿te has fijado en cómo ha reaccionado ella?

Jackson se quedó pensando. Luego soltó un gruñido.

—Sí, tienes razón. Ha pasado de largo a mi lado y se ha ido derecha a él. Menos mal. ¿Sabes qué?

Trace levantó las cejas. Jackson sonrió.

—Que ahora me da pena Spencer.

Los dos se echaron a reír.

Arizona esperó todo lo que pudo. Pero la verdad era que el silencio empezaba a atacarle los nervios.

—Está bien, suéltalo de una vez. ¿A qué viene tanto alboroto?

Spencer la miró al entrar en el aparcamiento de un restaurante de comida rápida.

—La culpa la tienes tú.

—¿Yo? ¿Qué he hecho?

Él se unió a una fila de coches que esperaban para hacer su pedido.

—Salir... —volvió a mirarla— así.

Ella se ajustó el escote de la camiseta bajándoselo un poco más y Spencer contuvo la respiración. Arizona puso los ojos en blanco y dijo:

—Domínate, Spence. No es la primera vez que ves un escote.

—Sí, bueno... —se removió, incómodo—. Hay escotes y escotes.

—¿Qué quieres decir?

—Que el tuyo enseña un montón.

—Y tú has visto un montón de tetas.

Él masculló algo que Arizona no entendió.

—Si me pongo ropa formalita o mis vaqueros y mi camiseta de siempre, ¿cómo voy a llamar la atención? Quiero asegurarme de que se fijan en mí.

Él gruñó, incrédulo.

—Eso no va a ser problema.

—Entonces ¿parezco una ninfómana desesperada? ¿Una chica fácil?

—Pareces... —se interrumpió y sacudió la cabeza—. Es igual.

—¿Qué? —le dio un puñetazo en el hombro—. Vamos, ¿qué ibas a decir?

Él la miró largamente y se encogió de hombros.

—Dan ganas de comerte.

—Ah —no supo qué pensar—. Me alegro de que te guste.

Spencer se frotó la nuca y se quedó mirando el parabrisas. Los coches de delante avanzaron y él los siguió. Cuando estaba a punto de tocarles preguntó:

—¿Qué quieres comer?

—¿Invitas tú?

Él exhaló un suspiro dramático.

—Sí.

—Entonces voy a tomar una hamburguesa con queso bien cargada, pero sin cebolla. Patatas fritas y un batido de fresa.

Spencer le lanzó una larga mirada. Luego hizo avanzar la camioneta hasta la ventanilla y pidió lo mismo para él, excepto porque su batido era de chocolate.

—Tenemos tiempo de sobra, así que vamos a ir al parque a comer mientras hablamos del plan.

—Creo que lo tengo todo claro, pero si quieres que lo repasemos otra vez...

—Sí, quiero.

—Lo del parque me parece bien, pero ¿no habrá mucho barro?

—Vamos a quedarnos en la camioneta —señaló con la cabeza sus piernas desnudas—. No voy a dejarte salir así.

Ella arrugó la nariz, decepcionada por no poder disfrutar del aire fresco.

—Es un poco absurdo esconderme, ¿no crees?, teniendo en cuenta que dentro de un rato voy a estar en un bar enseñando mis mercancías.

—Todo este plan es absurdo. Si fuera por mí, lo dejaríamos ahora mismo, antes de que te vean.

¡Su plan era perfecto! ¿Cómo se atrevía a decir que era absurdo?

—Pero por lo menos Dare ha accedido a venir para echar un ojo.

—Tener cerca a Dare siempre es una ventaja, pero pensaba que podías arreglártelas solo.

—Si estuviera solo, si no tuviera que preocuparme por ti, claro. No habría problema. Pero podría salir algo mal, y no tenemos ni idea de cuántos matones puede haber dentro del bar.

—Cuando he estado dentro, solo he visto un par.

—Eso no significa que no haya más. Sé arreglármelas solo y he salido de muchos apuros. Pero no teniendo a mi lado a una mujer —le lanzó una mirada ardiente—. Y menos aún una mujer con tu físico.

Arizona supuso que se refería a una mujer que intentaba llamar deliberadamente la atención de los traficantes.

—Más vale prevenir que curar, supongo —lo último que quería era que Spencer resultara herido intentando protegerla.

—Exacto. Así que, si Dare nos da la señal de largarnos, eso vamos a hacer, ¿entendido?

—Claro.

—Lo digo en serio, Arizona. Nada de discusiones. Ni de dudas. Da igual lo que esté pasando.

—Sí, entendido. No hace falta que insistas.

Él arrugó el ceño, poco convencido.

—No estoy bromeando. Da igual lo que...

—Tengo que dar media vuelta y huir en cuanto deis la orden. Ya lo he entendido, jopé.

Tras lanzarle una larga mirada, Spencer avanzó para pagar el pedido y recoger la comida. Ella guardó silencio, enfadada, mientras le daban el cambio y se alejaban.

Aunque seguía lanzándole miradas rápidas, Spencer condujo en silencio durante largo rato. Finalmente, Arizona no pudo soportarlo más.

—Te das cuenta de que te estás comportando como un neandertal, ¿verdad?

Él entró en el parque, que a aquella hora del día estaba prácticamente desierto.

—Y tú te estás comportando como una ingenua.

—¡Ja! —tenía que ser una broma—. ¿Cómo voy a ser una ingenua después de...?

—¡Maldita sea, Arizona! —aparcó la camioneta en una zona apartada y se volvió para mirarla—. No lo digas.

Caray. Parecía enfadado de verdad, y eso sorprendió a Arizona y al mismo tiempo le hizo gracia. Puso cara de inocencia y preguntó:

—¿Decir qué?

Él se desabrochó el cinturón de seguridad y se inclinó hacia ella.

—No te minusvalores. Y no utilices tu pasado como excusa para ponerte en peligro, ni te humilles escudándote en las cosas que te obligaron a hacer. Todo eso pasó. Tú ya no eres esa —la recorrió con la mirada—. No eres así.

Ella se quitó el cinturón de seguridad y se inclinó hacia él, enfadada.

—La verdad es que sí soy así.

Spencer fue a decir algo, pero ella lo agarró de la camisa y tiró de él con fuerza.

—Soy una justiciera, Spence. Ve haciéndote a la idea.

—No.

—Soy fuerte y soy lista —añadió ella—. Y mi plan no es absurdo.

Algo brilló en los ojos de Spencer.

—Ni siquiera soportas que te bese —dijo para provocarla—. ¿Qué cojones vas a hacer cuando te agarre un desconocido?

Ella miró su boca. ¿Estaba pensando Spencer en besarla otra vez?

—Eres tú quien está diciendo tacos.

Él la agarró de la muñeca, cada vez más irritado.

—¿De qué estás hablando?

Lo miró a los ojos y dijo con delectación:

—Yo no he dicho palabrotas, pero tú sí.

—¿Y qué? Ya he aceptado ir contigo a la boda de Spencer —sacudió la cabeza—. Y deja de cambiar de tema.

—De acuerdo, en cuanto averigüe qué prenda vas a tener que pagar. A fin de cuenta, has maldecido dos veces. Así que debería obtener algo a cambio, ¿no te parece?

El tiempo pareció alargarse y una nueva tensión llenó el aire.

—¿Qué quieres?

Empezaba a querer... muchas cosas. Cosas extrañas. Cosas que creía que no volvería a aceptar y que jamás desearía. El aliento cálido de Spencer acariciaba su boca. Oía el latido de su corazón en los oídos.

Exhaló un suspiro tembloroso y musitó:

—Puedo soportarlo.

—No sé de qué me hablas, cariño.

—Cuando me besas —explicó ella—, puedo soportarlo.

Spencer deslizó el pulgar sobre la vena que palpitaba en su muñeca.

—No me refiero a ese tipo de besos.

—Lo sé —se encogió de hombros—. Pero lo de esta noche va a ser un punto de partida, una primera aproximación. Es muy probable que se limiten a sondearme para ver qué pueden sacar de mí.

—¿Y si alguien intenta propasarse contigo?

—Ya veré lo que hago.

Spencer se llevó sus nudillos a los labios y los besó. Luego pegó su frente a la de ella.

—La verdad es que no tengo ninguna duda de que eres muy capaz de hacer esto, Arizona.

—Entonces ¿cuál es el problema? —respondió ella en voz baja.

—Si Terry Janes te toca, si te mira siquiera de manera un poco sospechosa, puede que tenga que hacerle pedazos —le dio un tierno beso en la boca, pillándola por sorpresa, y volvió a recostarse en su asiento—. Y eso es un problema.

Aquel beso rápido y tierno dejó a Arizona momentáneamente aturdida. Spencer había hecho aquel gesto con tanta naturalidad como si se hubieran besado millones de veces, y ella tardó un momento en comprender sus palabras.

—¿Terry Janes? —preguntó desconcertada.

—Te dije que Trace ya tenía ese bar en su radar.

—¿Terry es el que manda? —preguntó, un poco perpleja—. ¿Ese tío tatuado en el que me fijé?

Spencer asintió.

—Es el que lleva el local, aunque todavía no sabemos quién mueve los hilos.

A Arizona le dieron ganas de pegarle un puñetazo.

—¿Y me lo dices ahora?

—Te largaste de mi casa —replicó él, inclinándose hacia ella—. Si no te hubieras marchado, habríamos hablado de todo esto después de que me duchara.

A ella le temblaron los puños.

—Hazlo —dijo Spencer, desafiante—. Te reto a hacerlo.

Le daban tantas ganas de borrar aquella sonrisilla satisfecha de su cara... Pero no. ¿Por qué darle esa satisfacción?

—Debería hacerlo. Podría hacerlo —se miró una uña con indiferencia—. Pero no llevo ropa adecuada para luchar y tenemos cosas que hacer, así que no puedo despeinarme. Yo recuerdo para qué estamos aquí, aunque tú no lo recuerdes.

—Con esa ropa que llevas, costaría olvidarlo.

Arizona estiró los brazos y se miró.

—Esto no es nada comparado con lo que me obligaban a ponerme los traficantes. No estaba segura de que fuera la ropa más adecuada, pero, a juzgar por tu reacción, he acertado.

—Quisiera aclarar un par de puntos a ese respecto.

—Te escucho.

Él tocó el bajo de su minifalda. Rozó con los nudillos su muslo derecho y a Arizona se le paró un instante el corazón.

—No necesitas esto —señaló su camiseta con la cabeza—. Ni eso. Puedes ponerte tus vaqueros y una camiseta corriente y te aseguro que aun así cualquier tío que sea heterosexual se fijará en ti.

Qué interesante.
—¿Estás seguro?
—Segurísimo.
—¿Y si es un tío como Trace o Jackson...?
—Ellos también se han fijado —deslizó un dedo por su rodilla... y bajó la mano—. La diferencia es que ellos pueden admirar tu físico sin pensar en aprovecharse de ti.
—Lo tendré en cuenta.
Suspiró, exasperado, y miró por la ventanilla, observando los alrededores.
—Arizona... —movió la mandíbula antes de mirarla con decisión—. Voy a tener que insistir.
—Insistes mucho últimamente.
—Perdona, pero no soy de piedra y estoy haciendo lo que puedo.
Ella no tenía ni idea de qué estaba hablando.
—No quiero presionarte.
—Y, si me pongo ropa provocativa, ¿puede que lo hagas?
—Si vas así vestida, me cuesta concentrarme en lo que quiero hacer.
—¿Como hacer que quiera follar, por ejemplo?
—Exacto —sonrió con expectación—. Y hablando de eso... Has dicho una palabrota.
Ah, no, no iba a dejar que se saliera con la suya.
—Pero has empezado tú, así que estamos empatados.
—No funciona así —sin que pareciera que se movía, volvió a cernerse sobre ella—. La apuesta consistía en que tú ibas a procurar moderar tu lenguaje y pagarías una prenda cada vez que no lo hicieras.
Levantó la barbilla.
—Está bien. Te debo una.
Spencer empezó a inclinarse y ella lo detuvo alzando un brazo.
—Pero tendrá que ser después.
Él se detuvo de inmediato.
—Estoy dispuesta a pagar, pero lo que es justo es justo, así que tú también me debes algo.

Spencer se echó hacia atrás, apoyó la muñeca izquierda en el volante y el brazo derecho sobre el respaldo del asiento. Tras dudar un momento, se encogió de hombros.

—¿Qué es lo que quieres?
—Detalles.
—No hay problema —le dedicó una sonrisa indulgente—. De todos modos iba a contarte todo lo que sé sobre el Ganso Verde.

Arizona sacudió la cabeza.
—No me refiero a eso.
—¿No? —levantó una ceja—. ¿A qué, entonces?
—Luego hablaremos de eso —satisfecha al ver que fruncía el ceño, abrió la bolsa del restaurante de comida rápida y salió una nube de vapor fragante—. Umm. Vamos a comer antes de que se enfríen las hamburguesas —le pasó su comida, abrió las patatas fritas y las puso sobre el salpicadero, entre los dos.

El sitio donde habían aparcado estaba a la sombra de grandes árboles y Spencer bajó las ventanillas para que entrara el fresco aire de septiembre. Los pájaros volaban de árbol en árbol. Zumbaban las abejas. Una brisa juguetona pasó de largo.

—Hace un día tan bonito después de una tormenta...

Spencer profirió un murmullo de asentimiento, abrió su hamburguesa y le dio un gran bocado. Arizona lo observó mientras comía, asombrada por la rapidez con que devoraba la comida. Supuso que hacía falta mucho combustible para mantener en marcha a un hombre de su tamaño.

Mientras observaba su perfil, se fijó de nuevo en la desviación de su tabique nasal.

—¿Cómo te rompiste la nariz?

Spencer, que estaba mirando a lo lejos, clavó los ojos en ella. Acabó de masticar otro bocado de hamburguesa y se tocó el puente de la nariz con dos dedos.

—¿Te molesta?

Arizona resopló.

—No. La verdad es que te da un aire muy rudo.

Él esbozó una sonrisa torcida.

—Si tú lo dices —agarró un par de patatas más.

—¿Qué te pasó? Cuéntamelo.

—No hay mucho que contar —se volvió a medias y apoyó los hombros contra la puerta—. Estaba vigilando a Willy Glassman, un capullo de la peor especie. Violencia doméstica, agresión, resistencia a la autoridad... De todo. Se saltó la condicional y estuve varias semanas siguiéndole la pista. Por fin lo encontré en una vieja granja, en medio de la nada. Estaba en el porche con un par de colegas, bebiendo cerveza.

—¿Con un par de colegas?

—Después averigüé que eran su hermano y un primo. Estaban todos borrachos, armando jaleo, y yo estaba pensando cuál sería el mejor modo de atrapar a Willy sin montar mucha bronca cuando... —se interrumpió y sacudió la cabeza.

—¿Qué? —rara vez había visto a Spencer con un aspecto tan imponente—. ¿Pasó algo?

Él se frotó la nuca, se quedó pensando un segundo y luego tomó su batido de chocolate. Arizona le dio tiempo para ordenar sus ideas. Sabía lo repulsivos que podían ser algunos recuerdos.

—Me distraje.

—¿Y ese tipo se escapó?

—Sí —apoyó la cabeza en la ventanilla, entornó los ojos y apretó los labios—. Al final no lo atrapé. Fue otro quien lo entregó.

Arizona contuvo la respiración, incrédula. Intuía que Spencer no encajaba bien los fracasos. Si se había distraído, tenía que haber sido por algo muy serio.

—¿Qué ocurrió?

Él se mordisqueó el labio y luego se rio sin ganas.

—Hasta que no me acerqué no me di cuenta de lo que estaban haciendo en el porche. No sabía que tenían un...

Arizona lo vio tragar saliva. Alargó el brazo y tocó su rodilla. Spencer tapó su mano con la suya.

—Estaban torturando a un perro.

—¿Torturándolo?

—Estaban siendo muy crueles. El pobre animal estaba atado a un poste alto de modo que sus patas delanteras...

Arizona se tapó la boca al imaginárselo.

—Estaban estrangulando al pobrecillo para divertirse.

—¡Cabrones!

Spencer asintió.

—Vi lo que le estaban haciendo a ese pobre animal y perdí la cabeza —le apretó los dedos y luego la soltó—. En vez de esperar el momento oportuno para atrapar a Glassman, disparé un par de veces para que se refugiaran en la casa y corté la cuerda del perro.

Menos mal que llevaba un cuchillo afilado.

—¿Dejaste que se escaparan todos?

Soltó una risa áspera.

—No. En cuanto solté al perro, entré en la casa y les di una paliza.

—¿En serio? Me habría encantado verlo.

Spencer la miró divertido, se rio otra vez y meneó la cabeza.

—Fue una idiotez. Si alguno hubiera ido armado, tal vez yo no estaría ahora aquí.

—¿Ninguno llevaba pistola?

—Glassman sí, pero salió corriendo. Imagino que se suponía que los otros dos tenían que entretenerme. Y lo hicieron. Me defendí bien, pero en algún momento me dieron una patada en la cara y me rompieron la nariz.

Arizona lo miró con los ojos como platos, absorta.

—¿Te dejaron sin sentido?

—No, la verdad es que solo sangré y me puse furioso. Me tomé la revancha partiéndoles un par de huesos y una rodilla. Pero no eran más que gamberros, así que no fue nada impresionante. Hasta tú podrías haberte librado de ellos.

—Vaya, gracias —contestó ofendida.

Spencer no hizo caso y añadió:

—Los esposé y llamé a la policía. Iba a salir detrás de Willy, pero en cuanto salí de la casa vi que el perro seguía allí, escondido entre los matorrales, gimiendo y gruñendo... —sacudió la cabeza y bajó la voz—. No podía dejarlo allí.

A ella le dio un vuelco el corazón. ¿Podía ser Spencer más atractivo? No lo creía posible.

—Resulta que tenían varias órdenes de busca y captura pendientes. Lo último que supe de ellos es que seguían pudriéndose en prisión... que es donde deben estar.

—Qué bien —consciente de lo dura que podía ser la realidad, se obligó a preguntar—: ¿Qué fue del perro?

—Las autoridades querían llevárselo. Estaba herido, asustado y en estado un poco salvaje —Spencer la miró—. No quería confiar en nadie.

Ay, no. «No, no, no». Spencer estaba haciendo comparaciones entre ella y el perro. Y existían similitudes, así que Arizona no podía reprochárselo, pero no quería seguir por ese camino.

—Era un pastor alemán mestizo, muy listo y realmente precioso, aunque estuviera un poco descuidado —sosteniéndole la mirada, la sorprendió al decir en voz baja—: Me lo llevé.

Aunque Arizona valoraba su bondad y se alegraba de que no hubiera abandonado al perro, no quería que la viera del mismo modo. Maltratada, sí. Furiosa, desde luego. Y desconfiada, naturalmente. Pero ella no era un animal indefenso. Se negaba a serlo. Se había hecho cargo de su vida y quería que Spencer la viera como una persona capaz.

Como una igual.

Tuvo que respirar hondo varias veces para recuperar la voz.

—Tienes por costumbre rescatar a criaturas abandonadas, ¿eh? —dijo con más acritud de la que pretendía.

Como si su sarcasmo lo entristeciera, Spencer fijó la mirada en los bosques.

—Tardó un tiempo, pero por fin se recuperó. Empezó a jugar otra vez, a relajarse. Bajó la guardia.

—¿Dónde está ahora?

—Un buen amigo mío es veterinario. Me ayudó a tratar a Trooper. Se quedaba con él cuando yo tenía que salir de viaje, y lo atendió hasta que se recuperó.

—¿Trooper?

—Es el nombre que le puse —se encogió de hombros—. El

caso es que mi amigo tiene hijos y un gran jardín vallado, en su casa hay un montón de gente. Trooper es feliz allí.

—¿Vas a visitarlo?

—A veces.

Las similitudes eran exasperantes. Al igual que con el pobre Trooper, Spence quería rehabilitarla, «repararla» y luego dejarla al cuidado de otro.

«Por encima de mi cadáver».

Tras beberse el resto de su batido, decidió que era hora de cambiar de tema.

—Entonces ¿te gustan los animales?

—Claro —él también se acabó su batido—. Pero no puedo tenerlos, paso demasiado tiempo fuera de casa. No sería justo.

—Lo mismo me pasa a mí —le encantaría tener un hogar de verdad... y todo lo que implicaba: mascotas, césped que cortar, ventanas que lavar, fotos que colgar de las paredes... Pero el destino no le había repartido esas cartas, así que tendría que ser en otra vida.

Agitada por aquella idea, comenzó a guardar los envoltorios vacíos y los vasos en la bolsa. Spencer la ayudó.

—Me encanta estar con los perros de Dare —comentó ella para llenar el súbito silencio—. Tai y Sargie son un cielo. Y Liger, el gato de Priss, es un encanto.

Spencer sonrió.

—Menos mal, con lo grandote que es.

—Diez kilos y medio de amor —repuso Arizona.

Él le quitó la bolsa.

—¿Qué te parece Grim?

El nuevo gato de Jackson, rescatado hacía poco en medio de una misión, acababa de unirse a la pandilla.

—Intenta hacerse el desinteresado, pero está claro que adora a Jackson. Yo también le gusto mucho. A la mayoría de los animales les caigo bien.

La leve sonrisa y los ojos oscuros de Spencer reflejaron ternura.

—Los animales tienen buen ojo para juzgar el carácter de las personas.

Su admiración parecía tan sincera, tan franca, que Arizona pensó de repente que tal vez resistirse a él ya no fuera lo más conveniente. Tal vez debiera aprovecharse de su extraño ofrecimiento. ¿Cuánto hombres heroicos, honorables y tan macizos como él iban a cruzarse en su camino?

Spencer la deseaba, pero ante todo se preocupaba por ella. Aunque se enfrentaran y discutieran, nunca perdía los nervios. Y confiaba en su palabra lo suficiente para hacer tratos con ella. Le sonreía, era sincero y ella lo respetaba.

¿Qué daño podía hacerle explorar los extraños sentimientos que le inspiraba?

Cuando Spencer se inclinó hacia ella, se dio cuenta de que se había quedado absorta, con la mirada perdida. Él esbozó una sonrisa torcida.

—¿Sigues conmigo, cariño?

—Sí, perdona —dejó escapar un suspiro—. Solo estaba pensando.

—¿En qué?

—En nada en especial —lo empujó con el hombro—. Deberíamos movernos. Quiero llegar a tiempo de ver en acción a los actores principales de la función.

Spencer la miró un momento con curiosidad.

—En cuanto tire esto podemos irnos —abrió la puerta de la camioneta y salió para tirar la basura en una papelera cercana.

Arizona lo observó mientras se alejaba. Todo en él la atraía de una manera o de otra: sus largos muslos, cómo se ceñía la camiseta a sus anchos hombros, la manera en que el viento revolvía su pelo oscuro, su impulso de proteger a los demás y la capacidad que irradiaba como un aura.

Pero sobre todo le gustaba su enorme corazón.

Había renunciado a cobrar un porcentaje de la fianza de un fugitivo para poder rescatar a un perro maltratado.

¿Cómo podía mantenerse indiferente a eso? Ella habría hecho lo mismo, pero conocía a mucha gente que, bien por apatía, por pereza o por miedo, habría hecho la vista gorda ante aquella crueldad.

Pero Spencer no. Spencer era un campeón en el verdadero sentido de la palabra.

Suspiró mientras él regresaba de tirar la basura, atento a su entorno, escudriñando continuamente la zona, pero no de manera paranoica. Parecía tranquilo, despreocupado... y estaba buenísimo.

Visto por delante estaba aún mejor que por detrás. Aquellos hombros anchos y poderosos, su paso relajado, el modo en que los vaqueros se ceñían a sus estrechas caderas...

Spencer Lark era todo un hombre, una mezcla asombrosa de capacidad masculina y tierna compasión, de atractivo sexual y fortaleza física, de afán justiciero y generosidad.

Arizona no recordaba haberse sentido nunca así. No conocía a ningún otro hombre que la hubiera atraído como la atraía Spencer. Era extraño, pero no podía negar que estaba deseando que volviera a besarla. ¿Sería el beso siguiente más íntimo que los anteriores?

Al recordarlos, sintió un leve estremecimiento de placer.

Un rato antes le había robado un rápido beso de los labios. ¿Volvería a besarla allí? ¿Con menos prisa esta vez? ¿Más profundamente?

¿Quería ella que lo hiciera?

Sí, quería.

Esa noche volverían a quedarse solos en su casa. Cuando acabaran en el bar, tal vez le diría lo que quería. O tal vez, sencillamente, dejaría de protestar. Todo aquello era tan nuevo para ella que no tenía ni idea de cómo actuar.

Pero ya lo descubriría.

Spencer regresó a la camioneta, se acomodó en su asiento y la miró dos veces.

—Me miras de una forma muy rara —fijó los ojos en su boca—. ¿Estabas soñando despierta otra vez?

—Algo así —de pronto se sentía libre, lo cual no tenía sentido. Pronto estarían en medio de un avispero. Había que atrapar a los malos y liberar a los inocentes. Y aun así tenía ganas de sonreír. Para refrenar su euforia, se rodeó con los brazos—. Estaba pensando que confío en ti de verdad.

Se quedó muy quieto, con una expresión inescrutable.

—Me alegra saberlo.

Arizona tuvo que reírse. Naturalmente, Spencer no quería ahondar en la cuestión. Seguía viéndola como una mercancía dañada, y todavía quería «repararla». Pero por alguna razón eso ya no le molestaba tanto como antes. Ella sabía que estaba bien, y con el tiempo él también se daría cuenta.

Asintió con la cabeza.

—De acuerdo —dijo.

—¿De acuerdo qué? —preguntó él con cautela.

No pensaba avisarlo de antemano. Spencer quería llevar la voz cantante y, de momento, eso era lo que creía. Y a ella le convenía. Mientras siguiera pensando que era él quien llevaba las riendas, no se daría cuenta de que ella estaba tomando el control.

—Es igual —intentando no sonreír, bajó el parasol y se miró los dientes en el espejo.

—No se me ha quedado nada en los dientes. Qué bien.

—Eh —tomó su mano para que le hiciera caso—. ¿Va todo bien?

—Sí —las cosas iban de maravilla, mejor que nunca, porque ella se sentía de maravilla, mejor que nunca.

Pero al parecer Spencer no se lo tragó.

—¿No tendrás dudas sobre lo de ir al Ganso Verde?

—Claro que no —en todo caso, tenía más ganas que nunca. Él siguió sujetando su mano.

—Sería comprensible, cariño. Aunque Terry Janes no pique... —la recorrió con la mirada— el anzuelo, van a acercársete otros tíos. Habrán bebido y seguramente se pondrán pesados.

—Sí, lo sé —ese era el plan. Apretó su mano para tranquilizarlo y lo soltó—. Pero no pasa nada. No te preocupes. No es la primera vez que lo hago, ¿recuerdas? Puedo arreglármelas.

El semblante de Spencer se ensombreció. Se apartó de ella y puso en marcha el motor.

—Eso es lo que más me preocupa.

—Pues deja de preocuparte —se abrochó el cinturón de seguridad y le lanzó una sonrisa engreída—. Lo tenemos todo controlado, así que no hay por qué preocuparse. Ahora, en marcha.

CAPÍTULO 10

¿Preocuparse? ¿Cómo no iba a preocuparse? Arizona era una incauta, no parecía entender el riesgo que entrañaba la operación. Se comportaba como si todo aquello fuera un juego, simple diversión, y mostraba el mismo entusiasmo por el peligro mortal que la mayoría de las chicas de su edad por ir de compras.

Tal vez no entendiera la tentación que representaba con aquella ropa tan provocativa, pero él sí lo sabía, y ello le remordía la conciencia. Fuera cual fuera el resultado final, le desagradaba profundamente la idea de exhibirla ante los traficantes de personas.

Cada vez le parecía peor.

—Has puesto mala cara —ella ladeó la cabeza—. ¿Qué he hecho mal ahora?

—Nada —no era lo que había hecho, sino como encaraba la vida: temerariamente, sin pensar en su propia seguridad ni en sus limitaciones. Spencer ignoraba cómo refrenarla. A veces se preguntaba si era posible hacerlo.

—Umm —ella le lanzó una mirada sugerente—. Tu boca dice una cosa y tu humor otra.

«¿Qué demonios se propone ahora?».

—A diferencia de ti —contestó él con cautela—, yo sé que hasta los planes mejor trazados tienen tendencia a torcerse.

—Pobre Spencer —miró su pecho y más abajo—. ¿Qué quieres? ¿Que me eche a temblar?

Él frunció el ceño al oír su voz aterciopelada.

—Claro que no —¿en qué estaba pensando? ¿Por qué su voz sonaba tan jadeante?—. No hace falta que te angusties, pero estaría bien que mostraras un poco de precaución.

—Entonces... —se inclinó hacia él con actitud provocativa e íntima—. ¿Cuánta precaución hace falta para que te relajes? —acarició un lado de su cuello y metió los dedos entre su pelo.

Spencer se quedó paralizado, tan tenso que de pronto se sintió a punto de estallar. Se concentró en la conducción... y en no excitarse.

—¿Te sentirías mejor si estuviera un poquito asustada, un poquitín necesitada de ayuda, quizá? —continuó ella.

—Dios mío, no —apretó los dientes, estremecido—. Pero tampoco tienes por qué ponerte tan contenta.

Sus dedos fríos se deslizaron por su cuello.

—¿Es eso lo que te atrajo de Marla?

—¿Qué? —le costaba seguir el hilo de la conversación mientras ella lo tocaba y le hablaba con voz acariciadora.

Arizona cruzó las piernas y se puso de lado en el asiento para mirarlo.

—Marla —pasó los nudillos por su mandíbula, debajo de la barbilla—. ¿Te sentías atraído por ella porque es la típica mujercita indefensa?

Spencer le miró las piernas. Eran tan tersas, tan esbeltas y torneadas... Casi podía imaginárselas abiertas para él o rodeándole la cintura.

O rozando su mandíbula.

«Maldita sea».

Por un lado, le sorprendía que Arizona utilizara con descaro triquiñuelas femeninas, pero por otro sabía que no debía subestimarla. Si se servía de aquellas triquiñuelas era por algún motivo, y él tenía que averiguar por qué.

Como no sabía qué se proponía, sopesó con mucho cuidado su respuesta.

—Marla es una agente inmobiliaria con mucho éxito, una mujer independiente con una casa en propiedad. Yo no diría que es una mujercita indefensa —aunque era cierto que le gustaba interpretar el papel de la mujer sola y necesitada de ayuda masculina. Y con frecuencia aquella treta lo había impulsado a echarle una mano.

—Puede que «calculadora» sea una palabra más indicada para describirla.

—¿Estás celosa?

Arizona apartó la mano por fin y arrugó el ceño.

—¿Por qué iba a estarlo?

—No tengo ni idea. Solo es una vecina...

—Con la que te has acostado.

Sí. Definitivamente, parecía celosa.

—Me he acostado con un montón de mujeres...

Enderezó la columna, ofendida.

—No me digas. Pues yo me he acostado con...

—No —sus músculos se tensaron y movió la mandíbula—. No es lo mismo.

—Sí, lo sé —susurró ella suavemente, y se volvió para mirar por la ventanilla.

Spencer echó de menos su contacto.

—¿Qué estás tramando?

Negó con la cabeza.

—Nada.

—No me lo creo —repuso él.

Ella frunció los labios y entornó los párpados.

—Olvídalo.

Y un cuerno.

—Arizona...

Sacudiéndose su melancolía, ella lo atajó diciendo:

—No olvides dejarme cerca de una parada de autobús para que lleguemos por separado.

Él flexionó las manos sobre el volante.

—Sé lo que hago.

—Sí, te estás portando como un gilipollas.

Spencer se quedó callado un momento antes de contestar:

—Ahora me debes dos.

—¿Besos? Muy bien, genial.
Él la miró extrañado.
—¿Estás de broma?
Sus ojos azules centellearon, furiosos.
—¿Por qué? De todos modos, besas como un colegial —dijo con una sonrisa burlona.
Vaya. Aquello sí que no se lo esperaba.
—A ver si me aclaro —la miró—. ¿Te estás quejando de cómo te he besado?
Ella no dijo ni que sí, ni que no.
—A lo mejor debería dejar que te salgas con la tuya y que me des una docena.
—¿De besos? —el corazón le golpeó con fuerza en las costillas—. Sí, quizá deberías.
Ella cruzó los brazos, enfurruñada, y siguió mirando por la ventanilla.
—Vamos, cariño —Spencer giró para dirigirse hacia el lugar donde esperaba Dare. Se aseguraría de que Arizona se subía al autobús sin contratiempos y luego Dare la seguiría hasta el bar—. Háblame. ¿Qué pasa?
—Hasta que empezaste a poner a Marla por las nubes, me lo estaba pasando bien.
—Yo no la he puesto por las nubes. Has hecho una pregunta y he contestado.
—Lo que tú digas.
Aquella respuesta airada lo irritó aún más.
—Olvídate de Marla, ¿quieres? —no quería que entrara en el bar enfadada por una tontería. Quería, necesitaba, que estuviera tranquila y alerta para que todo saliera bien—. Por última vez, solo es una vecina.
—Yo lo sé, pero creo que Marla no se ha enterado.
—Santo cielo, mujer, ¿lo dices en serio? ¿No tenemos ya bastantes cosas de las que ocuparnos esta noche para que tengas que provocar una pelea?
Se quedó mirándolo, muy quieta, y luego dejó escapar un gruñido. Echó la cabeza hacia atrás y cerró los ojos.

—Sí, está bien —pasaron unos segundos y se rio a medias—. No quería echar a perder las cosas poniéndome quisquillosa.

—¿Qué cosas?

Ella meneó una mano.

—Nuestro pequeño picnic ha sido agradable.

Spencer se irritó.

—Engullir comida basura en una camioneta, en medio de un parque desierto y antes de ofrecerte como cebo para hacer salir a la luz a individuos de la peor calaña no es lo que yo llamaría un picnic.

Ella parpadeó.

—Ah, bueno... —abrió su bolso y sacó un chicle—. Para mí sí lo es.

Mierda. De pronto se sintió como un capullo.

—Sí —reconoció de mala gana—. Para mí también.

—Ajá —se metió el chicle en la boca, dobló el envoltorio y lo puso en el cenicero—. Acabas de decir que no ibas a mentir.

—Esta situación es muy extraña, no lo niego, pero hasta ahora he disfrutado de cada minuto que hemos pasado juntos. Está claro que contigo no me aburriré nunca —consideró prudente añadir—: Aunque no comparta tu entusiasmo por nuestros planes de esta noche.

Arizona siguió mascando chicle y mirando el paisaje.

—Sé cuidarme sola, ya lo verás.

Porque siempre había tenido que hacerlo.

Pero ya no, no estando él. Y pensando en todas las formas en que deseaba cuidar de ella, preguntó:

—¿Cuál es tu sitio preferido para comer? —se merecía que la mimaran. Ir a cenar fuera, al cine, a bailar...

—Umm —se lo pensó muy poco—. No lo sé —se encogió de hombros—. La cena que me hiciste el otro día es la mejor que he probado. Sobre todo, la tarta.

—Queda bastante. Si te apetece, podemos acabárnosla esta noche.

—Buena idea —le lanzó una rápida sonrisa—. Pero estaba tan rica que preferiría dejar algo.

—No hace falta. Habrá otra tarta en casa de Dare, seguro.
—No me lo recuerdes —gruñó.
Aquella pequeña reunión debía hacerla feliz, no llenarla de temor.
—¿No te apetece ir?
—Agradezco el esfuerzo, pero... odio ser el centro de atención, ¿sabes?
—Creo que no va a ser tan duro como imaginas —una vez allí, se divertiría. Él se ocuparía de eso. Para que no siguiera pensando en ello, agregó—: Como vas a quedarte en mi casa, ¿hay alguna cosa en especial que te apetezca que compre? ¿Más dulces, quizá?
Se encogió de hombros.
—Si quieres comprar galletas, por mí bien.
—Puedo pasarme por la pastelería. Y me gusta cocinar, así que, si te apetece algo en especial para cenar, solo tienes que decírmelo.
—No soy puntillosa, excepto para las armas.
No quería hablar de armas con ella otra vez.
—¿Ternera? ¿Pollo? Vamos, dame una pista.
—Nunca he sido muy de comer, ¿sabes? —contestó ella con indiferencia—. Como cuando tengo hambre, en cualquier sitio que sea barato pero limpio. Quiero decir que no me gustan los calamares, ni los caracoles, ni esas cosas. Ni los pescados con cabeza. Pero por lo demás, si cocinas tú, prometo que me gustará todo lo que hagas.
—Sí, a mí tampoco me gustan los pescados con cabeza —tomó una calle que llevaba a una zona comercial más congestionada. Tenía que dejarla pronto, y ya lo estaba temiendo—. ¿Y tienen que ser sitios baratos?
—Mis fondos son limitados, ¿recuerdas? Sobre todo ahora. Jackson me paga más de lo que debería por los trabajillos de ordenador que hago, pero... —se estremeció—. Detesto la caridad.
—No es...
—Sí que lo es —insistió ella—, aunque Jackson lo niegue. Pero como últimamente no he atracado a ningún camello...

—Dios mío, eso espero —ni siquiera se había planteado esa posibilidad—. Ni se te ocurra...

—Tú no eres mi jefe —lo interrumpió ella—. Además, últimamente tampoco he jugado, así que... —levantó las manos—. Tengo para cubrir las necesidades básicas. Más que suficiente para ir tirando.

Más tarde pensaría en sus atracos a criminales. Ahora quería hablar de las pocas bolsas que llevaba en el maletero.

—¿Y la ropa?

—No me has visto andar por ahí desnuda, ¿verdad?

Una imagen impactante asaltó su cerebro. «No, pero me encantaría». Para intentar defenderse de ella, fue derecho al grano:

—Lo que llevas en el maletero y en la bolsa de viaje... ¿es todo lo que tienes?

—Venga, no pongas esa cara tan larga, ¿quieres? Si tengo pocas cosas es por una razón.

—¿Por cuál?

—Si tienes cosas, propiedades que te importan, alguien puede quitártelas.

Qué perspectiva tan triste.

—¿No tienes fotos, ni joyas?

—Sí, claro. ¿Fotos de qué? —se tocó el aro de la oreja—. Tengo un par de pendientes, algunas pulseras y otras cosas que me pongo para trabajar. Pero, por lo demás, todo eso me estorba.

—Entonces ¿no te interesa la moda?

Ella se rio.

—¿Te parece que puede interesarme? Tengo ropa suficiente para no tener que poner la lavadora todos los días. Y en cuanto consiga llamar la atención de esa gente del bar, podré volver a ponerme mi ropa de siempre. Todo lo demás ocupa espacio y es un lastre para mí.

Arizona le rompía el corazón muchas veces y en muchos sentidos, sin siquiera proponérselo. Paró junto al bordillo.

—La parada de autobús está doblando la esquina, a dos manzanas de aquí.

Ella se desabrochó el cinturón.

—La encontraré.

Incapaz de refrenarse, Spencer la agarró del brazo. Su piel desnuda era cálida y suave como la seda.

—Prométeme que vas a tener cuidado.

—Prometido.

Aquello no tranquilizó a Spencer.

—No olvides que voy a estar vigilando. Y no vayas a ninguna parte donde no pueda verte.

Un resoplido de exasperación.

—Está claro.

Aun así, Spencer siguió sin soltarla.

—Dare va a seguirte hasta la parada y luego hasta que te bajes del autobús cerca del bar.

—Si quiere, por mí no hay problema —agarró el tirador de la puerta—. De todos modos me imaginaba que haría algo así. En ciertos aspectos, Trace, Jackson y él son muy predecibles.

¿Se sentía decepcionada por que no hubiera ido Jackson esa noche? Spencer meneó la cabeza, negándose a pensar en eso.

—El autobús deja justo al lado del Ganso Verde.

—Lo sé. Yo también he inspeccionado la zona.

—Tengo todos los códigos de Dare. Si me ves mirar el teléfono, es que pasa algo. Recuerda, si el plan se tuerce...

—Te lo prometo, Spencer, me portaré bien. Prestaré atención. Y procuraré no ponerme en peligro.

Él frotó con el pulgar su brazo.

—Odio esto.

Arizona le lanzó una mirada indulgente, soltó el tirador y volvió a acomodarse en el asiento.

—¿Sabes qué?

¿Por fin había entrado en razón?

—¿Qué?

Se sacó el chicle de la boca, volvió a guardarlo en el envoltorio y lo dejó en el cenicero. Entonces, antes de que Spencer se diera cuenta de lo que pretendía, se volvió hacia él, le puso las manos sobre los hombros y se inclinó para besarlo suavemente en la boca.

Spencer se quedó helado antes de empezar a arder. Le costó un enorme esfuerzo, pero logró refrenarse para no estrecharla entre sus brazos. Puso las manos sobre su estrecha cintura y disfrutó de su afecto entregado libremente.

—No es demasiado tarde...

—Shh —ella susurró junto a sus labios—: Tranquilízate, Spence. Todo va a salir bien —lo besó otra vez, un beso ligero de mariposa, y se apartó—. Te doy mi palabra.

Sentado en su camioneta, Spencer observaba ofuscado la entrada del bar. Arizona tenía que aparecer en cualquier momento.

Odiaba aquello.

No había visto a Dare ni una sola vez, así que llamó al número que le había dado. Dare Macintosh contestó al primer pitido.

—¿Algún problema?

Spencer miró la calle, pero el autobús no aparecía.

—¿La estás viendo?

—Claro —hubo un momento de silencio y luego, en voz baja, Dare añadió—: Sería difícil no verla.

—Lo sé —se frotó la frente—. Lo de la ropa no fue idea mía, créeme.

—No estoy seguro de que sea culpa de la ropa. Esa falda y esa camiseta no serían gran cosa si se las pusiera otra mujer. Pero es Arizona quien las lleva puestas, y eso puede causarnos muchos problemas.

Spencer sintió una punzada de celos.

—Lo sé —gruñó.

—¿Sí? —Dare fue al grano—. Esta noche vas a estar muy ocupado. Te aconsejo que te calmes.

¿Qué demonios quería decir con eso?

—¿Tienes algo que decirme?

—Tu implicación en esto es personal —respondió Dare sin inflexión, como si estuvieran hablando del tiempo—, y eso no es bueno.

—Sé lo que hago.

—¿En lo tocante a Arizona? Lo dudo. Estás dejando que te vuelva loco.

En lugar de intentar negarlo, respondió:

—Tú también tenías una implicación personal cuando fuiste detrás de Alani, y cuando rescataste a Molly, tu mujer.

—Yo no soy tú.

Eso no podía negarlo. Spencer sabía que podía defenderse, pero Dare estaba en otra esfera en la que solo entraban Trace y Jackson.

—Ya —respiró hondo, pero no le sirvió de nada—. Si fuera otra mujer y no Arizona...

—Podrías mostrarte indiferente y calculador, lo sé. Con Arizona, es difícil no implicarse personalmente.

Spencer vio por fin el autobús.

—Ya está aquí.

—Lo sé.

Claro que lo sabía. Refrenando un gruñido de exasperación, dijo:

—Si ves algo, si sospechas siquiera que puede estar pasando algo...

—Te enviaré uno de los códigos que hemos repasado. No te líes con ellos.

Spencer rechinó los dientes. Miró de nuevo a su alrededor y siguió sin ver a Dare por ninguna parte.

—Los he memorizado. Hasta luego.

En cuanto cortó la llamada vio que Arizona se bajaba del autobús y miraba a su alrededor como si nunca hubiera visto un bar iluminado y lleno de gente. Dos tipos ya se habían fijado en ella. Uno tenía unos cuarenta años, y el otro parecía más próximo a su edad. Los dos parecían encantados con sus sonrisas tímidas y sus maneras reservadas.

Spencer flexionó las manos sobre el volante y se obligó a seguir sentado en la camioneta, observando la escena. Había aparcado al otro lado de la calle, a la sombra.

Mientras observaba a Arizona hablando con los hombres,

tuvo que reconocer que posiblemente se saldría con la suya. La vio como la veían los demás: su aire de seguridad en sí misma había desaparecido, y una vulnerabilidad fingida enmascaraba su valentía. Una estratagema premeditada, pero aun así Spencer no pudo apartar la vista. Le dolía el pecho y sus fosas nasales se hincharon.

A pesar de que ella no había hecho nada para darle alas, el mayor de los dos hombres seguía intentando mirar por debajo de su camiseta, y el más joven se inclinaba hacia atrás para mirarle el trasero. Cerdos.

Pero Spencer no esperaba menos. Arizona estaba increíblemente seductora haciéndose la inocente.

Aquello no pintaba bien.

Nada bien.

Tras darle un minuto para que se alejara de los hombres y entrara en el bar, avanzó por la calle y dobló la esquina para dirigirse al parque. Más tarde, cuando se marcharan, podrían volver a casa juntos en su camioneta sin que nadie lo supiera.

A pesar de que sabía que Dare la estaba vigilando, le costó refrenarse, darle tiempo para acomodarse dentro del bar. Cerró la camioneta y caminó tranquilamente por la acera, sin dejar de observar los alrededores.

No vio a nadie.

Varias luces de neón blancas, en forma de ganso, brillaban parpadeando alrededor de las palabras «Ganso Verde». Debajo, un neón rojo anunciaba «bar parrilla», aunque nadie habría podido confundir la verdadera índole de aquel establecimiento. Las ventanas tenían gruesas rejas, pero, teniendo en cuenta el barrio en que se encontraba, aquello parecía la norma.

Encima de la puerta, un luminoso decía «Come, bebe, relájate», y otra señal anunciaba «¡mujeres, mujeres, mujeres!». Juntas, las luces proyectaban un brumoso resplandor hacia la noche oscura, iluminando apenas la mole de un edificio abandonado al otro lado del callejón. Junto a él había una gasolinera. Al otro lado del bar había un colmado ahora cerrado, y más allá el local de un tatuador, también cerrado.

En conjunto, era una zona destartalada y siniestra.

Cuando Spencer se acercó a la entrada, varias mujeres lo miraron y sonrieron, seductoras, al tiempo que mostraban sus encantos.

Prostitutas, decidió.

¿Trabajaban para el dueño del bar? Probablemente. Les devolvió la sonrisa y pasó de largo para entrar en el local, entre el estruendo de la música y el parpadeo de las luces. Sus ojos tardaron un momento en acostumbrarse.

En la zona de comedor colgaban luces tenues sobre los reservados. Una luz más intensa brillaba sobre la barra y los taburetes, pero no alcanzaba la zona destinada a sentarse, donde las numerosas sombras ocultaban sórdidas transacciones y tratos siniestros. Con cada destello de las luces, Spencer vio varios ejemplos de ambas cosas.

Escudriñó discretamente el interior del local hasta que vio a Arizona en la barra. Mientras la observaba, ella apuró un chupito de whisky. A juzgar por los vasitos que había delante de ella, no era el primero.

«Maldita sea».

¿Cómo se le ocurría? Pero cuando vio que el barman le servía otro, muy sonriente, comprendió que alguien la estaba invitando ya a beber. Las cosas avanzaban deprisa. Demasiado deprisa.

Así que había vuelto.

Había confiado en que volviera, pero estaba tan buena, tenía tanto desparpajo y era tan distinta a las demás, que casi se sorprendió al verla allí ahora, al alcance de su mano.

Aquello le complació inmensamente.

Frotándose la boca, recorrió su cara y su cuerpo con la mirada.

Sería perfecta, la mejor, la más valiosa. Y sería suya.

Una oleada de euforia recorrió sus venas.

Se creía protegida, sí. Se creía inmune.

Pero ahora que había puesto sus miras en ella, ahora que había vuelto, sería suya.

Eso, nada ni nadie podría cambiarlo.

Spencer se sentó en un reservado, todo lo lejos que se atrevió de Arizona sin perderla de vista.

Ella rechazó riendo una nueva copa y se puso a charlar con el camarero. Spencer no podía oír lo que decían, pero el camarero llamó a un chico para que le llevara una carta, dedujo que pensaba pedir algo de comer.

Así ganaría un poco de tiempo... siempre y cuando no comiera mucho.

La copa se quedó en la barra, delante de ella.

¿Cuánto whisky hacía falta para emborracharla? No mucho, seguramente. Por cómo se reía, ya estaba un poco achispada... o fingía estarlo.

Tratándose de Arizona, era imposible saberlo.

Pero Spencer intuía lo difícil que sería controlarla con la corriente sanguínea inundada de coraje líquido. Que el cielo se apiadara de ellos: quizás acabara matando a alguien.

Arizona se percató de su llegada nada más entrar él. No necesitó oírlo ni verlo, tan intensa y poderosa era su presencia. Con él dentro del espacioso local, el aire estancado pareció hincharse y agitarse.

Todas las mujeres presentes se fijaron en él. Mujeres que bailaban bajo las luces. Mujeres que servían copas y sándwiches. Mujeres con otros hombres.

Sí, Spencer era uno de esos hombres a los que ninguna mujer podía ignorar.

Pero los hombres también se fijaban en él. Posiblemente lo veían como una amenaza en potencia. Físicamente era capaz de aniquilarlos y, en lo tocante al amor, en fin, acaparaba la atención de las damas.

De un solo vistazo Arizona notó que el corpulento barman enfilaba a Spencer con una mirada malintencionada. Mientras sacaba brillo a un vaso, habló con el tipo que la había invitado a las copas y aquel idiota asintió con la cabeza. Entonces el hombre flaco que al parecer era su objetivo, Terry Janes, miró también a Spencer. Cuando Janes se volvió para decir algo al barman, sorprendió a Arizona mirándolo.

Ella bajó la cara pero sonrió... y volvió a mirarlo de soslayo.

Naturalmente, el muy idiota se lo tragó y picó el anzuelo con sedal y todo. Los hombres eran taaaan fáciles.

Terry Janes esbozó una sonrisa y la miró con avidez.

Arizona conocía muy bien esa mirada.

«Bingo».

De cerca, pudo apreciar su cabello castaño y ralo, peinado hacia atrás. Su áspera y desaliñada perilla canosa delataba su edad: debía de tener unos cuarenta y cinco años. Cuando se tiró del pendiente que llevaba en una oreja, Arizona vio de nuevo el colorido tatuaje tribal de su brazo izquierdo.

Esa noche parecía cruel. Parecía un objetivo fácil. Y Spencer creía que las cosas podían complicarse. ¡Ja!

Janes se inclinó sobre la barra para hablar en voz baja con los otros hombres, pero siguió observándola.

Era un individuo tan repulsivo que Arizona sintió que la bilis provocaba por el asco le ardía en el estómago. Esbozó una sonrisa, sin embargo, mientras él la miraba.

De no ser por lo alta que estaba la música, tal vez podría haber escuchado lo que decían. Pero no podría hacerlo a menos que se echara encima de ellos. Y sería demasiado obvio. Así que se conformó con mirar.

Solo apartó la mirada de Terry Janes cuando el mismo chico al que había visto la vez anterior se acercó con la carta.

—Has vuelto —dijo el chico con voz desapasionada y fría.

—Dije que volvería, ¿no? —le sonrió y apartó el whisky riendo—. No puedo seguir tomando esto con el estómago vacío.

El chico se frotó el cuello con la mano intacta.

—¿Quieres beber otra cosa, entonces?

Arizona se fijó en su mata de pelo oscuro, en su piel terrosa, en sus hombros caídos. Le molestaba enormemente que el chico no la mirara a los ojos. Tenía que ser todavía un adolescente. Demasiado joven para trabajar en un bar, claro que seguramente no tenía a nadie que cuidara de él ni se preocupara del maltrato que sufría.

Como era más bien flacucho, no tenía nada que hacer contra los matones reunidos al otro extremo de la barra.

Llevaba vendados juntos dos dedos de la mano izquierda, pero aun así Arizona vio por la hinchazón y la decoloración del dedo corazón que seguramente se lo habían roto.

Cuando lo tuviera todo bajo control, haría pagar a aquellos cerdos lo que le habían hecho al chico... y con intereses.

—¿Qué tal un té dulce? ¿Tenéis? —se inclinó para que la oyera e intentó verle la cara.

Él la esquivó.

—Sí —puso una carta sobre la mesa, delante de ella. La manga de la camisa blanca se le subió un momento y dejó al descubierto unos hematomas recientes y morados por encima de la fina muñeca. El chico apartó rápidamente la mano—. ¿Sabes ya qué quieres comer o necesitas más tiempo?

El whisky había abierto un sendero a fuego por su garganta, hasta su estómago. Ver los hematomas del chico hizo que le ardiera el alma.

—Si no te importa, voy a pedir ya —se frotó la tripa como si tuviera hambre y arrugó la nariz—. ¿Qué es lo más barato de la carta?

Sabía que los tres hombres estaban observándola, y también al pobre chico, que parecía cada vez más nervioso.

El chico se lamió los labios pálidos y cuarteados. Arizona reconoció los síntomas de la desnutrición y la deshidratación en su piel seca y colorada, advirtió cómo le sobresalían los huesos y su evidente agotamiento.

—Tenemos chili y sopa de alubias. Y ensalada de la casa —se encogió de hombros—. Y puede que también un sándwich de beicon.

—Veamos... —fingió pensar en la comida cuando en realidad esperaba que Terry Janes se acercara o hiciera algún movimiento—. Suena todo tan bien...

Janes mandó a un lacayo en su lugar.

Al sentirlo acercarse, Arizona devolvió la carta.

—Creo que solo voy a tomar la ensalada.

El mismo tipo que le había enviado las bebidas apareció tras ella, sin duda para sondear el terreno.

—Tráele todo lo que quiera, Quin.

—Uy —fingiéndose sorprendida, Arizona miró por encima del hombro y tuvo que echarse hacia atrás para no chocar con él. Se había acercado tanto que sintió la amenaza de su presencia a pesar de que lucía una sonrisa—. No, de veras, no es...

—Invita la casa —la música se disipó. Las sombras proyectaron sombras diabólicas sobre su cara cuando acarició con la vista sus tetas—. Una chica guapa no debería pasar hambre.

Intentando ser objetiva, Arizona decidió que no era mal parecido. Pero sabía quién era, a qué se dedicaba y lo que quería.

Y eso hacía que le dieran ganas de matarlo.

—Umm... —sonrió, fingiéndose halagada—. Gracias, pero...

—Insisto —puso una mano sobre su hombro y se inclinó, pero no le dijo su nombre—. Dile a Quin lo que quieres.

Quin... ¿Sería el verdadero nombre del chico? Lo dudaba.

—Si estás seguro de que no te importa, entonces quizá quiera una ensalada y un sándwich de beicon.

Él miró a Quin fijamente.

—Tráele también un trozo de tarta.

Antes de que el camarero pudiera marcharse, ella le tocó el brazo.

—Gracias, Quin.

El chico la miró con ojos angustiados. Asintió con un gesto y se alejó a toda prisa, dejando a Arizona a solas con el matón.

Genial.

Se giró en el taburete para mirarlo de frente. Sus rodillas chocaron contra él, pero ninguno de los dos se apartó. Aquel tipo tenía la actitud de un hombre acostumbrado a salirse con la suya.

Comparado con Spencer, parecía un enclenque. Y a su alrededor, por todas partes, había un hatajo de borrachos. El sujeto que tenía delante conseguía poder sometiendo y maltratando a otros. Era el esbirro de un traficante de seres humanos, igual que el barman.

Eran repulsivos. Spencer, en cambio, era puro y, llegado el caso, Arizona sabía que Spencer los aplastaría fácilmente a todos.

Pero cuando a un hombre no le importaba a quién hacía sufrir ni cómo infligía dolor, podía hacer mucho daño en muy poco tiempo.

Aunque sabía la respuesta, preguntó con dulzura y una nota de asombro:

—¿Eres el jefe?

—No.

—Ah —hizo un mohín de desilusión y añadió—: Tienes tanta pinta de ser el jefe que creía que sí.

Se colocó a su lado y se reclinó hacia atrás, apoyando los dos codos en la barra. En aquella postura, la camisa se le tensaba sobre la leve barriga y realzaba su escuálido pecho.

—¿Parezco un jefe? ¿En qué?

Estaban tan cerca que Arizona notó el olor de su aliento.

—Ya sabes, pareces muy... —sonrió y se estremeció un poco— autoritario.

—Eso es porque tengo autoridad —contestó con una nota de fanfarronería—. Soy la mano derecha del jefe.

Arizona se inclinó hacia él con avidez.

—¿Sí?

—Sí —fijó la mirada en su boca—. ¿Cómo te llamas, bonita?

Ya lo había pensado, y dijo sin vacilar:

—Candy.

Él levantó una ceja y sonrió.

—Eres tan dulce... —dijo, y tocó su barbilla con un dedo—. Tanto que creo que me está entrando dolor de muelas.

Arizona agachó la cara.

—Gracias.

Por fin él le tendió la mano.

—Yo soy Carl.
Ajá.
—Encantada de conocerte, Carl —le estrechó la mano.
Por un instante, cuando él se llevó su mano a la cara, Arizona pensó que pensaba besarle los dedos y se le encogió el estómago de repulsión. No quería que su asquerosa boca la tocara. Contuvo el aliento y esperó. Pero él se limitó a examinar sus uñas cortas y sin pintar.
—¿No llevas anillos? ¿Ni te haces la manicura?
Gilipollas.
—No me llega el dinero —respondió como si confesara un pecado.
—Conque sí, ¿eh?
Ella exhaló un profundo suspiro y él volvió a mirarle los pechos. A Arizona le resultaba más fácil ocultar su odio si no tenía que mirarlo a los ojos.
—Estoy buscando trabajo, pero de momento no ha habido suerte.
—¿Quieres decir que una mujer con ese chasis no tiene nadie que cuide de ella?
Ella forzó una sonrisa.
—Estoy completamente sola.
Él entornó la mirada.
—¿No tienes novio?
—Me temo que no.
La observó incrédulo.
—Me cuesta creerlo.
Maldición. No quería que empezara a sospechar.
—Es duro, ¿sabes? Quiero decir que he conocido a un par de buenos tipos con los que me gustaba estar. Me sentía bien con ellos, pero...
—Pero ¿qué?
—Empezaron a ponerse muy... pesados —jugueteó con un mechón de pelo que le caía sobre el pecho—. Yo quería ser independiente, ver mundo, no atarme tan pronto.
Él la miró largamente antes de llegar a alguna conclusión.

—Te vi hablando con Quin.
—Le pregunté si había trabajo.
Entornó los párpados.
—¿Qué te dijo?
—Que tendría que hablar contigo —Quin no le había dicho tal cosa, pero no pensaba meterlo en un lío—. Por eso he vuelto. Esperaba... Bueno, ¿no necesitáis más gente aquí?
Él esbozó lentamente una sonrisa.
—Da la casualidad de que el jefe está pensando en contratar gente nueva.
—¿En serio? —se animó—. Entonces ¿podría conocerlo?
—Puede ser —miró como hipnotizado los lentos movimientos de sus dedos jugueteando con el pelo—. ¿Qué sabes hacer?
—Bueno... Tengo facilidad para relacionarme con la gente. Prometo trabajar duro. Y siempre soy respetuosa.
Con cierta dificultad, él volvió a mirarla a la cara.
—¿Cuántos años tienes, tesoro?
En eso no le mintió.
—Veintiuno.
—Umm —sus ojos brillaron—. Entonces eres bastante mayor.
—¡Eso es lo que digo yo siempre!
Su gran sonrisa dejó al descubierto unos dientes fuertes y blancos.
—El único trabajo disponible es el de camarera.
—No me importa —le apretó la mano y añadió atropelladamente—: Prometo que siempre llegaré puntual, y nunca me pongo enferma. Te juro que aprendo muy rápido y...
—Hablaré con el jefe —miró a Terry Janes y asintió con la cabeza.
Entonces ¿había pasado la prueba? Idiotas. Estaba deseando darles una lección.
Quin titubeó con su comida en la bandeja, remoloneando allí cerca pero sin interrumpir.
Carl le hizo una seña para que se acercara.

—Aquí está tu comida —le dio una última palmadita en la mano—. Come. Luego podrás hablar con él.
—¿En serio?
Él le levantó la barbilla.
—Si todo va bien y te contrata, uno de nosotros te enseñará el local.

Oh, oh. Se suponía que tenía que quedarse donde Spencer pudiera verla. Lanzó una rápida mirada a Spencer y, a pesar de la penumbra y el brillo de las luces, vio que no parecía muy contento.

¿Había adivinado lo que acababa de decirle Carl? A juzgar por su expresión amenazadora, sí.

Bien, tendría que confiar en que supiera defenderse sola, porque no iba a echar las cosas a perder ahora.

Compuso una sonrisa radiante.

—Me encantaría dar una vuelta rápida. ¡Gracias!

CAPÍTULO 11

Spencer refrenó el impulso de sacar a Arizona por la fuerza del bar. ¿No había escuchado ni una sola cosa de lo que le había dicho?

El bar estaba cada vez más lleno y los clientes cada vez más borrachos. Muy pocos bailaban ya, y hasta los que bailaban parecían amodorrados y se mecían llenos de aburrimiento. Todos los hombres del bar la miraban, unos con más sutileza y otros con absoluto descaro.

La forma en que se sentaba en el taburete, el trasero en forma de corazón subrayado por la falda ceñida, las largas y esbeltas piernas al aire...

Spencer advirtió que un hombre la taladraba con una mirada ardiente. Ni siquiera se molestaba en ocultar su deseo. Otro, en cambio, le susurró algo a su compañero mientras la miraba y ambos se echaron a reír. Observar su risa removió algo siniestro y turbulento dentro de Spencer.

Hizo lo que pudo por refrenar sus impulsos primitivos. Si montaba en cólera descubriría su juego, y Arizona tal vez no se lo perdonaría nunca.

Algunos hombres no estaban demasiado borrachos y parecían limpios. Otros, en cambio, llevaban posiblemente todo el día en el bar, quizás incluso desde la noche anterior, a juzgar por sus ojos enrojecidos y sus posturas derrengadas. Un borracho mayor se paseaba por el pasillo mascullando para sí mismo y apestando a alcohol y sudor. Otro, más joven, permanecía sentado a una mesita, en silencio, garabateando en un cuaderno.

Spencer sintió deseos de aniquilarlos a todos... por hacer exactamente lo que quería Arizona.

Hasta las camareras la miraban continuamente, algunas con envidia, otras con rencor, unas pocas solo con curiosidad. La mayoría eran atractivas, aunque estuvieran un tanto ajadas y no pudieran compararse con Arizona.

Cuando una pelirroja se acercó a él, Spencer agradeció la distracción. Era bastante madura y parecía una clienta, no una empleada, de modo que era terreno seguro. Lo ayudaría a pasar desapercibido, y así podría vigilar mejor a Arizona sin llamar la atención.

—Hola —ronroneó ella.

—Hola —no se fijó en su cara pintarrajeada, siguió con la atención puesta en Arizona, pero le miró las tetas, que su blusa escotada dejaba casi al aire—. ¿Puedo invitarte a una copa?

—Cariño, tú puedes invitarme a lo que quieras —apoyó el redondo trasero en el asiento, enfrente de él—. No te había visto nunca por aquí.

—Es la primera vez que vengo —con la excusa de llamar a una camarera, miró a su alrededor y vio que Arizona intentaba trabar conversación con el joven camarero. Parecía alterada, incluso un poco peligrosa.

«No te precipites, cariño. No te precipites».

Arizona tenía una tendencia natural a defender a los débiles, de modo que Spencer no se fiaba de que pudiera controlarse.

Como no se acercó ninguna camarera, le preguntó a la pelirroja:

—¿Qué tomas?

—Ron con Coca-Cola.

—Quédate aquí, entonces —tocó la mano que ella había posado sobre el respaldo del asiento—. Voy a por tu copa.

—No pienso ir a ninguna parte.

Estaba tan ansioso por hacerle una seña a Arizona, que casi

no se percató de su mirada rebosante de admiración. En el último momento, le guiñó un ojo.

Tras acercarse a la barra repleta de gente, se inclinó junto a Arizona y le dijo al barman:

—¿Servís en las mesas?

Arizona levantó la vista y lo miró. Por suerte no estaba comiendo, en realidad, sino moviendo la comida por el plato. Mordisqueó una esquina de su sándwich y comió un par de trozos de lechuga de la ensalada.

El barman miró a Spencer y arrugó el ceño.

—¿Qué necesitas?

—Una copa para la señorita —señaló con la cabeza el reservado donde lo esperaba la pelirroja—. Ron con Coca-Cola.

—Enseguida os lo llevo.

—Gracias —apartándose de nuevo, rozó a Arizona—. Perdona.

Por suerte, el joven camarero había aprovechado su interrupción para escapar del interrogatorio de Arizona. Pero ella no se dio cuenta aún. Miró a Spencer y luego a la pelirroja... y sus ojos se afilaron. Sin clavar la vista en ella, se fijó en su actitud y en su apariencia en cuestión de segundos. Tensó la boca, levantó el vaso de té y dijo despreocupadamente:

—No hay problema.

Pero su tono no engañó a Spencer ni por un segundo.

Perfecto.

Que se concentrara en su posible ligue, pensó Spencer, en lugar de ponerse a romper cabezas. Mientras tanto, él haría compañía a la pelirroja y se mantendría alerta y listo para intervenir si era necesario.

Con Arizona allí, todo podía irse al infierno en un instante.

Frente a un viejo garaje cerrado, Dare esperaba junto a una furgoneta negra alquilada, vigilando el Ganso Verde. El aire cargado parecía anunciar otra tormenta de verano. Negros nubarrones se deslizaban alrededor de la luna.

La parte de atrás de la camisa se le pegaba a la piel. Los mosquitos zumbaban cerca de él. Olía a gasolina, a aceite y basura.

El garaje se alzaba encima de una colina, cerca de un puente que rara vez se usaba. Desde allí lo veía todo y, si era necesario, podría bajar a la calle en menos de un minuto.

Vibró su móvil, lo sacó del bolsillo de sus vaqueros y se lo llevó a la oreja. Siempre cauto, no dijo nada.

—¿Estás ocupado? —preguntó Trace.

—Estoy esperando. Vigilando.

—Esta noche no debería pasar nada.

Pero estando involucrada Arizona podía pasar cualquier cosa.

Dare sabía que todos se preocupaban por ella. Arizona se había ganado su afecto en muy poco tiempo. Solo hacía falta mirarla para ver la vulnerabilidad que ocultaba detrás de su descaro.

También reconocían su valentía, y su determinación de hacer que el mundo fuera un lugar mejor. A pesar de lo hosca que era, a Dare le caía muy bien. Y la respetaba.

—¿Era una llamada de confirmación?

—Sí, por Jackson. No para de pasearse por la habitación.

Dare sonrió. Para Jackson, Arizona era como una hermana pequeña.

—¿Por qué me llamas tú entonces?

—Porque me estaba preguntando... ¿qué pensaste después de verla?

—¿Respecto a su apariencia? —se encogió de hombros—. Me fijé en ella, claro.

—Tiene un cuerpo de infarto, ¿eh?

Sabía que Trace lo mencionaba como un posible problema, no por interés personal.

—Va a volver loco a Spencer.

—Seguramente. Pero él puede arreglárselas.

—Supongo que hay pocas posibilidades de que Janes no se fije en ella esta noche.

—Dudo que haya alguien en ese bar que no se fije en ella.

Cierto. Pocas mujeres tenían el físico de Arizona, pero ella además se conducía con un aplomo que realzaba su atractivo físico.

—De eso se trata.

Oyó que Jackson preguntaba algo, y Trace le respondió.

—Spencer está colgado de ella —afirmó Dare.

—Aunque intente negarlo.

—Y ella también está colgada de él.

—Más que colgada —repuso Trace—, si no me equivoco.

—¿Spencer lo sabe? —Spencer parecía bastante perspicaz, pero tratándose de Arizona había demasiado fango emocional que remover. Sería fácil pasar por alto los indicios, en medio de asuntos de mayor importancia.

—Piensa que es demasiado joven para él, y dada su experiencia pasada... desconfía.

—Solo un idiota no desconfiaría. Pero, en el caso de Arizona, no veo por qué le preocupa la edad. Es como si hubiera vivido tres vidas.

Abajo, en la calle del Ganso Verde, apareció una furgoneta, avanzó lentamente por el callejón entre los edificios y dobló la esquina trasera del bar. Dare entornó los párpados. No era una furgoneta de reparto, así que ¿qué era?

—Creo que tenemos problemas.

—¿Alguna amenaza directa contra Spencer o Arizona? —preguntó Trace.

—Todavía no —le explicó lo de la furgoneta—. Es solo una intuición, pero yo diría que esa furgoneta es para llevarse a Arizona, o bien para trasladar a algunos de los cautivos.

—Spencer no perderá de vista a Arizona —comentó Trace—. A no ser que estalle la situación, hay que dar por sentado que sigue a salvo.

—Tratándose de Arizona, es muy probable que sea ella quien encienda la mecha.

—Quizá deberíamos abreviar las cosas.

Spencer conocía los códigos y entendía la situación.

—Ya veremos. Voy a acercarme un poco. Luego te llamo.

—Gracias. Mantendré a Jackson aquí.

Dare sonrió.

—Sí, hazlo —cortó la llamada.

Un instante después estaba delante del bar y vio al gentío que lo llenaba a través del gran ventanal delantero, pero no distinguió ni a Spencer ni a Arizona. Aparcó cerca y luego, saliendo como un fantasma de entre las sombras, se acercó al aparcamiento trasero hasta que vio la furgoneta.

Avanzó sin hacer ruido y, sin que lo vieran, escuchó la conversación que mantenían dos hombres en voz baja. Uno era el conductor. El otro llevaba una escopeta.

Podía haber más hombres en la trasera de la furgoneta, pero Dare no lo creía. No hablaban de nadie más.

Una rata se escabulló entre sus pies. Allá arriba, una brisa húmeda atravesó la copa de un viejo sicomoro, agitando sus hojas y meciendo sus ramas. La luz que salía por el cristal de la puerta trasera del bar proyectaba sombras sobre los contenedores de basura repletos.

—Me han dicho que esa zorra es distinta. Más joven —el conductor se rio—. Y fresca.

—Carl me ha dicho que es una pieza de primera calidad.

Tras dar un trago a la cerveza, el conductor tiró la lata a un cubo de basura. Falló el tiro y la lata rebotó en los ladrillos con estrépito.

—¿Crees que podrás probarla tú primero?

—No veo por qué no. En cuanto la tengamos bien sujeta, qué más da quién la pruebe primero.

—Yo prefiero tirármela antes que tú. Eres tan bestia que siempre las dejas medio inconscientes —se quejó el conductor.

—Hago que se desmayen.

Se rieron los dos.

Y aunque no lo sabían, sellaron su destino.

A Dare no le cabía duda de que era de Arizona de quien hablaban, pero no tendrían oportunidad de hacerle daño.

No volverían a hacer daño a nadie.

A Arizona no le resultó fácil dejar de mirar a Spencer. Maldito fuera, ¿por qué tenía que disfrutar tanto de su tapadera? Ya le había oído reír varias veces a pesar de lo alta que estaba la música. Y aunque procuraba no hacerlo, seguía lanzándole miradas discretas. Él se inclinaba hacia la mujer, tan cerca que podría haberla besado. Tenían las manos entrelazadas, los pies juntos bajo la mesa, se lanzaban miradas íntimas...

—¿Querías tomar café con la tarta?

Arizona dejó que su mirada se deslizara por el resto de la sala como si le interesara el local en general, no Spencer en particular. Se volvió hacia el joven camarero.

—No, gracias.

El chico comenzó a recoger los otros platos.

Para intentar que no se alejara y trabar conversación con él, Arizona le preguntó:

—¿De verdad te llamas Quin?

El chico titubeó.

—Eh... sí.

Ladeó la cabeza.

—No suena hispano.

—Es el diminutivo de Quinto.

Ah, así que era su verdadero nombre.

—¿Esto está siempre tan lleno, Quinto?

Se encogió de hombros cansinamente.

—A estas horas, sí. Los fines de semana es cuando más gente viene.

Le sorprendió que su respuesta fuera tan larga. Hasta ese momento, el chico se había deslizado de una mesa a otra sin descansar y sin apenas abrir la boca.

—¿Trabajas los fines de semana?

—Sí.

—¿Qué noches libras?

Pareció dudar un momento, nervioso.

—Depende.

Arizona cruzó los brazos sobre la barra.

—¿Te gusta trabajar aquí?

Él miró a Carl. Terry y él estaban dando una vuelta por el local, hablando con los clientes y observando a sus trabajadores desde distintos ángulos. De vez en cuando desaparecían en la parte de atrás, donde estaban las oficinas. A Arizona le costaba no perderlos de vista.

Quin se humedeció los labios.

—Tengo que volver a la cocina.

Los clientes sedientos mantenían al barman ocupado llenando vasos, y Carl estaba distraído llevando a cabo discretas transacciones de dinero a cambio de drogas. Arizona no vio a Terry Janes, pero solo echó un vistazo somero al local. No quería perder aquella oportunidad.

—Dime una cosa, Quin...

El chico le lanzó una mirada cautelosa.

—¿Sí?

Se inclinó hacia él y preguntó en voz baja:

—¿Cómo te rompiste el dedo?

Inquieto, Quin abrió la boca pero no dijo nada. Fingiendo que le alisaba la camisa, Arizona deslizó una nota en el bolsillo de su pechera. El chico la miró alarmado.

—Si alguna vez quieres hablar, llámame. Yo puedo ayudarte.

Temblando, Quin se lamió los labios otra vez.

—¿A qué te refieres?

Ella esbozó una sonrisa comprensiva.

—A tu dedo.

Él contuvo el aliento pero por fin dijo:

—Fue... un accidente.

—Yo creo que no.

—Tengo que irme —recogió el resto de los platos a toda prisa y estuvo a punto de tirar el chupito de whisky que quedaba—. Tienes que beberte eso.

Pobrecillo. Arizona notó su miedo, incluso lo olió, y le dieron ganas de arrasar el local.

—¿Vives por aquí? —insistió—. ¿O vives... aquí?

Tras echar una mirada asustada a su alrededor, el muchacho empujó el whisky hacia ella.

—Bébetelo, por favor.

Para tranquilizarlo, Arizona se bebió el whisky de un trago y le devolvió el vasito vacío.

—¿Más tranquilo?

En lugar de contestar, Quin miró más allá de su hombro... y allí estaba Terry Janes, a apenas un metro de ella. Una mujer se colgaba de su brazo izquierdo y un hombre contaba dinero a su derecha. Él miraba fijamente a Arizona.

Había estado tan absorta hablando con el joven camarero que ni siquiera lo había sentido acercarse. La música estaba tan alta que era imposible que Janes hubiera oído lo que decían, pero tal vez la expresión culpable de Quin los había delatado, porque el dueño del bar los miraba con actitud amenazadora.

Dios santo, si metía a Quin en un lío...

—Mira —dijo precipitadamente—, déjame ayudar...

—Si no quieres nada más —la interrumpió Quin—, voy a volver al trabajo —comenzó a alejarse.

Arizona lo agarró de la manga.

—Espera.

El chico se detuvo, afligido y luego desafiante.

—¿Qué?

Arizona le dio la tarta.

—Por favor. Estoy vigilando mi peso, pero sería una pena desperdiciar la tarta. ¿No te apetece comértela?

Él movió la mandíbula.

—Es para ti.

—Pero no la quiero. Esta noche no me apetece.

—Deberías comértela de todos modos —contestó el chico con desgana. Se alejó, pero dejó la tarta.

Entonces ¿habrían puesto algo en la tarta? ¿Contenía alguna sustancia para drogarla, para volverla dócil y maleable o para algo peor? Arizona apartó el plato. No quería arriesgarse. Al menos Quin tenía ya el número de su móvil. Con un poco de suerte, llamaría. Dejaría que lo ayudara. Y pronto.

Tenía ganas de actuar, de arreglar las cosas como pudiera, preferiblemente pisoteando a algunos de aquellos tipejos. Se puso a tamborilear con los dedos sobre la barra, meneó un pie al ritmo de la música y miró con enfado a un borracho que la observaba babeando y deseó que Carl se diera prisa en regresar para que empezara la función.

—Espera un segundo, cariño —Spencer esquivó las manos ávidas y la boca húmeda de la pelirroja y se sacó el móvil del bolsillo. Acababa de vibrar. Lo abrió y vio un mensaje: *Luces fuera en treinta minutos.*

No era un código, sino un mensaje de Dare. ¿Qué quería decir? Sin saber si debía esperar un apagón o una redada, consultó la hora en su reloj.

Esquivó de nuevo a la pelirroja, que seguía intentando besarlo en la boca, y ella le mordió la barbilla. Poniéndole una mano en el hombro, la apartó.

—Espera, tesoro —rápidamente, antes de que las cosas se desquiciaran, mandó un acuse de recibo y volvió a guardarse el teléfono en el bolsillo.

—¿Negocios? —preguntó ella mientras volvía a recostarse en el asiento, frente a él.

—Nada importante —¿debía ir a buscar a Arizona y mandar al diablo aquel asunto por esa noche? Al menos tenía que mantenerse cerca de ella. En ese momento parecía aburrida, y eso no pintaba bien para nadie.

Luego, de pronto, Terry Janes volvió a pasar a su lado y enfiló un pasillo que llevaba a la parte trasera del bar, más allá de los aseos y la cocina. Y Spencer supo de inmediato lo que estaba pensando Arizona.

Cuando se bajó del taburete sin mirarlo, sin darle oportunidad de disuadirla con una seña sutil, Spencer comprendió que se proponía seguir a Janes.

Y cuando Janes se quedara a solas con ella...

Mientras los pensamientos se agolpaban en su cabeza, Spencer se preparó para ir tras ella, y al diablo con su tapadera.

En el último segundo, sin embargo, no fue necesario.

Spencer vio con alivio que una nueva distracción la apartaba de su propósito.

Malditas interrupciones... Cerró los puños, puso rígidas las rodillas y aceptó lo inevitable.
Un nuevo estorbo.
Llevaba ya muchas noches esperando a que ella regresara a su bar. Ahora estaba allí, pero aún no había nada arreglado. La frustración comenzó a arañar la superficie de su calma aparente, de su fachada de normalidad. Tenía que ser suya. Cuanto antes, mejor. Pero, si se veía obligado a ello, podía ser paciente.
A menudo, las mejores recompensas llegaban tras una larga espera.
De momento, ella estaba siendo demasiado amable, prestando atención a quien no se lo merecía. Zorra estúpida.
Cuando llegara el momento, él le enseñaría.
Pero todavía no había llegado la hora. Todavía no.
Pronto llegaría.

CAPÍTULO 12

—Espera.
Arizona se detuvo y miró la mano pálida que agarraba su brazo.
—Por favor —el hombrecillo, con cara de bobalicón, gruesas gafas y cabello castaño y crespo medio oculto bajo una ajada gorra, retiró la mano—. Espera.
Ella levantó las cejas, indignada.
—¿Perdona?
—Mira —temblando, le pasó un trozo de papel grande y rígido—. Eres tú.
Le pareció que el hombrecillo se ponía colorado, pero con aquella luz tan tenue no estaba segura. No quería ser maleducada, pero no tenía tiempo para aquello.
—¿Qué es esto?
El desconocido miró a su alrededor, apocado, y dio la vuelta al dibujo a lápiz para que le diera la luz.
Vaya, era ella.
Arizona se acercó a la mesita redonda donde estaba sentado él. La había retratado de perfil. Asombrada, Arizona observó el dibujo que sostenía. El hombrecillo había logrado retratarla con exactitud, incluso mejorarla: le había puesto una sonrisa que parecía sincera en lugar de forzada. Y el dibujo no realzaba sus pechos ni sus piernas.
Quien lo mirara no vería más que a una joven despreocu-

pada. La había dibujado como un personaje inocente, incluso dulce.

Arizona nunca lo reconocía ante nadie, pero a veces deseaba ser así.

—No sé qué decir.

Una sonrisa radiante iluminó los rasgos anodinos del dibujante.

—Entonces ¿te gusta?

—Pues... sí. Es fantástico. Muy halagador.

Él bajó la cara.

—No es tan bonito como tú.

—Pfff —Arizona sabía que nunca había sido tan dulce, ni tierna.

Él levantó la mirada otra vez, sorprendido por su reacción.

—Lo he intentado, pero la verdad es que no te he hecho justicia —luego añadió con el ceño fruncido—. No sabes lo bonita que eres, ¿verdad?

Sobre la mesa redonda había un montón de papeles, lápices y un cuaderno de dibujo.

Movida por la curiosidad, Arizona levantó el dibujo de arriba, pero representaba la máquina de discos y un reservado. El de debajo era de la luna vista a través del ventanal, entre gruesos barrotes de hierro. Había personas sentadas en los asientos, alrededor de la ventana, pero no era el centro del dibujo.

Arizona ignoró su pregunta y dijo:

—¿Esto es lo que haces? —señaló los papeles—. ¿Te sientas en el Ganso Verde y dibujas?

—También tengo que pedir comida —sonrió tímidamente—. Si no, me echan.

—¿Por qué aquí?

—La luz es buena.

Sí, ya. Arizona miró la lámpara mortecina de encima de la mesa. Solo la zona de la barra estaba de verdad iluminada, y no mucho.

—Con esas luces parpadeantes no debe de ser fácil dibujar.

—Proyectan unas sombras interesantes. Y así puedo dibujar a

la gente sin que se entere, porque no ven lo que estoy haciendo —arrugó el ceño—. O puede que no les importe lo que hago.

Arizona se preguntó qué edad tenía. No era un niño, desde luego, pero... ¿era de verdad un adulto? No lo sabía.

—Eres realmente bueno.

Se ajustó la gorra, se removió incómodo y empujó el dibujo hacia ella.

—Es para ti. Quédatelo.

—¿En serio? Vaya, gracias —¿qué demonios iba a hacer con un retrato a lápiz? No podía colgarlo en casa de Spencer, ni en la pared de un motel. Pero no quería herir sus sentimientos.

El ruido fluía y refluía a su alrededor. Alguien la empujó al pasar, dos hombres se rieron estruendosamente, una pareja pasó a su lado.

Arizona enrolló el dibujo y se lo guardó en el bolso.

—Te lo agradezco.

A la luz parpadeante, distinguió su sonrisa beatífica.

¿Dónde se había metido Terry Janes? Lo había perdido de vista, y no podía ponerse a curiosear en las habitaciones de atrás. A Spencer le daría un ataque.

Pero tenía que localizarlo. ¿Se había dado cuenta Janes de que se disponía a seguirlo? ¿Se estaba escondiendo de ella? El muy zorro...

Antes de que pudiera decidir qué hacer, el dibujante volvió a asirla del brazo.

—Yo... lo siento. No quiero ser pesado —puso cara de preocupación—. Pero no te conviene hablar con ese.

—¿Con quién?

Tragó saliva, vaciló y miró asustado a su alrededor.

—Con el tipo al que ibas a seguir.

Maldición, ¿tan a las claras se veían sus intenciones? Arizona echó los hombros hacía atrás, enojada.

—¿Qué te hace pensar que iba a seguir a alguien?

—Has estado observándolo —angustiado, se quitó la gorra y la retorció con las manos—. Te he visto.

Tras mirarlo más atentamente, Arizona dedujo que tenía

entre veintitantos y treinta y cinco años. No era feo, exactamente, pero, excepto por una pequeña cicatriz debajo del ojo derecho, su cara resultaba muy anodina.

Al ver que ella no contestaba, se encogió de hombros.

—Como estaba dibujándote, he visto que preguntabas por un trabajo.

A pesar de que las luces cambiaban continuamente, Arizona distinguió una expresión sincera en sus ojos.

—¿Y qué?

Él miró de nuevo a su alrededor, angustiado, y luego tiró un poco de ella para que se acercara.

—No te conviene trabajar aquí —susurró.

¿Un aliado? Genial, entonces.

Se sentó frente a él, puso el bolso sobre la mesa y se inclinó.

—¿Por qué no? —preguntó en voz baja.

—Ese tipo con el que estabas hablando... Es Terry Janes. El dueño del bar.

A aquella distancia Arizona distinguió su olor, pero no era desagradable. Olía a sudor limpio y a verdor. Como olería alguien después de dar un paseo por el parque o segar el césped. Miró la cicatriz que tenía debajo del ojo.

—¿Lo conoces bien?

—Un poco. No creo que sea... —se mordisqueó el labio superior—. Bueno, no es muy amable.

Eso era quedarse muy corto. Arizona se pensó si sería sensato hablar con él. Podía ser arriesgado. Cuanto menor fuera el número de personas con las que se relacionara, mayores probabilidades tendría de conseguir su propósito y salir indemne.

Pero le daba pena aquel tipo. Le recordaba a un cachorro crecido: ávido, molesto, pero aun así irresistible. Y si sabía algo sobre Janes que pudiera ayudarla, tanto mejor.

Le dedicó su sonrisa más atractiva al tiempo que le tendía la mano.

—Soy Candy. ¿Cómo te llamas?

—Yo, eh... —azorado de nuevo, tomó su mano y se la apretó con demasiado entusiasmo—. Joel Pitts. Puedes llamarme Joel.

—De acuerdo, Joel —se desasió con cierto esfuerzo de su mano—. Soy toda oídos. Veamos qué tienes que decir.

Indeciso, Joel se ajustó las gafas, cambió de postura y se inclinó hacia ella con ansiedad.

—No tengo pruebas, pero estoy seguro de que...

—¿Ya estás otra vez, Joel?

Arizona dio un respingo cuando un hombre agarró su hombro. Vio que los ojos de Joel se dilataban llenos de terror y que su boca se aflojaba. Por un momento pareció que iba a desmayarse.

Arizona se puso alerta, miró la mano que descansaba sobre su piel y levantó luego la vista hacia el brazo fibroso y fuerte, adornado con un complicado tatuaje tribal.

«Por fin».

Fingiéndose indecisa, esperó a que Terry Janes se sentara a su lado. El pobre Joel estuvo a punto de caerse del asiento. Tartamudeando, dijo:

—Hola, señor Janes. Solo estaba... solo estaba dibujándola, nada más.

—¿Ah, sí?

Notando vivamente la mano caliente apoyada sobre su hombro desnudo, Arizona dijo:

—Tiene mucho talento —sacó el dibujo y lo desenrolló sobre la mesa, se volvió hacia Janes y lo miró a los ojos con una dulce sonrisa.

Él se quedó quieto, mirándola como embelesado.

«Eso es, capullo. Muerde el anzuelo». Se humedeció los labios visiblemente, bajó las pestañas y se hizo la tímida. Los dedos se Janes se crisparon sobre su hombro.

—Es un retrato muy halagador, ¿no te parece?

Janes arrugó un poco el ceño y fijó los ojos en el dibujo. Arizona aprovechó la ocasión para estudiarlo de cerca.

—Ha dicho que le gusta —balbució Joel—. Por eso se ha sentado conmigo.

Janes miró el dibujo, la miró a ella y volvió a mirar el papel.

—No está mal, Joel, pero no has captado su atractivo carnal —acarició con el pulgar la articulación de su hombro.

Llevaba vaqueros negros ceñidos, camisa ajustada y de manga corta, blanca como la nieve, y botas con punta. Arizona dedujo que la camisa era para poder enseñar el tatuaje.

A diferencia de Spencer, tenía un pecho escuálido, hombros huesudos y sus bíceps distaban mucho de ser impresionantes.

Arizona compuso una sonrisa.

—Entonces ¿usted es el señor Janes?

—Puedes llamarme Terry. O Vaquero, si quieres.

—¿Vaquero?

—Así es como me llaman los clientes habituales. Te he visto antes por aquí, y me imagino que piensas convertirte en clienta habitual, ¿no?

Ella agrandó los ojos teatralmente, como si no estuviera acostumbrada a que alguien de su importancia reparara en ella.

—¿Te has fijado en mí?

—Claro que me he fijado, cariño —apartó la mano de su hombro e hizo una seña al barman.

Un momento después les pusieron dos vasitos y una botella de whisky sobre la mesa.

A ella nunca le había gustado beber, pero había aprendido a aguantar el alcohol por necesidad. A veces la habían obligado a beber, y estar borracha debilitaba sus defensas. En ese momento necesitaba mantenerse alerta, no embotar sus sentidos con alcohol, pero Terry no parecía dispuesto a dejarle elegir.

Llenó los dos vasos.

Haciéndose la tonta, Arizona comenzó a apartar su silla.

—Bueno, os dejo para que podáis...

Janes la agarró de nuevo del brazo y la obligó a sentarse.

—Bebe —apuró su vasito y se sirvió otro trago.

Arizona jugueteó con el suyo.

—A mí no me pareces un vaquero —más bien una sabandija. O un gusano—. ¿Por qué te llaman así?

La miró a los ojos y una sonrisa curvó su boca dura.

—Bebe —dijo en voz baja, pero autoritaria.

Arizona levantó el vasito, respiró hondo y bebió un sorbito.

—Eso es —tocó el fondo del vaso, manteniéndolo pegado a su boca y levantándolo—. Todo.

—Pero... no me gusta beber.

—Ya aprenderás.

Maldición. Mientras siguiera empujando así el vaso contra su boca, no le quedaría más remedio que beber. Se tragó el whisky y dejó el vasito bruscamente sobre la mesa.

—Buena chica —Janes le sirvió enseguida otra copa—. Me pusieron ese apodo porque domo a los salvajes.

—¿A los salvajes? —¿el muy cretino estaba reconociendo que se dedicaba al tráfico de seres humanos? ¿De veras iba a ponérselo tan fácil?

—Exacto —sonrió, dejando ver unos dientes fuertes, rectos y blancos—. Dime, morena, ¿a ti te han domado?

Se puso rígida y echó los hombros hacia atrás. ¡Cuánto le habría gustado propinarle una patada! Solo una. «En los huevos, quizá».

Olvidando por un instante que estaba fingiendo, lo miró fijamente y preguntó con aire suavemente amenazador:

—¿Eso era un comentario racista?

—Era un cumplido, tesoro. Tienes un físico impresionante. Una mezcla perfecta de rasgos —deslizó un dedo por su brazo—. ¿De dónde has sacado el tono moreno? ¿De mamá o de papá?

Cada vez le apetecía más matarlo.

—Mi madre era muy morena.

—¿También era una belleza, como tú?

—La verdad es que no lo sé —mintió—. Falleció hace mucho tiempo. Casi no la recuerdo —«ojalá fuera cierto». Se acordaba de su madre muy a menudo.

Era a su padre a quien deseaba olvidar.

—Conque creciste sin madre, ¿eh? Entonces puede que seas una salvaje. ¿Lo eres? ¿O algún cabrón con mucha suerte te ha domado ya?

Arizona lo miró con fijeza, resistiéndose a apartar los ojos. «No lo sabe. No lo sabe. No lo sabe». Pero parecía que lo sabía, como si al mirarla supiera que su padre la había vendido, como si reconociera el tinte que había impreso en su alma el tráfico de seres humanos.

Casi paralizado por la angustia, Joel seguía allí sentado, observándolos. Janes estaba a su lado, bloqueando la salida, sirviéndose de su presencia para intimidarlos.

Y con el pobre Joel le daba resultado.

En cuanto a ella... No se dejaba intimidar tan fácilmente.

—¿Domarme? —contestó—. No sé a qué te refieres —forzó una risa cantarina—. Sea lo que sea, suena fatal.

Janes se rio y lanzó una mirada de reojo al dibujante.

—Esta no es para ti, Joel.

—Pero si yo no... —pareció encogerse, acobardado—. Yo no haría eso, se lo juro.

Arizona sabía que debía refrenar su mal genio, pero había algo en Terry Janes que la sacaba de quicio, que le hacía casi insoportable hacerse pasar por una jovencita ingenua.

Conocer su nivel de inmoralidad exageraba todos sus rasgos: cada mirada, cada sonrisa, hasta el modo en que movía las manos o ladeaba la cabeza. Podría haber sido el tío excéntrico pero preferido de cualquiera, y sin embargo, para muchas personas, se había convertido en una pesadilla viviente.

—Joel es un sol. Me gusta su compañía.

El dibujante la miró boquiabierto.

—No, no, yo no...

—¿Lo estás defendiendo? ¿En serio? —Janes se tiró de la perilla y murmuró en tono cortante y amenazador—: Piérdete, Joel. Vamos.

Comenzó a recoger sus papeles, casi aterrorizado. Pero antes de que acabara Janes le dio un empujón y los papeles y lápices se dispersaron por el suelo.

Avergonzado, el dibujante se puso de rodillas a recogerlo todo.

Spencer se ponía más tenso con cada segundo que pasaba. La pelirroja lo manoseaba sin cesar, atribuyendo su rigidez a que estaba excitado. Y en otras circunstancias, tal vez la idea de acostarse con ella le habría resultado un poco menos repugnante. Pero en ese instante era tan consciente de que Arizona se hallaba al borde de la violencia que no podía pensar en otra cosa. La crueldad deliberada de Terry Janes para con el hombrecillo sin duda la haría montar en cólera.

Consultó con disimuló su reloj y vio que les quedaban veintidós minutos. Poco tiempo para idear un plan sólido a fin de sacarla discretamente de allí.

Pero tiempo más que suficiente para que Arizona empezara a cortar cabezas.

Arizona apretó los dientes para contenerse y fue a ayudar a Joel.

—No —ordenó Janes.

Hablaba con tanta autoridad que se quedó parada. Pero no pudo refrenarse y contestó:

—Eso ha sido una crueldad.

—No, así es la vida. No cometas el error de darle alas siendo amable con él —se inclinó hacia delante, la agarró de la mano y tiró de ella de modo que tuvo que inclinarse sobre la mesita redonda. Teniéndola tan cerca, no tuvo que gritar para hacerse oír—: Joel es como un perro. Si le das de comer, no se marcha nunca. Yo le doy una patada de vez en cuando, y aun así sigue volviendo.

Arizona casi sintió el nerviosismo de Joel mientras el dibujante se esforzaba por recoger sus cosas del suelo. Los motivos para aplastar a Janes seguían acumulándose.

Él comenzó a toquetear su pelo y murmuró en voz baja y acariciadora:

—Apuesto a que eres igual de suave por todas partes.

A pesar de que se le erizó la piel, Arizona no se apartó. Las diferencias entre Spencer y un canalla como Terry Janes nunca habían sido más obvias. Debía concentrarse en su siguiente paso, pero se puso a pensar en cómo la hacía sentirse Spencer. Con él, sus preocupaciones se disipaban. Él le daba respeto y afecto.

La trataba como a una igual.

«Todo un héroe».

Arizona miró hacia él, convencida de que lo vería a punto de estallar de rabia. Seguía en el mismo sitio, sentado en el reservado. La pelirroja se había pegado a él y le chupaba el cuello con los ojos cerrados mientras le tocaba el trasero con una mano.

«Será hijo de...».

Sí, tal vez fuera para disimular, pero ¿tenía que hacerlo de manera tan convincente?

Para que nadie notara su ira, Arizona recorrió el local con la mirada como si buscara una vía de escape.

—No te me pongas nerviosa —Janes la agarró del pelo y la sujetó como si fuera una correa—. Tú y yo tenemos un asunto pendiente.

Confiando en recuperar su apariencia de candidez, susurró:

—Se está haciendo tarde.

La boca de Janes se curvó en una sonrisa maliciosa. Le tiró un poco más del pelo.

—Pero creía que estabas buscando trabajo.

—Ah —sí, el trabajo. Ella había empezado aquello, así que tenía que acabarlo—. Así es.

—Pues los bares abren hasta muy tarde, tesoro, y siendo la nueva, tendrías los peores turnos. O sea, que tendrías que quedarte hasta el cierre —agarró su mano por debajo de la mesa—. ¿Algún problema?

Arizona reparó en que el pobre Joel se había escabullido. Pero ¿dónde había ido? Miró a su alrededor disimuladamente y no lo vio.

—No, ninguno.

Procuró no mirar de nuevo a Spencer. Podía ver algo que no le gustara. O algo que le desagradara aún más que lo que ya había visto.

—Me alegra saberlo —Janes soltó su pelo y volvió a llenar los vasos de ambos—. Me gustas, Candy.

Ella lo miró batiendo las pestañas.

—Eres tan... dulce.

Janes la miró con severidad.

—Bébete eso. Luego te enseñaré el local, para que te vayas familiarizando con las cosas. Puedes empezar mañana.

—¿Tan pronto?

—¿Algún problema con eso?

—No —ya se le ocurriría algo. Tenía que ir a casa de Dare para aquella estúpida fiesta de cumpleaños, pero empezar a trabajar en el bar era la excusa perfecta para abreviar la visita—. La verdad es que sería genial.

—Bien. Entonces, bebamos por nuestra nueva relación laboral.

Si bebía otra copa, se pasaría de la raya. Sentía ya el zumbido del alcohol inundando su sangre. Tenía calor, como si hubieran apagado el aire acondicionado. Notaba la piel húmeda y la cara sofocada.

—No creo que deba...

—Para trabajar aquí, tienes que saber aguantar la bebida.

—Claro —podía aguantarla, pero no podía controlar su mal genio cuando bebía demasiado—. Pero es que ya he tomado unas cuantas...

—Decídete ya —contestó él con impaciencia—. ¿Quieres el trabajo o no?

—Lo quiero. Lo necesito —y lo que era más importante: necesitaba dar una vuelta por el edificio. Entradas traseras, ventanas y vías de escape: tenía que conocer cómo entrar y salir de él. Y necesitaba saber si, en caso de que hubiera una redada, los trabajadores forzados correrían algún riesgo, si Janes ocultaba allí a sus víctimas, encerradas, o si las trasladaba a otra parte, y cuántas personas había en el edificio.

Quedaban demasiados interrogantes por despejar.

Levantó el vasito en un brindis y lo miró a los ojos sin pestañear.

—Por un nuevo mañana.

Él levantó su vaso.

—Por ti, Candy. Y por una noche muy excitante.

Se bebieron de un trago el contenido de los vasos. Un fuego

líquido atravesó a Arizona, embotando su lengua y su cerebro y aposentándose en sus tripas. Sacudió la cabeza para despejarse, se limpió la boca y dejó el vaso sobre la mesa. Sacudió la cabeza otra vez, pero no sirvió de nada.

—Vaya, creo que me estoy emborrachando.

—Te estás ablandando —Janes se frotó la boca mientras la miraba fijamente—. Y eso me gusta.

Antes de que pudiera servirle otra copa, Arizona echó su silla hacia atrás y se levantó.

—Estoy lista para que me enseñes el local.

Janes también se levantó.

—Sí, estás lista —le rodeó los hombros con el brazo y la atrajo hacia su costado. Llevaban los dos camisas sin mangas, y sus pieles se tocaron.

A Arizona se le revolvió el estómago, pero respiró hondo para asentarlo y, fingiendo tropezar con él, le clavó un codo en la tripa.

—Mierda —Janes la hizo volverse bruscamente y la agarró con fuerza por los antebrazos—. Ten cuidado, maldita sea.

Arizona soltó una risita y apoyó las manos sobre su estrecho pecho. No había mucha musculatura. Si llegaba el caso, tal vez pudiera con él.

Le encantaría tener la oportunidad de averiguarlo.

Se inclinó hacia él y se rio de nuevo. Al mirarlo a los ojos, sonrió.

—¿Sabes?, creo que he bebido un poquitín más de la cuenta.

El enfado de Janes se disipó mientras la miraba con intensidad.

—Yo creo que has bebido lo justo, niña.

CAPÍTULO 13

Spencer bulló por dentro, en silencio, cuando Arizona sonrió a Janes. Se aferraba a él como a un salvavidas. No sabía si de verdad estaba borracha hasta ese punto o si era otra de sus absurdas estratagemas.

En cualquier caso, tal y como le había advertido, le resultaba imposible soportar ver a otro hombre manoseándola. Se enfadó especialmente cuando Janes le acarició el pelo con una mano y el trasero con la otra.

«Voy a matarlo».

Si Arizona no lo mataba primero.

Ya le había dado un codazo y hacía un momento se las había arreglado para clavarle una rodilla en la entrepierna. Janes estaba que echaba chispas, dispuesto a castigarla... hasta que Arizona volvió a arrimarse a él. Metiendo una mano entre su pelo, Janes tiró de su cabeza hacia atrás y acercó la cara a su cuello.

Spencer comprendió que tenía que hacer algo, y rápido.

¿Cómo podía escaparse de la pelirroja sin armar una escena? Ella había estado a punto de besarlo en la boca ya varias veces, y mantener su interés y darle largas al mismo tiempo no había sido nada fácil. Sus tácticas de dilación la habían encendido más aún, si cabía. En cierto momento había intentado meterle la mano dentro de la bragueta y se había ofrecido a masturbarlo allí mismo, en el reservado.

Spencer no había sentido ni una sola punzada de deseo. Haciendo caso omiso de la boca de la pelirroja, que estaba mordisqueándole la oreja, recorrió rápidamente el bar con la mirada. Necesitaba un poco de inspiración.

La pelirroja malinterpretó la situación y le susurró:
—Larguémonos de aquí.
—Sí —tal vez pudiera acercarse a trompicones a la puerta con ella y...

Terry Janes se volvió, agarrando con la mano el cuello de Arizona para sujetarla a su lado, y la llevó medio a rastras hacia el fondo del bar.

«A la mierda».

Spencer se levantó... y entonces, de pronto, apareció el dibujante y, al intentar enseñarle otro dibujo a Arizona, tropezó con Janes.

Gracias al destello de las luces, la escena se mostró ante sus ojos como una película a cámara lenta. Los actores cambiaban de postura con cada segundo de oscuridad, y cada destello los iluminaba en una nueva posición.

La música retumbaba en las sienes de Spencer, aumentando su rabia.

Janes intentó sortear a Joel, pero el dibujante se pegó a ellos.

«Bendito sea ese hombre». Era justamente la interrupción que necesitaba.

—Te gustan los tríos, ¿verdad? —le preguntó a la pelirroja cuando ella se levantó.

—¿Qué? ¡No!

—Vamos —fue a tocar una de sus tetas—. Hay una puta en esta misma calle que sale barata.

La mujer retrocedió, indecisa.

—También te pagaré a ti —ofreció él con intención de ofenderla definitivamente.

Y funcionó.

La pelirroja lo apartó de un empujón, indignada.

—¡Olvídalo! —agarró su bolso y empezó a alejarse hecha una furia, pero en el último momento dio media vuelta, asió su cara con ambas manos y le plantó un beso húmedo en la boca.

Cuando Spencer logró por fin apartarla, ella dijo:

—Si alguna vez quieres echar un polvo de verdad, ven a buscarme aquí —dio media vuelta y se marchó.

Una catástrofe menos de la que preocuparse.

Spencer se limpió la boca discretamente y comenzó a abrirse paso entre la gente. Llegó a unos metros de Arizona en el momento en que Janes le estaba diciendo al dibujante que se perdiera de una puta vez. El hombrecillo insistió:

—Solo quiero darle esto a Candy —levantó otro dibujo.

—¡Ay, Joel, gracias! —exclamó ella entusiasmada—. Es precioso —alargó los brazos hacia él con intención de abrazarlo.

Janes comenzó a maldecir otra vez y tiró de ella. Pero Arizona ya se había agarrado al dibujante, y ambos perdieron el equilibrio al mismo tiempo. Se tambalearon. Terry Janes sujetó a Arizona para que no se cayera. Pero Janes cayó hacia un lado y golpeó una mesa. Se vertieron las bebidas. Una silla cayó al suelo.

Como la primera vez que Spencer había visto a Arizona, estalló una bronca a su alrededor. Janes intentó sacarla de allí, pero las cosas se complicaron rápidamente, como era propio de una pelea de bar. Joel, haciendo aspavientos, tropezó con el camarero hispano que había estado hablando con Arizona. El chico chocó con una camarera que aterrizó sobre las rodillas de un borracho, volcándole la copa.

Spencer, por su parte, puso la zancadilla a un hombre y empujó a otro. Mientras volaban puñetazos, vasos y hasta botellas, Arizona dejó que la empujaran de acá para allá... y fue alejándose del dueño del bar.

Olvidándose de ella, Janes se escabulló para ponerse a salvo. Perfecto.

O al menos lo fue hasta que Spencer vio que un borracho asestaba una bofetada a Arizona. Ella se tambaleó y se habría caído si Quin no la hubiera sujetado. Spencer vio que tenía sangre en la comisura de la boca y distinguió un brillo de emoción en sus ojos.

«Está disfrutando».

Cuando el dibujante estuvo a punto de caer al suelo derribado por un codazo, Arizona gritó:

—¡Cuidado! —y empujó al hombrecillo tras ella de modo que tuviera la espalda pegada a la pared y a ella delante. Propinó una patada a un bruto que enarbolaba una botella y le acertó con el talón en la entrepierna. El hombre cayó de rodillas y se desplomó de espaldas.

—Sé cómo salir por detrás —dijo Joel, medio escondido tras ella.

—Ni lo sueñes —Spencer quería sacarla de allí antes de que alguien sacara una navaja o una pistola.

El teléfono vibró dentro de su bolsillo.

Lo que le hacía falta.

Los treinta minutos que le había concedido Dare habían terminado. Sacó el teléfono. El nuevo mensaje era sencillo: *Se acabó. Salid ya.*

Se volvió hacia Arizona en el instante en que ella propinaba un puñetazo a otro tipo que se había abalanzado sobre ella.

—Ya basta —dijo.

—Eres magnífica —exclamó Joel, entusiasmado.

Arizona se limpió la sangre de la boca y sonrió.

—Sí, gracias.

Antes de que a Spencer se le ocurriera un modo de sacarla de la refriega, le dieron un golpe en la oreja.

Aquello fue la gota que colmó el vaso.

Tenía a Dare llamándolo, a Arizona borracha y a un dibujante que intentaba hacerse el héroe.

Rojo de furia, Spencer tumbó de un puñetazo al hombre que le había golpeado. Cuando un colega suyo se lanzó hacia él, le pegó tan fuerte que lo tumbó de espaldas sobre una silla.

Arizona puso los ojos en blanco.

—No te luzcas, eso es ensañamiento.

Quin estaba allí, perplejo.

—¿Quiénes sois vosotros? —preguntó Joel.

Arizona contestó muy seria:

—Soy Candy, ¿recuerdas? Me has hecho un retrato. Dos, mejor dicho.

Spencer comprendió que tenía que sacarla de allí cuanto antes.

—Está borracha. Yo me ocupo de llevarla a casa.

Quin asintió con la cabeza y se escabulló. Cuando Arizona hizo amago de seguirlo, Spencer la agarró por la camiseta y tiró de ella. Ella se puso a agitar los brazos hasta que Spencer la detuvo.

—Yo puedo sacarla de aquí —dijo Joel, con sus cosas de pintura agarradas contra el pecho. Estaba muy pálido y parecía aterrorizado.

—Conmigo estará más segura —Spencer buscó el modo más rápido de salir de allí. Prefería cargarse a Arizona al hombro. No vio al barman ni a Carl, pero eso no significaba que no estuvieran vigilando, así que tenía que seguir con la farsa.

—Candy... —Joel la miró con preocupación.

—¿Qué es eso? —Arizona ladeó la cabeza—. ¿Oigo a la policía?

Joel se puso alerta.

—Yo no oigo nada.

—Sirenas —dijo Spencer, siguiéndole la corriente. Miró a Joel—. Hay que salir de aquí cagando leches.

—Gracias por los dibujos —Arizona tomó la mano de Joel—. Me encantan, de verdad.

—¿Volveré a verte? —preguntó Joel mientras a su alrededor volaban los puñetazos.

—Claro que sí. Me han contratado, estaré aquí mañana.

—Ah, de acuerdo —Joel comenzó a relajarse—. Entonces, hasta...

La música cesó de pronto. Y entonces Spencer oyó de verdad las sirenas. Los ojos de Arizona se dilataron al volverse hacia él.

—¿Es en serio?

—Me temo que sí —vio que Joel se escurría hacia la parte de atrás y salía por una puerta lateral. Spencer confió en que no le pasara nada, pero Arizona era su única prioridad.

—Por si alguien nos está mirando —le dijo al oído—, tenemos que separarnos. Pero iré justo detrás de ti.

Ella se agarró a su hombro para que no se apartase.

—¿Y los trabajadores? ¿Y el camarero, Quin?

Spencer notó el olor a whisky de su aliento, sintió su calor, su fuerza, su energía.

—Olvídalo.

—No puedo marcharme sin saber que están bien.

¿Estaba de broma?

—Ese camarero ya se ha largado, ¿recuerdas? Y Joel seguramente lo ha seguido. No podemos ayudar a nadie si nos matan —razonó Spencer—. Dirígete hacia la puerta delantera. No te pelees con nadie. No hables con nadie. ¿Entendido?

—Sí —le sonrió, pero el hematoma que tenía en la comisura de la boca empañó el efecto de su sonrisa.

Maldición.

—Estás borracha —dijo él con reproche.

—Sí.

«Dios, dame fuerzas».

—¿Demasiado borracha para llegar a la puerta?

Arizona negó con la cabeza y se tambaleó.

—Qué va —tras alisarle la camisa, le guiñó un ojo y se alejó tambaleándose, abriéndose paso a empujones.

Divertido y preocupado, Spencer la miró alejarse. Con cada destello de las luces estaba más lejos. Casi había llegado a la puerta.

Casi estaba a salvo.

A pesar de lo enfadado que estaba, sintió admiración por ella. Arizona no permitía que nada ni nadie se interpusiera en su camino. Tenía muchas agallas.

Las cosas estaban llegando a un punto de inflexión entre ellos. En muy poco tiempo, Arizona había cambiado por completo. Ese había sido el objetivo de Spencer, pero ahora, al enfrentarse a su interés cargado de inocencia, su propia reacción le sorprendió.

El altruismo había quedado en segundo término. Lo que

hacía con Arizona y el porqué tenían muy poco que ver con su interés por salvarla de sí misma y mucho que ver con la increíble química que había entre ellos.

La deseaba, y no hacerla suya le estaba minando por dentro. Intentando concentrarse, la vio salir por la puerta delantera. Estaban suficientemente lejos, decidió. Comenzó a seguirla... y de pronto las luces se apagaron y todo quedó quieto y envuelto en amenazadora oscuridad.

El pánico martilleaba su cerebro, haciendo que le palpitaran las sienes y le escocieran los ojos. La zorrita no se escaparía. No podía permitirlo. Pero con todo aquel jaleo, ¿cómo podía detenerla? Miró a su alrededor furtivamente, intentando idear un plan.

Podía llevársela él solo. La chica tenía ciertas capacidades, claro, pero aun así era una mujer, frágil y de emociones tiernas.

Vulnerable.

En cuanto perdiera su lustre y, por tanto, se volviera menos rentable, confiaba en tenerla para sí solo. Para entonces estaría rota y sería más fácil manejarla.

Pero, gracias a los necios que lo rodeaban, esa posibilidad ya no existía.

Tenía que actuar inmediatamente o la perdería para siempre.

Entonces se le ocurrió, supo a quién debía mandar tras ella. Él no se pondría en peligro y ella sería suya.

Ah, sí, un plan perfecto. Se rio, convencido de que funcionaría.

Respirar el aire bochornoso de la noche no sirvió para despejar la cabeza de Arizona. Por si acaso alguien les estaba mirando, procuró que no se notara que estaba esperando a Spencer y no miró hacia atrás para ver si la seguía.

Alrededor de la puerta del bar había bastante gente, y de vez en cuando pasaba un coche. Allí fuera, en algún sitio, Dare seguía vigilando. Spencer saldría pronto.

Arizona no había logrado su objetivo, pero habían hecho algún avance. De momento, tendrían que conformarse con eso.

Se alejó de la entrada, se levantó el pelo para apartárselo del cuello y procuró olvidarse del ruido cada vez mayor de la bronca del interior del bar y de las voces de los clientes que salían y se dirigían a sus coches. No habló con nadie, ni apretó el paso porque Spencer no querría que se alejara demasiado.

Pensar en él la hizo sonreír. Spencer...

La extraña turbulencia que agitaba su sangre no tenía nada que ver con la violencia que se había desatado dentro del bar, ni con el alcohol que había tomado.

Era Spencer Lark quien la provocaba, aquel hombre excitante y asombroso.

Y realmente atractivo.

Levantó la mirada hacia el cielo e intentó ver las estrellas, pero los nubarrones se amontaban unos encima de otros, muy cerca de la tierra. Iba a haber otra tormenta, pero no le importó. De hecho, la idea de que lloviera esa noche le parecía de alguna manera... erótica.

Qué locura. Ella nunca pensaba en esos términos, y le parecía absurdo pensar en eso ahora, tras codearse con un maníaco como Terry Janes o Carl, su perro faldero.

Había disfrutado peleándose un poco, claro. A veces desfogarse un poco la dulcificaba. Pero aquello era distinto.

Mientras avanzaba por la acera, suspiró. Iba siendo hora de que recuperara su vida... en todos los aspectos.

Con Spencer todo parecía posible. Con él, la exaltación sustituía al miedo.

Saldría pronto, y tenía que decidir qué debía decirle y cómo convencerlo para que se liara con ella.

De alguna manera conseguiría ganárselo. Esa misma noche. No creía poder esperar más.

Todo sucedió muy deprisa.

Algo pasó silbando junto a la cabeza de Spencer, muy cerca.

Se volvió hacia el peligro y, confiando en su instinto, se preparó para lo que iba a ocurrir. Ignoraba quién atacaría primero, pero intuyó la trampa y se preparó.

De pronto unos gruesos brazos lo rodearon desde atrás y comprendió que era el corpulento barman. Sujetándole un brazo junto a su costado, se sirvió del otro para asestarle un codazo lo bastante fuerte para romperle las costillas. Cuando oyó que su agresor se quedaba sin respiración, aprovechó la ocasión y, con un movimiento ágil, lo lanzó por encima de su hombro. El hombretón aterrizó con estruendo.

Se encendieron las luces de emergencia y, gracias a ellas y al resplandor de las farolas que entraba por el ventanal, pudo ver bastante bien. El barman yacía inmóvil sobre una mesa rota. Parecía tener una pierna y un brazo rotos.

De pronto comprendió que, si lo habían atacado a él, seguramente Arizona también corría peligro.

«Se acabó la farsa».

Echó a correr, sorteando o saltando personas, mesas y sillas. Abrió las puertas de un empujón y salió al aire denso y húmedo de la noche. Miró a su alrededor y por fin la vio en la acera, un poco lejos.

Un segundo después, Carl salió del callejón a oscuras... y echó mano de Arizona.

«¡No!».

Más concentrado que nunca, avanzó hacia ella sin hacer ruido. Ni Arizona ni Carl lo vieron acercarse. Él, en cambio, vio el cuchillo que Carl llevaba en el cinturón, y rezó por llegar a tiempo.

Arizona estaba pensando en cómo seducir a Spencer cuando distinguió una forma oscura que crecía hasta formar una larga sombra al otro lado de la acera, y tardó unos segundos en entender lo que ocurría.

Demasiado tarde para tomar la ofensiva, se dio cuenta de que era Carl quien la acechaba.

Maldición. ¿Había salido por la puerta de atrás y rodeado el edificio para sorprenderla? Eso significaba que tenía que haberla visto salir.

Y que había estado vigilándola... y quizá también a Spencer.

Si había herido a Spencer, le haría picadillo.

Cuando Carl alargó los brazos hacia ella, se hizo la víctima indefensa y se dejó agarrar. Tiró de ella hacia el callejón y la arrastró brutalmente hasta una puerta abierta.

La empujó al interior de un cuartucho destartalado.

A pesar de lo mucho que había bebido, Arizona no estaba del todo incapacitada. Necesitaba acercarse a él. ¿Cómo, si no, iba a hacerle daño?

En cuanto dejaron de estar a la vista de posibles espectadores, reaccionó instintivamente. Carl la agarraba con fuerza del cuello. Aflojó el cuerpo, dejando caer su peso para desequilibrar a Carl. Cuando él intentó cambiar de postura, le agarró los dedos y con un giro de muñeca le rompió dos articulaciones.

Carl la soltó de inmediato y, mientras soltaba una sarta de maldiciones, ella agachó la cabeza y se alejó. Sabía que Spencer no quería que luchara, pero como Carl bloqueaba la salida no podía meter el rabo entre las piernas y salir huyendo, ¿no?

No tenía más remedio que luchar. A muerte.

Poniéndose en guardia, sonrió a su oponente.

—Zorra estúpida —dijo Carl, y con la mano izquierda sacó del cinturón una navaja.

Genial. ¿Era ambidiestro?

Mientras se acercaba a ella, haciéndola retroceder hacia el fondo de la habitación, dijo:

—Creías que nos habías engañado a todos, ¿verdad?

Ella abrió la boca para contestar.

—¡Cállate! —ladró él.

Arizona reprimió una sonrisa.

—Te hemos visto luchar. Te hemos visto reírte.

¿Quiénes? Ella levantó la barbilla.

—¿Eso significa que no vais a contratarme?

Carl agarró con fuerza el mango de la navaja.

—Significa que nos has causado más molestias de las que vales.

Idiota. Ella sabía bastante de cuchillos, así que al ver uno, aunque fuera en manos de un maníaco, no perdía los nervios.

—Conque mi valor como mercancía vendible se ha desplomado de pronto, ¿eh?

Sorprendido por su respuesta, Carl vaciló. Pero solo un segundo.

—No eres tan tonta después de todo, ¿eh?

—Bueno, comparada contigo... —sonrió— parezco un genio, ¿verdad?

Él flexionó los músculos, manteniendo la mano herida junto al costado.

—¿Crees que esto es una broma?

Arizona chocó de espaldas con la pared húmeda.

—Sí, creo que tú eres una broma.

Él respiró hondo, furioso.

—Vas a lamentar tener esa lengua tan afilada, niña.

Arizona notó que se preparaba para abalanzarse sobre ella.

Era hora de moverse.

Bajó la voz y la barbilla, lo miró por entre las pestañas y susurró:

—Y yo que pensaba que te gustaba mi lengua —se la pasó por los labios, dejándolos húmedos.

Distraído por un instante, Carl dijo:

—Se me ocurren mejores formas de usarla.

Por suerte, los hombres eran taaan fáciles... Arizona se pasó lentamente los dedos por el pecho y el canalillo.

—Apuesto a que a mí se me ocurren un montón de formas de usarla que te encantarían.

Carl la miró fijamente.

—¿Ah, sí?

Asintió con la cabeza, pero él estaba ocupado mirando sus tetas. Se apartó de la pared.

—Puede que, si me porto bien, y te aseguro, Carl, que puedo portarme muy bien, quizá te convenza de que no me mates.

—Vamos a averiguarlo —dio un paso adelante como si no la temiera en absoluto—. Quítate la camiseta.

Arizona agarró el bajo de su camiseta.

—¿Quieres que me desnude? ¿Aquí?

Él movió los dedos sobre el mango del cuchillo, recorrió su cuerpo con la mirada y murmuró:

—Voy a rajarte la camiseta.

Arizona sonrió, preparada para atacar... y de pronto, como salido de la nada, apareció el puño de Spencer. Golpeó a Carl en la mandíbula tan fuerte que le saltó un diente.

«¡Qué asco!».

Arizona decidió que aquel era buen momento para moverse y se deslizó por la pared, alejándose de la ira de Spencer.

Porque estaba furioso. A lo bestia.

¿Mataría a Carl? Ladeó la cabeza para ver el daño que le había hecho. Spencer sostenía a su oponente por la camisa mientras le daba puñetazos con el otro brazo. La navaja de Carl yacía en el suelo. Tenía las piernas flojas y gemía de dolor.

—Eh, Spence.

Él no hizo caso y asestó otro golpe. De la nariz de Carl brotó un chorro de sangre. Quedó colgando inconsciente de la mano de Spencer.

—Yuju, Speeence —canturreó ella—. No quiero ser aguafiestas, pero hemos oído sirenas, ¿recuerdas? ¿No crees que deberíamos irnos antes de que la poli nos encuentre aquí?

Él dejó de golpear a Carl, pero su pecho siguió agitándose. La rabia le hinchaba los músculos de los brazos, los hombros y la espalda. Tenía las piernas separadas y los pies bien plantados en el suelo.

¡Ah, era tan dulce...! Toda aquella rabia por ella... Arizona sonrió.

—Ha sido un espectáculo estupendo. En serio. Podría habérmelas arreglado sola, claro, pero...

Él se giró bruscamente para mirarla. Tenía las aletas de la nariz hinchadas, sus ojos brillaban y su mandíbula parecía dura como el granito.

Tal vez no conviniera tirar de la cola al tigre en ese momento.

—Quizá podrías llevarme a casa —sugirió Arizona suavemente.

Al otro lado de la pared, la policía daba órdenes. Oyeron pasos precipitados y ruido de pelea. Se rompió una ventana y un coche pitó.

—Van a pillarnos en cualquier momento. Tendremos que darles una explicación. Y los chicos odian dar explicaciones —añadió.

Se oyó más ruido de cristales rotos. Más pitidos. Más gritos.

Sin apartar la vista de ella, Spencer exhaló, abrió los dedos y Carl se desplomó en el suelo.

—¡Perfecto! —exclamó Arizona—. Buen trabajo.

Spencer se apartó lentamente de Carl, que había quedado hecho un guiñapo.

—Vamos —dijo ella como si llamara a una mascota—. Venga, Spence. Vámonos —se dio unas palmadas en el muslo mientras retrocedía hacia la puerta.

Spencer arrugó el ceño, cerró los ojos un momento y volvió a abrirlos.

—Espera —ordenó. Se acercó a la puerta, se asomó fuera y dijo—: Empieza a andar.

—Entendido —eufórica y un poco borracha, Arizona dio media vuelta y marchó hacia delante.

En parte se sentía así porque se daba cuenta de que Spencer era el hombre adecuado para ella. No solo un aliado. No solo un amigo.

Le parecía impresionante, y lo respetaba. Y todo en él le parecía admirable, pero sobre todo su capacidad. Lo deseaba como no había deseado nunca a nadie.

Lo deseaba como hombre.

Y esa noche, si jugaba bien sus cartas, tal vez tendría suerte.

Lejos del bar, Spencer observó a Arizona avanzar unos pasos por delante de él, con un trotecillo ebrio. Cerró y abrió los puños y contrajo y estiró los nudillos magullados. Dentro de él se agitaban todavía emociones turbulentas. Quería hacer pedazos a todos aquellos tipos, y Arizona, en cambio, sonreía como una niña en una feria.

Manteniéndola a su alcance pero sin tocarla, sin dejar de inspeccionar la zona, llamó a Dare. El pitido de la línea dejó de sonar, pero Dare no dijo nada.

—Soy Spencer.

—¿Ya habéis dejado de jugar?

—Carl está en un cuarto del callejón, a la derecha de la puerta principal.

—Lo has inmovilizado, ¿no?

Era una bonita forma de decirlo, pero Spencer se limitó a decir:

—Sí —se frotó la nuca—. Se me ha ido un poco la mano.

—Seguro que se lo merecía.

Spencer no vio razón para explicarle que Carl se había atrevido a amenazar con un cuchillo a Arizona. O que ella le había ofrecido sexo para intentar controlar la situación.

—Debería haberlo matado.

—Lo necesitamos vivo para que conteste a algunas preguntas —repuso Dare—. Sácala de aquí. Yo os sigo.

—Gracias —puso fin a la llamada.

En cuanto doblaron la esquina, Spencer alcanzó a Arizona, ansioso por ponerla a salvo.

—Sube a la camioneta.

Ella asintió pero dijo:

—Joder, Spencer, ha sido alucinante. Una noche que nunca olvidaré. Estoy casi mareada, ¿sabes?

Él no pudo mirarla.

—A la camioneta, Arizona.

—Ya voy, ya voy —se rio mientras caminaba hacia atrás, mirándolo—. ¿Hueles la lluvia? —abrió los brazos de par en par y respiró hondo—. Parece apropiado que vuelva a haber tormenta, ¿verdad?

¿Una tormenta para Arizona Storm? Ella tropezó, y Spencer la agarró del brazo para que no se cayera. Arizona se pegó a él.

—Me has impresionado, Spence, y eso no es fácil.
Él suspiró. Dios, ¿qué iba a hacer con ella? Seguramente no lo que quería.

A no ser que... La miró, vio que tenía los ojos neblinosos y comprendió que estaba demasiado bebida. No, decididamente, no lo que quería.

—Deja de poner esa cara, gruñón —ella le dio un codazo—. ¡Va todo bien!

—Sí, a las mil maravillas —podrían haberla violado y asesinado en aquel callejón. Pero ella no pensaba en ese peligro—. Cuidado con donde pisas o vas a caerte.

—Bah —cuando llegaron a la camioneta, se puso a parlotear otra vez—: Ha sido genial cómo has aparecido de repente como un ángel vengador. Y ¡bam! —lanzó un puñetazo al aire—. Has hecho papilla al bueno de Carl. Un solo golpe y ese mamón quedó para el arrastre.

Spencer le abrió la puerta sin decir nada. Sin dejar de sonreír, ella se deslizó en el asiento.

—Y lo mismo en el bar. Debería llamarte «Spence Puño de Oro» o algo así. A lo mejor cuando esté más sobria se me ocurre un buen nombre para ti.

Spencer miró de nuevo a su alrededor, cerró la puerta, rodeó la camioneta y se sentó tras el volante. Echó enseguida el seguro de las puertas y puso el motor en marcha.

Ajena a su estado de ánimo, Arizona comentó:

—Le he roto los dedos a Carl. ¿Lo has visto?

—No —solo había visto a Carl llevándosela a rastras. Se le encogió el corazón al recordarlo. No quería volver a ver nada parecido.

—Ha debido de ser después de que me llevara al callejón. Ha sido una pasada. Sabes que al pobre Quin le había roto un dedo, ¿no? Quería devolvérsela. Pero la verdad es que ni siquiera he pensado en eso cuando lo he hecho. Ha intentado estrangularme, el muy capullo, y he reaccionado automáticamente —le dedicó una amplia sonrisa—. Verás, entrenar tiene sus ventajas. Ya te dije que todo saldría bien.

La adrenalina seguía circulando por las venas de Spencer, y todo lo que decía Arizona le chirriaba como unas uñas arañando una pizarra.

—Ponte el cinturón de seguridad.

Tras lanzarle una larga mirada, Arizona resopló.

—¡Qué pesado eres! —se abrochó el cinturón.

¿Pesado? Quería arrasar aquel condenado bar y cargarse a la mitad de los hombres que había en él, y sin embargo se refrenaba... o casi. Puso la camioneta en marcha y arrancó.

—Ojalá hubiera podido ajustarle también las cuentas al bueno de Terry, el Vaquero —ella bufó con desdén—. Menudo gilipollas.

Rechinando los dientes, Spencer dejó de prestarle atención y se concentró en conducir. Recorrieron varias manzanas antes de que Arizona empezara otra vez.

—Se creía que iba a domarme. Eso decía. Literalmente. ¿Te lo puedes creer? ¡Yo sí que lo domaría a él! —se rio—. Igual que le rompí los dedos a Carl —alargó el brazo y dio unas palmaditas en el muslo de Spencer—. Y que tú le has hecho papilla.

Al sentir su contacto, él se tensó aún más.

Las palmaditas se convirtieron en una caricia indecisa. Deslizó la mano por su muslo y lo apretó un poco, entre curiosa y atrevida. Mientras lo hacía, dijo:

—Espero que cuando volvamos pueda darle su merecido a Terry...

—¡Ya basta! —estalló Spencer.

Sabía que no iba a aguantar hasta que llegaran a casa, así que se hizo a un lado de la transitada calle y dejó la camioneta en punto muerto.

Apretando con fuerza el volante, luchó por conservar la calma.

CAPÍTULO 14

Arizona ladeó la cabeza para observarlo.
—¿Se puede saber qué pasa, Spence? ¿Qué mosca te ha picado?
Él ignoró su pregunta. Había algo que no iba bien, algo aparte de la despreocupación de Arizona y de sus fanfarronadas. Escudriñó las calles intentando ver si alguien les seguía, pero no vio nada.
Cuando sonó su móvil, lo sacó esperando lo peor.
—¿Sí?
—No os siguen —afirmó Dare—. Un policía empezó a seguiros, pero ya me he encargado de ello.
Spencer miró a su alrededor, pero siguió sin ver a nadie. Ni siquiera a Dare.
—¿Así, sin más?
—Sí.
Spencer respiró hondo, alterado.
—¿Estás bien? —preguntó Dare.
—Sí —se pasó una mano por la cara. Más curioso que alarmado, dijo—. Respecto a ese poli...
—Trabajamos con ellos cuando es posible. A veces tenemos que dejarlos al margen para que no estorben, pero procuramos no restarles autoridad cuando podemos evitarlo, y jamás los consideramos prescindibles.
Spencer sabía que nunca herían a transeúntes inocentes, pero

lo demás era nuevo para él. Por lo que había observado hasta el momento, el trío solo reconocía su propia autoridad.

—Me alegra saberlo.

Arizona se volvió en el asiento y le dedicó una sonrisa soñadora.

Diversas partes de su cuerpo que ya estaban alteradas dieron un respingo. Ella estiró el brazo hacia él, pero Spencer le agarró la mano y la sostuvo quieta. Pensando en cómo se habían apagado las luces, le dijo a Dare:

—Entonces, ¿ya está desmantelado?

—Sí. Puedo explicároslo luego, pero surgió un problema que me obligó a tomar una decisión y nos dio motivos suficientes para precipitar las cosas.

Arizona se puso tensa.

—¿Cómo que ya está desmantelado? ¿El qué?

Spencer la mandó callar suavemente mientras le frotaba los nudillos con el pulgar, y añadió dirigiéndose a Dare:

—¿Carl está detenido?

—He mandado a dos agentes a ese cuarto del callejón para que se hagan cargo de él. A Terry Janes lo he atrapado yo mismo. Puedes decirle a Arizona que se resistió —añadió, divertido.

No, no le diría nada. Todavía no. Si se había resistido, Dare habría tenido que reducirlo, y probablemente lo había hecho pedazos. Lo último que necesitaba Arizona era que le dieran más ánimos para luchar.

—¿El que manejaba el cotarro era él? —preguntó.

—Todavía no lo ha reconocido, y nosotros no damos nada por sentado.

—¿Tú qué opinas?

—Las tripas me dicen que ahí pasa algo más.

—Maldita sea.

—Pronto lo sabremos.

—¿Y los trabajadores? —preguntó Arizona.

Spencer repitió su pregunta.

—Los que hemos encontrado están ya a salvo.

Él hizo un gesto afirmativo mirando a Arizona y vio que se

recostaba en el asiento, aliviada. Le conmovió que estuviera tan preocupada por personas a las que no conocía.

Dare añadió:

—Hemos conseguido información acerca de otro grupo de jóvenes hispanos en tránsito. Los habrían utilizado principalmente para trabajar en un motel cercano, pero algunas mujeres estaban destinadas a la prostitución. Deberían estar libres dentro de una hora.

Increíble.

—Entonces ¿Janes ha cantado?

—No, pero cantará. La verdad es que fueron dos tipejos a los que encontré en la parte de atrás, en una furgoneta. Pero eso puedo contártelo después.

Y un cuerno.

—Cuéntamelo ahora —fijó la mirada en Arizona y agregó—: Iban a por ella, ¿verdad?

—Me temo que sí. Ha sido el conductor el que lo ha cantado casi todo, pero los dos estaban ansiosos por ponerme al corriente de la situación —se detuvo y añadió—: Yo puedo ser muy convincente.

Spencer tuvo que hacer otro esfuerzo por dominarse. Pero tenía que pensar en Arizona. Tenía que llevarla a su casa y encontrar el modo de convencerla de que se mantuviera alejada de situaciones peligrosas.

—¿Y ahora qué?

—Siempre que podemos mantener un perfil bajo, lo hacemos. Seguiremos supervisando las cosas para asegurarnos de que conseguimos los resultados deseados.

—¿Que no se escape nadie, quieres decir?

Dare no contestó a esa pregunta.

—Tenemos buena relación con el agente especial al mando de las operaciones. Ha organizado una fuerza de acción conjunta muy eficaz, y tiene todos los contactos que necesita para conducir esta situación por los cauces legales adecuados.

Spencer agarró las manos inquietas de Arizona, sacudió la cabeza y murmuró:

—Para.
Dare se rio.
—¿Se está divirtiendo?
—Eso parece.
Todavía divertido, Dare concluyó:
—Llévala a salvo a casa, Spencer.
—Estoy en ello —mientras sostenía el teléfono, intentó con la otra mano que Arizona dejara de tocarlo.
Ella hizo un mohín, echó la cabeza hacia atrás y cerró los ojos bostezando.
—Vamos camino de mi casa —cuanto antes la metiera en la cama, antes podría relajarse.
—Genial. Por ahora, mantenla allí. Al menos hasta que nos reunamos en mi casa. Hablaremos entonces —Dare colgó.
Arrugando el ceño, Spencer cerró el teléfono y se lo guardó en el bolsillo.
—¿Y ahora qué? —preguntó Arizona.
Meneó la cabeza. ¿Quería Dare que Arizona siguiera alojándose en su casa porque alguien se había escapado? ¿O era solo una precaución?
—Me estás ocultando algo —dijo ella con reproche, más despejada.
—No. Solo estoy un poco asombrado por que haya acabado todo tan deprisa.
—¿Han tenido que matar a alguien?
Spencer arrugó el ceño, molesto por su sed de sangre.
—Dare ha dicho que nos contará los detalles mañana, cuando vayamos a su casa —dudó, pero necesitaba su cooperación—: Por ahora, quiere que te quedes en mi casa.
—Umm —en lugar de discutir, ella preguntó—: ¿Y a ti qué te parece?
—Por mí no hay problema —solo lo habría si intentaba marcharse.
Arizona le lanzó una mirada de deseo tan intensa que se le encogieron las entrañas. Se sentía atormentado, a punto de perder el control... ¿y ella quería coquetear?

Intentando no mirarle la boca, dijo:

—¿Se puede saber qué te pasa?

Con una sonrisa cómplice, se encogió de hombros.

—Nada, que he estado pensando en todo esto desde otra perspectiva.

Spencer no entendió a qué se refería.

—No te sigo.

Arizona se desabrochó el cinturón de seguridad para girarse hacia él. Tras recorrerlo con la mirada, lo miró a los ojos y contestó con voz ronca:

—Tú, Spencer Lark, destacas mucho.

—¿Entre esos cerdos? —también se volvió hacia ella. Tenía un brazo apoyado en el respaldo del asiento y el otro sobre el volante—. Dios mío, eso espero.

—Comparado con ellos, desde luego, pero, comparado con los demás hombres, también.

Su admiración abrió otra grieta en la determinación de Spencer, ya muy debilitada. Intentó mirarla con reproche.

—Estás borracha.

—Sí, un poco —arrimándose un poco, agregó—: Pero no estoy del todo pedo, ni nada por el estilo.

—No piensas con claridad.

—La verdad es que estuve pensando mucho en ello antes de tomarme el whisky. Incluso antes de entrar en el bar.

Santo Dios. Sintiéndose acorralado, preguntó:

—¿Sobre qué?

—Sobre ti. Sobre tu físico. Sobre las cosas que haces y por qué las haces —respiró hondo y sus ojos se entornaron—. Sobre cómo me haces sentir.

—Te doy pánico —le recordó Spencer. Bueno, la última vez que la había besado ella no se había resistido. Y antes de entrar en el bar lo había besado ella. Un beso muy pequeñito, pero aun así...—. Tengo que obligarte hasta a que me des un...

—No, nada de eso —meneó la cabeza—. Ya no.

Spencer se quedó pensando. Tal vez, aunque pensara eso

ahora, cambiara de idea en cuanto la pusiera a prueba. Si la besaba como de verdad deseaba.

—Muy bien, entonces —la besaría apasionadamente y así ambos recordarían lo que sentía ella de verdad y todo lo que aún tenía que superar—. Tal vez debas empezar a saldar tus deudas.

Lo miró inquisitivamente.

—Has dicho palabrotas, Arizona —confiando en que se acobardara, insistió—: Un montón de palabrotas, en realidad.

—Umm. Joder, es verdad —respiró un poco más agitadamente—. Creo que se me ha olvidado la apuesta.

—Arizona...

—Pero ¿qué cojones? —su sonrisa demostró que estaba maldiciendo a propósito—. Hay circunstancias atenuantes.

Spencer sintió una oleada de expectación.

—Estás jugando con fuego.

—Lo sé. Pero no decir tacos habría sido una verdadera... —levantó sus largas y oscuras pestañas y clavó los ojos en él— putada.

Ya estaba. Se lo estaba buscando.

Qué diablos, se lo estaba suplicando.

¿Y por qué no? Seguramente no haría falta más que un beso de verdad para que se asustara y volviera a pensárselo.

En realidad, no lo deseaba.

Decidido a seguir adelante, Spencer dijo:

—Entonces es hora de que cobre la apuesta, así que estate quieta.

Pero Arizona no le hizo caso. Cuando se inclinó hacia ella, se humedeció los labios y de pronto se lanzó hacia él.

Sorprendido, Spencer no se resistió cuando su boca aterrizó sobre la suya, abierta y caliente. Sintió el sabor acre del whisky y luego la dulzura de su lengua cuando se apoderó de su boca sin reservas.

Ay, Dios.

Intentó retirarse.

Más o menos.

Puso las manos sobre sus antebrazos... pero no la apartó.

Ella dejó escapar un gemido y lo besó con más ansia. Spencer sintió una oleada de calor y su miembro dio un respingo, alerta.

Y lo mismo hizo su conciencia.

La explicación más fácil para aquel cambio de actitud era que, además de tener las venas llenas de adrenalina, había bebido demasiado.

Pero su boca sabía tan bien, era tan deliciosa... Antes de que se diera cuenta de lo que hacía, Spencer metió las manos entre su largo pelo y entrelazó su lengua con la de Arizona en un duelo.

La atrajo hacia sí y se recostó para recostarla sobre su pecho. En lugar de apartarse, Arizona gimió.

Mierda.

Spencer retiró la boca y tuvo que apartarla cuando ella intentó sentarse sobre su regazo.

—Cariño... espera.

—No.

—Tenemos que parar.

—No puedo.

Parecía desearlo de verdad, y Spencer sintió que su dominio de sí mismo se hacía pedazos. Un beso no había aplastado su entusiasmo. Al contrario.

«Es por el alcohol».

Él nunca se había aprovechado de una mujer ebria, y no iba a empezar a hacerlo con Arizona. Tenía que dominarse y rápido, o haría algo de lo que ambos se arrepentirían.

—Arizona, para.

La apartó y la mantuvo a distancia estirando los brazos.

La mirada que le lanzó ella habría hecho derretirse a muchos hombres. Era una mirada dolida, avergonzada, incluso desesperada. Spencer hizo acopio de resistencia y tocó su mejilla... y rezó por que ella no notara cómo le temblaba la mano.

—Me prometiste que saldrías ilesa.

Ella pareció desconcertada.

—¿De qué estás hablando?

—Antes de entrar en el bar. Me diste tu palabra de que no harías ninguna tontería.

Llena de frustración, estiró los brazos.

—Y lo he cumplido, estoy bien.

—Estás llena de hematomas y sangrando. Yo no llamaría a eso estar bien —acarició la comisura de su labio con el pulgar—. Te han pegado.

—Una bofetada, solo eso —tendió de nuevo los brazos hacia él—. No es nada.

—Puede que para ti no —la mantuvo a raya y esta vez ella no insistió—. Pero para mí es mucho. Cuando ese cerdo te pegó, casi me muero.

—¿Sí?

Si le decía demasiado, solo le daría alas.

—Quiero llevarte a casa, que te asees y que duermas hasta que se te pase el efecto del whisky.

Arizona se inclinó para apoyar la cabeza en su hombro, arrimándose a él.

—No quiero.

Spencer se puso rígido. Su cercanía, su olor, tensaron todos sus músculos.

—¿No quieres venir a casa conmigo?

Meneó la cabeza.

—No quiero dormir.

Spencer vio cómo giraban los engranajes de su cabeza. Así que ya no le molestaba que la besara. Pero eso no cambiaba nada, ni su pasado, ni el hecho de que estuviera bebida. Además, no podía seguir demorando las cosas, allí, en la calle, expuestos al peligro.

Miró por la luna trasera, pero no vio a nadie ni nada. ¿Dare les seguía aún? Si así era, Spencer no quería ni imaginarse lo que estaría pensando.

Levantó a Arizona para que volviera a su asiento.

—Perdona, cariño, pero necesito que vuelvas a ponerte el cinturón de seguridad.

—Pero...

—Estoy harto de discutir, Arizona. Hazlo.
Ella cambió de postura, protestando.
—Eres un verdadero aguafiestas, ¿lo sabías?
Spencer refrenó una sonrisa desganada mientras ponía en marcha la camioneta y salía a la carretera. Cada vez le resultaba más difícil jugar a aquel juego.
Y cada minuto que pasaba parecía menos un juego.
Todo en ella lo atraía, sobre todo su independencia. Arizona luchaba por conseguir lo que quería, ya fuera un cuchillo nuevo, una pelea con un cerdo como Janes... o un beso demoledor con él.
De no ser por el peligro, le habría encantado verla trabajar. Representaba a la perfección el papel de «mírame, estoy tan indefensa». Pero cuando era necesario era extremadamente valiente, y tenía capacidades de sobra con las que respaldar esa valentía.
Dare no volvió a llamarlo, pero Spencer supuso que seguía tras ellos.
Dio varios rodeos para llegar a su casa. Le pareció más seguro. No quería conducir a ninguno de aquellos canallas hasta su casa.
Cuando llegaron, Arizona estaba casi dormida. Se había acurrucado contra la puerta del copiloto, el pelo largo le caía sobre un lado de la cara y tenía los brazos cruzados alrededor de la cintura y las sandalias abandonadas en el suelo.
Estaba muy sexy. Como un gatito dormido... pero con las uñas muy afiladas.
—Hemos llegado —le dijo en voz baja.
—¡Yupi!
De acuerdo, no estaba tan dormida.
—Vamos —salió y rodeó la camioneta para abrirle la puerta, pero ella se bajó antes y comenzó a caminar haciendo eses por la acera. Descalza. El aire turbulento de la noche giraba a su alrededor, levantando su pelo y arremolinando hojas alrededor de sus tobillos.
Spencer agarró apresuradamente su bolso y sus sandalias, la alcanzó y la agarró del brazo.

—Estás como una cuba.

—Sí, todavía me está haciendo efecto el whisky, ¿sabes? Lo noto más ahora que cuando salí del bar —se detuvo, miró hacia la casa de Marla y saludó exageradamente con la mano—. ¡Hola, vecina!

Spencer giró la cabeza a tiempo de ver caer un visillo.

—Sigue adelante.

—¿Qué pasa? ¿No te apetece charlar con tu amante?

Dios, no, no le apetecía. A menos que Arizona se convirtiera en su... Echó el freno a aquella idea turbadora.

—Adentro.

—Sí, señor. Enseguida, señor. Gracias, señor.

Él tensó la boca otra vez.

—No soy tan mandón.

—¡Ja! Mandón, arrogante y... y provocador.

Spencer la agarró por la cintura y la sostuvo mientras subían al porche y se acercaban a la puerta.

—Necesitas dormir.

—Pero íbamos a comer tarta.

Él giró la llave, abrió la puerta... y Arizona casi se cayó dentro.

—Eso tendrá que esperar —dándose por vencido, la levantó en brazos.

—Espera —estiró el cuello para mirar a su alrededor—. ¿Vas a llevarme en brazos? ¿En serio?

Se encogió de hombros y la miró. Sus caras estaban muy cerca.

—Me parece más fácil que llevarte rodando hasta la cama.

—Pero ya que vamos a la cama... —pegó su frente a la de él—. Se me ocurren mejores cosas que hacer que... —soltó un eructo y se rio—. Perdona.

—Ya. Sigue así —tras apoyarle la cabeza en su hombro, cerró la puerta de un puntapié y echó a andar.

La llevó a través de la casa a oscuras y en silencio, y disfrutó haciéndolo. Mucho. Posiblemente demasiado.

—¿No me llevas al sofá? —preguntó ella cuando lo dejaron atrás.

—No, esta noche no.

—No quiero dormir en tu cuarto de invitados —se apresuró a decir ella.

—Ya lo sé —la abrazó un poco más fuerte. Tarde o temprano descubriría por qué se resistía a usar esa habitación—. Voy a llevarte a mi cama.

—¿En serio? —le apretó el cuello con los brazos y susurró—: ¿Has cambiado de idea?

—No —pero, santo Dios, cómo lo deseaba. Sostenerla así era tan... delicioso.

«Y peligroso». Para él y para ella, para los dos.

El tamborileo rítmico de su corazón, la presión de sus pechos voluptuosos contra su torso, sentir sus cálidos muslos encima de su antebrazo... Todo ello se conjugaba para desbocar su deseo.

Lamentó tener que dejar que sus piernas se deslizaran hacia abajo hasta que tocó con los pies el suelo de baldosas del baño. Dejó sus sandalias y puso su bolso sobre el tocador.

—¿Por qué no haces... lo que hagas antes de meterte en la cama? Yo vuelvo enseguida.

Arizona se recostó contra el fregadero.

—¿Adónde vas?

—A echar la llave. Solo será un momento.

—De acuerdo —cerró la puerta tras él.

Sin apresurarse, Spencer cerró con llave la puerta principal, comprobó que las ventanas estuvieran bien cerradas y entró en su dormitorio para abrir la cama. Acababa de terminar cuando salió Arizona.

Tenía el pelo mojado alrededor de la cara, así que se la había lavado... pero no se había quitado todo el maquillaje. Se detuvo delante de él tambaleándose un poco. Spencer le levantó la barbilla y examinó el lugar donde la habían golpeado. A pesar de que la luz era muy suave, vio el moratón que oscurecía un lado de su boca y su mandíbula. Lo tocó con el pulgar.

—Odio que te hayan hecho daño.

Maldición, quería protegerla, no dejar que sufriera más abusos.

Ella esbozó una sonrisa.

—Me han pasado cosas mucho peores, así que deja de preocuparte.

El aliento le olía a pasta de dientes y sus ojos parecían empañados.

—No me lo estás poniendo nada fácil —se inclinó y besó suavemente el hematoma. Arizona comenzó a apoyarse en él.

Antes de dejarse llevar, Spencer dijo:

—No te muevas de aquí. Enseguida vuelvo —salió del cuarto de baño para asearse y lavarse los dientes.

Como no se fiaba del todo de que no fuera a escaparse, dejó la puerta entornada y estuvo escuchando mientras se aseaba rápidamente para irse a la cama. Menos de dos minutos después salió y la encontró acurrucada a un lado de su cama.

La falda vaquera estaba en el suelo, arrugada.

Ni siquiera se había molestado en meterse bajo las sábanas.

El corazón le dio un vuelco al verla así: profundamente dormida, en su cama, vestida únicamente con unas braguitas negras y una minúscula camiseta de tirantes que se pegaba a sus curvas voluptuosas.

Atraído por ella, se acercó a la cama, se detuvo junto al colchón y la miró lentamente de la cabeza a los pies. Las braguitas de seda apenas la cubrían, dejando gran parte de sus tersas caderas y su trasero a la vista. Spencer cerró los puños, ansioso por tocarla, por acariciar aquella piel de color miel.

Tenía las largas y suaves piernas dobladas y una rodilla levantada, casi como si se exhibiera ante él, incitándolo. Trazó visualmente la elevación de su hombro, su estrecha cintura y luego, de nuevo, la curva de aquel trasero tan sexy.

Físicamente, la deseaba tanto que aquel deseo era casi doloroso.

Y emocionalmente... Dios, sus emociones eran tan intensas que lo embargaban hasta casi ahogarlo.

Tenía que tocarla y, para pisar terreno seguro, deslizó las yemas de los dedos por su pelo, apartándoselo de la cara para poder mirarla. Se inclinó hacia delante y le dio un suave beso en la frente. Era tierna como un bebé y olía a mujer: una mezcla embriagadora.

En ese momento estaba en paz, completamente ajena al mundo, con el rostro absolutamente relajado.

Parecía joven.

Despreocupada.

Lo que debía ser incluso estando despierta y alerta.

Si lo veía allí de pie, mirándola excitado mientras dormía, seguramente le daría una paliza. Sonriendo al pensarlo, bajó la mano y dio un paso atrás. Luego se desabrochó lentamente el botón de los vaqueros y se bajó la cremallera.

Iba a dormir con ella, a abrazarla, pero no se aprovecharía de la situación.

Estaba excitado, pero no tenía más remedio que aguantarse.

¿Seguiría deseándolo ella por la mañana?

Cuando el alcohol ya no nublara su mente, ¿seguiría siendo capaz de olvidarse de sus fantasmas y superar sus reservas para conseguir lo que quería?

Y si lo hacía, entonces, ¿qué?

Sus motivos para evitar acostarse con ella no habían desaparecido. Hacerla suya, estar dentro de ella, solo le dificultaría cumplir con su deber, hacer lo que era mejor para ella, lo que era más honorable desde su punto de vista.

Arizona no se conocía a sí misma, no podía conocerse a sí misma porque su pasado enturbiaba su percepción de las relaciones íntimas entre hombres y mujeres. Su historia le impedía pensar con claridad, nublaba su juicio del mismo modo que el alcohol. Tampoco debía aprovecharse de eso.

Meneó la cabeza. Todos aquellos argumentos eran lógicos: seguían siendo válidos, naturalmente. Pero estaba librando una batalla perdida y lo sabía.

A su manera única y brutal, Arizona personificaba la tentación.

Le sacó las sábanas de debajo del cuerpo, la arropó y apagó la luz. ¿Qué pensaría cuando despertara con él a su lado por la mañana?

Anticipándose a su reacción, se quitó los vaqueros, los puso junto con su falda sobre una silla y se tumbó a su lado en calzoncillos.

Arizona no se movió.

Aunque no era frágil, era mucho más menuda que él. Su estructura ósea parecía muy liviana en comparación. Le pasó un brazo bajo la cabeza, le rodeó con el otro la cintura y la apretó contra su cuerpo.

Y sorprendentemente, mientras la protegía rodeándola amorosamente con su cuerpo, se sintió más cómodo de lo que se había sentido en mucho, mucho tiempo.

El agua helada del río se cerró por encima de su cabeza, pero pataleó con fuerza y salió a la superficie el tiempo justo para tomar aire. Una lluvia feroz laceró su cara. Se oyeron risas por encima de los truenos. Un relámpago le dio en los ojos, cegándola un instante.

El pánico le hundió sus garras, pero procuró dominarlo. «Piensa, Arizona, piensa».

Necesitaba respirar, pero el río tiraba de ella, y sin poder ayudarse de los brazos mantenerse a flote era casi imposible. Se atragantó con el agua sucia y tembló, helada hasta los huesos.

¿Dónde estaba la orilla? ¿Por dónde y a qué distancia?

Y si llegaba a ella, entonces ¿qué?

Volverían a arrojarla al agua.

Seguramente con una herida de bala o de navaja.

De pronto las voces, las carcajadas, cesaron. A pesar del fragor del río y del estruendo de la tormenta, la ausencia de voces humanas retumbó en su cerebro.

Casi agotada, volvió a salir a la superficie... y vio una pelea en el puente.

Se sorprendió tanto que volvió a hundirse y tragó una bocanada de agua apestosa. Pataleó, pero notaba las piernas pesadas como el plomo. Le dolían horriblemente los pulmones y los hombros por la tirantez de las cuerdas. Estaba tan cansada que sentía todo el cuerpo agarrotado, y estuvo a punto de darse por vencida. Luego, oyó un chapoteo cerca de ella. *Olvidándose de mover las piernas, se hundió otra vez... y unos brazos fuertes la rodearon.*

El miedo se apoderó de ella, dándole nuevas fuerzas.

—Shh —dijo él mientras tiraba de ella hacia la orilla—. Ya te tengo. No pasa nada, te lo juro.

Un hombre grande e increíblemente fuerte tiraba de ella para sacarla del río.

Pero ¿quién era y por qué lo hacía?

Incapaz de confiar en nadie, le dio un cabezazo y él soltó una maldición. Pero no la soltó.

Dios, Dios...

Pataleó y consiguió golpearlo un par de veces, pero no sirvió de nada. Revolviéndose, hizo todo lo que pudo por liberarse, pero él siguió arrastrándola hacia la orilla.

Arizona notó el instante preciso en que los pies del hombre tocaban el suelo. Segundos después, los suyos también lo tocaron.

No gritó, no llamó a nadie, ni lloró. Hizo todo lo que estaba en su poder por desasirse. Mientras seguía pidiéndole que guardara silencio en aquel extraño tono tranquilizador, él la sujetó contra el suelo fangoso, le inmovilizó las piernas e hizo que le dolieran aún más los brazos.

Estaba tan cansada... Le dolían los músculos y le ardían los pulmones.

—Ahora voy a cortar las cuerdas. Estate quieta.

¡Una navaja! Pero, fiel a su palabra, él se agachó sobre ella, le levantó las muñecas y cortó las cuerdas de nailon. Luego se apartó rápidamente de su alcance.

Arizona se apartó, deslizando el trasero por la orilla llena de barro. Tenía los brazos entumecidos y las piernas cargadas por el cansancio.

—No pasa nada —dijo él, sin seguirla. Abrió los brazos y esperó—. Puedes confiar en mí.

No podía hablar en serio. Ella no confiaba en nadie. En nadie. En nadie...

CAPÍTULO 15

Se despertó como le sucedía a menudo, con un sobresalto, el corazón acelerado y una efusión de adrenalina. Se incorporó y miró a su alrededor rápidamente, buscando alguna amenaza.

No vio ninguna.

Desconcertada al hallarse en aquella habitación, intentó orientarse. La cubrían unas sábanas suaves, muy distintas a la tiesa ropa de cama de los hoteles. La luz gris del alba inundaba el cuarto, y la lluvia suave de la mañana resbalaba por los cristales de la ventana.

Se sentía envuelta en un agradable calorcillo.

Y ahora que estaba despierta se sentía... increíblemente segura.

Era una sensación muy agradable, extraña pero... Pasó la mano por la sábana. Había algo en la habitación que olía maravillosamente bien, y aspiró para llenarse los pulmones.

—Buenos días.

El corazón se le paró un instante. Tomó aire, reconoció aquella voz grave y, al girar muy despacio la cabeza, vio a Spencer tumbado a su lado. La sábana apenas le cubría hasta la cadera. Bajo ella asomaba una pierna musculosa y peluda.

Se quedó boquiabierta.

—Estás desnudo —en cuanto habló, notó una tirantez en la mandíbula. Se la tocó y comprendió que tenía un hematoma.

—En calzoncillos, en realidad —levantó la sábana para demostrárselo.

Sí... pero aquello no era mucho mejor. Spencer en calzoncillos bastaba para pararle el corazón. Sobre todo si estaba excitado. Y lo estaba.

Otra vez.

«Que el Señor se apiade de mí».

Marla no bromeaba al hablar del tamaño de su miembro. Spencer era enorme en general, un hecho en el que se había fijado más de una vez.

—¿Estás bien? —preguntó, preocupado.

—¿Qué?

Señaló con la cabeza, mirando el hematoma.

—Ah, sí —bajó la mano—. Estoy bien.

Él cambió de postura y arrugó el ceño con preocupación. Al ver toda aquella carne expuesta, tan tersa sobre los músculos duros, Arizona respiró hondo otra vez... y su estómago dio un curioso brinco.

«Umm». Sí, eso era lo que había notado: el olor estimulante de su piel cálida.

Delicioso.

Spencer no dijo nada más. Ella tampoco. ¿Para qué hablar? Prefería disfrutar mirándolo.

Como aquella primera mañana, cuando lo había despertado, estaba muy guapo con el pelo revuelto y una sombra de barba. Pero sus ojos oscuros tenían una mirada abrasadora. ¿Qué había estado haciendo? ¿Por qué estaba tan excitado, tan dispuesto?

Apoyado en un codo, parecía despejado y alerta, como si... como si hubiera estado mirándola.

Durante un buen rato.

Mientras ella dormía.

Caray.

Sus pensamientos se volvieron caóticos, claro que eso no era nada nuevo, estando cerca de Spencer. A menudo le dejaba el cerebro hecho un lío y el corazón confuso. Pero a ella le gustaba, especialmente porque, antes de conocerlo, había dudado de que tuviera corazón.

La noche anterior era un recuerdo vago, lo último que recordaba era estar en el bar y verlo con otra mujer.

Así que ¿cómo habían acabado juntos en la cama? Si habían hecho el amor y no se acordaba, iba a llevarse un buen chasco.

Llena de sospechas, miró su cuerpo semidesnudo y luego, más despacio, el de él. Levantó una ceja y preguntó con fingido descaro:

—¿Tengo que patearte el culo?

—¿Por qué? —preguntó él, impasible.

—Por aprovecharte de mí mientras estaba borracha.

Sonrió, alargó el brazo y le tiró de un mechón de pelo.

—No, nena, no.

¿Nena?

—Aunque puede que tenga que darte una azotaina por intentar seducirme.

—Sí, ya, tú sueñas —no solo ella no lo permitiría, sino que Spencer jamás caería en una cosa así, aunque...—. ¿Qué quieres decir?

—Anoche te empeñaste en que me aprovechara de ti.

—¿En serio? —ahora que lo mencionaba, recordaba más o menos haberle hecho algunas proposiciones deshonestas. Antes de entrar en el bar había decidido que lo deseaba. Y la verdad era que todavía lo deseaba.

Desesperadamente.

¿Y por qué no? No podía seguir manteniendo la abstinencia eternamente, y quería llevar una vida lo más normal y plena posible. Spencer aseguraba que quería ayudarla a conseguirlo... al menos hasta cierto punto. Ella no pensaba abandonar su trabajo, así que ¿quién sabía si volverían a atraparla? Antes de que eso pasara, sería fantástico conocer el verdadero placer sexual.

Saber cómo podía ser el sexo con Spencer.

La mirada de él se volvió aún más acariciadora, y bajó la voz.

—Me fue muy difícil resistirme.

—Pero te resististe de todos modos, ¿eh? —capullo. A la pelirroja del bar no se le había resistido tanto, aunque no fuera más que una tapadera.

—Habías bebido demasiado —señaló él.

Y él, en efecto, no era un oportunista, y menos aún con las mujeres. ¿De veras se había arrojado en sus brazos? ¿Había hecho el ridículo? ¿La había rechazado él de manera humillante? Dios. Quizá fuera mejor que no lo supiera.

Spencer dejó de juguetear con su pelo y posó la mano tiernamente en su mejilla.

—Intenté razonar contigo, pero te quedaste dormida.

—¿Aquí?

—¿No te acuerdas de nada?

Arrugó la cara, intentando pensar.

—Le di una paliza a Carl. De eso me acuerdo.

—Le rompiste los dedos —su expresión se ensombreció al recordarle—. Yo hice el resto.

—Dare hizo algo para abreviar las cosas... —no, espera. Sus ojos se dilataron—. Se ha acabado, ¿verdad? ¿Dare cerró el garito?

Spencer asintió con un gesto.

—Intervino antes de lo previsto y se hizo cargo de todo —le contó los datos que conocía—. Bebiste tanto con Janes que es un milagro que te acuerdes de algo.

—Empiezo a recordar cosas sueltas —se sentía aliviada al saber que las víctimas de Janes habían sido liberadas, pero también sentía curiosidad—. Entonces, si no pasó nada entre nosotros, ¿qué hago aquí en tu cama?

—Pensé que sería prudente tenerte cerca.

—Y... ¿me has tenido muy cerca? —porque siempre se había imaginado que la pondría muy nerviosa dormir con un hombre. El sueño equivalía a vulnerabilidad. A falta de defensas. Cuando dormía, bajaba la guardia, y no permitía que eso ocurriera con nadie. Con nadie.

Claro que Spencer no era cualquiera. Ya no. Casi desde el instante en que se habían conocido, había sentido algo distinto por él. A veces lo odiaba, pero casi siempre le gustaba sentirse así.

—He disfrutado mucho abrazándote, Arizona —acarició su rodilla con el pulgar—. Eres muy suave y cálida.

Imposible.

Spencer frunció otra vez el ceño, malinterpretando sus ojos abiertos como platos.

—¿Has tenido pesadillas?

—Una, sí.

—¿Sobre qué?

—Sobre el río. Casi me ahogaba —hizo un ademán desdeñoso. Había tenido aquel sueño tan a menudo que ya se había acostumbrado a él—. Jackson me salvaba y todo eso.

—Maldita sea, lo siento.

—No pasa nada —miró a su alrededor, vio los vaqueros de Spencer en una silla, levantó la sábana y comprobó que solo llevaba puestas las bragas y la camiseta de tirantes. Se le quedó la boca un poco seca—. Entonces... ¿me desvestiste tú?

—No, tú —tiró un poco de la sábana—. Yo te tapé caballerosamente.

—¿Y luego te metiste en la cama conmigo?

—Es mi cama.

Ya. Entonces ¿la deseaba o no la deseaba? No lo sabía. Esa mañana parecía distinto, tal vez más abierto a la posibilidad de intimar con ella, pero no le apetecía preguntárselo para que volviera a rechazarla.

¿Y si solo había dormido con ella por conveniencia? Intentó sacar el tema de manera sutil.

—Entonces... ¿ahora qué?

—Eso depende de ti.

Interesante. Bueno, ella sabía lo que quería hacer, pero no hizo nada. Solo esperó.

—¿Tienes resaca?

—No —se pasó los dedos por el pelo enredado, bostezó y se dejó caer a su lado—. Me duele un poco la mandíbula, nada más.

—Te pegó un gilipollas en el bar.

Eso no habría pasado si hubiera estado sobria. Pero no quería pararse a pensar en eso, teniendo a Spencer tan cerca que notaba el calor de su cuerpo.

Su corazón comenzó a latir como un loco otra vez. Miró a Spencer de arriba abajo.

—Puede que esté un poco aturdida, pero nada más.

—Bien —clavó la mirada en su pecho y sus fosas nasales se hincharon.

Ella seguía sin saber adónde conducía aquella pequeña charla matutina.

—¿Por qué me lo preguntas?

—Porque anoche dejamos un asunto pendiente.

Para estar segura, preguntó:

—¿Te refieres al sexo?

Él esperó un momento. Luego dijo:

—¿Me deseas?

—Pues sí.

—Bien —se inclinó hacia ella.

¡Sí! Pero ahora que por fin lo había constatado, empezó a ponerse nerviosa y lo detuvo levantando una mano.

—Espera, Spence.

Él miró su cara. La observó detenidamente y lo que vio, o creyó ver, refrenó su ardor.

—Las cosas parecen distintas a la luz del día, ahora que estás despejada, ¿verdad?

—No, nada de eso —seguía queriendo devorarlo de la cabeza a los pies, pero él actuaba de manera tan condescendiente, como si esperara que fuera a desmayarse, que no pudo resistirse a la tentación de tomarle un poco el pelo—. Es solo que no puedo... que no...

—Shh, ya lo sé, nena —respiró hondo y asintió—. Lo entiendo.

—¿Sí?

—Claro que sí —apretó su mano, muy serio—. No pasa nada.

Arizona se rio por lo bajo y, cuando Spencer la miró desconcertado, soltó una carcajada.

—Vamos, Spence. Solo era una broma.

—¿Una broma?

Ella se volvió para mirarlo e imitó su postura, con la cabeza apoyada en una mano.

—Claro que sigo estando dispuesta. La verdad es que me muero de ganas de hacer guarrerías contigo.

La observó atentamente.

—¿Pero?

—Pero... —intentó encontrar las palabras adecuadas y se aclaró la voz—. El caso es que... necesito...

Spencer no la presionó. No se movió. Casi parecía no respirar.

—Tiene que ser con las luces encendidas —concluyó apresuradamente—. Y yo encima. ¿Algún problema con eso?

Él no reaccionó.

—¿Spence?

Hizo un esfuerzo visible por dominarse.

—No quiero presionarte. No quiero que hagas nada si no estás lista.

—Estoy lista. Y quiero hacerlo, créeme. Solo tengo un par de pegas, nada más.

—¿Un par de pegas?

—Como te decía, con las luces encendidas.

—Dime por qué.

A ella le parecía obvio.

—Para poder verte. Así no... no me confundiré con mis recuerdos.

Arizona vio en sus ojos que de pronto caía en la cuenta de que, con las luces apagadas, se acordaría de otros hombres, haciendo otras cosas.

Muy serio, cerró los ojos un momento.

—No hay problema.

—Y tengo que estar yo encima porque, la verdad, Spencer, con lo macizo que estás todavía me cuesta un poco fiarme de ti, ¿sabes? Necesito saber que tengo el control.

Él levantó las cejas, incrédulo.

—¿Si estás encima piensas que me controlas?

—Sí. Quiero decir que, ¿por qué voy a ponértelo fácil?

Él soltó un bufido.

—Arizona, permíteme asegurarte que tú nunca has sido fácil en ningún sentido.

—Y —añadió ella interrumpiéndolo—, antes de que contestes, quiero que conste que, si vuelves a rechazarme, voy a sentirme muy mal.

Él tocó su mejilla.

—Ningún hombre en su sano juicio te rechazaría.

El alivio convirtió sus huesos en gelatina.

—Entonces ¿hacerlo a mi modo no es problema?

—¿Con la luz encendida y contigo encima?

—Tiene que ser así.

La compresión suavizó los rasgos severos de Spencer.

—No me parece muy penoso.

¿Se estaba burlando de ella? Arizona se subió encima de él.

—¿Va a ser divertido, Spencer? Porque la verdad es que no pareces muy emocionado —le dio un beso rápido pero firme en la boca—. Quiero que sea divertido.

—Entendido. Luces encendidas, tú en la posición dominante y muchas risas. ¿Alguna otra exigencia?

La chispa del mal genio de Arizona se encendió de pronto.

—¿No te gustan mis condiciones? Muy bien, olvídalo —empezó a apartarse.

—Qué mandona eres —la agarró y la apretó contra sí mientras intentaba no sonreír—. Tus condiciones me gustan bastante.

—Mentira.

—Quiero verte, Arizona. Qué demonios, me muero por verte. Así que de todos modos prefería hacerlo con la luz encendida. Y si estás encima de mí, tengo mejor vista.

Ella no lo había pensado.

Spencer se concentró en su boca.

—En cuanto a lo de las risas, bien, confío en no inspirarte carcajadas, pero desde luego quiero que disfrutes. ¿Qué te parece?

Lo miró ceñuda.

—¿Estás seguro?

—Sé que no te resulta fácil confiar en los demás —acarició lenta y tiernamente su largo pelo—. Tal vez convenga que recuerdes que solo quiero lo mejor para ti. En todos los aspectos.

—Muy bien, entonces —indecisa respecto a cómo proceder, preguntó—: ¿Me desnudo ya?

Las manos de Spencer se deslizaron por su espalda, hasta sus riñones, y se posaron allí.

—¿Quieres desnudarte?

Su paciencia no estaba ayudando a tranquilizarla. ¿Por qué no se mostraba un poco más... febril? ¿Como ella?

—No sé. Es lo que hacía normalmente cuando...

Le tapó la boca con la mano. Con el rostro tenso y expresión un poco afligida, respiró hondo.

—Quiero que te olvides de todo eso.

Imposible. ¿Le molestaba a él más que a ella? Tal vez. Para un supermacho protector como él, tenía que ser difícil pasarlo por alto.

Lo agarró por la muñeca y le apartó la mano.

—¿Estás intentando olvidarlo tú?

Abrió la boca y frunció el ceño.

—Estamos precipitando las cosas —dijo, un poco apesadumbrado.

—¿Y qué?

—Tienes que darte una ducha.

¿La estaba rechazando ya? Pues que se fuera olvidando.

—Dúchate conmigo.

Spencer negó con la cabeza.

—¿Por qué pensaba que sobria serías más razonable?

—No tengo ni idea —pasó las manos por su pecho. Le encantaba sentir su vello áspero—. No has debido de prestar la debida atención —también le encantaba tocar sus músculos firmes, y el solo hecho de mirarlo la hacía temblar.

—He prestado atención, ya lo creo que sí. Cuenta con ello.

Arizona, que no tenía ni idea de a qué se refería con eso, se inclinó y le frotó con la nariz. Su olor la embriagó más que el whisky.

—Tengo que decírtelo, Spencer, eres un tío muy sexy.
Él sonrió de mala gana.
—Gracias —la agarró y la hizo echarse hacia atrás—. Pero creo que quizá debería ducharme y afeitarme y...
—Estás buscando excusas, ¿verdad? —lo miró enojada—. ¿Seguro que me deseas?
—Segurísimo —miró de nuevo su boca—. Más de lo que he deseado nunca nada.
Aquello la sorprendió. ¿Más de lo que había deseado a Marla? ¿Y a su mujer? ¿Y a aquella pelirroja del bar? ¿O solo se refería a los últimos días?
—Entonces, estás diciendo...
—Te deseo, Arizona Storm. No lo dudes nunca. Me muero por besarte, por tenerte desnuda... aunque huelas a whisky rancio.
—¿Huelo a whisky rancio? —claro que sí. Frunció la boca, intentando no seguir respirando sobre él. Santo cielo. Ni siquiera lo había pensado.
Spencer sonrió.
—Te deseo aunque tengas los ojos embadurnados de maquillaje. Y unos cuantos moratones —añadió con pesar.
Ella frunció el ceño y se sentó sobre la sábana.
—¿Los moratones te molestan?
—Claro que sí, porque significan que han vuelto a hacerte daño —se sentó a su lado y acarició su pelo—. Voy a besar todos y cada uno de ellos. No servirá de nada, claro, pero hará que me sienta mejor.
Parecía conmovido, y Arizona se enterneció al oírle.
—Yo también me sentiré mejor.
Él comenzó a depositar pequeños besos a lo largo de su mandíbula, en su oreja y luego en su hombro.
—¿Estás segura, cariño?
Arizona se estremeció.
—¿Qué quieres decir?
Siguió besándola con besos suaves y húmedos que le provocaban un leve estremecimiento.

—Olvídate de tu pasado un minuto, ¿de acuerdo?

Eso era imposible, pero Arizona se encogió de hombros.

—Sí, de acuerdo.

—¿Entiendes lo que quiero que hagamos? ¿Lo distinto que va a ser?

Ella creía que lo sabía, pero ahora...

—Eh... puede ser.

—Estás intentando precipitar las cosas, pero yo quiero tomármelo con calma —le levantó el pelo y ella sintió su lengua en la nuca, y luego el filo de sus dientes—. Me alegro de que quieras hacerlo con la luz encendida, porque me apetece mucho mirarte.

—A mí también —se moría de ganas de explorar su cuerpo grande y fuerte.

Él tocó con la mano la parte interior de su rodilla y la deslizó por la cara interna de su muslo. Arizona se quedó sin respiración, expectante. Pero él se detuvo en seco. Acercó los labios a su sien y susurró:

—Quiero tocarte y besarte. Por todas partes.

A ella le dio un vuelco el estómago.

—¿Por todas partes?

—Sí —esbozó lentamente una sonrisa—. Por todas partes.

Ella se estremeció de placer.

—Quiero saber cómo sabes, y quiero respirar tu olor. Aquí —frotó la nariz contra su cuello—. Y aquí —pasó un dedo entre sus pechos—. Y sobre todo aquí —abrió la mano sobre su pubis.

Ella sofocó un gemido.

Luego, Spencer se apartó un poco de ella.

—Y, aunque me cueste refrenarme, no quiero que me metas prisa. Y no creo que tú tampoco quieras.

Nada de aquello sonaba a lo que esperaba ella, basándose en sus experiencias.

—No veo...

—Todavía es pronto. Tenemos horas antes de tener que marcharnos a casa de Dare.

Mierda. Su fiesta de cumpleaños. Se había olvidado por completo de ella.

Él le hizo volver la cara para mirarlo.

—Me gustaría tener todavía más tiempo, el día entero para concentrarme en ti, para mostrarte cómo deben ser de verdad las cosas. Pero vamos a pasar en la cama todo el tiempo que tenemos. Así que, si tienes que hacer algo antes, te sugiero que lo hagas ahora.

Ella pensó rápidamente... y llegó a la conclusión de que necesitaba unos minutos para tranquilizarse.

—De acuerdo, ¿qué te parece si yo me meto en la ducha y tú vas haciendo café, y luego ya veremos qué pasa? —se bajó de la cama y se dirigió al cuarto de baño—. Haz fuerte el café. Creo que lo necesito.

—Arizona...

Se detuvo en la puerta del baño, miró hacia atrás y le sorprendió mirándola el trasero.

—¿Sí?

—Puedo esperar a que te tomes una taza, como máximo —fijó los ojos en los suyos—. Después, no te prometo nada.

La ducha la reanimó físicamente, pero no dejó ni un segundo de repasar lo que le había dicho Spencer y cómo se lo había dicho.

Ahora le temblaban las manos y notaba dentro una especie de lenta quemazón. No podía dejar de pensar en lo que iban a hacer, no lograba sacarse aquellas imágenes de la cabeza.

Tenía la sensación de que Spencer lo había hecho a propósito para excitarla. Era diabólico. Y tan excitante...

En lugar de lavarse el pelo y perder tiempo en secárselo, se lo recogió en una coleta alta. Se puso una camiseta y unos pantalones cortos, se sentó a la mesa de la cocina y trató de disfrutar del café.

Pero Spencer estaba en la ducha. Desnudo. Y con cada segundo que pasaba su tensión era un poco mayor.

Un dulce tormento se agitaba dentro de ella. Respiraba agitadamente, notaba constreñidos los pulmones.

Entonces ¿aquello era el deseo? ¿Quién sabía?

Era mejor de lo que había imaginado. Era consciente, claro, de que las cosas eran muy distintas cuando ambas personas lo deseaban. No era tonta. Lo que había hecho mientras había estado cautiva, forzada por los traficantes, no era la norma.

Habría placer. Había visto muchas películas, había hablado con un montón de gente. Y sabía cómo se comportaban Jackson y Alani, Dare y Molly, Trace y Priss. Les gustaba tocarse, estar juntos.

Dentro de muy poco, ella también conocería esas sensaciones. Con Spencer.

Cerró los ojos, embargada por una oleada de placer dulce y cálido.

¿Y él quería que esperara?

Y un cuerno.

Dejó la taza vacía en la mesa y enfiló el pasillo. Por el camino se libró de la camiseta y los pantalones cortos. Se quitó la goma del pelo y la melena le cayó suelta por la espalda. Todavía en bragas, llamó a la puerta del cuarto de baño.

—¿Sí? —dijo Spencer al abrir.

Se quedó pasmado una fracción de segundo. Luego bajó la mirada bruscamente, respiró hondo y su cara se tensó.

Una toalla blanca rodeaba sus caderas y otra colgaba alrededor de su cuello. El vapor de la ducha acariciaba su piel húmeda. Acababa de terminar de afeitarse.

Se miraron el uno al otro.

O, mejor dicho, él le miró las tetas y ella miró el reguero de vello negro y fino que desaparecía bajo la toalla. Sin apartar la mirada, Spencer dejó la cuchilla de afeitar, se quitó la toalla del cuello y se limpió la espuma de la cara. Dejó caer la toalla al suelo.

Arizona se humedeció los labios, enganchó los dedos en la otra toalla y se la quitó. Quedó colgando de su mano.

Santo cielo, Spencer no había bromeado: la deseaba de verdad.

Era impresionante: en todos los sentidos.

—¡Qué grande la tienes!

—Sí —contestó despreocupadamente.

—Bueno... —Arizona no podía apartar la mirada de su erección—. Parece que tú también estás listo.

—Estoy listo desde el día que te conocí.

Era un alivio, porque ella sentía lo mismo. Había hecho todo lo posible por ignorarlo. Pero ya no.

Soltó la toalla.

—Qué... bien.

Él cerró los puños.

—¿No estás asustada?

—No —ansiosa sí, desesperada incluso, pero no asustada. Lo miró a los ojos—. Contigo no.

Una emoción intensa brilló en los ojos de Spencer.

—¿No tienes dudas? —le levantó la cara—. Porque sé que antes estabas un poco indecisa, nena.

Ah, así que por eso le había sugerido que se ducharan y tomaran un café. Por ella.

Qué tío.

—Sí, supongo que lo estaba. Un poco.

—No quiero que tengas dudas —siguió sin tocarla—. Ninguna.

—Ya no las tengo —un poco temblorosa, añadió—: En serio, Spencer, te agradezco tu preocupación, de verdad. Pero no creo que pueda esperar ni un segundo más.

Asintió con la cabeza... y siguió resistiéndose.

—¿Alguna vez algún hombre ha invertido tiempo en besarte, solo en besarte?

—No —su corazón latía tan fuerte que le dolía—. Por suerte no.

Dio un paso hacia ella.

—¿Algún hombre te ha tocado solo para que tú gozaras? ¿Para hacerte sentir bien?

—Claro que no. Los hombres no...

—Shh —le dio un cálido beso en la boca con mucha calma. Lento, parsimonioso.

Cuando se apartó, Arizona levantó las pestañas, tomó aire y susurró:
—Maldita sea.
Esbozando una sonrisa, Spencer se inclinó para darle otro beso, este más ansioso, menos cauto.
Ella se estremeció y dejó escapar un suspiro.
—Ay, joder...
—¿Me estás pidiendo otro beso, cariño?
—Ese era el trato, ¿no? —se inclinó hacia él y casi tocó su boca con la suya—. Por cada palabrota...
—Sí, ese es el trato.
—Pues me sé un montón de palabrotas —deslizó la mano por su pecho y su costado. Dios, le encantaba tocarlo—. Así que ¿qué hacemos, Spence? ¿Quieres que te abrase los oídos o quieres que...?
Él posó la boca sobre la suya sin reservas. Arizona profirió un áspero gemido, se aferró a él y se pegó a su cuerpo.
—Spencer...
La atrajo hacia sí.
—Dime qué quieres.
—Todo esto es tan curioso...
—¿Esto?
—El sexo —lo miró a los ojos—. Tengo que reconocer que, hasta conocerte a ti, no me atraía mucho la idea.
—Lo sé —la miró apenado—. Lo siento.
—No es culpa tuya, ¿verdad? —se inclinó hacia él—. Pero contigo... No sé. Contigo siento cosas raras.
Su mano grande y caliente se abrió sobre su vientre.
—¿Aquí?
—Sí —puso la mano sobre la de él y absorbió el calor de su palma al tiempo que aspiraba su delicioso olor masculino.
—¿Rara en qué sentido? Dímelo.
—Como caliente y... resbaladiza.
Spencer sofocó un gemido.
—Perfecto. Así es precisamente como quiero que te sientas.
—¿Y cómo tienes que sentirte tú? —ansiosa por tocarlo, echó mano de su erección.

Spencer la agarró de las muñecas y le sujetó las manos.

—Spencer...

Pasó un segundo de silencio.

—Deja que te enseñe, ¿de acuerdo?

Su forma de decirlo hizo que de pronto se sintiera insegura. Dio un paso atrás.

—¿Enseñarme qué?

Con manos temblorosas, él le retiró el pelo de la cara.

—Lo placentero que puede ser para ti.

—¿Y para ti no?

—Pase lo que pase, voy a disfrutar de esto. Eso no lo dudes.

Temblando por dentro, ella bajó la cara.

—¿De esto?

—De hacerte gozar —contestó con firmeza—. De conducirte al orgasmo.

—¿Cómo? ¿Sin implicarte, manteniéndote frío mientras yo soy una especie de víctima sacrificial? —tenía que estar bromeando. Le dio un empujón—. Gracias, pero no.

Spencer la atrajo hacia sí.

—No sería así.

—Te quiero dentro de mí, maldita sea. Te quiero conmigo todo el tiempo.

Él respiraba cada vez más agitadamente.

—Puedo refrenarme, Arizona. Puedo hacer lo mejor... para los dos. Pero no si tú...

—¿Si yo qué? —de pronto la embargó una oleada de vergüenza. Le dio otro fuerte empujón y por fin se desasió—. ¡No soy un puto proyecto en el que estás trabajando!

—Yo no he...

—No pienso jugar a esto. O me deseas o no me deseas —se señaló a sí misma con el pulgar y añadió—: Conmigo, es todo o nada —consciente de que estaba casi desnuda, se volvió para marcharse teatralmente.

Antes de que consiguiera dar un paso, Spencer la hizo volverse y la atrajo hacia sí.

—Cuando has expuesto tus condiciones, no has dicho nada de eso —dijo en tono acerado por la frustración.

—Pues en vez de llamarlas «condiciones», llámalo fetichismo —se puso de puntillas y se inclinó hacia él—. A mucha gente le gusta dominar en la cama.

—No es lo mismo y tú lo sabes.

Desanimada y dolida, masculló:

—Quería sentirte dentro de mí. Quería formar parte de ti —las lágrimas le ardieron en los ojos—. Gracias por nada.

Spencer respiró hondo, sus aletas nasales se hincharon, sus ojos brillaron.

—Lo he intentado, Arizona. Dios sabe que lo he intentado.

Quiso decirle que se fuera al infierno, pero Spencer se apoderó de pronto de su boca con ansia. Ardiendo de pronto, dejó escapar un gemido de aprobación y lo agarró de los hombros. Él le acarició la espalda hasta las nalgas, la levantó en vilo y la apretó contra su erección.

—Te necesito, Arizona —dijo junto a sus labios—. Ahora mismo.

Aquello sí era lo que ella quería. El deseo sexual abrumado podía manejarlo mejor que todas aquellas emociones que le aflojaban las rodillas, o que la nobleza de Spencer.

—Tienes una manera muy curiosa de demostrarlo.

—Lo siento —la levantó por completo en volandas y ella le rodeó la cintura con las piernas—. Arizona...

—Ya te tengo —metió los dedos entre su pelo húmedo y dijo—: Bésame otra vez.

—Sí —lamió su cuello, deslizó los dientes por su piel—. Pero recuerda que tienes que confiar en mí.

—Confío en ti —gimió, lo apretó más fuerte. ¿Desde cuándo tenía el cuello tan sensible?—. Si se te ocurre siquiera...

—No —y luego se resignó a su destino—. No puedo —la besó en la boca otra vez, devorándola.

Sabía tan increíblemente bien que Arizona no se dio cuenta de que se dirigían al dormitorio hasta que la tendió sobre el colchón, encima de él. Acabó sentada a horcajadas sobre su cuerpo, con las rodillas pegadas a sus costados.

Spencer mantuvo una mano sobre su cabeza y deslizó la otra por su columna, hasta meterla dentro de sus bragas. Sobresaltada, ella intentó estirar las piernas, pero él dijo:

—No, déjalas abiertas. Deja que te toque —y añadió con un gruñido—: Necesito tocarte.

Todo dentro de ella se tensó.

—Sí, de acuerdo —pero la idea de que la tocara allí la excitaba tanto que volvió a apoderarse de su boca.

Nada podía ser más agradable que besar a Spencer.

Él siguió acariciándole el trasero, tocándola sin prisas como si disfrutara del contacto de su piel. Luego bajó la mano y con las yemas de los dedos comenzó a acariciarla también entre las piernas, sobre su sexo.

Arizona sofocó un gemido y, dejando de besarlo, arqueó la espalda.

—Estás mojada —murmuró él.

—Sí —dijo, asombrada. Cuando bajó la mirada, lo vio mirándola intensamente. Mientras se sostenían la mirada, él le metió un dedo.

Uf... Caray.

Arizona comenzó a jadear, sorprendida de cómo se sentía.

—Es... —pero no tenía palabras.

Spencer deslizó la mano libre por su muslo, levantándole un poco la pierna.

—Súbete un poco para que llegue a tus pezones.

Um... Arizona no creía que pudiera hacerlo. De no ser porque los brazos tensos de Spencer la sujetaban, se habría desmadejado de placer.

—Arizona...Vamos, nena. Sube un poco.

—No puedo.

—Yo te ayudo —le sacó los dedos, haciéndola gemir, y la agarró por la cintura—. Así estoy precipitando las cosas.

—¿Así?

—Haciéndote gozar. Haciendo las cosas bien —le lanzó una

sonrisa muy sexy—. Un hombre debería empezar siempre por arriba e ir bajando. Pero me has pillado desprevenido, presentándote así en la puerta, casi desnuda.

—Tú estás desnudo.

—Porque tú me has quitado la toalla —tomó uno de sus pechos y pasó el pulgar por el pezón endurecido.

Arizona sintió una sacudida en todo el cuerpo.

—Como quieres estar encima, vamos a hacerlo así —le dijo él mientras miraba sus pechos—. Ven aquí.

Gimiendo, ella se inclinó despacio hacia delante, con el cuerpo tenso y el corazón palpitante. Consciente de lo que iba a hacer él y ansiosa por sentirlo, se inclinó y... ahhhh.

Sin preludio alguno, la boca caliente de Spencer se cerró sobre su pezón y comenzó a chuparlo suavemente. Ella bajó las pestañas y entreabrió los labios.

—Dios, Spencer. Es tan...

—¿Qué? —siguió lamiendo su pecho, rodeando el pezón con la lengua, lo besó una última vez y cambió al otro pecho, empezando por chuparlo.

—Alucinante —no era de extrañar que a la gente le gustara tanto hacer aquello. Ella esperaba que fuera agradable, pero no se esperaba aquello.

Cuando él volvió a meter la mano bajo sus bragas y los dedos entre sus piernas, fue casi demasiado.

El ansia era cada vez más intensa, crecía y refluía como una marea, haciéndola gemir, jadear y mecerse sobre él, cada vez más fuerte, hasta que pensó que iba a romperse.

Con los ojos cerrados y los dientes apretados, gimió cada vez más frenética.

De pronto, Spencer la echó hacia atrás. Arizona se sobresaltó y respiró hondo, trémula. Lo miró, confusa.

—¿Qué pasa?

—Necesito un preservativo, cariño. Ahora mismo —la apartó de él y se sentó para rebuscar en el cajón de la mesilla de noche.

Un poco perdida, Arizona se quedó allí, de rodillas, mientras dentro de ella seguían agitándose sensaciones turbulentas. Un momento después, Spencer se volvió de nuevo hacia ella.

—Vamos a librarnos de esas bragas.

Ella tragó saliva con dificultad.

—Buena idea —empezó a bajárselas, pero él le apartó las manos.

—Déjame a mí —la tumbó de espaldas sobre el colchón diciendo—: Sé que quieres estar encima, así que no te preocupes. Pero voy a disfrutar quitándotelas mucho más de lo que disfrutarías tú.

Ella no lo entendía. ¿Cómo podía estar tan tranquilo mientras ella estaba tan frenética?

—¿No podemos seguir de una vez?

—No —la observó parsimoniosamente, desde debajo de la barbilla hasta encima de las rodillas, y abrió la mano sobre su vientre—. Estás buenísima, Arizona. No tienes ni un solo defecto. Nunca he visto una mujer tan... perfecta.

Ella soltó un bufido. Sabía que estaba tan lejos de ser perfecta como era posible estarlo. Él no hizo caso y añadió:

—Pero, aunque no estuvieras tan buena, seguiría deseándote.

—¿En serio? —entonces ¿por qué no ponía fin a aquello?

Él puso las palmas sobre sus pechos y jugueteó con sus pezones, enloqueciéndola.

—Absolutamente —volvió a acariciar su vientre y siguió más abajo, metiendo la mano entre sus piernas. Cerró los ojos un momento—. No te das cuenta de lo atractiva que eres—. Abrió los ojos otra vez—. Pero verte así ahora, sexy de morirse, es un aliciente estupendo.

—A mí tú también me pareces muy sexy —se retorció bajo su mano y gimió—: Creo que lo que me va son los grandes machos alfa.

Él la miró un momento a los ojos.

—Todos los alfa, ¿eh?

Imposible. ¿De veras se estaba comparando con Jackson?

—No creo que me sintiera atraída por un hombre débil. Pero

el hecho de que te haya convencido para que hagas esto significa que tú eres distinto, ¿no?

—Supongo que sí —la miró intensamente y separó sus muslos—. ¿Te molestaría que me agachara y... —pasó la yema de un dedo por sus bragas, encima de su sexo— te besara aquí?

Arizona sintió un nudo de expectación en la garganta. Sacudiendo la cabeza, jadeó:

—Sírvete.

Otra sonrisa ladeada y luego:

—Gracias, creo que voy a hacerlo —se inclinó y frotó la nariz contra sus bragas, respirando profundamente su olor antes de abrir la boca.

A través de la fina barrera de las bragas, Arizona sintió su aliento caliente y un instante después la tensión de su lengua, más caliente aún. Se volvió un poco loca. Separó más los muslos.

—Es... Sí —sofocando un gemido, echó la cabeza hacia atrás y se quedó mirando el techo, feliz de asimilar aquella nueva experiencia.

—Me moría de ganas de probarte —dijo él con una voz gutural cargada de deseo.

—No esperaba... —¿qué? ¿Nada de aquello? O, más bien, el impacto que estaba causando en sus sentidos.

Spencer pasó suavemente los dientes por encima de sus bragas, y ella arqueó bruscamente la espalda. Él pasó la lengua, y ella profirió un gemido. Volviendo la cara, Spencer mordisqueó con delicadeza la cara interna de su muslo.

—Creo que es mejor que dejemos esto para más adelante.

—Maldito seas, Spencer —solo medio en broma añadió—: Tengo un cuchillo y una pistola, ¿sabes?

Él hizo caso omiso de su amenaza implícita.

—Perdona, pero me está costando mucho controlarme. No puedo seguir haciendo esto —con un gruñido, besó su muslo y el hueso de su cadera—. O podría, pero me correría encima de ti, y seguramente te traería algún mal recuerdo —un segundo después, le bajó las bragas—. Además, te deseo demasiado —se sentó bruscamente, apoyándose contra el cabecero, y la agarró de la muñeca—. ¿Lista?

Arizona volvió la cabeza hacia él.

—¿Para qué exactamente?

—Eres tú quien ha puesto las normas, cariño, así que te toca cabalgarme.

Ah. Ya. «Madre mía, ha sonado supersexy».

Se lamió los labios, expectante, y volvió a acercarse a él. Había estado tan cerca de alcanzar un placer de dimensiones monumentales... Pero no podía reprocharle a Spencer que la hubiera dejado a medias. Naturalmente, él quería correrse. A fin de cuentas, no dejaba de ser un hombre.

Él la ayudó a colocarse encima. Con el corazón acelerado, ella apoyó las rodillas junto a sus caderas y las manos sobre sus fuertes hombros. Spencer le abrió la vulva con los dedos y guio su pene. Pensando en su tamaño, Arizona tragó saliva y se preparó, consciente de que iba a penetrarla, de que...

Pero Spencer se detuvo. Cuando ella abrió los ojos para mirarlo, él le dedicó una sonrisa tierna.

—Arizona...

Se le cerró más aún la garganta, pero logró decir:

—¿Umm?

—¿Puedes besarme?

Sí, besarlo ayudaría. A veces, cuando besaba a Spencer, se olvidaba de todo lo demás.

—Claro —se inclinó hacia él. Iba a penetrarla en cualquier momento. ¿Le dolería?

No creía que fuera para tanto, porque acabaría unos segundos después. ¿Un poco de dolor? No era gran cosa. Estaba deseando sentirlo dentro. Pero no quería que acabara, todavía no, no tan pronto.

El se apoderó de su boca en un beso profundo pero tierno y comenzó a penetrarla lentamente, con un suave contoneo. Arizona habría dejado escapar un gemido, pero tenía la lengua de Spencer dentro de la boca y él le sujetaba la cabeza con una mano mientras, con la otra sobre su cadera, la guiaba.

Se tomó su tiempo, penetrándola con cuidado, provocándola con la lentitud de sus movimientos, obligándola a gemir de impaciencia.

Sí, era un tipo enorme... y proporcionado en todos los sentidos. Pero también fue maravilloso, mucho más de lo que ella había imaginado. No sintió dolor, sino un placer dulce e intenso.

Mientras la penetraba, ella apretó sin querer y él dejó escapar un gemido de placer. Siguió hundiéndose más y más adentro, hasta que enterró por completo su verga dentro de ella.

«Indescriptible».

Era algo extraño y excitante.

Nuevo y ardiente.

Arizona apartó la boca y susurró:

—Dios mío, es... —respiró agitadamente.

Spencer mantuvo su mirada oscura y brillante fija en la suya.

—Quiero tu boca, Arizona. No dejes de besarme.

—Está bien. Pero ¿no quieres...?

—Todavía no.

Su boca era maravillosa. La besaba como nunca la habían besado, de una manera que... la arrastraba y la hacía gozar. Siguió besándola más y más, como si no se cansara nunca, como si nunca tuviera suficiente.

Estaba dentro de ella, pero no empujaba. No perdió el control. No se precipitó por llegar a la meta. No se movió en absoluto, salvo para tocar sus pechos y acariciar su piel y volverla loca con sus besos embriagadores.

Cuando ella gimió, él liberó por fin su boca, pero solo para besar su cuello y su hombro.

¿Cómo diablos podía ser aquello tan maravilloso?

Él volvió a meterse uno de sus pezones en la boca y tiró de él al tiempo que lo acariciaba con la lengua y los dientes.

Arrastrada por todas aquellas sensaciones maravillosas, Arizona sintió el impulso de moverse y, cuando lo hizo, Spencer la ayudó sujetando sus caderas y guiándola de modo que lo cabalgara como debía, apartándose y dejándose caer de nuevo, y recibiéndolo dentro de sí por completo con cada sacudida.

Sus cuerpos despedían calor. Los dos respiraban cada vez más aprisa, se movían cada vez más rápido.

Y entre tanto Spencer no dejó de tocarla, de mirarla, de animarla.

Estaba absolutamente concentrado en ella.

Era tan nuevo para ella... y tan excitante.

Cerró los ojos y clavó los dedos en sus hombros.

—No te atrevas a parar otra vez.

—No voy a hacerlo —con las manos sobre sus pechos, excitó sus pezones—. Podría pasarme todo el día mirándote.

¿Todo el día? Ni pensarlo.

—No puedo... —tensó los muslos y el cuerpo entero a su alrededor. El placer aumentó... y volvió a refluir. Dios, ah, Dios—. Necesito... —algo. Su cuerpo se mecía y su corazón latía con violencia—. Spencer...

—Shh. No pasa nada. Voy a ayudarte —deslizó una mano entre sus cuerpos y pasó los dedos por su sexo húmedo hasta que tocó su clítoris—. ¿Aquí, Arizona? —miró su cara y sonrió—. Sí, justo aquí.

Ella dejó escapar un grito y comenzó a moverse sobre él frenéticamente, buscando el orgasmo. Él encontró el ritmo adecuado para que su corazón se disparara como un cohete. Arizona intentó guardar silencio, pero no pudo. Intentó concentrarse en él y no pudo. Todo se hizo más estrecho, más agudo.

—Quiero que te corras, Arizona —murmuró él con voz ronca.

Y, sorprendentemente, así fue.

CAPÍTULO 16

Spencer observó su rostro, distinguió el momento exacto en que el placer se apoderaba de ella y, a pesar de lo mucho que deseaba dejarse llevar, no se dio por vencido: no quería perderse el verla así.

Arizona se corrió con gemidos guturales, el rostro crispado por el orgasmo, el largo cabello oscuro cayendo por todas partes. Sintió cómo su vulva apretaba con fuerza su verga, sintió su humedad.

Pero sobre todo sintió su sorpresa.

Sus gritos fueron amainando y su cuerpo comenzó a temblar suavemente, con leves sacudidas. Floja y un poco sudorosa, cayó sobre su pecho con un gemido.

—Dios mío...

Conmovido por su reacción, Spencer sonrió y besó su sien. Luego la colocó un poco, manteniendo sus piernas dobladas pero acariciando su columna y echándole el pelo hacia atrás. Era muy extraño, estar tan excitado, desearla tanto, y al mismo tiempo contentarse con estar con ella y abrazarla.

—Me he quedado sin huesos.

—Umm. Bueno, yo tengo uno en particular que todavía estoy dispuesto a compartir contigo.

Ella se rio por lo bajo.

—Quiero decir que me siento muy floja.

—Espero que en el buen sentido —besó de nuevo su sien con cariño, aunque dudaba de que ella se diera cuenta.

¿Era capaz de reconocer el verdadero afecto? Spencer no lo sabía.

—En un sentido buenísimo —pasó los dedos por el vello de su pecho—. Me gusta esto.

Maldición, estando todavía en aquella postura, cuando movió su mano, Spencer lo sintió en la polla.

—¿Correrte?

—Me refería a tu pecho peludo. Es muy sexy. Dios, Spencer, me encanta tocarte —levantó la cabeza y le sonrió. Parecía envuelta en una especie de resplandor. Tenía los ojos enturbiados y la piel sonrosada—. Pero sí —dijo casi con timidez—, lo otro también ha sido increíble.

—Me alegro.

—Ha sido una sorpresa, ¿sabes? Me ha puesto en órbita. O me habría puesto en órbita si yo fuera un cohete.

¿Arizona parloteando, nerviosa?

No le fue fácil hablar mientras seguía con la verga hundida dentro de ella, pero lo consiguió:

—A veces las sorpresas son agradables.

Ella pasó las dos manos por su pecho.

—Quiero decir que había oído hablar de esto, claro. Pero sentirlo, sentir ese hormigueo, esa oleada de placer arrollador contigo dentro de mí, en fin, ha sido para mí como la primera vez.

Spencer no podía soportarlo más. Oírla hablar de ello lo estaba excitando más aún. Tomó su cara entre las manos y la atrajo hacia sí para devorar de nuevo su boca. Quería marcarla de algún modo, hacerla suya y solo suya... y quería tratarla con la mayor ternura posible, mimarla y enseñarle que el amor no hacía daño.

¿El amor?

Dios... Decidido a olvidarse de aquella idea, metió las manos entre su pelo y devoró su tierna boca. Tuvo que hacer un esfuerzo para no tumbarla de espaldas. Ansiaba estar encima de ella, penetrarla con fuerza, profundamente...

Su control se hizo añicos.

—Ahora me toca a mí —susurró y, asiendo sus nalgas, la atrajo hacia sí con fuerza. Ella tenía todavía las rodillas apoyadas junto a sus costados y sus pechos grandes y firmes se apretaban contra su torso.

Mientras la embestía, ella gimió, cerró la vulva en torno a su sexo y abrió la boca sobre su hombro. Sorprendido, Spencer preguntó:

—¿Otra vez?

A modo de respuesta, Arizona clavó sus cortas uñas en sus músculos y comenzó a mecer las caderas al ritmo de las suyas.

Asombroso.

No le fue fácil refrenarse, pero no pensaba dejarla a medias. La estrechó entre sus brazos para que se pegara a él con cada movimiento de sus cuerpos y su clítoris rozara su verga. Su olor envolvía a Spencer. Su sexo se humedeció más aún, su cuerpo aumentó de temperatura, y él tuvo que rechinar los dientes para no estallar.

Justo cuando creía que no iba a poder aguantar ni un segundo más, Arizona dejó escapar un gemido vibrante y clavó en él el leve aguijón de sus dientes. «Perfecto». Spencer se dejó ir con un gruñido áspero y gutural.

Correrse era fantástico.

Correrse con Arizona era... Qué demonios, era algo que quizá cambiara su vida. De pronto se sintió parte de ella, vinculado a ella de una manera alarmante.

Después de lo que le pareció una eternidad, se relajaron los dos y se hundieron en el colchón con el corazón acelerado y la respiración agitada. Arizona era un peso cálido y suave sobre su pecho, y su olor inundaba la cabeza de Spencer.

Pasaron unos segundos.

Spencer no quería moverse. Jamás. Tampoco quería hablar. Todavía no. No, hasta que hubiera asimilado sus emociones.

Nada había cambiado en realidad, y sin embargo tenía la impresión de que todo era distinto.

Arizona se incorporó, aturdida y soñolienta, y lo miró. Sacudió la cabeza, divertida, y dejando escapar un gemido de fastidio desdobló las piernas y se derrumbó otra vez sobre él.

E incluso eso, sentir sus miembros delgados pero fuertes alrededor de su cuerpo, sus pechos grandes y sus pezones suaves sobre su torso húmedo de sudor, conmovió a Spencer. Muchísimo.

De mil manera distintas.

Mientras intentaba aquietar sus caóticos pensamientos, acarició su piel húmeda. Podía abarcar el ancho de su espalda con una mano, y sin embargo ella tenía más coraje que muchos hombres.

Él medía casi dos metros, trabajaba como cazarrecompensas, y su actitud severa y decidida intimidaba a mucha gente. Pero a Arizona no la intimidaba. Desde su primer encuentro lo había desafiado, y su orgullo, su determinación y su confianza en sí misma eran casi iguales a los suyos.

Era lo bastante lista para desconfiar, y se conocía lo suficiente a sí misma para ser consciente de sus limitaciones. Pero no le tenía miedo.

Sobre todo porque creía que tenía muy poco que perder. Pero también porque poseía verdadera destreza. Sus habilidades estaban limitadas por su tamaño y su fuerza, claro, pero puesta a prueba se desenvolvería bien en cualquier situación peligrosa.

Spencer la admiraba.

Y ahora que sabía que también congeniaban en el terreno sexual...

—Dios mío, Spence —ella lo mordió tiernamente y frotó la nariz contra el vello de su pecho—. Estoy casi sin habla.

Él pasó las manos desde sus hombros a su trasero y vuelta otra vez. Era la cosa más sexy que había visto nunca.

La más temeraria. La más osada.

Y la más enternecedora.

¿Qué demonios iba a hacer con ella?

A diferencia de lo que le ocurría con otras mujeres, no podía decidir simplemente disfrutar del tiempo que fuera a pasar con ella mientras durara. Cerró los ojos con fuerza, pero no pudo olvidarse de las circunstancias de su relación.

Eran complicadas, difíciles y decisivas... para ella, para su futuro y para su modo de afrontar la vida. Y de valorarse a sí misma.

Él era el peor farsante imaginable, porque había sabido desde el principio que no podía embarcarse en aquel juego sin acabar acostándose con ella. A fin de cuentas era humano, y habría hecho falta ser un superhéroe para resistirse a una mujer como Arizona, sobre todo teniéndola tan cerca.

Así que lo había sabido desde el principio y, aun así, había usado la excusa de ayudarla a superar sus temores emocionales y físicos para intentar acostarse con ella. Porque sentía la necesidad de hacerla suya.

Dios, sonaba fatal, pero era cierto.

Y eso lo convertía en un cerdo de la peor especie.

Arizona sería la primera en negarlo, pero era de lejos la mujer más vulnerable que había conocido nunca. Desconocía la cortesía más corriente, cuanto más la verdadera ternura. Esperaba muy poco de los demás y se decía a sí misma que no quería ni merecía nada más.

Para ella, el cariño era algo ajeno, un concepto desconocido. Él, como hombre adulto y experimentado, podía descifrar lo que sentía. Podía afrontarlo.

Lo entendía.

Pero Arizona no contaba con la ventaja de haber conocido relaciones de pareja sanas con las que contrastar la suya. Los traficantes habían truncado hasta tal punto su desarrollo emocional que podía confundir la satisfacción sexual con algo... más.

Se merecía conocer todos esos primeros y excitantes descubrimientos que la mayoría de las chicas empezaban a experimentar al final de la adolescencia. Se merecía poder hacer comparaciones, conocer de verdad lo que sentía y lo que quería.

Debía esperar lo mejor, porque se lo merecía.

—Te has quedado muy callado.

Spencer posó la mano sobre su trasero y le dio una suave palmada en una nalga.

—Me has dejado agotado y no puedo pensar.

—¿No te he decepcionado? —preguntó ella con forzada despreocupación y aire infantil.

Su inseguridad se clavó en Spencer como un cuchillo.

—No, nena —besó su coronilla y el puente de su nariz—. No me has decepcionado en absoluto.

—Qué bien —dijo en tono más liviano—. Porque a mí también me ha gustado.

Aquello le hizo sonreír.

—Lo sé.

—¿Sí?

—He supuesto que era buena señal que te corrieras dos veces.

—Ah, sí, supongo —se incorporó apoyando los codos en su pecho—. Es la primera vez que me pasa.

—¿Que te corres con un hombre?

Asintió con la cabeza y jugueteó con su vello.

—Yo sola, bueno, eso es distinto. Pero la idea de enrollarme con un hombre por propia voluntad...

—Entiendo —y se alegraba mucho de haber compartido eso con ella.

—Me has sorprendido.

La habitación estaba en silencio, el día era íntimo y gris, las sábanas cómodas aunque revueltas. Pasó un dedo por su pelo enredado. Todo en ella le fascinaba como nunca había creído posible, tanto física como emocionalmente.

—Dame una hora, más o menos, y podré sorprenderte otra vez.

Ella no sonrió.

—Entonces...

Spencer sintió curiosidad al verla tan seria.

—¿Te ronda algo por la cabeza, cariño?

Se mordisqueó el labio inferior y luego balbució:

—Jackson tiene fama de ser un tigre en la cama.

¿Un fenómeno en la cama?¿Jackson? Aquello no era lo que se esperaba Spencer, y se quedó callado un momento. Mientras acariciaba la curva de su trasero, explicó con calma:

—Posiblemente no lo sabes, pero es de muy mala educación hablar de otro tío cuando estás tumbada desnuda encima de un hombre, después de haber practicado el sexo.

Ella arrugó el entrecejo.

—Pero tengo curiosidad.

Aquello iba de mal en peor.

Spencer no quería desanimarla en ningún sentido, así que intentó disimular su fastidio.

—¿Respecto a Jackson?

Arizona lo observó y su cara se iluminó con una sonrisa burlona.

—No en ese sentido —riendo, le dio un puñetazo en el hombro—. Es solo que estaba pensando que siendo tan ligón...

—Exligón.

Lo miró desconcertada.

—¿Qué?

Como era importante que entendiera la diferencia, que se reflejaba no solo en las relaciones de pareja en general, sino que también ponía de manifiesto la distinción entre los hombres honorables y los mentirosos, Spencer intentó explicárselo.

—Jackson está enamorado de Alani. Lo sabes, ¿verdad?

—No oculta precisamente lo que siente por ella. Así que ¿a qué viene eso?

—Estar enamorado significa que, a partir de ahora, Alani es la única mujer que le interesa.

Ella se quedó pensándolo, perpleja.

—Entonces ¿un tío tiene que estar enamorado para renunciar a la variedad?

Spencer ignoraba qué camino seguían sus pensamientos. Pero quería ser paciente con ella y quería que se sintiera lo bastante cómoda con él para preguntarle cualquier cosa.

—¿De qué va esto, nena?

—¿Por qué me llamas «nena»? —preguntó ella, cambiando de tema.

Spencer se inclinó, apoyó la nariz en su cuello y la olisqueó. La tocó. Probó su piel.

—Eres tan suave y tan dulce... Es solo una palabra cariñosa. ¿No te gusta?

—No sé. Está bien, supongo.

Spencer la besó para no sonreír.

—Entonces ¿en qué estás pensando?

Tras dudar un momento, ella balbució:

—¿Vas a seguir haciendo esto con otras mujeres? ¿Mientras estés conmigo, quiero decir?

¿Estaba celosa? ¿Quería que fuera solo suyo? Spencer sentía ambas cosas por ella, pero no esperaba que Arizona sintiera lo mismo. Fingiendo no entenderla, dijo en voz alta:

—Le propuse un trío a esa pelirroja del bar...

Ella volvió a darle un puñetazo, esta vez menos suave.

—No tiene gracia, Spence.

Se le escapó una sonrisa.

—Un poco sí.

Arizona comenzó a levantarse, pero él la sujetó y, tras forcejear un momento, se dio por vencida.

—Está bien —dejándose caer otra vez sobre él, le espetó—: Haz lo que quieras. Fóllate a quien quieras.

—Primero necesito unos minutos, pero gracias.

Ella abrió la boca y volvió a cerrarla. Pasado un segundo preguntó:

—¿Te refieres a mí?

—Soy un hombre de una sola mujer cada vez —le levantó la cara y besó con suavidad su terca boca—. Ahora mismo, solo quiero estar contigo.

—¿En serio?

Parecía tan esperanzada, tan franca, como si no se molestara en protegerse a sí misma. Era capaz de proteger al mundo entero, a cualquiera que necesitara ayuda. Pero no era capaz de proteger su propio corazón.

—Boba —tomó su cara entre las manos y acarició su mandíbula con el pulgar—. ¿Cómo voy a desear a otra teniéndote a ti cerca?

Pareció animarse, y le sorprendió incorporándose con una sonrisa.

—Vamos a comer un poco de tarta. Tengo hambre —lo miró de la cabeza los pies—. Y puede que el azúcar acelere tu recuperación.

Entonces ¿lo deseaba otra vez? Qué bien.

—Puede que baste con esa mirada tuya tan hambrienta —alargó el brazo hacia ella... y en ese momento sonó el timbre.

Arizona lo miró con sospecha.

—¿Quién es?

—Ni idea —la alzó para apartarla y se levantó—. ¿Por qué no te quedas aquí y voy a averiguarlo?

—¿Así? —señaló su entrepierna—. No creo que sea buena idea.

—Muy graciosa —se quitó el preservativo usado y lo tiro a la papelera, luego se puso unos calzoncillos.

Arizona lo observó fascinada.

—Me parece que sabes quién es —dijo.

Se hacía una idea, pero no era fácil ponerse a hablar en broma con ella mientras estaba allí desnuda, en su cama, con la mirada fija en su verga.

—¿Quién?

—Es Marla.

—No lo sabes —se puso los vaqueros mientras el timbre volvía a sonar—. Puede que sea el cartero —y para provocarla añadió—: O quizá sea Jackson que ha decidido hacerte una visita.

—Qué va —se tumbó de espaldas con una pierna doblada y los brazos sobre la cabeza, y se desperezó. Se sentía absolutamente cómoda con su desnudez—. Vamos a vernos luego, en casa de Dare.

Spencer la miró intensamente.

—Imagino que no querrás quedarte exactamente así hasta que vuelva.

Se quedó muy quieta y sonrió.

—¿Piensas tardar mucho?

—No —deseaba otra vez a Arizona, y no confiaba en que ella pudiera refrenar su mal genio, así que se desharía de Marla lo más rápidamente posible.

—¿Puedes traerme un poco de tarta?

Spencer se acercó a ella en dos zancadas. Sin pensarlo, se inclinó sobre ella para darle un beso rápido en la boca y acabó besando el aire cuando ella rodó rápidamente hasta el otro lado de la cama. Se quedó allí, con los hombros echados hacia atrás, llena de orgullo, y la cara sofocada por la vergüenza. Spencer se incorporó. Se miraron el uno al otro.

—Lo siento, se me ha olvidado.

Ella tensó la boca, pero asintió con la cabeza.

—No pasa nada.

No, sí pasaba, pero el timbre volvió a sonar.

—Solo iba a besarte.

Ella se levantó de un brinco, se puso delante de él y le agarró la cara para darle un fuerte beso.

—Siento haber reaccionado así. Ahora vete. Pero date prisa en volver. Si tardas, voy a empezar a pensar cosas raras.

Aquello le hizo sonreír. Salió de la habitación antes de que pudiera cambiar de idea y no saliera a abrir. Sería ofender a Marla.

En cuanto salió de la habitación, Arizona se dejó caer en la cama con un gruñido. ¿Por qué tenía que ponerse tan arisca solo porque Spencer intentara besarla? Dios, despreciaba sus debilidades. Sabía con total certeza que él jamás le haría daño físicamente.

Pero en lo más hondo de su ser, allí donde no existía la razón, eso carecía de importancia. Algunos miedos persistían, y minaban su paz de espíritu impidiéndole conocer la verdadera libertad.

Enojada consigo misma, se quedó allí, tumbada en la cama, un minuto. Después se levantó de un salto y avanzó sigilosamente por el pasillo, lo justo para escuchar la conversación. Por desgracia no pudo distinguir ni una sola palabra. Solo oía un murmullo de voces. Era Marla, desde luego.

¿La deseaba todavía Spencer? ¿Tenía buenos recuerdos del tiempo que había pasado con ella? ¿Recuerdos eróticos? Ella, desde luego, no saldría huyendo de la cama, llena de pánico, porque él la besara.

Volviéndose para mirar la pared, se dio un suave cabezazo contra ella y luego entró en el cuarto de baño. Se miró en el espejo, pero su ceño fruncido parecía el mismo, igual que sus ojos, su boca y su nariz. Y aparte de un par de arañazos aquí y allá y de un posible chupetón en el cuello, su cuerpo tampoco parecía distinto.

Tocó el interesante moretón y volvió a esponjarse por dentro.

Spencer, desde luego, sabía montárselo en la cama. Era tremendamente hábil. Con las manos y con la boca.

Pero había usado esas mismas habilidades con otras mujeres. ¿Qué había dicho Marla? Que, si se hubiera acostado con Spencer, no le resultaría tan fácil prescindir de él.

Sí, ahora lo entendía.

Porque lo deseaba otra vez, no había duda.

Pero ¿qué sabía ella del hecho de estar colgada de un hombre? Antes de conocer a Spencer, solo había querido que los hombres mantuvieran las distancias. Era capaz de darles una paliza con tal de que no se acercaran demasiado. Bueno, salvo en el caso de Jackson, pero eso era distinto. Jackson y ella eran... amigos. Casi familia.

Pero no del todo.

A Spencer, sin embargo, quería acercarse todo lo que fuera posible entre dos personas.

Él parecía bastante contento con su escaramuza en la cama. Pero le había dicho desde el principio que quería normalizarla y que, una vez superara sus traumas, pensaba dejarla en manos de algún otro, anónimo y sin rostro.

Arizona esbozó una sonrisa amarga. Eso no iba a ocurrir. Ningún otro hombre la atraía como él. Si se veía forzada a ello, podía tirarse a otro, y sobreviviría, como había hecho siempre.

Pero jamás desearía a otro hombre como deseaba a Spencer. Ni disfrutaría como disfrutaba con Spencer. Soltó un bufido. Disfrutar... Qué palabra tan insulsa para describir lo que sentía.

Se rodeó con los brazos y pensó en cómo excitaba Spencer sus sentidos. Le encantaba mirarlo. Tenía un cuerpo increíblemente sexy. Era tan grande... Por todas partes. Y su vello corporal... era fascinante. Aumentaba su virilidad, aunque no lo necesitara en absoluto. Era la definición misma del macho.

Respirar su olor la hacía estremecerse. Nunca había prestado atención al olor de un hombre, como no fuera para fijarse en los olores desagradables, como el de sudor o el del alcohol. Pero Spencer tenía un olor tan delicioso que prácticamente hiperventilaba cuando estaba cerca de él, porque respiraba hondo una y otra vez, llenándose los pulmones con su aroma.

¡Y, ah, su sabor! Una bandada de mariposas revoloteó en su estómago al recordar sus besos, la caricia de su lengua húmeda, el calor de su boca. Se preguntó cómo sería probar el sabor de todo su cuerpo. Tal vez, cuando se hubiera acostumbrado a él, lo intentaría. ¿Le gustaría a Spencer? Bufó de nuevo.

A todos los hombres les gustaba que una mujer les diera placer con la boca.

Pero lo que más le gustaba, lo que de verdad la volvía loca, era tocarlo. Por todas partes. Con las manos, con la boca. Deslizar su cuerpo por el suyo...

El sonido inesperado de su móvil casi le paró el corazón.

Santo cielo, se había quedado completamente absorta, fantaseando con Spencer, un tío con el que acababa de acostarse y que en aquel mismo momento estaba en la puerta vestido únicamente con unos vaqueros y charlando con Marla, una mujer con la que había compartido la cama.

Pero tendría que pensar en eso más tarde. Ahora tenía que

contestar al teléfono. Tenía dos, cada uno con un tono distinto, de modo que supo al instante que se trataba de una llamada personal. Y como había muy poca gente que la llamara, dedujo que era Jackson, que quería asegurarse de que no faltaría a su cita.

Consiguió encontrar su bolso y sacar el teléfono al cuarto pitido. Sin mirar la pantalla dijo:

—¿Qué pasa?

—¿Candy?

Ah, no, imposible.

Por suerte la cama estaba allí al lado, porque su trasero aterrizó en ella antes de que se diera cuenta de que le estaban flaqueando las rodillas.

—¿Sí?

—Soy Quin.

No se le ocurrió qué responder.

—Del Ganso Verde.

Sintió la lengua pastosa cuando preguntó:

—¿Quinto?

—Me diste este número. En la nota que me metiste en el bolsillo. Anoche. ¿Te acuerdas?

Sí, ahora se acordaba. Pero hasta ese instante lo había olvidado por completo.

—Siento molestarte —dijo él con voz tensa—. Estuviste bebiendo, así que seguramente no...

Arizona lo interrumpió, ansiosa por que siguiera hablando:

—No, no pasa nada. Me alegro de que me hayas llamado —intentando aparentar alegría para disimular su sorpresa, preguntó estúpidamente—: ¿Qué ocurre, Quin?

Lo oyó respirar al otro lado de la línea, indeciso.

—Como no voy a poder verte otra vez en el bar, quería darte las gracias.

Se le quedó la boca seca. «Piensa, Arizona, piensa».

Se aclaró la voz.

—¿Por qué no vas a verme? —Dios, aquello había sonado muy poco convincente. Pero ¿se suponía que debía estar al tanto de la redada? ¿Debía mantener aquella farsa? ¿No había desmantelado Dare por completo aquel antro?

«Piensa, piensa, piensa».

Confiando en inspirarse, dijo:

—Puede que no lo sepas, pero me contrataron para trabajar allí. Empiezo esta noche.

Oyó algún ruido, como si él tapara el teléfono o gruñera en voz baja. Luego susurró:

—No, qué va.

—¿Por qué no? —de pronto estuvo segura de que Quin estaba metido en un buen lío.

—Vino la policía, con otros. Tú estabas metida en eso, ¿verdad?

—¿La policía? —había bebido tanto que no se acordaba de si se suponía que estaba al corriente de la redada o no. Frotándose la frente, preguntó—: ¿De qué estás hablando?

¿Spencer y ella no habían disimulado hasta el final? «Pero no, espera». Habían luchado juntos contra un par de borrachos. Joel también estaba allí, pero que ella recordara no había salido herido. La pelirroja de Spencer ya se había marchado, así que no había participado en la refriega. Pero Terry Janes... No, no había vuelto a cruzarse con él. A Carl tampoco lo había visto hasta que la había arrastrado al callejón.

No recordaba haber visto a Quin entre tanto.

—¿Te acuerdas de la redada, de que cerraron el bar? —insistió él—. Estabas con el dibujante y con el señor Janes. Hubo una pelea y entonces llegó la policía.

Ay, Dios. No sabía si podía confiar en él o no. Parecía Quin, pero el chico con el que había hablado parecía casi mudo. No se lo imaginaba llamándola para charlar con ella. Tras mordisquearse el labio preguntó:

—¿De veras eres tú, Quin?

—¿Quién iba a ser si no? —contestó sin inflexión.

Si tuviera unos minutos para pensar, o si hubiera estado esperando la llamada...

—No sé. ¿Qué le pasó a Joel? ¿Le hirieron en la pelea?

—No sé.
—¿Y Terry Janes?
—Tampoco lo sé.
Ella se mordisqueó los labios mientras sopesaba sus respuestas, intentando descubrir si eran ciertas. Al ver que seguía callada, él preguntó:
—¿No querías que te llamara?
—Claro que sí —pero las circunstancias habían cambiado por completo. Ya no necesitaba acercarse a él, porque gracias a Dare el bar estaba clausurado. Definitivamente.
Quin estaba a salvo. O al menos debía estarlo.
Pero ¿por qué no lo habían detenido en la redada? ¿Por qué no estaba en una especie de piso protegido, contestando a preguntas? ¿Por qué no se había reunido con sus seres queridos?
—Candy, ¿sigues ahí?
—Sí —tenía que aclarar sus ideas. Enseguida—. Perdona, anoche bebí demasiado y todavía tengo un poco de resaca.
—Lo sé. Te vi. No tuviste más remedio que beber —añadió con compasión—, y yo no tuve más remedio que...
—No pasa nada —Quin había tenido que cumplir órdenes, o habría salido malparado. Eso lo sabía—. Entonces ¿no tengo trabajo?
—¿De verdad no te acuerdas?
—Recuerdo que me contrataron. Qué rollo que me haya quedado sin el trabajo.
Él respiró hondo y añadió:
—¿Crees que podríamos vernos, Candy?
Ah, no, no, no.
—¿Vernos?
—Podríamos quedar en algún sitio. Y... hablar. Puedo contarte lo de la redada, explicarte todo lo que pasó. Hasta podría ayudarte a encontrar otro trabajo. Un trabajo mejor.
Necesitaba una excusa verosímil, y pronto. Y más aún necesitaba un plan.
—Eh...
—Es importante que hable contigo —insistió con voz un

poco crispada y una nota de desesperación—. Necesito... necesito tu ayuda.

—Está bien, sí, lo intentaré —para ganar tiempo preguntó—: ¿Puedes darme un número donde pueda localizarte?

Otra larga pausa y más ruidos de fondo.

—Solo puedo darte el número de un teléfono público. ¿Te vale con eso?

—Claro —sacó un bolígrafo y papel de su bolso—. ¿Dónde está el teléfono?

—En la zona sur, junto a la gravera. Lejos del bar —le recitó el número.

No era un barrio muy recomendable, pero Arizona estaba familiarizada con él, lo que era una ventaja. ¿Se estaba escondiendo allí? ¿O le estaba preparando una emboscada?

Podía inspeccionar la zona, encontrar el mejor modo de entrar y salir, conocer todas las bocacalles y los callejones sin salida. Y utilizando el programa que le había dado Jackson, sería fácil encontrar información sobre Quin.

—¿Está cerca de algún negocio? —insistió—. ¿De algún sitio que pueda reconocer para que me sea más fácil encontrarlo?

—Hay una tienda de empeño, Harry's Hocks —respiró hondo—. No tiene pérdida.

—¿Cuándo?

—Hoy —respondió apresuradamente—. Ahora mismo, incluso.

—Perdona, pero no puedo —quería ayudarlo, pero no era tonta—. Ya tengo otros planes.

Se quedó callado tanto rato que pensó que había colgado. Luego preguntó:

—¿Mañana, entonces?

—Claro, seguramente podré —ya se le ocurriría algo—. ¿A qué hora?

—A mediodía.

Como no se detuvo ni un instante a pensarlo, Arizona dedujo que le habían dictado aquella hora. Pero ¿quién?

Saber que estaba actuando bajo presión hizo que se decidiera y, al imaginar cómo reaccionarían Spencer, Jackson, Dare y Trace, cerró los ojos.

—Allí estaré. Y Quin... no te preocupes demasiado, ¿de acuerdo?

Esperó, pero él no contestó. La llamada se cortó con un chasquido suave pero ensordecedor.

CAPÍTULO 17

—Lo has hecho bien.
Quin comenzó a temblar de alivio. Se dejó caer lentamente en el banco del parque. Si ella hubiera podido acudir esa noche... Esperar era un infierno. Peor que un infierno.
El día siguiente parecía aún muy, muy lejano.
—Quin, Quin... No pongas esa cara de preocupación. Está saliendo todo a pedir de boca. Mejor de lo que esperaba, incluso.
Asintió. A decir verdad, también había sido más fácil de lo que él esperaba. O Candy era tonta, o era absurdamente valiente. No sabía cuál de las dos cosas.
—Es perfecta y tú lo sabes. ¡Perfecta! Tú la viste.
Sí, la había visto. Era muy distinta de las otras. Más... fuerte. Casi desafiante.
Pero no sería ni lo bastante fuerte ni lo bastante desafiante para lo que iba a ocurrirle.
La impaciencia le agarrotaba los músculos. Echó la cabeza hacia atrás y cerró los ojos. «Mañana...».
Esperaría, y llegaría el día siguiente.
Y luego todo habría acabado.

Spencer apartó de su pecho la mano de Marla. Otra vez.
—¿Has intentado llamar a otra persona? —a otro. Que no fuera él.

—¿A quién? —lo miró con ojos suplicantes y expresión desesperada—. Las tormentas han causado tanto estropicio por todas partes que todo el mundo está ocupado.

Spencer levantó una ceja, la rodeó y salió al porche. El aire húmedo envolvió su pecho desnudo. Los nubarrones seguían surcando el cielo.

Caray. Había árboles arrancados, ramas y desperdicios por todas partes. Y, efectivamente, una enorme rama yacía atravesada en el camino de entrada a la casa de Marla. Se pasó una mano por la cabeza. Había oído la lluvia en plena noche, pero había estado tan absorto viendo dormir a Arizona, tan embelesado en el placer de tenerla cerca, en su cama, que no se había dado cuenta de que...

Como si le hubiera leído el pensamiento, Marla dijo:

—Imagino que estabas demasiado ocupado para darte cuenta.

Ignorando su insinuación, se volvió hacia ella.

—Pues sí. Llegué muy tarde a casa y todo eso —se apartó de su alcance cuando Marla se inclinó hacia él—. Cuando me metí en la cama apenas llovía.

—¿No estabas solo? —preguntó ella con una voz acerada por los celos.

—Eso no es asunto tuyo —repuso él con toda la suavidad de que fue capaz. Pero lo cierto era que se había acostado con ella más de una vez, y se sentía como un auténtico cerdo por ser tan brusco con ella ahora—. Escucha, Marla...

Ella se puso a llorar en un abrir y cerrar de ojos.

—Lo siento, Spencer —casi desesperada, se inclinó hacia él—. No sé qué he hecho para que te apartes de mí.

Dios, odiaba aquellas conversaciones.

—No has hecho nada malo.

—Creía que nos llevábamos genial, que las cosas iban bien entre nosotros...

—Nunca ha sido así —contestó, exasperado—. Te lo dejé claro desde el principio.

—Sí, por lo visto no lo suficiente —dijo Arizona desde la puerta.

Marla y él se volvieron y la vieron apoyada en el marco de la puerta, vestida con su camiseta y sus pantalones cortos, el pelo revuelto alrededor de la cara y una mirada directa, retadora y un poco... apenada.

Por Marla.

A Spencer le sorprendió, y le agradó, ver ese nivel de compasión. Arizona tenía tanta capacidad de amar... Y eso, posiblemente, había hecho aún peores los abusos que había sufrido en el pasado.

En ese instante, sin embargo, su presencia solo complicaba más aún las cosas.

—Vuelve dentro, Arizona.

—Que te den —replicó ella sin hostilidad, y salió al porche. Le lanzó una sonrisa sardónica—. No me das órdenes.

Con los ojos como platos, Marla se arrimó a Spencer.

—Yo... eh...

—Los hombres pueden ser muy capullos, ¿verdad?

Como Marla parecía a punto de desmayarse, Spencer dijo:

—No estás ayudando, Arizona.

—¿Se suponía que tenía que ayudar? —gruñó, y se detuvo delante de Marla—. ¿Qué haces aquí?

Marla señaló su casa con un brazo flojo.

—La rama de un árbol.

—¿Sí? ¿Qué rama?

Spencer se pasó las manos por la cara.

—Anoche hubo tormenta. Tú estabas tan mareada que no lo oíste —dijo con énfasis—. La tormenta arrancó la mitad del dichoso árbol y lo arrojó al jardín de Marla. Una rama muy grande ha bloqueado el camino de entrada.

—Estaba bastante borracha —le dijo ella a Marla, y se acercó al borde del porche para observar los daños.

Allí, apoyada en la barandilla, con sus pantalones cortos y su suave camiseta, estaba preciosa. La brisa agitó su pelo negro y sedoso, que caía por su espalda hacia su trasero perfecto. Spencer estaba mirándole el culo un poco abstraído cuando ella susurró:

—Madre mía. Ni siquiera puedes sacar el coche con eso en medio, ¿no?

—Eh... no.

Arizona se volvió hacia ella.

—¿Y qué quieres que haga Spencer?

La pobre Marla los miró a ambos.

—¿Ayudarme a moverla?

—¿No estás segura?

Todavía intranquila, Marla tragó saliva.

—La verdad es que no lo sé. Es la primera vez que me pasa algo así, pero la rama es demasiado grande para que la mueva yo sola.

Arizona la miró de arriba abajo y luego volvió a mirar la rama.

—Seguramente —ladeó una ceja—. ¿Tienes una sierra mecánica, Spence?

Así que ¿ahora volvía a ser «Spence»?

—Claro —se acercó a la barandilla—. ¿No la tienen todos los tíos?

Aquello la hizo reír.

—Todos los tíos que tienen casa y jardín con árboles grandes —se apoyó en la barandilla y se dirigió a Marla—. Ahora mismo íbamos a tomar un café y un poco de tarta, y dentro de un par de horas tenemos que irnos a casa de unos amigos.

—¿De unos amigos?

—Sí, a mí también me sorprende, pero, ya ves, yo también tengo amigos.

Marla se puso pálida.

—No pretendía ofenderte...

Arizona quitó importancia al asunto con un ademán.

—Danos unos minutos. Enseguida vamos a ayudarte a recoger todo eso.

—¿Vamos? —sorprendida y un poco desesperada, Marla miró a Spencer en busca de ayuda.

Consciente de que Arizona se enfadaría si intentaba excluirla, él se encogió de hombros. Cuando se le metía algo entre ceja y ceja, podía ser muy terca.

—Convendría que te cambiaras de ropa —le dijo ella a Marla—. Va a ser un trabajo engorroso —se volvió hacia él con mirada desafiante—. ¿Te apetece ese café?

Asombroso. ¿Había algo, aparte de tener a un tío encima, que pusiera nerviosa a Arizona? Se hacía con el control de una situación compleja e incómoda, y la manejaba como si no fuera nada.

—Sí —contestó él lentamente—, claro —saludó a Marla con la mano—. Dentro de una hora o así estamos allí.

—Ah. De acuerdo —se quedó allí, perpleja—. Gracias.

Una vez dentro, Spencer cerró la puerta y agarró a Arizona por la parte de atrás de la camiseta cuando ella ya se dirigía a la cocina.

—Espera.

Ella siguió dándole la espalda sin decir nada. Spencer miró otra vez su trasero.

—¿Te importaría decirme a qué ha venido esto?

Se encogió de hombros.

—Se supone que los vecinos tienen que ayudarse mutuamente, ¿no?

Spencer la rodeó con sus brazos por detrás. Arizona se mantuvo rígida... hasta que él comenzó a frotar la nariz contra su cuello.

—Marla no me interesa, lo sabes, ¿verdad?

—He oído que se lo decías.

—Yo no mentiría sobre una cosa así.

Mientras pensaba en aquello, Arizona puso las manos sobre las de él. Por fin asintió con la cabeza.

—De acuerdo.

Seguía pareciendo un poco molesta, sin embargo.

—Entonces ¿qué te pasa?

—Nada —contestó demasiado deprisa.

Spencer comprendió que no conseguiría nada insistiendo. Arizona le contaría lo que le pasaba cuando llegara el momento.

—¿Quieres saber lo que pienso?

—Si tiene algo que ver con cuánto admiras a Marla, no.

—¿Por qué iba yo a...? En fin, olvídalo —apoyó la barbilla sobre su cabeza—. La verdad es que es a ti a quien admiro.

—¿A mí? —se volvió para mirarlo—. ¿Por qué?

Por muchas razones, pero Spencer dijo:

—Te has compadecido de ella.

—Pfff —ladeó la cabeza como si lo invitara a frotar de nuevo su cuello con la nariz.

—Claro que sí —le besó el cuello con la boca abierta—. Y ha sido muy amable por tu parte.

—Seguramente es buena persona.

Spencer disimuló una sonrisa.

—Es bastante simpática —aunque muy manipuladora, y demasiado pesada—. Fue un error por mi parte dejar que pensara...

Arizona se apartó de un brinco.

—Tarta, Spencer. Y café.

Él volvió a agarrarla, la levantó en vilo y se la echó al hombro.

—Sexo, Arizona —ansioso por poseerla de nuevo, pasó una mano por su trasero y la metió por dentro de la pernera de sus pantalones cortos para acariciar su nalga—. Y puede que luego café y tarta.

Colgando de su hombro, Arizona se puso rígida y luego se relajó.

—Sí, de acuerdo —deslizó las manos por su columna—. Por mí no hay problema.

Incapaz de esperar, Spencer la llevó a su dormitorio y la apoyó contra la pared apretándose contra su cuerpo, con la boca casi pegada a la suya.

—¿Esto te molesta?

—No —intentó besarlo.

—Espera, Arizona —sostuvo su cara—. Necesito saber si te gusta.

—Me encanta —se liberó para poder besarlo—. Es increíble —deslizó la lengua sobre sus labios—. Con tal de que no te eches encima de mí, todo irá bien. Así que... vamos.

Él le echó el pelo hacia atrás.

—Si te sientes aunque solo sea un poco...

—No soy nada tímida, Spencer. Si algo no me gusta, te lo diré, palabra de honor —apretándose contra él, agarró el bajo de su camiseta y se la sacó por la cabeza—. Así que adelante.

Que el cielo se apiadara de él. Sus pechos eran tan grandes y firmes para su cuerpo delgado... Echó mano de ella, pero Arizona lo contuvo y enganchó los pulgares en la cinturilla de sus pantaloncitos cortos.

—Seguro que estaremos mejor si nos desnudamos.

—Estoy de acuerdo —en tiempo récord, se quitó la ropa mientras Arizona se enderezaba para hacer lo mismo.

—Ya está —desnuda, arrojó sus pantalones a un lado—. ¿Qué te apuestas a que esto nos va a saber mejor que la tarta?

Spencer la recorrió con la mirada.

—A mí ya me está sabiendo mejor —posó una mano sobre su estrecha cintura y la contempló extasiado. ¿Cuánto tiempo tardaría en acostumbrarse al impacto que le producía ver su cuerpo?—. Estate quieta, ¿quieres?

—De eso nada —abrió las manos sobre su pecho y comenzó a bajarlas por su cuerpo.

Spencer contuvo la respiración y la agarró de las muñecas.

—Deja que te saboree —su voz se hizo más ronca—. Esta vez, sin bragas.

Sus miradas se encontraron. A ella se le aceleró visiblemente el pulso mientras pasaban los segundos. Se apoyó contra la pared.

—Sí, de acuerdo.

—Me encanta cuando me dices que sí, cariño —la besó apresuradamente.

Arizona se arqueó contra él y quedaron unidos, piel con piel, tocándose por todas partes. Spencer tuvo que agarrarla por el trasero y levantar sus pesados pechos. Todas las partes de su cuerpo eran una tentación para él. Mientras exploraba su cuerpo con las manos, la besó larga y apasionadamente. Acarició su pie, la curva sutil de su cintura, sus caderas, sus muslos... Deslizó las yemas de los dedos por su columna, abajo, más abajo, hasta llegar al interior de su sexo húmedo.

Besándola, siguió una senda desde su garganta hasta su clavícula y luego hasta sus pechos, y disfrutó sin prisas de su piel hasta que Arizona se puso febril y él comprendió que estaba a punto de alcanzar su límite. Lo que significaba que él casi había alcanzado el suyo.

Se puso de rodillas, la agarró por las caderas y frotó la cara contra su pubis. Arizona metió los dedos entre su pelo y susurró su nombre. Cuando Spencer pasó la lengua por su cadera, dio un respingo. ¿Tenía cosquillas? Sonrió al decir:

—¿Qué pasa?

—Creo que deberíamos ir al grano.

—Todavía no —y luego añadió con un gruñido—. Qué bien hueles.

Ella cerró la mano entre su pelo.

—Sigues provocándome y no me gusta. O puede que me guste demasiado.

—Esto va a gustarte, te lo prometo. No tanto como a mí, pero aun así... —le separó las piernas y la miró—. Recuéstate en la pared y flexiona un poco las piernas.

Ella dudó... y por fin hizo lo que le pedía, separó los pies y dobló un poco las piernas.

—Eso es —abrió su sexo con los dedos y comenzó a acariciar con los dedos sus pliegues calientes y resbaladizos. Después se inclinó hacia delante para darle el más íntimo de los besos.

El largo y vibrante gemido que dejó escapar Arizona le excitó tanto como su sabor.

Pasando la lengua por su sexo y dentro de él, Spencer se dio a sí mismo y a ella lo que deseaban. Arizona se mojó cada vez más, su respiración se hizo agitada. Él excitó su clítoris y ella comenzó a gemir. Sujetándola por las caderas, la mantuvo derecha y siguió lamiéndola lentamente, pasando la lengua por su sexo y chupándolo.

En menos de dos minutos, ella no pudo refrenar sus gritos. Al correrse gritó su nombre. Spencer clavó los dedos en su trasero para sujetarla y disfrutó de su orgasmo. No paró hasta que ella cerró de nuevo los puños entre su pelo. Entonces se levantó, la levantó en vilo y la llevó a la cama, donde la tumbó de espaldas.

Ella pareció ponerse nerviosa, pero él dijo:

—Shh. No pasa nada —y fue a buscar un preservativo. En cuanto se encargó de ello, volvió a su lado, la atrajo hasta el borde de la cama y le separó las piernas para que lo rodeara con ellas. Arizona lo miró, indecisa.

—¿Esta vez no voy a ponerme yo encima?

Spencer negó con la cabeza, incapaz de hablar. Le apoyó los tobillos en sus hombros, flexionó las rodillas y la penetró de una sola y suave embestida. Ella se arqueó hacia el.

—Dios...

—Lo sé. Así entra hasta el fondo —la asió por los muslos para impedir que se apartara—. ¿Te hago daño?

—No, no, es... —se mordió el labio inferior y gruñó con voz ronca—: No te atrevas a parar.

—No voy a hacerlo —se retiró y volvió a penetrarla con fuerza, una y otra vez.

Vio cómo rebotaban sus pechos voluptuosos, vio cómo se ahuecaba su vientre al tensarse sus músculos, vio cómo se crispaba su cara de placer. Arizona agarró con fuerza la sábana para sujetarse y gritó, arqueando la espalda al correrse otra vez.

Aquello fue suficiente para Spencer. Qué demonios, casi fue demasiado. Se unió a ella con un gruñido gutural y el orgasmo fue tan arrollador que apenas le quedaron fuerzas para tenderse a su lado en la cama, en vez de echarse encima de ella.

Pero en aquella postura se sintió demasiado alejado de ella, así que se quitó el preservativo y la tumbó sobre su pecho. Su cuerpo seguía vibrando aún cuando Arizona masculló:

—Tengo que reconocerlo, Spencer: ha sido mucho mejor que la tarta.

Marla se paseaba por el jardín preguntándose si Arizona había hablado en clave al decir que iban a tomar «café y tarta». ¿Estaban haciendo el amor en ese preciso momento mientras ella los esperaba?

¿Le estaba haciendo Spencer todas esas cosas increíbles y maravillosas que antes le había hecho a ella?

Odiaba sentirse tan celosa.

Arizona la había sorprendido al ofrecerse a ayudarla con el árbol caído. ¿Quién hacía algo así? ¿Qué mujer se ofrecía a ayudar a otra que deseaba evidentemente a su amante?

Una mujer muy segura de sí misma, claro.

Una mujer que no tenía miedo de perder a un hombre.

Malditos fueran los dos.

Las cosas habían ido tan bien antes de que apareciera Arizona... Bueno, sí, Spencer le había dejado claro desde el principio que no quería compromisos. Pero de pronto parecía tan enamorado de aquella pequeña mestiza...

Marla se mordió el labio, sintiéndose culpable por pensar aquello. Pero ¿cómo iba a competir ella con el físico exótico de Arizona? Era más joven que ella, y tenía aquella piel tersa de color chocolate con leche, el cabello negro y sedoso y esos ojos azules claros...

¿Y su cuerpo? Dios, detestaba las comparaciones. Ella no era un adefesio, y lo sabía. Tenía curvas generosas que gustaban a los hombres, eso no lo dudaba. Pero Arizona era esbelta y fuerte, y tan flexible como solo podían serlo las jóvenes. Marla no se consideraba vieja a sus treinta años, claro, pero al lado de Arizona se sentía de pronto muy vieja.

¿Por qué no se marchaba? Si se marchaba, Spencer volvería con ella, estaba segura.

Y si volvía con ella... entonces ¿qué? No lo sabía. Pero le repugnaba sentir su ego tan pisoteado, y así era como se sentía: pisoteaba en medio del polvo.

Preguntándose por qué tardaban tanto, cruzó el jardín... y el conductor de un coche que pasaba le silbó, admirado.

Vaya, qué bien. De pronto se sintió mucho mejor.

Entonces ¿todavía gustaba a los hombres? Claro que sí.

No hizo caso, pero comenzó a caminar con más energía mientras iba a inspeccionar la rama del árbol.

En ese momento se abrió la puerta de la casa de Spencer y salió Arizona. El conductor del coche casi se estrelló contra un árbol. Furiosa, Marla oyó el chirrido de los frenos y al levantar la vista vio la cara de pasmo del conductor. Arizona no mostró ningún interés. Spencer salió justo detrás de ella.

Los dos sonreían.

El coche se quedó allí parado un momento. Luego, por fin, se alejó. Con el rostro tenso y los ojos enrojecidos por la rabia, Marla pensó qué hacer. Arizona se acercó.

—Voy a cortar las ramas más pequeñas. Spencer se encargará del trabajo más duro. ¿Qué te parece?

Marla sacudió la cabeza.

—Ha sido mala idea. Me lo he pensado mejor. Quizá pueda pagar a alguien...

Arizona se rio.

Spencer no dijo nada. Se limitó a pasar al lado de ambas camino de su garaje mientras se ponía unos gruesos guantes. El sol salió un momento, haciendo centellear todas las superficies húmedas. Alrededor de ellos se levantó el vapor. Marla levantó una mano para protegerse los ojos. Mientras Spencer estaba ocupado, hizo acopio de valor y le dijo a Arizona:

—¿Cuándo te marchas?

Como si la pregunta no la sorprendiera en absoluto, Arizona contestó:

—Todavía no estoy segura. Supongo que depende de Spencer, ¿sabes?

Marla se quedó de piedra. Se humedeció los labios.

—Entonces, cuando él te pida que te vayas, ¿te irás?

—No tendrá que pedírmelo —le aseguró—. Yo no me quedo donde no soy bien recibida —miró a Marla con curiosidad—. ¿Te molesta mi visita?

Marla se lo pensó y meneó la cabeza.

«Una visita».

No era una situación permanente, no pensaba instalarse en su casa.

Umm. Ya que Arizona parecía sincera, Marla pensó que tal

vez pudiera aconsejarla, acelerar un poco las cosas, y dijo con cautela:

—Spencer no quiere tener pareja estable, ¿sabes?

—Sí, no me digas —riendo, Arizona se sacó una goma de la muñeca y se recogió el pelo con ella—. Ha sido tan sincero conmigo respecto a eso como contigo.

Marla no supo qué decir.

—Te das cuenta de que sigue enamorado de su difunta esposa, ¿verdad? —preguntó Arizona poniendo los brazos en jarras—. Tiene un verdadero problema con eso. Aunque yo me vaya, no sé si eso cambiará las cosas entre tú y él.

Santo cielo, ¿Arizona sentía... pena por ella? ¿Intentaba prepararla para un desengaño?

¿Cómo se atrevía?

—¡Yo puedo ayudarlo a superar la muerte de su mujer!

—¿Tú crees? Bueno, puede que sí —repuso Arizona con una sonrisa, y estudió a Marla un momento más—. ¿Puedo confiar en ti?

—¿Respecto a qué?

—Respecto a Spencer, a que pienses sobre todo en lo que más le conviene a él.

—Naturalmente —sobre todo porque creía que lo que le convenía a Spencer era también lo que le convenía a ella—. ¿Por qué?

—Necesito saber si mañana por la mañana trabajas.

Marla negó con la cabeza.

—Estoy libre hasta media tarde.

—Está bien —Arizona se lo pensó un poco más—. Puede que funcione, entonces. Gracias.

—¿Ya está? —¿no iba a explicarle nada?

—Por ahora, sí. Verás, Spencer está a punto de volver, así que tenemos que abreviar esta pequeña charla. No le hará ninguna gracia pillarnos hablando de él. Pero, la verdad, Marla, cuando me largue, y estoy segura de que tendré que largarme en algún momento, quizás antes de lo que esperaba, te deseo suerte con él. Pero solo si puedes hacerle feliz —se inclinó hacia ella y la miró fijamente, con expresión casi amenazadora—. Si no puedes, entonces mantente bien alejada de él, ¿entendido?

Marla se apartó de ella y asintió con la cabeza.

Entonces, regresó Spencer, dio a Marla un par de bolsas de plástico grandes y miró intensamente mientras le entregaba a Arizona una sierra de arco.

—¿Va todo bien? —preguntó.

—Perfectamente.

Spencer siguió mirándola unos segundos más.

—Si quieres cortar las ramas más pequeñas de ahí arriba, yo empezaré por el otro extremo.

—Entendido.

—¿Sabes usar la sierra?

Ella miró la herramienta con una sonrisita.

—Tengo que... apoyar la sierra en la rama y... ¿empezar a serrar? Es pan comido.

Spencer meneó la cabeza.

—Que no te salgan ampollas, ¿de acuerdo?

Enfadada por sus comentarios, Marla sacudió ruidosamente una bolsa.

—¿No deberíamos empezar?

—Sí —convino Arizona, y se alejó de Spencer... dejando a Marla allí, con él.

Había tanta humedad que la camiseta ya se le había pegado al pecho y los hombros.

—Gracias por ayudarme.

La gran rama tembló cuando Arizona comenzó a serrar.

—No tiene importancia —Spencer inspeccionó la rama, que era más bien un árbol pequeño—. Solo espero que acabemos antes de que llegue la hora de irnos.

Cuando se acercó a la parte más gruesa de la rama y se arrodilló para preparar la sierra mecánica, Marla lo siguió.

—Es una chica muy extraña.

—Yo diría que es única —se puso unas gafas protectoras.

Marla le tocó el hombro para que volviera a hacerle caso y no pudo resistirse a la tentación de acariciar un poco su piel.

Nadie lucía una camiseta como Spencer. Tenía un cuerpo tan grande, tan firme, tan... duro.

Él se quedó quieto y miró hacia Arizona, que no les hacía ningún caso. Luego levantó la vista.

—¿Qué estás haciendo, Marla?

No sentía verdaderamente ningún interés por ella. Ninguno. Ni una pizca. No le apetecía que le prestara atención, ni siquiera para poner celosa a Arizona.

Si era sincera, Marla tenía que reconocer que jamás se había mostrado muy interesado por ella. Dispuesto de vez en cuando, sí, claro, porque ella se había arrojado en sus brazos cada vez que había tenido oportunidad. Pero nunca había buscado su compañía.

Si alguna vez había logrado acostarse con él, había sido porque lo había pillado en un momento de debilidad. Aunque, en realidad, un hombre como Spencer no tenía auténticas debilidades. Pero Arizona tenía razón: seguía enamorado de su difunta esposa... y ella se había aprovechado de eso.

Dios, qué mal sonaba dicho así. La hacía parecer una oportunista. Una manipuladora.

Su orgullo la salvó. Bajó la mano y levantó la barbilla.

—¿Solo quería preguntarte si te pones protector solar? Por fin se están despejando las nubes. Va a hacer mucho calor.

Él miró el sol entornando los párpados y se volvió hacia Arizona.

—¿Necesitas protector solar? —le preguntó.

Arizona sonrió y, sin mirarlos, dijo:

—No, si dejáis de perder el tiempo para que acabemos cuanto antes.

Ah. Así que había estado pendiente de ellos, después de todo. Marla forzó una sonrisa.

—Voy a empezar a recoger los desechos —odiaba trabajar en el jardín, pero no podía pedirle a Spencer que la ayudara y luego marcharse a su cuarto de estar, donde había aire acondicionado.

En cuanto se puso en marcha la sierra mecánica, dejaron de

hablar y acabaron enseguida. Arizona cortó las ramas más pequeñas y, empapada de sudor, fue a ayudar a Marla a llenar las bolsas.

Agotada, Marla se apartó el pelo de los ojos con la muñeca.

—Me muero de sed —dijo Arizona—. ¿Tienes algo frío que beber?

—Coca-Cola o té con hielo.

—Un té con hielo estaría genial. ¿Qué te parece si acabo yo aquí mientras tú traes unos vasos para todos?

Marla miró el trabajo que quedaba.

—Si quieres... —estaba dispuesta a aprovechar cualquier excusa para escapar de aquel calor, incluso una inventada por Arizona.

—Gracias. No te des prisa. Ya casi hemos acabado aquí —mientras Spencer apilaba la madera en el jardín lateral, Arizona fue a buscar un rastrillo para recoger el resto de los desechos. Incluso se puso a silbar a pesar de que estaba sudando, como si el trabajo físico con aquel calor fuera un placer.

Sí, era muy extraña.

Y a Marla casi le caía bien. Casi. Más inquieta que nunca, Marla entró a buscar el té. Con un poco de suerte, habrían acabado cuando volviera.

CAPÍTULO 18

Nunca la entendería. Se había mostrado demasiado cordial con Marla, demasiado complaciente, y eso le preocupaba. ¿Cómo era posible que estuviera celosa y que un segundo después pareciera resbalarle todo?

Era imposible.

Y eso significaba que estaba tramando algo, pero ¿qué?

Mientras conducía, Spencer la miró una y otra vez. Ahora que la había hecho suya, su fascinación por ella había aumentado en lugar de menguar. Ansiaba tocarla otra vez. Y tenía muchas preguntas que hacerle, pero llevaban ya casi una hora en la camioneta y ella apenas había dicho dos palabras.

Al fijarse en que se le había quemado un poco la nariz, Spencer esbozó una sonrisa. Estaba muy graciosa... en caso de que pudiera llamarse «graciosa» a una guerrera con su atractivo sexual.

Estaba buenísima, era engreída, capaz... y graciosa. Sí, todas esas palabras describían a Arizona.

Cuando ella se miró la palma de la mano, él preguntó:

—¿Te han salido ampollas?

—Un par, quizá. Me estaba divirtiendo tanto que casi no me he dado cuenta.

—¿Divirtiéndote?

—Sí. El aire fresco, usar los músculos, sudar... —lo miró—. Tú tienes una casa y un jardín y todo eso, así que seguramente estarás acostumbrado.

Ella, en cambio, no tenía nada de eso. Sí, a menudo Spencer lo daba por descontado.

—Entiendo —confiaba en que algún día ella también diera esas cosas por sentadas.

Se preguntó qué pensaría del regalo que pensaba hacerle Jackson. ¿Le encantaría, lo aceptaría como algo que deseaba ansiosamente y que Jackson podía concederle con facilidad? ¿O se asustaría?

—Deduzco que tú no has disfrutado, ¿no?

En realidad... sí. Pero sobre todo porque Arizona estaba con él. Le había producido cierta paz hacer algo tan prosaico y normal con ella.

En lugar de responder, tomó su mano y se la levantó para verle la palma. Meneó la cabeza al ver varias ampollas, se la acercó a la boca y la besó.

—No debería haberte dejado serrar.

—¿Haberme dejado? Venga, Spence. No podrías habérmelo impedido.

Sonriendo, entrelazó sus dedos con los suyos y comparó sus manos. La suya envolvía por completo la de Arizona, que de pronto parecía muy frágil.

—Seguramente te doblo en tamaño.

—Conque sí, ¿eh? —le guiñó un ojo—. Cuanto más grande es uno, más dura es la caída.

Spencer dividió su atención entre la carretera, la zona circundante y juguetear con Arizona. Dios, hacía tanto que no jugaba con nadie...

—Cierra el puño. Vamos a verlo.

Ella cerró la mano y dijo dulcemente:

—¿Quieres que te dé un puñetazo en la cara para valorar mi fuerza?

Aquello le hizo reír.

—No.

—De todos modos no lo haría —abrió la mano sobre su mandíbula y acarició su cuello, su hombro, su brazo, y después la posó sobre su muslo—. Si tuviera que pegarte en algún sitio, elegiría tus huevos —deslizó la mano por la cara interna de su muslo—. Sería más eficaz.

—No hace falta que lo jures —recordó cómo, la primera vez que se habían visto, había tenido que esquivar uno de sus golpes, y había acabado recibiendo otro. Arizona lo había dejado K.O. con su puntería mortífera.

Agarró su mano y la sujetó sobre su rodilla.

—Y si esquivaras el golpe —prosiguió ella—, te daría un puñetazo en la garganta. Es una parte mucho más blanda que el mentón o la mandíbula, y los hombres que se asfixian dan muchos menos problemas.

Spencer pasó un pulgar por sus nudillos. Odiaba pensar que Arizona pudiera volver a encontrarse alguna vez en una situación así.

—Cualquier tío que sepa pelear sabe parar ese golpe.

—Podría intentarlo —de pronto dijo—: Si ya no estás enfadado, ¿puedo preguntarte una cosa?

¿Eso creía? ¿Que estaba enfadado por algo?

—No estaba enfadado.

—Sí que lo estabas, Spence, reconócelo.

—Te equivocas. La verdad es que estaba preguntándome una cosa.

—¿Qué?

—Tú primero. Has dicho que querías hacerme una pregunta. Adelante.

—Está bien —apartó la mano de su rodilla y la posó sobre su cintura—. ¿Cómo te mantienes tan en forma?

Su cumplido llenó de satisfacción a Spencer. Adoraba el cuerpo de Arizona, así que le agradaba saber que ella sentía lo mismo respecto al suyo. Encogiéndose de hombros, contestó:

—Entreno de vez en cuando. Corro cada dos días, más o menos. Y, como no tengo mucho tiempo libre, siempre estoy haciendo algo.

—Entonces... —estiró su cinturón de seguridad para poder inclinarse hacia él—, no tienes tiempo para nada, ¿eh?

Spencer la agarró de la mano antes de que pudiera ponerse

demasiado íntima. A pesar de sus excesos sexuales, no haría falta mucho para que volviera a excitarse. Ya estaba un poco inquieto con solo pensar en ella tumbada en su cama, en cómo reaccionaba, en los ruidos que hacía...

Y ahora los minúsculos pantalones cortos que llevaba, su camiseta de cuello redondo y su coleta alta, todo se conjugaba para realzar su cuerpo. Un cuerpo que él había tocado, saboreado.

Poseído íntimamente.

—Vuelve a tu asiento, cariño. Te quiero bien sujeta.

Ella puso cara de fastidio.

—Sigues tratándome como a una niña.

Tenía que ser una broma.

—¿Cómo puedes decir eso en serio después de la mañana que hemos tenido?

Arizona se ablandó.

—Sí, supongo que tienes razón —ladeó la cabeza—. ¿Vamos a volver a hacerlo?

Claro que sí. Pero como nunca daba por sentado nada que tuviera que ver con Arizona, preguntó:

—¿Te apetecería?

Ella se miró otra vez las ampollas de las manos.

—Bueno, el caso es que, si en el Ganso Verde todo está resuelto, seguramente ya no tengo por qué quedarme en tu casa, ¿no?

—Sí, claro que sí —maldición, lo había dicho demasiado rápido.

Arizona lo miró con curiosidad... y con algo más. Spencer necesitaba un argumento plausible, un modo de convencerla sin darle ideas.

—Al menos hasta que Dare y Trace averigüen si había algo más detrás de ese garito. Hasta que eso pase, ¿quién sabe si estás a salvo? —aquello sonaba más racional. Dejó escapar un suspiro de alivio—. ¿De acuerdo?

—Tienen a Terry Janes y a Carl, su patético esbirro, así que seguramente no tardarán mucho en archivar el caso.

—Seguramente no.

—Entonces supongo que estaría bien, y sí, ya que vamos a vivir juntos, aunque solo sea temporalmente, no hay nada de malo en pasárselo bien mientras tanto, ¿no?

Spencer sonrió, aliviado.

—Entonces, no hay duda, eso vamos a hacer —pero ¿por cuánto tiempo? No podía permitir que Arizona se introdujera en su vida hasta el punto de que malinterpretara las cosas, más de lo que probablemente ya había empezado a hacerlo.

Más de lo que había empezado a malinterpretarlas él mismo, porque empezaba a detestar la idea de separarse de ella.

—En cuanto a lo de cómo te mantienes en forma —ella acarició su bíceps—, creo que deberíamos luchar algún día.

La miró de reojo y se fijó en sus huesos menudos, en su figura esbelta y sus curvas suaves, y meneó la cabeza.

—No.

—Vamos, Spence. Piénsalo. Mientras viva en tu casa no tengo modo de practicar, a no ser que practique contigo. Y no querrás que pierda práctica, ¿verdad?

Preferiría que no hiciera falta que supiera luchar a muerte, pero no creía que ella fuera muy de su opinión.

—¿Te sentirías cómoda luchando conmigo?

—Claro. Me he sentido cómoda haciendo el amor contigo, ¿no?

—Me has dejado agotado. Yo diría que más que cómoda.

La felicidad inundó la sonrisa de Arizona.

—Lo sé. Qué locura, ¿eh?

Spencer recordó de nuevo su expresión de asombro al correrse, su pura maravilla. Y eso se lo había dado él. Debería haberle bastado con eso, pero tratándose de Arizona nada le parecía suficiente.

—¿Qué dices, entonces?

Negó con la cabeza.

—Nada de luchar —no podía fomentar sus tendencias agresivas—. Pero, hablando de eso, si no quieres que ningún tío se te eche encima, ¿cómo te las arreglas para pelear?

Un poco enfurruñada porque le hubiera dicho que no, ella contestó tajantemente:

—No dejo que nadie se me eche encima.

Spencer sacudió de nuevo la cabeza.

—¿Hay algo más que todavía te moleste?

Se encogió de hombros y contestó como si no tuviera importancia:

—Un par de cosas.

—¿Puedes decírmelas?

—Supongo que debería. Porque, ya que voy a vivir contigo y todo eso, seguramente las notarás, ¿no? —suspiró dramáticamente—. No me gustan los espacios cerrados. Como... tu cuarto de invitados, por ejemplo, en el que tanto empeño tenías en meterme.

—Yo no... —meneó la cabeza. «No, olvídalo». Le había ofrecido la habitación, y ella la había rechazado, eso era todo. No la había presionado, porque tenía sus sospechas. Pero ya no importaba—. No quiero que hagas nada que no quieras hacer.

—Genial. Entonces ¿puedo seguir compartiendo tu habitación? Mientras viva en tu casa, quiero decir. ¿Te importaría? —y añadió atropelladamente—: De todos modos, no voy a pasar mucho tiempo allí.

¿Y adónde iría después? ¿A otro motel? Spencer odiaba pensarlo.

—Créeme, Arizona: tenerte en mi cama no será ninguna molestia —cada vez que pensaba en el daño que le habían hecho, se llenaba de rabia—. ¿Puedes decirme por qué te desagrada tanto esa habitación?

—¿En serio no te lo imaginas?

Sí, tenía una idea muy precisa de por qué le molestaban las habitaciones cerradas. Pero quería que confiara en él, que se lo contara todo en lugar de callárselo.

—Te tenían encerrada en habitaciones, en habitaciones pequeñas.

—Sí —a pesar de que llevaba puesto el cinturón de seguridad, levantó las piernas y se las rodeó con los brazos.

Spencer no dijo nada.

—Me quedaba allí sentada, sola, escuchando, sin saber qué

ocurriría ni cuándo. Oía a gente pasar por el pasillo. O hablar. Oía cómo se llevaban a otras chicas, o cómo metían a gente en las habitaciones con ellas...

Dios santo, le daban ganas de... Respiró hondo.

—Lo siento.

—Sí, yo también —le dio una palmada en el hombro—. Cuando me alojo en un motel, tiene que ser en una habitación con ventanas que puedan abrirse, para no sentirme atrapada. También dejo abierta la puerta del cuarto de baño. Las habitaciones que son como... una caja me dan escalofríos —guardó silencio un momento—. Lo peor son siempre las noches. Muchas veces me voy a conducir por ahí solo para matar el tiempo. A veces acabo en un bar, y a veces me limito a dar una vuelta por el barrio.

Menos mal que iba a dormir con él. La oiría si intentaba salir.

—¿Dormir en mi habitación no te molesta?

—No —lo observó—. Es extraño, pero cuando estoy contigo no pienso casi nunca en esas cosas.

Spencer se sintió halagado.

—Me alegro.

Después de aquella conversación triste y sombría, Arizona se volvió para mirar por la ventanilla.

Era extraño, pero Spencer ya la conocía lo bastante bien para intuir sus estados de ánimo y qué cosas le preocupaban.

Pronto llegaría a casa de Dare, así que más valía decirlo todo cuanto antes.

—¿Qué más hay, cariño?

Pasaron unos segundos sin que contestara. Luego, por fin, en voz tan baja que apenas la oyó, dijo:

—No quiero bañarme.

—¿Qué?

Se volvió para mirarlo, ansiosa, y levantó la voz.

—No he vuelto a bañarme desde que esos cerdos intentaron ahogarme —y añadió con más firmeza—. No quiero bañarme.

Claro que no. Spencer debería haberlo pensado, pero se había dejado confundir por la despreocupación con que afrontaba las tormentas.

—Entonces no te bañes. Todo el mundo lo entenderá...

—Ni pensarlo —levantó una mano para interrumpirlo—. No quiero que nadie sepa que me da miedo.

Por supuesto. Arizona era la mujer más orgullosa e independiente que conocía. Reconocer un miedo o una debilidad no iba con ella.

Spencer refrenó su frustración y, en vez de explicarle que los demás lo entenderían y no la juzgarían, preguntó:

—¿Puedo hacer algo?

Lo miró con enfado.

—¿Has traído bañador?

—Me temo que sí —se suponía que iba a ser ese tipo de reunión. Un caluroso día de verano, un grupo de amigos junto a un lago... Era de suponer que se bañarían.

—Sí, eso me figuraba. Llevo el bikini debajo de la ropa, pero, aunque no lo llevara, seguro que alguna de las chicas tendría uno de sobra.

Y ella se quedaría sin excusa para no sumergirse en el agua turbia del lago.

—¿Quieres que me invente alguna excusa? —por ella, algo se le ocurriría.

—No, pero puedes bañarte conmigo. Y quiero decir conmigo. Muy cerca. Sin apartarte de mi lado ni un segundo.

Eso podía hacerlo. Qué demonios, disfrutaría haciéndolo, con tal de saber que ella no estaba sufriendo.

—Si es lo que quieres, claro.

Ella puso los ojos en blanco.

—¿Crees que podrás hacer como que te apetece bañarte conmigo, como si no te estuviera obligando?

¿Alguna vez llegaría a entender su propio atractivo?

—No puedes obligarme, Arizona, así que sí, no hay problema. De todos modos estaba deseando bañarme contigo.

—Genial —hundió un poco los hombros—. Aunque supongo que nunca sabremos si podría obligarte, como te niegas a luchar conmigo...

—Arizona... —le advirtió él.

Sonrió.

—Bueno, ahora ya sabes cuáles son mis puntos flacos. Las habitaciones pequeñas y bañarme. Patético, ¿no?

—Admirable, diría yo. Casi todo el mundo tiene cosas que le asustan. Los bichos, las alturas, el fuego, la oscuridad... Hasta el hombre del saco. Y eso solo por vivir, por llevar una vida normal no por... —se cortó en seco.

—¿Por qué? ¿Ibas a decir por haber sufrido un trauma o algo así de melodramático?

Mentir sería absurdo. Quería ser sincero con ella... siempre que fuera posible, y todo lo posible.

—Seguramente sí.

—Pues ahórratelo. Y, ya que estás, ahórrate también la compasión. No la necesito, ni la quiero.

—Me temo que la tienes de todos modos, igual que todo lo que quieras o necesites.

Ella bajó los pies y se volvió hacia él.

—Sexo —dijo llanamente—. Eso sí lo acepto.

—Ya lo hemos hecho y volveremos a hacerlo. No hay problema.

Arizona sonrió.

—Gracias por ser tan comprensivo y por no hacer caso de mis... defectos.

¿Así calificaba ella su miedo a perder el control? Pensó en ofrecerle nuevos recuerdos, en hacer el amor en el lago. Sería difícil, teniendo alrededor al trío dinámico, pero tal vez se las arreglara de algún modo para conseguirlo. ¿Querría ella?

—Hay muchos modos de practicar el sexo —dijo.

—No sé, pero sí se que, sea como sea, el tío suele ser quien controla las cosas.

—No siempre.

—¿No? —preguntó, intrigada—. Qué interesante —lo miró de arriba abajo—. Hasta ahora tú las has controlado, pero apenas lo he notado porque no me sentía controlada.

—¿Cómo te sentías?

Se quedó pensando un rato.

—Un poco salvaje, supongo. Como si ya no fuera yo. Como si lo único que importara fuera tocarte y saborearte y que tú me hicieras lo mismo a mí. He olvidado muchas cosas porque ha sido todo tan...

—¿Absorbente? —maldición, con solo hablar de ello volvía a excitarse.

—Exacto. Sí, eso es. Muy absorbente, pero de un modo fantástico. No como el miedo o el dolor, sino un placer absorbente.

Todos los músculos de su cuerpo se tensaron. Cada vez que Arizona se abría a él, sentía que le pisoteaban el corazón y deseaba acabar con los que la habían hecho sufrir.

Pero eso era imposible, porque habían desaparecido todos hacía tiempo.

Sentía, además, el impulso de prometerle que con él podría disfrutar de ese placer mucho, mucho tiempo. Pero eso también era imposible.

Procuró no mirarla.

—Debería ser siempre así, cariño —apretó con más fuerza el volante y dijo con esfuerzo, como para recordárselo a sí mismo—: Cualquier tío con el que te acuestes debería preocuparse de lo que sientes.

Arizona dio un respingo al oírle decir aquello.

«Cualquier tío con el que te acuestes».

Lo cual significaba que seguía queriendo dejarla en manos de algún otro tío sin nombre ni cara.

Aquella idea le repugnaba. Y la enfurecía.

Pero los hechos eran los hechos: Spencer quería rehabilitarla, y nada más. Sí, sabía que acostarse con ella no le resultaba penoso. No era una bruja y, quitando sus traumas, tampoco era excesivamente rara ni patosa en la cama. Pero lo que le había dicho a Marla era cierto: seguía enamorado de su mujer, y una mujer como ella solo podía ser una sustituta temporal... en la cama. En ningún otro sitio.

Deseó poder ayudarlo igual que él quería ayudarla. Aunque sus situaciones no podían compararse. Spencer era uno de los tíos más increíbles y geniales que había conocido.

Santo cielo, parecía una colegiala enamorada.

Pero, a diferencia de Marla, ella tenía orgullo a montones. Era el orgullo lo que la había mantenido en pie cuando otros cedían. Se quedó mirando a Spencer largo rato, deseando que la mirara a los ojos y viera su expresión de reproche, pero los mantuvo fijos en la carretera.

A la mierda. No quería debatir aquella cuestión, así que se limitó a decir:

—Me alegra saberlo. Intentaré recordarlo cuando me acueste con otro.

Un músculo vibró en su mandíbula y sus manazas, aquellas manos que podían ser tan tiernas cuando la acariciaban, apretaron con fuerza el volante.

Posesivo, eso era lo que era. Arizona lo sabía porque Jackson era igual. Mientras se acostara con él, no quería que se acostara con otro. Aunque de todos modos no iba a perderla de vista el tiempo suficiente para que pudiera hacerlo.

Y eso podía ser un problema, teniendo en cuenta que al día siguiente había quedado en reunirse con Quin.

—Así que, aunque haya otros tíos en la lista —dijo—, esta noche, en cuanto acabe esta tontería en casa de Dare...

—Tu fiesta de cumpleaños no es una tontería.

—Quiero probar a ser yo quien de verdad lleve las riendas, como decías antes.

Spencer abrió la boca para explicarle la importancia de su fiesta de cumpleaños... y entonces se dio cuenta de lo que acababa de decir. Se quedó callado y cerró la boca. Una nueva tensión se apoderó de él, pero era una tensión de una clase muy distinta.

Tensión sexual.

Arizona lo observó sonriendo.

Él dio unas palmadas en el volante, movió la mandíbula y le lanzó una mirada ardiente.

—¿Quieres ver hasta dónde puedes llevar las cosas?
—Contigo —respondió ella con énfasis. Porque, aunque él no quisiera oírlo, no quería acostarse con ningún otro—. Así que sí, eso es lo que quiero.

Spencer respiró hondo dos veces. Intentó encogerse de hombros despreocupadamente.

—De acuerdo.

Ella sonrió. Naturalmente, Spencer había aceptado. No esperaba otra cosa. Los hombres eran tan predecibles...

Para subir la apuesta susurró:

—Quiero besarte como tú me has besado, Spencer, donde tú me has besado.

Él carraspeó.

—¿Te refieres a...?

Hizo un gesto afirmativo.

—Tú tumbado de espaldas, con las manos quietas, dejando que te vuelva loco —ladeó la cabeza—. ¿Crees que te gustara que te la chupe?

—Sí —contestó sin vacilar.

—¿Crees que serás capaz de mantener las manos quietas?

—Lo intentaré. Pero por ahora vamos a olvidarnos de eso, ¿de acuerdo? —removiéndose en su asiento, se ajustó los vaqueros—. Estamos en casa de Dare y no quiero enfrentarme a ellos empalmado.

Arizona miró su bragueta y, efectivamente, había conseguido excitarle.

—Qué bien. Así que también se me da bien esto, ¿eh?

Su fanfarronería le hizo reír.

—Supongo que sí. Pero conmigo lo tienes muy fácil, así que, que no se te suba a la cabeza.

Una bonita confesión. Disfrutaría tomando las riendas... más tarde, cuando sobreviviera a aquella pequeña celebración.

Qué fastidio. Hizo una mueca y miró por el parabrisas la zona densamente arbolada. Tenía que reconocer que la casa de Dare era preciosa.

—Ya veo el lago —dijo un poco nerviosa.

—¿Y notas cómo huele el aire? —bajó la ventanilla—. Huele a fresco.

—Huele todo a verde —se llenó los pulmones y procuró no pensar en el baño.

Cuando tomó el largo camino que llevaba a la impresionante casa de Dare, Spencer tomó su mano.

—Intenta relajarte, ¿de acuerdo? Olvídate del lago por ahora. Ya nos enfrentaremos a eso más tarde. Estás con amigos, con gente que te quiere. Disfruta de sus atenciones y también de sus regalos.

Ella gruñó. ¿Regalos?

—Mi cumpleaños ya ha pasado. Esto es una chorrada.

Spencer levantó su mano y le besó los nudillos.

—Pase lo que pase hoy, cariño, quiero que sepas que estoy contigo, ¿de acuerdo? No estás sola.

Sí, eso ayudaba. Por ahora.

Ese día.

Pero pronto volvería a estar sola. Antes incluso de lo que sospechaba Spencer.

CAPÍTULO 19

El sol ardía en el cielo azul claro sin una sola nube a la vista. Una ligera brisa agitaba el aire, rizando la superficie del lago en ondas hipnóticas que brillaban como diamantes.

Los mirlos se arrojaban a picotear insectos desde las copas de los árboles, que se mecían suavemente. Las ardillas parloteaban mientras correteaban de acá para allá recogiendo bayas y nueces. Una cigarra cantaba sin descanso.

Estaba rodeada de risas, de conversaciones intrascendentes y de montones de amor. Para muchos habría sido el día perfecto.

Pero ella se sentía como una farsante.

Como una intrusa.

Aquella acogedora atmósfera familiar no era su sitio. En realidad, ya no pertenecía a ninguna parte.

Mientras le entregaban regalos bellamente envueltos, intentó disimular. Pero notaba la cara rígida y la sonrisa crispada. Detestaba ser el centro de atención, al menos en una situación como aquella. Llamar la atención en un bar de mala muerte no le importaba tanto. Allí encajaba.

Aquí... no tanto.

Aquella tarde calurosa, junto a un lago, tras cenar una barbacoa en la mesa del patio, debería haberse sentido a gusto vestida con sus pantalones cortos baratos y su camiseta. Pero, al lado de las otras mujeres, a pesar de que llevaban ropa parecida, se sentía... vulgar. Su ropa, aunque desenfadada, era de algún modo más elegante. Más lujosa. Les sentaba mejor.

Llevaban la manicura y la pedicura hechas. El pelo peinado en la peluquería y la piel bien hidratada con cremas.

Ella nunca se había preocupado por esas cosas. Quería que su ropa fuera cómoda, y punto. Se aseguraba de que las perneras del pantalón le taparan la pistolera del tobillo, y sus camisetas tenían que ser largas y sueltas para ocultar la funda del cuchillo que solía llevar sujeta a la altura de los riñones. Eso era lo que le importaba. El estilo, no. Estar a la moda nunca había sido su fuerte.

De pronto, sin embargo, deseó haber pensado más en ello, en lugar de obsesionarse con el asunto del baño.

Con su largo cabello rojo recogido en una gruesa trenza, Priss estaba muy elegante, sobre todo con la camisola vaporosa y colorida que llevaba encima del bañador. Y Molly, con sus pantalones tobilleros blancos y su blusa, estaba superchic.

La más elegante, sin embargo, era Alani, con su vestido de verano y sus sandalias de diseño. Hasta el modo en que la brisa agitaba su pelo rubio tenía un toque de estilo. En ese instante tenía la mano posada sobre su vientre, y Jackson tenía su mano sobre la de ella. Aunque todavía no se le notaba, los dos estaban muy emocionados por el embarazo.

Un bebé...

Con solo pensarlo le daba vueltas la cabeza. Lo único que sabía de niños era que la asustaban. Pero Jackson le había asegurado una y mil veces que sería una tía fantástica. No le parecía una idea absurda y, curiosamente, a Alani tampoco.

Pero ¿quién sabía? Tal vez ni siquiera estuviera allí cuando naciera el bebé, así que ¿por qué iba a preocuparle ser una mala influencia?

Chris, el ayudante de Dare, le susurró al oído:

—Alegra esa cara, niña, o van a pensar que estás tristona.

Mierda. Levantó la vista y vio que estaban todos mirándola. Unos, con expresión indulgente, otros, divertida y otros, preocupada.

Chris, que se había sentado a su derecha, le dio un codazo.

—Empieza por los paquetes pequeños —sugirió—, hasta que llegues al más grande.

¿Al más grande? No, ni siquiera quería saber qué contenía. Aceptó la caja que le tendía Chris y dijo hoscamente:

—Gracias.

Al desatar el lazo, le sorprendió encontrar tres regalos dentro: una cámara, un álbum de fotos vacío y una fotografía enmarcada de ella con Jackson y Alani. Lo miró todo perpleja.

—Os la hice a escondidas —explicó Chris— porque Alani quería que tuvieras una foto de familia, pero también que fuera una sorpresa.

Se le puso el corazón en la garganta. Jackson y Alani estaban juntos, de pie, mirando a la cámara muy sonrientes, mientras que ella miraba tontamente a Jackson. Parecía estar riéndose de algo que había dicho.

—Me encanta esa sonrisilla —le dijo Alani.

Jackson alargó el brazo por encima de la mesa y le tiró de un mechón de pelo.

—Es muy mona.

Mona. Una palabra que no solían aplicarle a ella. Quizá por eso le gustaba tanto Jackson, porque la veía de un modo distinto a como la veían los demás. Pero era también un problema, porque, en lo que más importaba, en el arrojo y la determinación, era como los otros. Y que una mujer fuera igual que Jackson... En fin, a otros les costaba aceptarlo. Sobre todo a tipos tan protectores y tan machos como Jackson, Dare, Trace y... Spencer.

Pero sí, en la fotografía no estaba mal del todo. La verdad era que parecía... feliz.

Tragó saliva y se obligó a mirar a Alani.

—Es genial —mejor de lo que había imaginado nunca—. Gracias.

—Entonces ¿te gusta?

Por suerte no era una fotografía muy grande. Si no, no habría tenido dónde colgarla. Vivía con lo que podía llevar en el maletero, en habitaciones de motel y otros garitos. Pero sí, le gustaba muchísimo. Quizá pudiera fijarla al salpicadero de su coche de algún modo.

Le pareció imposible decir nada, así que se limitó a asentir con un gesto.

—La cámara es digital, así que puedes conectarla a cualquier ordenador para imprimir las fotos. Al final, llenarás el álbum —Alani le sonrió—. Será agradable que tengas fotos de toda tu familia.

Chris se inclinó y le dio un empujoncito con el hombro.

—Se refiere a nosotros, ¿sabes? Te hemos adoptado, te guste o no.

—Oye, ¿por qué no iba a gustarle? —Jackson le sonrió—. Si puede soportar a Trace, los demás somos pan comido.

—¡Ja! —Priss se estiró por encima de la mesa para darle una palmada en broma—. Trace es lo mejor de todo y lo sabes, Jackson Savor.

Trace volvió a tirar de Priss hacia él. Siguieron varios insultos dichos en broma y nuevas risas. Parecían todos tan cómodos... Eran una familia en el verdadero sentido de la palabra.

Pero ella no tenía ni idea de cómo encajar allí.

Miró a Jackson, acongojada. Se había esforzado mucho por incluirla en aquel círculo. Pero pronto iba a casarse con Alani, y poco después tendrían un bebé.

Su propia familia. Una familia de verdad.

Jackson estaba siempre pendiente de Alani, de lo que hacía, de cómo se movía, de cada uno de sus pensamientos... Durante la cena no había dejado de mirarla mientras comía, atento siempre a su boca. La atención que le dedicaba era palpable, y muy dulce. ¿Cómo iba ella a inmiscuirse en eso?

Chris le dio un golpe con la rodilla, sacándola de nuevo de su melancolía. Lo miró y vio que la comprendía.

—¿A qué viene esa cara? —le pasó otro regalo.

—Me gusta escuchar cómo bromean —reconoció ella.

—Exacto —dijo Chris—. Y como no puedes vencerlos, más vale que te unas a ellos. Ahora deja de remolonear y abre otro regalo.

Priss y Trace le habían regalado unas camisetas muy graciosas. Una decía «Coletas al poder». Aquello la hizo reír, porque era así como solía llevar el pelo. Otra decía «Una verdadera princesa se salva sola», y era tan absurdo que se echó a reír.

—Muy bonitas, me encantan.

Molly y Dare le regalaron un frasco de perfume que olía a gloria y varias horquillas muy femeninas que, curiosamente, le gustaron mucho. Chris tomó una y se la puso torpemente en el pelo, haciendo reír a Molly. Dare se inclinó y se la colocó bien.

—Te queda muy bien —anunció.

—¿En serio?

Jackson se rio.

—Podrías afeitarte la cabeza y seguirías estando preciosa, Arizona, pero sí, estás genial.

—Tienes un pelo precioso —comentó Molly.

Y todos estuvieron de acuerdo.

Arizona se sonrojó y miró a Spencer. Él le guiñó un ojo y le pasó otro regalo.

—Este es mío.

Ella lo aceptó.

—¿Cuándo has tenido tiempo de comprarlo?

—Encontré una página web donde lo vendían y encargué que me lo mandaran por mensajería.

—¿De veras?

—Claro que sí —sonrió—. Lo más difícil fue conectarme a Internet sin que me pillaras.

Asombrada de que lo hubiera conseguido sin que ella se enterara, Arizona desenvolvió el regalo con cuidado de no rasgar el papel. Al apartar las distintas capas de papel de seda, dejó al descubierto un precioso joyero de plata con sus iniciales grabadas en la tapa.

Parecía caro, y muy personal.

Como solo tenía un par de joyas, y ninguna de ellas muy costosa, no entendió por qué le regalaba aquello. Pero, como era de Spencer, le encantó. Mientras pasaba los dedos por el grabado, dijo:

—Es increíble.

—Mira dentro —le dijo Spencer.

Casi sin darse cuenta contuvo la respiración al levantar la tapa... y encontró dentro un juego de pulsera, collar, pendientes y anillo, todo ello decorado con piedras de colores. Eran piezas delicadas y muy, muy bonitas. El sol hizo brillar las gemas y la plata. Levantó la pulsera.

—Es todo... Es... —se le empañaron los ojos. Maldición, no quería llorar—. Nunca he tenido nada tan bonito.

—Quizás alguien debería haberle dado un espejo —comentó Chris, y las mujeres le hicieron callar rápidamente.

Spencer agarró su mano, le quitó la pulsera y se la puso en la muñeca. Sin soltar sus dedos dijo:

—Todo el mundo debería celebrar su cumpleaños de verdad.

—No una fecha inventada —añadió Jackson—. Con nosotros, es de verdad.

—No hay nada como una fiesta de cumpleaños —comentó Chris.

Arizona los miró a todos, maravillada. Molly estaba sentada sobre las rodillas de Dare, que la rodeaba con sus brazos y le besaba la oreja con verdadero afecto.

—Lo mismo digo —dijo Dare—. Aunque para mí cualquier excusa es buena para reunirse con los amigos y la familia.

—La próxima será la boda —comentó Alani, y miró a Spencer—. Espero que vengáis los dos.

—Arizona ya ha accedido a que la acompañe.

En realidad era él quien había accedido a acompañarla para que no fuera sola, pero ella agradeció su discreción.

Cuando, un instante después, Alani se puso a hablar de su embarazo, Trace se limitó a sonreír y apretó a Priss contra su costado. Ella le susurró algo al oído que hizo que se quedara quieto y, con los ojos brillantes, le susurró:

—Compórtate —pero la besó y Priss, que tenía una sonrisa maliciosa, apoyó la cabeza en su hombro.

A pesar de su profesión, los hombres eran generosos y atentos.

A pesar de los maridos que habían elegido, las mujeres eran felices y seguras de sí mismas.

Para ella, en cambio, sentirse... feliz era un concepto tan extraño.

Nunca había conocido la felicidad. Nunca había experimentado una paz como aquella. Intentaba fingir cuando estaba con ellos, pero incluso cuando se esforzaban por incluirla en su grupo sabía que no podía encajar allí. Y, teniendo en cuenta cómo la miraba Spencer, seguramente él también lo sabía.

Ya que había abierto los regalos, Arizona pensó que tal vez pudiera escabullirse antes de que decidieran bañarse. Pero... la seguirían. Ya lo había intentado antes de comer, pero la seguían allá donde iba. La seguían como si fuera el flautista de Hamelín o algo así. Estaban empeñados en incluirla en su círculo.

No quería ser aguafiestas cuando parecían todos tan cómodos y relajados.

—Muchísimas gracias a todos. Ni siquiera sé qué decir... Chris se levantó.

—Todavía no hemos terminado —sacó un regalo más de debajo del montón de papel de envolver—. Aún tienes que abrir mi regalo.

—¿Otro? —nunca le habían regalado tantas cosas—. Estoy sin habla —nerviosa, abrió el regalo y se quedó mirándolo, incrédula. Casi se olvidó de respirar.

Sonriendo, Chris preguntó:

—¿Y bien?

—Dios mío —jadeó, y fue hablando con voz cada vez más aguda—. ¿Me estás tomando el pelo? —levantó el pesado cuchillo, el mismo para el que había estado ahorrando, y lo sostuvo sobre su palma—. Dios mío, Chris, ¡es alucinante!

Se hizo el silencio a su alrededor. Ni a ella ni a Chris les importó.

—¿Te gusta? —preguntó Chris.

—¿Lo dices en serio? ¡Mira la hoja! ¡Mira las cachas de titanio, y el resorte doble! —volvió el cuchillo a un lado y a otro—. ¿Cómo no va a gustarme?

—Me alegro.
Aturdida por la emoción, ella sacudió la cabeza.
—¿Cómo lo sabías?
—Yo presto atención. Te oí hablar de ese cuchillo —lanzó una mirada elocuente a los demás—. Y sabía que te haría feliz —se inclinó para ver su cara—. Al menos, eso esperaba.
Llena de incrédula alegría, Arizona volvió a poner el cuchillo en su estuche con todo cuidado. Luego rodeó con sus brazos a Chris, intentando contener las lágrimas. Le habían encantado todos los regalos, pero el cuchillo... Era como si Chris la conociera de verdad, como si supiera cómo era... y le gustara aun así.
Él se echó a reír.
—Deduzco que era el que querías.
—¡Estaba ahorrando para comprármelo!
—Pues ya puedes gastarte tu dinero en otra cosa.
Lo abrazó con tanta fuerza que Chris gruñó y fingió desplomarse. Arizona lo sujetó y, agarrando su cara, le dio un largo beso en la boca que acabó con un sonoro «¡Muac!».
—Caramba —dijo Chris cuando lo dejó libre—. Si yo fuera otro, seguramente ahora te llevaría a rastras a la cama.
—Nadie es como tú —la alegría le cerraba la garganta—. Eres alucinante, Chris. Alucinante.
—¿Igual que el cuchillo?
—Sí, igual que el cuchillo —Arizona lo soltó y sonrió a los demás.
Jackson la miraba fijamente. Trace se aclaró la garganta. Dare se frotó la boca. Las mujeres la miraban con los ojos como platos. Pero ¿y qué? Por una vez, le importaba un comino lo que pensaran. Entonces vio la expresión sombría de Spencer. Entonces ¿no le había gustado que besara a Chris?
¿O era el cuchillo lo que no le gustaba?
Pues peor para él. Le traía sin cuidado lo que pensara.
—Es mi cuchillo —le dijo—. Ese del que te hablé, para el que estaba ahorrando. Te enseñé una revista, ¿te acuerdas?
—Sí, me acuerdo.
Chris prestó tan poca atención como ella a su mirada de censura.

—Hay una funda para guardarlo, pero no la he comprado, lo siento.

—Tengo una que servirá —se llevó la mano a los riñones; entonces se dio cuenta de que se había dejado la navaja en casa, y se encogió de hombros—. Me la he dejado en casa de Spencer, pero, en serio, esto es demasiado. Es demasiado caro...

—Puedo permitírmelo —le dijo Chris, hablando en serio por primera vez—. Y tú te lo mereces.

Arizona ignoraba por qué podía merecerse ella semejante regalo. Claro que no creía merecer ninguno. Y sin embargo allí estaba, en medio de su primera fiesta de cumpleaños, rodeada de regalos.

En cualquier momento empezaría a derramar lágrimas. Sujetó el cuchillo contra su pecho.

—Gracias a todos. En serio, es todo fantástico. Estoy... —abrumada, dejó escapar un suspiro tembloroso—. No sé qué decir. No esperaba...

Le sonrieron.

Mierda. Si seguían así, acabaría por echarse a llorar.

—Sí, así que gracias otra vez. Un millón de gracias —notó un nudo en la garganta—. Bueno... Voy a llevar estas cosas a la camioneta de Spencer. Ya sabéis, para asegurarme de que no les pase nada.

Sintiéndose como la mayor cobarde del mundo, dio media vuelta y echó a correr tan deprisa que Tai y Sargie, las perras de Dare, se pusieron en guardia y, creyendo que se trataba de un juego, salieron en su persecución.

Arizona sabía que tendría que volver, y pronto. Si no, irían a buscarla. Pero con un poco de suerte para entonces habría conseguido dominar sus emociones.

Prefería que la volvieran a arrojar a un río a permitir que alguien la viera llorando como una niña.

La tienda de empeño Harry's Hocks había cerrado hacía semanas. Por eso era tan barato alquilarla.

Por unas horas.

No necesitaba más tiempo.

Cuando hubiera conseguido... ablandarla convenientemente, la trasladaría. La instalaría en algún sitio, y disfrutaría de ella a su gusto.

Pensando en ello, imaginando cómo sería, se frotó las manos. Tal vez al principio no se mostrara agradecida, pero con el tiempo le daría las gracias, quizás incluso le suplicaría.

Se rio lleno de placer al imaginarlo. En cuanto le explicara que la había salvado, que la había sacado de una situación peor y la había aceptado cuando todos los demás la habrían rechazado, le mostraría la debida gratitud. A su lado, nadie la vendería.

Él le ofrecería comodidad y, a cambio, ella se lo daría... todo.

No le pediría menos.

Spencer deseó ir tras Arizona, pero sabía que ella no quería. Le había dolido observarla comparándose con las demás, sabiendo que pensaba que no encajaba allí. Pero ver su expresión alborozada lo había dejado hecho polvo.

Y todo por un cuchillo.

Y no un cuchillo cualquiera, sino un cuchillo ideado para hacer daño. Para ser utilizado por un combatiente experto.

Un cuchillo que ella sabía usar y que deseaba con ese propósito.

Un regalo que casi la había hecho llorar.

Spencer no sabía qué hacer.

Chris comenzó a recoger el papel de regalo roto y amontonado. Jackson lo miró con enfado.

—¿Cómo se te ha ocurrido, Chris?

Spencer se recostó en su asiento y se contentó con pensar en la reacción de Arizona.

—¿Has visto su cara? Yo diría que, hasta ahora, la fiesta está siendo un éxito.

Dare meneó la cabeza.

—Te das cuenta de lo que has hecho, ¿verdad? Estamos intentando alejarla del peligro.

—No animarla a que se lance a él —añadió Trace.

—Estáis intentando cambiarla —señaló Chris sin mucho reproche. Miró a Spencer—. Y ella no quiere cambiar.

—¿Y dónde demonios crees que va a usar ese cuchillo? —preguntó Jackson.

Chris dejó de recoger y lo miró fijamente.

—No quiere cambiar.

—¿A qué viene eso? —preguntó Trace—. ¿De verdad crees que está bien que se meta en esto?

—Creo que es una chica muy especial con un pasado único y que puede decidir por sí misma.

—Chris tiene razón —dijo Spencer—. ¿Os imagináis lo que debe de sentir?

Molly asintió con la cabeza y susurró:

—Es como es, y todos le hemos dejado claro que debería ser de otra manera.

—Pero, teniendo en cuenta lo que le ha ocurrido, cómo la ha moldeado la vida... —Priss cerró los ojos un momento—. Seguramente es imposible que cambie.

A Spencer se le encogieron las entrañas al pensar en lo que le había hecho pasar sin pretenderlo.

—A nadie le gusta que le critiquen —dijo—. Primero necesita que la aceptemos.

—Vaya, aleluya. Has dado en el clavo —comentó Chris—. ¿Cómo va a confiar en vosotros si no la aceptáis tal y como es?

—Estas cosas tienen un orden —convino Spencer, y se recostó en su silla con un gruñido—. Y yo, por lo menos, he empezado por el final.

—Maldita sea —Jackson se levantó y se frotó la nuca—. Yo solo quería protegerla.

—Es a lo que te dedicas —Alani tomó su mano—. Pero Arizona no es como la mayoría de las mujeres.

—Ni como la mayoría de las víctimas —repuso él.

Sí, era cierto. Arizona no se parecía a nadie. Era muy fuerte, por suerte. Además de increíblemente orgullosa.

—Maldita sea, todavía no le he dado mi regalo —Jackson echó a andar tras ella, pero Spencer dijo:

—No, déjala.

Jackson giró lentamente para mirarlo, enfadado por que intentara darle una orden.

—¿Cómo dices?

Spencer, que no se dejaba intimidar fácilmente, puso cara de fastidio.

—Dale tiempo, lo necesita.

—Volverá —dijo Chris, intentando tranquilizarlos.

—Su orgullo no le permitirá esquivarnos mucho tiempo —Spencer miró hacia el lugar por el que se había ido—. Pero no querrá que la veas tan alterada.

Jackson tuvo que reconocer que seguramente Spencer tenía razón. Arizona podía ponerse muy suspicaz si creía que alguien la consideraba débil. Pero, maldita fuera, aquello iba contra su forma de ser. Su instinto lo impulsaba a consolarla.

Claro que seguramente a ella le daría un ataque si lo intentaba.

Además, se sentiría más humillada. Y él no podía hacerle eso.

La paciencia era uno de sus fuertes. Cuando era necesario, podía esperar durante horas, incluso días. Ahora, sin embargo, le costó horrores esperar el regreso de Arizona.

Las llaves tintinearon en su bolsillo. Se puso a caminar de un lado a otro, buscándola constantemente con la mirada.

Habían decidido tácitamente darle el espacio que necesitaba. Regresaría cuando estuviera lista. Solo habían pasado diez minutos. Pero aun así...

Por fin dobló la esquina de la casa, seguida por los dos perros. Acariciaba a Tai mientras hablaba con Sargie. Le gustaban los perros. Tal vez ese fuera su siguiente regalo.

Quería cuidar de ella mucho tiempo. Quería agasajarla con

regalos. Quería que Arizona formara parte de su vida, hasta su muerte. Como había dicho Alani, para él era como una hermana. Se sentía responsable de ella, leal a ella. Confiaba en ella.

La quería, maldición.

Con un poco de suerte, su regalo ayudaría a convencerla de ello.

Arizona aflojó el paso cuando los vio a todos sentados todavía en el patio.

—Pensaba que os habríais ido a nadar o algo así.

—Es lo siguiente —le dijo Chris—. Pero Jackson tiene una sorpresa para ti.

Jackson vio que sofocaba un gruñido de fastidio, y aquello le hizo gracia. Le pasó un brazo por los hombros y la acercó al grupo.

—Venga, sígueme un poco la corriente, ¿quieres?

—Sí, claro, pero... —dejó escapar un largo suspiro—. En serio, Jackson, ya me habéis regalado muchas cosas. ¡Voy a llenar el maletero!

Alani sonrió.

—Eso es lo mejor, Arizona.

—¿Lo mejor de qué?

—Que vas a tener más espacio. Todo el que necesitas.

Al ver que no entendía, Jackson añadió:

—No quiero que vivas siempre de acá para allá. Ya no.

Ella buscó a Spencer con la mirada, Jackson no supo por qué. ¿Buscaba su apoyo? ¿O aquella mirada se debía a lo que guardaba en el maletero?

Jackson miró a Spencer, pero el rostro del cazarrecompensas no dejaba traslucir nada.

Jackson decidió echar un vistazo al maletero de su coche a la primera oportunidad y sacó las llaves.

—Sabes que Chris tiene una casa aquí, con Dare, ¿no?

Arizona dio un paso atrás, atónita.

—No.

Era un acto de negación. En realidad, sabía perfectamente lo de la casa de Chris. En ciertos sentidos, no era muy distinta de

Jackson. A los pocos minutos de llegar a casa de Dare, se había fijado en todo, incluida la finca. Había explorado la casa del embarcadero, el muelle, el cobertizo, el garaje... y la casa de Chris.

Mirando las llaves que sostenía Jackson, meneó la cabeza.

—No, no has... No puedes... —la incredulidad la hizo tartamudear.

Lástima. Con el tiempo, se acostumbraría a que la quisieran. Eso esperaba Jackson, al menos.

Atrajo a Alani a su lado.

—Sí, lo hemos hecho.

Chris se encogió de hombros como si no fuera gran cosa.

—Tengo mi propia casa para tener intimidad, pero estoy aquí, muy cerca, para poder ocuparme de todo lo que necesite Dare.

—Solo tenemos que darle una voz —comentó Molly—. Funciona genial.

Arizona negó con la cabeza otra vez.

—Quiero que sigas trabajando para mí —añadió Jackson, haciendo caso omiso de su expresión acongojada—. Eres muy minuciosa. Enseguida has aprendido a manejar los programas informáticos que utilizamos. Y conocemos muy bien este asunto. Lo que hay que buscar, lo que debemos tener en cuenta. Saber encajar las piezas.

—Sabes qué formas adopta el tráfico de personas —señaló Trace—. Reconoces los indicios.

—Exacto —añadió Jackson—. Necesito que trabajes conmigo.

—Para ti, querrás decir —no pudo disimular una sonrisa desdeñosa—. Como una secretaria.

Jackson miró a Spencer buscando su ayuda, pero no la obtuvo. De hecho, Spencer parecía angustiado. Jackson lo entendió de pronto: aunque Spencer no quisiera reconocerlo, había caído en la red de Arizona. Su mezcla de vulnerabilidad y osadía podía volver loco a cualquier hombre.

Spencer, naturalmente, la miraba como él nunca podría mirarla. A veces le hacía sentirse incómodo, y entendía lo que debía de haber sentido Trace cuando él se había enamorado de Alani.

Spencer quería hacer lo que fuera mejor para Arizona, lo que significaba que tenía que refrenar sus impulsos: el afán instintivo de protegerla, incluso de sí misma.

Jackson podía decirle que era más fácil ceder, reencauzar toda esa energía amando a Arizona. Pero tenía la sensación de que Spencer tenía que descubrirlo por sus propios medios.

Y si no lo descubría... En fin, entonces no se merecía a Arizona.

—Como asistente, diría yo, no como secretaria. Tal y como lo dices, parece un insulto.

Alani se agarró al brazo de su marido.

—Trabajas de maravilla, Jackson me lo ha dicho.

Su marido asintió.

—Pero además nos encantaría tenerte cerca.

Arizona se removió, inquieta.

—Sí, bueno... —miró a Spencer otra vez—. Os lo agradezco. El caso es...

Jackson dejó las llaves sobre la mesa.

—Son las llaves de una cerradura. De una puerta. De la casa que vamos a construir para ti en nuestra finca. Y no me mires así —la señaló—. No puedes seguir viviendo en cualquier parte.

Arizona entornó los párpados.

—No —miró a Jackson y a Alani—. Pero gracias.

Jackson no le hizo caso.

—Maldita sea, tengo terreno de sobra. Como decía Chris, tendrías intimidad...

—No —tragó saliva con esfuerzo—. Sois muy generosos y muy... —sacudió la cabeza sin saber qué decir—. Os agradezco el gesto, de veras. Pero no puedo. Gracias de todos modos.

Jackson fue a decir algo, pero Alani le apretó el brazo.

—Por favor, piénsatelo, Arizona, ¿de acuerdo? Las llaves son simbólicas. Todavía no hemos excavado los cimientos para la nueva casa.

—Queríamos que tú participaras en eso —explicó Jackson—. Alani quería que la ayudaras a diseñar la casa.

—Dios mío —se frotó la frente.

Alani se acercó a ella.

—No tomes una decisión ahora. Tómate un poco de tiempo para pensártelo, es lo único que te pido. ¿Puedes hacerlo, por favor?

Jackson sabía que Arizona quería negarse, pero Alani le había apoyado una mano en el hombro y había hablado en tono suave y sincero, y Arizona no era inmune a eso. ¿Quién podía serlo? Su prometida era una mujer especial.

Dios, qué suerte tenía.

Sonriendo, las rodeó a las dos con los brazos.

—Una idea estupenda. Tómate un poco de tiempo para acostumbrarte a la idea antes de decidirte.

—Y hasta entonces —dijo Chris—, ¡vamos a comer un poco de tarta!

CAPÍTULO 20

Por suerte no le cantaron ninguna canción ni le hicieron soplar velas. Tras ayudar a recoger las cosas de la fiesta, Arizona comenzó por fin a relajarse.

Al menos, en ese aspecto. Porque todavía tenía que averiguar lo que pudiera sobre Quin y sobre la misteriosa llamada telefónica que había recibido.

—Bueno, Dare —apartó un poco su vaso de limonada sobre la mesa del patio—, ¿lo solventaste todo en el bar?

—¿Te refieres al Ganso Verde? ¿Cuántas redes de tráfico de personas que tuvieran como tapadera un bar se estaba encargando de desmantelar?

—Sí, a ese —contestó con sorna.

—No del todo —Dare se encogió de hombros—. Pero todo el mundo está a salvo, y hay buenos agentes trabajando para atar los últimos cabos.

No todo el mundo estaba a salvo, o Quin no habría tenido que llamarla.

—Estamos en contacto con el jefe de la nueva fuerza conjunta —le contó Trace—. Siguen interrogando a Terry Janes, pero dudo que averigüen nada más.

Seguramente Trace ya lo había interrogado, y él no estaba sujeto a restricciones legales para interrogar a un sospechoso.

—Si tú no pudiste hacerle hablar, nadie podrá, ¿no?

Trace arrugó un poco el ceño y evitó la pregunta.

—Se están encargando de ello.
—Ya. Seguro que sí. Pero, si no hay nada nuevo que descubrir, ¿para qué interrogarlo?
Jackson la miró ceñudo.
—Siempre hay algo nuevo que descubrir. Como quién es el dueño del local.
—¿No es Janes?
—No.
—¿Quién es, entonces? —preguntó.
—Seguimos investigándolo —repuso Dare—. De momento, nadie parece saberlo, así que tendremos que indagar en los registros.
Arizona se quedó pensando.
—Atrapasteis a Janes y a Carl, su mano derecha, y al barman...
—Y a un par de matones más que conducían una furgoneta blanca. Dare los atrapó en el callejón de atrás.
Arizona levantó la vista. Era la primera vez que oía hablar de aquella furgoneta blanca.
—Pero —añadió Jackson antes de que empezara a hacer preguntas— tú no tienes que preocuparte por nada de eso. Ese sitio ha sido desmantelado de una vez por todas.
Por desgracia, Arizona tenía motivos para dudarlo. Se volvió de nuevo hacia Dare.
—De acuerdo, así que atrapasteis a esos tipos, pero ¿os acordáis de la gente que trabajaba allí?
—Había más de una docena de personas, cielo.
Ella se desanimó.
—Entonces ¿no sabéis qué ha sido de todos?
Dare aguzó la mirada, interesado.
—A la mayoría puedo localizarlos, ¿por qué?
Uf, era hora de replegarse.
—Solo por curiosidad —espantó a un abejorro que intentaba posarse en su brazo y puso cara de despreocupación—. ¿Quin también estaba?
—¿El chico hispano? —Dare se quedó pensando y luego negó con la cabeza—. No, no recuerdo haberlo visto.

—¿No te parece raro? —era hora de prescindir de sutilezas: tenía que saberlo—. Porque estaba allí esa noche. Me atendió.

—Seguramente se largó en cuanto oyó las sirenas —repuso Jackson—. Puede que esté en situación ilegal. Esos cerdos de los traficantes los convencen de que los detendrán si los pillan.

—¿Te preocupa por alguna razón concreta? —inquirió Trace.

—No, qué va —para que su mentira sonara más convincente y despistarlos un poco, preguntó—: ¿Y ese pintor tan bobalicón, Joel Pitts?

Dare se encogió de hombros.

—Desconozco los nombres de las personas que había allí, pero puedo averiguarlo si te interesa.

No, no importaba. Sabía que Quin estaba libre porque la había llamado, así que ¿para qué pedirle a Dare que se tomara la molestia de recabar información?

—No pasa nada. Era simple curiosidad.

—¿Por qué? —preguntó Spencer con voz suave.

Ella le lanzó una mirada.

—Con Quin y con Joel fue con quienes más hablé. Enseguida me di cuenta de que Quin era una víctima y, luego, como Joel comenzó a dibujarme... —se encogió de hombros—. Tengo un poco la sensación de que los conozco a los dos.

—¿Qué quieres decir con que te dibujó? —preguntó Priscilla—. ¿Te hizo un retrato?

—Yo iba a preguntar lo mismo —añadió Alani.

—Voy a enseñároslos. Estarán en mi bolso —para concederse un momento, entró en la casa a buscar los dibujos. Estaban muy arrugados y un poco manchados, pero de todos los modos los llevó al patio. Mientras los desplegaba sobre la mesa explicó—: Estaba bastante bebida cuando salimos de allí. Si no, me habría acordado de sacarlos para que no se estropearan.

Se reunieron todos a su alrededor.

—Vaya —Priss admiró un dibujo—. Tiene mucho talento.

—No posé ni nada por el estilo, pero aun así la chica de los dibujos se parece a mí, solo que es más guapa.

—Eso no es verdad —dijo Dare.
—Cuesta imaginar que sea posible siquiera —repuso Jackson—. Con ese físico que tienes.
—Eres realmente preciosa —convino Alani—. No hay nada que mejorar.
—Sí, bueno... gracias —incómoda con los cumplidos, Arizona volvió a fijar su atención en Trace y Dare—. Confiaba en volver a verlos. Para saber qué tal les va —miró a Spencer. Estaba muy callado y la observaba con agudo interés.
Mientras pasaba los dedos por el brazo de su esposa, Trace preguntó:
—¿Te preocupan?
No era fácil ignorar la mirada atenta de Spencer. Cuando Trace tomó uno de los dibujos para estudiarlo, Arizona probó a encogerse de hombros.
—Parecían bastante desorientados, nada más. Me quedaría más tranquila si supiera que están bien.
—Arizona...
Intentó no dar un respingo al oír el tono de Spencer.
—¿Umm?
—¿Por qué preguntas por Quin y Joel?
—Ya os lo he dicho —no quería mentirle, pero tampoco podía decirle la verdad. Volvió a enrollar los dibujos y optó por una verdad a medias—. Es curiosidad, nada más.
—Ajá —Spencer la miró a los ojos—. ¿Y qué más?
Como si advirtieran de pronto la tensión, los demás se quedaron callados y les observaron.
Arizona guardó los dibujos en su bolso.
—¿Por qué tiene que haber otra razón?
—Tratándose de ti, siempre hay motivos ulteriores.
Ella sacó la barbilla.
—Tonterías. No tenía motivos ulteriores cuando te pedí que pelearas conmigo. Solo quería practicar. Y aun así te negaste.
Los ojos de Spencer se ensombrecieron, tal vez de irritación.
—Porque no quiero que te ofrezcas como cebo.
—¿Por qué no? Es la forma más fácil de cazar a un hombre

—su voz destilaba dulzura—. Al parecer a Marla le funcionó —luego explicó dirigiéndose a los demás—: Marla es su vecina.

Spencer rechinó los dientes.

—¿Qué tiene que ver su vecina con todo esto? —quiso saber Jackson.

—Está loca por Spencer —contestó ella.

Al mismo tiempo él dijo:

—Es su forma de desviar la cuestión.

Caray. Conque se había dado cuenta de su artimaña, ¿eh? Siempre había admirado su rapidez mental.

—Quería entrenar con Spencer —dijo dirigiéndose al grupo. Luego volvió a fijar la mirada en él—. Pero supongo que es otra cosa que tendré que hacer con el próximo, ¿no?

Spencer se quedó rígido, con la mirada fría y la mandíbula encajada. Y de pronto se retiró. Arizona lo sintió, lo vio, y no fue agradable. Vaya. Tal vez se había pasado con aquella pulla. Pero no sabía cómo desdecirse.

—Hablando de trabajo informático —Chris se aclaró la garganta—, quería enseñarte un programa nuevo, Spencer. Creo que puede serle muy útil a un cazarrecompensas.

Spencer apartó lentamente su silla de la mesa y se levantó. Sin decir palabra, se alejó con Chris.

«Madre mía». Podría haberse formado hielo allí donde pisaba. Dejaba detrás de sí tanta tensión que el aire chisporroteaba. «Esto sí que es violento».

De pronto Arizona se sintió culpable y sintió el impulso de ir tras él. Pero ¿qué le diría si lo hacía? «¿Siento que no quieras estar conmigo a largo plazo?». Soltó un bufido y ni siquiera le importó que los demás la miraran extrañados. No sabía nada acerca de las relaciones de pareja, qué era lo que estaba bien y qué no se podía hacer.

Además, tenía muy pocas alternativas. Teniendo en cuenta que al día siguiente iba a encontrarse con Quin, ¿qué podía decir que cambiara las cosas, de todos modos?

Dare se apartó de la mesa del patio.

—Yo estoy dispuesto.

Arizona lo miró sin comprender, y tuvo que mirarlo otra vez al ver su expresión. Molly sonrió, llena de placer, y aquello la confundió más aún.

—¿Dispuesto para qué?

—Cuerpo a cuerpo —Dare la llamó con la mano—. Vamos. A ver qué sabes hacer.

Trace se recostó en su asiento con una sonrisa.

—Tengo que reconocer que siento curiosidad.

Jackson gruñó. Arizona no podía creer que hubiera tenido tanta suerte. ¿Dare Macintosh quería pelear con ella? Imposible.

—¿Te refieres a...? —movió la mano entre los dos—. ¿Tú y yo? ¿En serio?

Asintió enérgicamente con la cabeza.

—Vamos a pelear.

A pesar de las circunstancias, Arizona sintió una oleada de euforia. Pero no se fiaba de su ofrecimiento. Entornó los ojos y preguntó:

—¿Por qué?

—¿Por qué no?

Trace se puso del lado de Dare.

—Teniendo en cuenta la situación, tienes que saber luchar, Arizona.

Ella no respondió que ya sabía luchar.

—¿Qué situación?

—Que trabajas con nosotros —contestó él—. Con Jackson.

Y Dare añadió:

—Y estás metiendo la naricita en asuntos que no te incumben.

Eso sí que no podía dejarlo pasar.

—¿Quién dice que no me incumben? —tenía tanto derecho como ellos a perseguir a los traficantes de personas, quizá más.

Jackson abrió la boca, pero Dare se le adelantó diciendo:

—¿Luchamos o no?

A ella se le aceleró el corazón.

—Ya lo creo que sí —se levantó y avanzó hacia él.

—¿Te importa que miren?

—En casi todas las peleas de bar hay público —se encogió de hombros—. Y nunca me ha molestado.

—Dios mío —dijo Priss—. ¿De verdad has luchado en bares?

—Siempre llevo mi navaja encima —explicó Arizona—. Así nivelo las cosas.

Los hombres no dijeron nada, pero las mujeres no pudieron ocultar su incredulidad... y posiblemente también su censura. Aunque a ella le importaba un bledo.

Más o menos.

No, al diablo con eso. Sacudió los brazos y se plantó delante de Dare.

—Ahora que sé que te gustan los cuchillos... —Dare agarró un palo grueso, del grosor aproximado de su dedo índice. Lo partió hasta que tuvo unos veinticinco centímetros de largo—. Fingiremos que esta es tu hoja favorita —le dio la vuelta y luego se lo tendió.

¿Un palo? De acuerdo, le seguiría la corriente. Tras pasárselo de mano en mano, Arizona lo empuñó y asintió con la cabeza.

—Intenta no sacarme un ojo, ¿de acuerdo?

Ella sonrió satisfecha.

—Descuida —dijo—. No voy a hacerte daño.

Dare no picó el anzuelo, pero Arizona sabía ya que tenía un temperamento frío y controlado.

El jardín no era plano, sino que descendía suavemente hacia el lago. No había problema: las peleas de verdad rara vez tenían lugar en circunstancias ideales. Tendría que adaptarse al terreno.

Sentía el sol en la coronilla y en los hombros desnudos, pero no la deslumbraba. Sintió la mirada absorta de los demás, y procuró olvidarse de ellos. Respiró hondo para calmarse y apoyó bien los pies en el suelo.

—Estoy lista si tú lo estás.

Seguramente confiando en sorprenderla, Dare se lanzó hacia ella de cabeza. Arizona reaccionó automáticamente y soltó el palo con la misma mortífera precisión con que manejaba la navaja. Golpeó con fuerza el pecho de Dare como una flecha, justo en el lado del corazón.

Perplejo, se frenó en seco.

Arizona susurró, ufana:

—Te tengo —tal vez así Dare se lo tomara en serio.

Trace soltó una carcajada.

—No está mal, Arizona —se echó hacia delante—. Pero si no fuera un golpe mortal, y rara vez lo es, al menos en el acto y menos aún tratándose de un tipo como Dare, entonces estarías en apuros, porque habrías perdido tu arma.

Ah, vaya. Sí, tal vez.

Trace asintió con la cabeza.

—Inténtalo otra vez.

Con expresión enigmática, Dare le pasó el arma improvisada y volvió a adoptar su posición.

—¿Lista?

Ella separó los pies y movió los hombros para aflojar los músculos.

—Sí.

Esta vez, en cuanto él se movió, se lanzó hacia él, pasó por debajo de su brazo agachando la cabeza y usó el lado del palo para simular que le lanzaba un navajazo a la bragueta. Se quitó de su alcance rodando por el suelo. Quedó bastante contenta de su velocidad, hasta que, al levantarse, se encontró a Dare justo detrás de ella diciendo:

—Puede que me esté desangrando, pero ahora estoy realmente muy cabreado —la inmovilizó sin esfuerzo mediante una llave, agarrándola por el cuello—. Y así moriríamos juntos.

No le hizo daño, pero Arizona se sintió incapaz de desasirse.

—¿Qué harías ahora? —le preguntó él al oído.

—Normalmente —contestó ella mientras seguía sujetándola—, te daría un pisotón o un cabezazo. O simplemente me dejaría caer para que tuvieras que cambiar de postura. Pero ya me has quitado esas posibilidades.

—Cierto.

—Supongo que me limitaría a esperar una oportunidad —

giró la cabeza para sonreírle—. Al final, todo el mundo se descuida.

—Puede ser —Dare la soltó—. A no ser que te parta el cuello sin esperar más —alisó su pelo revuelto y le levantó la barbilla—. Y ese es el quid de la cuestión, Arizona. Nunca sabes lo entrenado que puede estar tu oponente. La mayoría de los idiotas de los bares no saben pelear. Pero no siempre. No es algo que puedas dar por sentado.

Sintiendo agitarse su sangre en las venas, Arizona sonrió.

—Está bien, entonces enséñame —sacudió sus miembros—. Soy toda oídos.

Trace volvió a reír.

—No sé si tu físico se ajusta del todo a esa descripción —comentó.

Durante los minutos siguientes, mientras Dare y ella ensayaban distintos movimientos, Arizona casi pudo olvidarse de su conflicto con Spencer.

Pero no del todo. ¿Dónde estaba? ¿Qué estaba haciendo? ¿Estaba tan enfadado que pensaba evitarla el resto del viaje?

Y un cuerno. No lo permitiría. Si quería discutir, muy bien, discutirían. Pero no dejaría que...

Gruñó cuando Dare la pilló desprevenida y la tumbó de espaldas de una zancadilla. Se levantó de un salto, se hizo a un lado y le asestó una patada en el trasero. Las mujeres comenzaron a vitorearla. Querían que ganara ella.

Abuchearon a Dare cuando otra vez la hizo caer, a pesar de que Arizona aterrizó blandamente sobre la hierba.

—Estás distraída —la regañó él—. Y eso puede costarte la vida.

Las mujeres volvieron a chillar, entusiasmadas, cuando ella rodeó rápidamente a Dare y le aprisionó la garganta con los brazos.

—No tan distraída —dijo mientras lo sujetaba.

Dare se rio.

—Eres rápida.

—¿Te rindes? —preguntó.

—Creo que no —Dare se la echó al hombro, le dio la vuelta y la lanzó al aire, haciéndola chillar de sorpresa.

Trace rugió de risa cuando Dare volvió a agarrarla. Las mujeres también se rieron, y Jackson se acercó a ella cuando estaba en el suelo.

—¿Has dicho algo de rendirte, Arizona?

Eufórica y jadeante, gritó:

—¡Eso nunca!

Sargie y Tai, las perras de Dare, también querían unirse al juego. Comenzaron a brincar a su alrededor, y Grim, el gato, soltó un bufido y se alejó corriendo, y hasta Liger, otro de los gatos, levantó la nariz y se apartó un poco.

Tumbada de espaldas, con briznas de hierba en el pelo y el sol en los ojos, Arizona apartó a los perros y se rio hasta que le dolieron los costados. Era tan divertido... No recordaba la última vez que había... jugado.

Tal vez nunca lo había hecho.

Dare sacudió la cabeza y le lanzó más hierba mientras Tai y Sargie intentaban subirse a su regazo.

—Reconozco que tienes cierta destreza, mocosa.

—Piénsalo —irguiéndose junto a ella, con las manos en las caderas, Jackson sonrió orgulloso—. Si vivieras cerca, podríamos entrenar juntos hasta que sepas pelear de verdad.

¡Ja! Arizona lo miró.

—Ya sé pelear.

—Sí, no lo haces mal del todo —su sonrisa se hizo más amplia—. Para ser una chica.

Arizona lo agarró del tobillo y de un tirón lo desequilibró, y Jackson acabó sentado de culo a su lado. Se quedó callado un momento, perplejo, mientras Trace y Dare se reían y las mujeres se burlaban de él. Entornó los ojos y la miró fijamente.

—Me las vas a pagar, tesoro.

¡Oh, oh! Arizona se levantó de un salto, pero no llegó muy lejos. Volvió a chillar cuando Jackson la tiró de nuevo al suelo, pero en lugar de forcejear con ella comenzó a... hacerle cosquillas.

Hasta ese momento, Arizona desconocía que tuviera tantas cosquillas. Se rio y luchó, pataleó y dio puñetazos, e hizo todo lo posible por escapar. Pero no era rival para Jackson.

Él la agarró por las muñecas y se las sujetó contra el suelo.

—Ríndete —insistió.

—¡No, nunca! —riendo, añadió—: De algún modo conseguiré vencerte. Voy a...

Jackson le sujetó las dos muñecas con una mano y se cernió a medias sobre ella, utilizando una pierna para inmovilizar las suyas. Arizona se dio cuenta demasiado tarde de lo precaria que era su posición.

Las risas se apagaron. Su corazón comenzó a latir con violencia y sus pulmones se encogieron. Pero por más que lo intentó, no logró desasirse.

Los gritos y las risas interrumpieron a Chris, que estaba intentando distraer a Spencer hablándole del nuevo programa. De todos modos, apenas había podido concentrarse. Para Spencer estaba claro que Arizona estaba pasando un mal rato en la fiesta de cumpleaños, así que había procurado no tomarse muy a pecho sus ásperos comentarios.

Pero, maldición, ¿hablaba en serio?

¿Dejarla en manos de otro hombre? Demonios, no, no quería hacer eso. Nunca. La idea de que estuviera con otro le abrasaba las entrañas.

—¿Alguien está desollando a los gatos? —Chris sonrió y se acercó a la puerta de atrás.

—Era Arizona —Spencer arrugó el ceño y lo siguió. Reconocería su voz en cualquier parte, pero ¿por qué chillaba así? Era impropio de ella—. Pasa algo.

—Seguramente solo están jugando.

Spencer apretó el paso. Había confiado en que, con el tiempo, Arizona se diera cuenta de lo mucho que la querían aquellas personas. Pero no esperaba que sucediera ese mismo día.

Se paró en seco al ver lo que ocurría.

Había estado dentro menos de veinte minutos y, sin saber cómo, durante su ausencia Arizona había acabado en el suelo con Dare y Jackson. La había oído reír, así que ¿por qué se sentía tan inquieto?

Chris, que seguía llevando un montón de papeles en la mano, sonrió al verlos retozar en el jardín.

—Nos estamos perdiendo la diversión.

Spencer no le devolvió la sonrisa. Cuanto más se acercaba, más crecía su tensión. Por fin, cuando Dare se levantó, Spencer vio que Jackson se había sentado a horcajadas sobre las caderas de Arizona. Ella tenía el pelo casi suelto, y con una mano Jackson le sujetaba las manos por encima de la cabeza mientras con la otra le hacía cosquillas en la tripa desnuda. Arizona forcejaba y se retorcía.

Entonces, Spencer vio su cara. Estaba pálida y crispada. Luchaba en silencio, intentando liberarse sin delatar su terror por hallarse debajo de un hombre.

Una emoción anómala, ardiente y explosiva embargó a Spencer.

—¡Apártate de ella de una puta vez!

—Caramba, muy sutil, tío —le dijo Chris—. Muy sutil.

Sin que le importara un bledo lo que pensaran los demás, Spencer llegó hasta ella en tres zancadas. Agarró a Jackson por el antebrazo, lo levantó de un tirón y lo apartó violentamente de Arizona. En un instante ella estuvo en pie. Respiraba ansiosamente y todavía temblaba, pero procuró ocultar su agitación. Apretaba uno de sus puños contra su tripa y mantenía el otro rígido junto a su costado.

A su lado, Spencer se maravilló de su fortaleza y su orgullo. Tuvo que refrenar el impulso de estrecharla entre sus brazos... y de aplastar a Jackson. Quería abrazarla, protegerla con su cuerpo.

Todos se hallaban ahora a su alrededor, atentos, con la mirada llena de súbita comprensión, de preocupación y de... lástima.

Joder.

Arizona lo detestaría. Preferiría sentirse aterrorizada que soportar la lástima de los demás. En cualquier momento, alguien le tendería los brazos. Y, por su aspecto, Arizona se derrumbaría si eso pasaba.

Como medida de distracción, Spencer se volvió hacia Jackson, avanzó hacia él y le preguntó con vehemencia:

—¿Es que te has vuelto loco?

Lentamente, con movimientos precisos, Jackson se irguió en toda su estatura. Su expresión se había ensombrecido, pero miró más allá de Spencer, hacia Arizona, y volvió a fijar la mirada en él. Spencer le sostuvo la mirada, intentando hacerle entender. Rezando por que lo entendiera.

Y lo entendió.

Aunque todavía nervioso, Jackson se dominó.

—Es buena —comentó en un tono casi cordial—. Si se enfrentara a un tío de tamaño medio, puede que ganara.

Spencer sintió una oleada de alivio. Respiró hondo y asintió con la cabeza. Para mantenerse en su papel, dijo:

—Si no se mete en líos, no tendrá que pelear con nadie.

—No hay ninguna garantía de que vaya a hacerlo.

—No, sabiendo defenderse tan bien —añadió Dare—. Le falta fuerza, pero lo compensa con velocidad.

—Y con atrevimiento —añadió Trace—. Si lo que acaba de demostrarnos sirve de ejemplo de lo que haría en una pelea de verdad, no es una luchadora precavida. Y eso es al mismo tiempo bueno y malo.

Arizona se echó el pelo hacia atrás... y dio un firme paso adelante.

—Eh, chicos, que estoy aquí —solo un leve temblor delataba su agitación.

—Lo que ha dicho Chris es verdad. Siempre va a estar cerca del peligro. Ella es así, todos lo sabemos.

—¿Qué ha dicho Chris? —preguntó Arizona, pero nadie le respondió.

En aquel momento, el respeto que sentía Spencer por aquellos hombres se duplicó. Eran implacables cuando era necesario, pero también buenos y generosos.

—Hay peligros y peligros —sin mirarla, Spencer agarró su mano y la atrajo hacia sí.

Y ella se lo permitió.

—Tú mismo lo has dicho: le falta fuerza física para enfrentarse a un psicópata.

—Eso es decisión mía, Spence —lo miró—. No tuya.

—En realidad es decisión de ellos —señaló a los otros con la cabeza... y rezó por que encontraran un modo de desengañarla sin hacerle daño.

Lo que acababa de ocurrir demostraba que no estaba preparada ni física ni emocionalmente para correr el riesgo de que volvieran a atraparla.

—Y a mí no me parecen tontos del todo —añadió.

—No te pases —dijo Jackson.

Trace lo apartó de un empujón y se dirigió a Dare:

—Ahora sería buen momento para preguntárselo.

Spencer pasó el pulgar por los nudillos de Arizona.

—¿Preguntarme qué?

—Si quieres unirte a nosotros.

Demostrando que no estaba enfadado en absoluto, Jackson le dio una fuerte palmada en la espalda.

—El sueldo es una pasada, tío. Y así podrás dar salida a tus instintos violentos —le guiñó un ojo—. Toda una ganga.

«Vaya», pensó Spencer. Aquello sí que no se lo esperaba. Miró a Arizona y la encontró sonriendo de oreja a oreja... con orgullo.

No parecía celosa, ni resentida.

Nunca dejaba de sorprenderlo, porque una y otra vez se elevaba por encima de lo esperado.

Increíble.

Más tarde pensaría en su asombrosa generosidad, pero de momento Arizona parecía haberse olvidado de sus miedos, y eso era lo más importante.

CAPÍTULO 21

Arizona se excusó y entró en la casa. Necesitaba estar sola unos minutos. En el cuarto de baño, se lavó la cara, se enderezó la coleta y se puso un poco de maquillaje en el moratón que tenía en la mandíbula.

Y se tomó tiempo para respirar.

Pero lo cierto era que la alegría que sentía por Spencer eclipsaba todo lo demás.

Querían que trabajara con ellos.

Estaba taaaan orgullosa de él... No se imaginaba un cumplido mayor, ni una prueba más evidente de la capacidad y el honor de Spencer. Confiaban en él, y eso significaba muchísimo.

Y, si trabajaba con ellos, tal vez pudiera convencerlo para que siguiera ayudándola. Sí, él quería que no pasaran mucho tiempo juntos, eso lo sabía. No había olvidado sus motivaciones, ni lo que le había dicho desde el principio.

Pero ahora tenía una buena excusa para intentar convencerlo.

Ahora tenía esperanza... y la esperanza era una cosa que daba miedo.

Cuando volvió a salir, oyó a las mujeres hablando en la cocina, riendo y charlando amigablemente. Por lo menos no estaban chismorreando sobre ella... aún. Pero sabía que, si se quedaba el tiempo suficiente, empezarían a hacerlo.

Compuso una sonrisa y entró en la cocina.

—¿Has traído bañador? —preguntó enseguida Priss—. Nos estamos preparando para bajar al lago.

—Sí, lo llevo debajo de la ropa —y, con un poco de suerte, no tendría que enseñarlo.

Pero ese no era su día de suerte.

—En cuanto los chicos dejen de hablar, nos vamos —le dijo Alani—. Creo que Chris quiere hacer esquí acuático, y a mí no me importaría refrescarme un poco con un baño.

Molly aclaró un vaso y lo puso en el lavavajillas.

—Enseguida estoy lista —salió de la cocina.

Priss se levantó.

—Tengo que ir a buscar la crema protectora. Trace se pone histérico si me quemo.

—Yo tengo —le dijo Alani.

—Id vosotras, yo os espero fuera.

—Lo que pasa es que quieres saber de qué están hablando ahí fuera —dijo Alani en son de broma, pero sin ánimo de ofenderla—. Anda, ve. Enseguida salimos nosotras.

Pero, cuando Arizona salió, el jardín estaba desierto. Arrugó el ceño y siguió el sonido de voces hasta el jardín lateral... y entonces oyó hablar a Dare y Spencer. Llena de curiosidad, se acercó con sigilo.

—No deberías resistirte —estaba diciendo Dare—. Te lo digo por experiencia: es imposible en cuanto conoces a la chica adecuada.

Aquello no parecía relacionado con el trabajo. Arizona fue a interrumpirles, pero entonces Spencer contestó:

—Por desgracia tuve que enterrar a la que era adecuada para mí, y no estoy buscándole sustituta.

Arizona se paró en seco. El corazón le dio un vuelco y el estómago se le encogió. No escuchó la respuesta de Dare. De pronto sintió un pitido en los oídos. Pero lo había sabido desde el principio. No era tonta. Sin embargo, oírselo decir así a Spencer... En fin, aquello dolía.

Quizá, a fin de cuentas, fuera una tonta. ¿Por qué, si no, había puesto en juego sus sentimientos? Spencer nunca le había dado falsas esperanzas. Había sido brutalmente sincero desde el principio.

Confiando en que los hombres no la oyeran, se alejó de allí y, angustiada, bajó la mitad de la colina antes de darse cuenta de lo que hacía. Se sentía aturdida y tenía el estómago revuelto.

Al día siguiente iba a traicionar la confianza de Spencer. Se escabulliría para encontrarse en secreto con Quin. Para un hombre como Spencer, algo así equivalía a una ruptura, aunque entre ellos no hubiera ningún compromiso sentimental. Pero... ¡Dios, cuánto deseaba que lo hubiera!

Quizá, dado que disfrutaba sexualmente con ella, pudiera convencerlo de que... ¿De qué? ¿De que siguieran acostándose juntos? ¿No lo había intentado ya Marla? ¿Por qué creía que ella iba a tener más éxito?

Porque ella no le haría exigencias. Sí, así de desesperada estaba. Nunca había deseado nada ni a nadie como deseaba a Spencer Lark. Merecía la pena luchar por él.

El problema era que no sabía cómo librar esa pelea. Desde luego, no podía convencerlo por la fuerza. Y ya sabía que a él le desagradaban las artimañas y detestaba la falta de sinceridad.

¿Qué herramientas le quedaban?

Podía decirle lo que quería, lo que necesitaba, sin pedirle nada a cambio. Solo sexo. Solo... su compañía, de vez en cuando. Tal vez de ese modo aceptaría que siguieran viéndose.

Fuera como fuese tenía que intentarlo, porque la alternativa, el no volver a verlo, era demasiado horrible para contemplarla siquiera.

Encontró a Chris tumbado tranquilamente en el embarcadero, tomando el sol. Se había dado un chapuzón en el lago y tenía los anchos hombros todavía mojados. Su pelo goteaba y un pequeño reguero de agua se deslizaba por la espalda bronceada, hasta su bañador empapado, que le colgaba muy bajo de las caderas. Tan bajo, de hecho, que Arizona vio una franja de piel más clara por debajo de su cintura.

—Deja de mirarme —con los ojos todavía cerrados, Chris añadió con languidez—: Empiezo a sentirme desnudo.

—Prácticamente lo estás —repuso ella, y se sentó a su lado. Pensó en meter los pies en el lago, pero se estremeció al asomarse por el borde del embarcadero y ver el agua turbia.

—Las zonas vitales están bien tapadas —Chris se removió un poco, guiñó un ojo para defenderse del centelleo del sol y volvió a acomodarse sobre el embarcadero.

Arizona nunca se había fijado mucho en él, pero Chris era muy atractivo. Medía cerca de un metro noventa, tenía el cabello negro, los ojos azules y era delgado pero musculoso. Por lo que sabía de él, pasaba casi tanto tiempo dentro del agua como fuera de ella.

Al oír saltar un pez, dejó de mirar su cuerpo y fijó los ojos en el lago.

—¿Alguna vez te bañas desnudo?

Sonrió, indolente.

—¿Tú qué crees?

—Apuesto a que sí.

—Ahora no tanto, porque está Molly —se tumbó boca arriba, se rascó el pecho, puso los brazos encima de la cabeza y estiró las piernas.

Arizona no pudo evitar fijarse en que el bañador le quedaba también un poco bajo por delante. Era extraño, pero su relación íntima con Spencer la hacía más consciente de los... atributos viriles de otros hombres.

Chris la sorprendió mirándolo, pero no dijo nada.

—¿Y tú? ¿Sientes el impulso de fundirte con la naturaleza?

—No —antes de pensar siquiera en meterse en el agua, necesitaba que Spencer estuviera con ella. Había prometido hacerlo, pasara lo que pasara.

—¿Dónde están los demás? ¿Los chicos siguen hablando de trabajo?

—Supongo —¿se uniría Spencer a los demás? Arizona no lo sabía—. Molly y Alani se están poniendo el bañador, y Priss iba a ponerse crema protectora.

—¿Y tú?

—Yo no me quemo fácilmente —y no tenía intención de meterse en el agua más que lo justo para demostrar que... ¿qué? ¿Que no era una cobarde?

—Yo tampoco —una libélula pasó volando a su lado, y Chris la estuvo observando hasta que se alejó. Cerró los ojos otra vez y casi pareció haberse quedado dormido.

—¿Puedes dormir con este calor?

—Cuando no me hablan, sí.

Entonces ¿lo estaba molestando? En fin, peor para él. Necesitaba consejo, y ¿quién mejor para dárselo que Chris? Si intentaba hablar con alguno de los demás, empezarían a sermonearla o le irían con el cuento a Spencer. No tenía ninguna duda. Era una especie de código entre machos que respetaban a rajatabla. Eran unos cabezotas.

Y en cuanto a sus mujeres... Eran muy amables, pero la verdad era que, cuando estaba con ellas, se sentía como un bicho raro. Aparte de ser mujer, no tenía nada en común con ellas.

Así que solo le quedaba Chris.

Él se rio a regañadientes.

—Vamos, Arizona, suéltalo de una vez —se hizo sombra con el brazo sobre los ojos y la miró con los párpados entornados—. Has venido por algo, ¿verdad?

Ella se encogió de hombros y preguntó:

—¿Dónde está Matt?

Chris le lanzó una larga mirada. Luego posó de nuevo el brazo sobre los ojos y volvió a acomodarse para descansar.

—Ni idea.

—¿No estaba invitado?

Se incorporó, irritado, y la miró fijamente.

—¿A qué se debe que en cuanto hay dos gays juntos en la misma habitación, dais por sentado que son pareja? Puedo tener amigos, ¿sabes?

Arizona lo miró parpadeando. Vaya. Menuda reacción.

—¿Siempre eres tan... suspicaz?

Él resopló, divertido.

—Normalmente, no —dijo, y añadió—: Pero mira quién fue a hablar de suspicacia.

Los hombros de Arizona se tensaron.

—¿Qué quieres decir con eso?

—Vamos, no pongas esa cara de sorpresa. Disimulas muy bien, pero no lo suficiente —se sentó con las piernas cruzadas y apoyó los brazos en las rodillas—. No te gusta nada que se te echen encima. Pues muy bien. Menuda cosa.

Arizona no supo qué responder a eso. Sería absurdo y cobarde negarlo. Levantó la barbilla.

—Estoy intentando superarlo.

—Sí, ya, pues practica con Spencer. De él sí te fías, ¿no?

La confianza no tenía nada que ver con ello. ¿Por qué se le había ocurrido hablar con Chris?

—Eres un listillo.

—Solo cuando tengo razón —sonrió, se inclinó hacia delante y le dio un empujón en el hombro—. Reconócelo.

Arizona se enderezó y lo miró con enfado. No pensaba reconocer nada. Todavía no, al menos. Si quería confesiones, que empezara él.

—Solo te preguntaba por Matt porque sé que Priss le tiene mucho cariño.

—Ah —se encogió de hombros—. Sí, bueno, es solo un amigo y esto era una reunión familiar, y si me pongo suspicaz con ese asunto es porque todo el mundo parece creer otra cosa.

—¿Que sois...?

—Sí.

—Pero ¿no lo...?

Chris puso los ojos en blanco.

—No, no somos pareja. Me gusta estar solo.

—Sí, lo entiendo.

—No sé por qué, pero lo dudo —de pronto se puso serio y solemne y ladeó la cabeza—. Bueno, ¿qué pasa con Spencer?

A la mierda. Necesitaba su consejo. Intentando dar con las palabras más adecuadas, dijo:

—Si un chico disfruta besándote y... esas cosas, ¿crees que puedes dar por sentado que quiere algo más?

Chris la miró pasmado.

—Claro que te desea —se tendió otra vez de espaldas y cruzó los brazos sobre la cabeza—. Eso ya lo sabes.

Como no la estaba mirando, Arizona se levantó, se quitó la camiseta y los pantalones cortos y volvió a sentarse a su lado.

—Me refiero a... algo más que sexo.

Al oír que Chris gruñía, le dio un empujón en el brazo.

—Vamos, Chris, deja de hacer esos ruiditos ridículos. No puedo hablar de esto con nadie más.

Bajó los brazos y se incorporó un poco, pero volvió a caer hacia atrás al verla.

—Santo cielo, chica. Menuda impresión —la miró de arriba abajo, sacudió la cabeza y bajó la voz—. No me extraña que los tíos se suban por las paredes.

Maldición, ahora era ella la que se sentía desnuda.

—¡Tú eres gay! —y el biquini que se había puesto era el más soso que había encontrado: oscuro, para que no se le transparentara nada, y bastante grande...

—Pero no soy ciego —frunció el ceño—. No te das cuenta de lo increíblemente sexy que eres, ¿verdad?

—¡Eso no me importa!

—Hoy estás muy chillona —la miró con ojo crítico—. Bueno, ¿cuál es el problema?

Arizona respiró hondo, pero siguió sintiéndose desanimada. No quería que aquella fuera su última noche con Spencer.

—Necesito saber qué puedo hacer para gustarle a Spencer.

—Ya le gustas —contestó Chris cansinamente.

No lo suficiente para tolerar que lo engañara, para soportar sus rarezas, para mantenerse a su lado más allá del tiempo que tardara en «ayudarla». Pero todo eso no podía decírselo a Chris.

Él la agarró de la barbilla y le levantó la cara.

—¿Por qué no ibas a gustarle?

Por multitud de razones, y ese era el problema. Que no creía que pudiera cambiar, al menos lo suficiente.

—No tienes por qué dorarme la píldora.
—¿Yo? —preguntó él teatralmente—. Soy siempre sincero —sonrió y le echó el pelo hacia atrás—. Y te digo que eres una persona muy agradable, no demasiado pesada y totalmente leal, además de estar buenísima. Créeme: a Spencer le gustas mucho.

Ella esquivó su mirada y arrancó una astilla de madera del embarcadero.

—¿Hay algo que pueda hacer para que... no solo le guste?
—No lo sé —contestó él con cautela, observándola—. ¿A qué te refieres exactamente?
—A que sea capaz de perdonarme... otras cosas —antes de que él pudiera preguntarle qué cosas, respiró hondo y añadió precipitadamente—: A gustarle tanto que, aunque esté muy, muy enfadado conmigo, siga queriendo que nos acostemos.
—Sí, bueno, eso es fácil. Les pasa a la mayoría de los tíos, no te preocupes. Los hombres dejan que muy pocas cosas se interpongan entre ellos y el placer físico.
—Maldita sea, Chris, yo quiero importarle.

Él dejó de bromear.

—Conque es eso, ¿eh?

Dios, temía que sí. Lo temía de verdad. No quería que Spencer le importara, pero al parecer no podía evitarlo.

Miró a Chris y asintió con un gesto.

La miró con tal expresión de lástima que se removió inquieta. Luego él miró colina arriba y, con una sonrisa satisfecha, dijo:

—Creo que lo que estás haciendo está funcionando bastante bien.

Spencer se fijó en la sonrisa de Chris y en la expresión de mala conciencia de Arizona, y sintió que le hervía la sangre. ¿Qué estaba tramando ahora? ¿Y de dónde demonios había sacado ese biquini?

Deseó más que nada en el mundo que volviera a ponerse los pantalones y la camiseta y llevársela a alguna parte, lejos de las miradas de los otros. No quería que nadie más la viera. Confiaba en Jackson, en Dare y Trace, claro. Si no, ni siquiera consideraría la posibilidad de trabajar con ellos. Y no habría permitido que se entrometieran en su relación con ella y le dieran su opinión sobre lo que tenía que hacer.

Querían que se comprometiera con Arizona.

Pero él sabía que ella se merecía algo mejor.

Sin embargo, sus argumentos respecto a la diferencia de edad y el pasado de Arizona le sonaban tan huecos como a Dare, Trace y Jackson. De hecho, Jackson se había marchado irritado, y Trace le había lanzado una mirada de pena antes de alejarse. Solo se había quedado Dare, que le había dicho lo que ya sabía: que era absurdo luchar contra lo que sentía.

Spencer lo había disuadido del único modo que sabía: sacando a relucir a su difunta esposa.

Pero, en cuanto lo había dicho, había sentido el impulso de ver a Arizona. Necesitaba abrazarla, hablar con ella... Aprovechar el tiempo que les quedaba.

Mierda.

A pesar de que sabía que era el mal humor lo que le impulsaba, se acercó al embarcadero con paso decidido y preguntó en tono suave pero amenazador:

—¿Interrumpo?

Riendo, Chris se levantó y se desperezó despreocupadamente.

—Vosotros, los chicos, tenéis una memoria muy selectiva en lo tocante a mi sexualidad cada vez que decidís comportaros como trogloditas —sacudió la cabeza—. Es de risa —dio media vuelta, se acercó al extremo del embarcadero y se lanzó de cabeza al agua.

Arizona prefirió mirar a Chris en lugar de mirar a Spencer. Él se acercó y, solo cuando su sombra cayó sobre ella, levantó por fin la cara para mirarlo.

Dios Todopoderoso, Arizona era la tentación personificada. El sol brillaba en sus ojos, tan azules como el cielo despejado, y realzaba el contraste entre sus pupilas y su piel morena. Mientras la miraba, ella se quitó la goma del pelo y la larga melena le cayó suelta sobre los hombros.

Parecía imposible, pero, cuanto más tiempo pasaba a su lado, más la deseaba. No podía mirarla sin excitarse. Pero era mucho más que eso.

—Los otros vendrán enseguida —se agachó delante de ella.

Arizona miró su pecho desnudo, sus abdominales, sus muslos.

—Necesito meterme en el agua, cielo —añadió él.

Ella se humedeció los labios.

—¿No quieres esperar un poco?

—Iba a esperar —miró sus pechos, que sobresalían por encima del biquini. ¿Podía una mujer estar más buena? Sacudió la cabeza—. Pero ahora que te he visto en biquini, las cosas han cambiado.

Ella acarició el vello de su pecho.

—Está bien —preocupada por el baño, no dijo nada acerca de su evidente interés—. Creo que estoy preparada.

Spencer sabía que lo estaba. Más que preparada, de hecho. Maldición, aquello no iba a ser fácil.

Procurando concentrarse en su cara y no en su cuerpo, dijo:

—¿Qué te parece si me meto yo primero y luego tú bajas por la escalerilla, a mi lado?

Ella levantó una mano para protegerse los ojos del sol.

—¿Vas a lanzarte de cabeza?

—Seguramente.

Arizona cuadró los hombros, orgullosa.

—Entonces yo también.

Tal vez, antes de aquel día, Spencer hubiera intentando disuadirla. Pero ya no. Cada vez la entendía mejor. La voluntad que la impulsaba era la misma que le había permitido sobrevivir. Su orgullo era importante para ella, así que también lo era para él.

Cuanto antes acabaran con aquello, mejor. Una vez estuviera en el agua, agarrada a él, seguramente se encontraría bien. Se daría cuenta de que no había nada que temer estando él a su lado.

Confiaría en él.

Sin decir una palabra más, asintió con un gesto, se levantó, se acercó al extremo del embarcadero y se lanzó de cabeza. Chris flotaba de espaldas, sin prestarles atención. Spencer miró a Arizona, que se había quedado al borde del embarcadero, y esperó.

El sol iluminaba su cuerpo desde atrás, realzando cada curva, mientras doblaba su camiseta y sus pantalones cortos y los dejaba en un banco. Como si se preparara para la batalla, se acercó al borde y se quedó allí parada con los pies separados, los brazos sueltos junto a los costados y el pelo cayéndole como una cascada alrededor de los hombros y los pechos.

El biquini negro que llevaba le quedaba como un guante, y atraía la mirada de Spencer como un imán. No le metió prisa, pero tampoco apartó los ojos de ella.

Cuando Arizona oyó charlar a los demás mientras bajaban por la cuesta, hacia el lago, apretó los labios, respiró hondo tres veces... y se lanzó limpiamente de cabeza al agua.

—Si la cagas, te mato.

Quin procuró refrenar su orgullo. Tenía que sobrevivir, y no dudaba ni por un instante de que lo que le había dicho era verdad. Había visto la maldad muchas veces.

Pero aquello era algo más.

—Dijo que iría mañana.

—Más le vale.

Consciente de que había hecho todo lo que podía, Quin se lamió los labios e intentó refrenar el temblor de su voz.

—¿Dónde está Joel?

—Olvídate de Joel. No lo necesitamos.

«Por favor, por favor, que no se haya ido para siempre».

—¿No va a volver?

—Puede que después, no sé —se puso a pasear de un lado a otro, y añadió como si se lo pensara mejor—: Deberías preocuparte por tu hermana.

Quin dio un respingo.

—Y me preocupo. Mucho.
El otro sonrió, y su sonrisa se convirtió en una carcajada que se desvaneció de repente. Agitó una mano.
—Está a salvo.
Parecía verdad. Quin rezó por que lo fuera. Pero no lo sabía. Las mentiras se mezclaban con la verdad de un momento para otro, y la locura eclipsaba a la cordura.
Le sonaron las tripas, sintió un calambre en el estómago y se llevó una mano al estómago.
—¡Tienes hambre! Claro que la tienes. Hace siglos que no te doy de comer —acarició la cabeza de Quin como si fuera una mascota—. Me hace tanta ilusión recuperar a Candy... Lo echó todo a perder, ¿sabes? Formaba parte de su plan. No es como las demás. Nos engañó a todos. Seguramente hasta a ti, ¿verdad?
Quin, que sabía que no debía llevarle la contraria, hizo un gesto afirmativo... y rezó por que le diera de comer. Necesitaba estar fuerte si quería soportar aquello.
Su supervivencia dependía de ello. El bienestar de su hermana dependía de ello.
En cuanto a Candy... En fin, con un poco de suerte sabría valerse sola, porque él no tenía nada más que ofrecer.

En cuanto la cabeza de Arizona asomó fuera del agua, Spencer la atrajo hacia sí. Sus cuerpos se tocaron por la cintura y él agitó las piernas para mantenerse a flote.
—¿Estás bien?
El agua afilaba las pestañas negras de Arizona y le había echado el pelo hacia atrás, destacando sus pómulos altos. Spencer vio miedo en sus ojos, y también la determinación de ignorarlo.
Asintió enérgicamente con la cabeza.
—Estoy bien.
—Eres preciosa. Y asombrosa —le dio un beso rápido y suave y sintió el frío de sus labios carnosos—. Y sexy —la besó otra vez, demorándose un poco más—. E increíble —un beso más, más largo, más profundo—. Y estás buenísima...

—Estás loco —se rio mientras movía los brazos, y sus pies chocaron con los de Spencer.

A Spencer, su risa le pareció el mejor regalo que le habían hecho nunca.

—¿De verdad estás bien?

—Te prometo que no va a darme un ataque de pánico y que no acabaremos ahogándonos los dos.

—Me alegro.

Jackson y Alani llegaron al embarcadero. Trace se lanzó al agua de cabeza, seguido por Priss. Molly se sentó en el borde y dejó colgando los pies. Dare lanzó al agua una colchoneta y saltó.

—Esto les parece divertido de verdad —susurró Arizona, y clavó los dedos en los hombros de Spencer.

—Vamos por aquí —sujetándole la cintura con una mano, avanzó hacia el otro lado del embarcadero. Seguían estando a la vista de los demás, pero allí no les salpicarían.

Alguien encendió una radio. A su alrededor, el aire se llenó de risas y voces.

En cuanto tocó el fondo con los pies, Spencer se detuvo. Le echó el pelo hacia atrás y pasó el pulgar por su pómulo.

—¿Te sientes bien?

Sorprendida, Arizona asintió de nuevo.

—No está tan mal.

—¿No?

—Contigo no —le pasó los brazos por los hombros y se apoyó en él—. ¿Los otros...? Ya sabes. ¿Te han hecho preguntas?

Spencer comprendió a qué se refería.

—Están preocupados por ti, nada más.

Ella tocó su pecho con la nariz y la frotó contra él.

—¿Qué les has dicho?

—Que eres la mujer más fuerte que conozco.

Dejó escapar una risa estrangulada. Después echó la cabeza hacia atrás y le sonrió.

—Ya sabes lo que quiero decir.

—Sí. Y es lo que les he dicho —sin pretenderlo, bajó la mano hasta su trasero—. No son tontos, cariño. Entienden mejor que la mayoría de la gente lo que te pasó y por qué algunas cosas te resultan difíciles.

—Supongo que sí —miró a Jackson, que acababa de lanzarse en bomba al agua, haciendo chillar a las mujeres y reír a Chris—. ¿Eso es lo que piensan? ¿Que es solo... difícil?

—Piensan que eres asombrosa, igual que yo —la besó en la sien—. Creo que les ha impresionado tu capacidad.

Se encogió de hombros.

—Comparada con ellos...

—Ese no es un criterio equitativo y lo sabes —se acercó al lateral del embarcadero, frente a la casa de baño. En aquel lugar los otros no podían verlos, pero tampoco había verdadera intimidad para lo que quería hacer, para lo que necesitaba—. Ellos están por encima de cualquier persona que yo conozca.

Arizona miró a su alrededor.

—¿Sabes en qué estoy pensando?

—Sé lo que estoy pensando yo —la besó suavemente en el cuello, en el hombro.

—Estoy pensando que me has ayudado a superar un montón de cosas.

Ojalá fuera cierto. Así, tal vez él no se sentiría tan atormentado como se sentía en ese momento. Tomó su cara entre las manos y, tras darle un beso ansioso, la estrechó entre sus brazos. ¡Dios, cómo habría deseado haberla ayudado cuando más lo necesitaba!

—Las batallas más duras las afrontaste sola... y eso dice mucho de ti, Arizona.

—Puede ser —acercó de nuevo la cara a su cuello—. Pero algunas cosas... es más difícil.

—Lo sé, y siento no haber estado allí para ayudarte —la abrazó con más fuerza—. Siento haberme ido hace un rato y haberte dejado sola.

—¿Cuándo Jackson se puso a jugar y tuve un ataque de pánico?

Spencer sintió su sonrisa sobre la piel.

—No es culpa tuya, Spence. Pero gracias por acudir en mi ayuda haciéndote el cavernícola.

No había razón para explicarle que no había sido todo fingido. Aunque sabía que era irracional, no le gustaba que otros hombres la tocaran.

—Podríamos intentar superarlo juntos, ¿sabes? —aspiró el olor de su piel calentada por el sol, sintió cómo se alineaban sus cuerpos y se concentró en no reaccionar físicamente—. Quiero decir, poniéndome yo encima.

Durante un segundo o dos, ella pareció increíblemente triste. Después forzó una sonrisa.

—¿Intentas escaquearte para que no lleve yo las riendas, como habíamos previsto?

Ay, demonios. El agua no estaba lo bastante fría para mantener a raya su erección. Miró su boca, se inclinó y... un agua helada regó su cabeza.

Miró hacia atrás.

A pocos metros de allí, Chris les sonrió.

—Refrenaos, chicos. Esto es una zona pública.

Spencer sofocó un gruñido. Más allá de Chris, estaba Jackson. Y Alani se había unido a ellos, flotando en una barca.

Dare estaba subiendo por la escalerilla del embarcadero, donde lo esperaba Molly.

—Vamos a ir a dar una vuelta —anunció Priss desde la barca—. ¿Os venís?

Spencer quiso negarse, pero Arizona le susurró:

—Por fin podemos salir del agua.

No tuvo más remedio que asentir.

—Claro, ¿por qué no? —mientras se acercaba nadando al muro de contención de piedra, le susurró a Arizona—: Pero solo si te envuelves en una toalla o algo así.

—Las demás van en bañador —señaló ella.

Spencer miró a su alrededor. Era cierto, y aunque eran muy distintas entre sí, todas eran atractivas. Pero no eran Arizona. Podrían haber estado en cueros, que no se habría sentido tan atraído por ellas como por Arizona.

—No sé por qué, pero me da igual —agarró una toalla y la envolvió en ella.

Chris le lanzó una sonrisa burlona, pero Jackson le hizo un saludo militar mientras hacía lo mismo con Alani.

Dare y Trace les ignoraron y ayudaron a sus mujeres a subir a la barca.

Pronto, pensó Spencer. Pronto volverían a su casa, y entonces le mostraría lo distinta que era. Y después... Después, no sabía.

Con suerte, aún tendría tiempo de averiguarlo.

CAPÍTULO 22

Como era muy puntilloso, trabajó hasta tarde para asegurarse de que estuviera todo listo.

Las cortinas de las ventanas delanteras ocultaban el interior vacío. La listilla de Candy no se daría cuenta de que la tienda de empeño estaba abandonada hasta que fuera demasiado tarde. No sabría que iba a ser su cárcel temporal, el lugar donde tendría que acostumbrarse a su nueva situación.

Comprobó las correas que había fijado a una argolla atornillada al suelo de la trastienda. Plantando bien los dos pies en el suelo, tiró de ellas. Parecían seguras.

—Bien. Muy bien —ajustó el colchón. Ella podría reclinarse cómodamente hasta con las manos atadas—. Pon ropa limpia en el colchón.

Quin hizo lo que le ordenaba, remetiendo la suave sábana blanca alrededor del colchón plano.

—Y también una almohada y una manta. Todas las comodidades de un hogar —se rio—. Sé que le gusta el whisky. Pero ¿qué más?

Quin se encogió de hombros cansinamente.

—¿Agua? ¿Coca-Cola?

—Traeremos las dos cosas. Ponlas en una nevera, con hielo.

—De acuerdo.

—Ahora sal. Espera en el banco —se paseó por la habitación y miró por la ventana con cautela—. Es una chica muy lista. Muy lista.

—¿Crees que vendrá temprano?
—¿Para echar un vistazo? Claro que sí. La cuestión es cuándo —se volvió hacia Quin—. Pero tú harás bien tu papel, y no dirás nada que pueda alarmarla.
—Está bien.
—No hables con nadie más. Con nadie.
—No.
—Dios, contestas como un loro, me pones nervioso. Vamos, vete. Duerme fuera si quieres. No me importa. Pero espera allí hasta que llegue.
Quin miró hacia la puerta.
—¿Es peligroso?
Entornó los párpados.
—Más peligroso será si la cagas. ¿Entendido?
—Entendido —Quin salió arrastrando los pies, con los hombros caídos.
Sí, había sido un día muy largo, lleno de preparativos. Pero estaba demasiado nervioso para dormir. Los hombres que había contratado se presentarían a primera hora de la mañana, por si acaso ella daba problemas.
Por si acaso no entendía al principio la buena suerte que había tenido.
Después... sería suya. Y nada ni nadie importaría.

Era casi medianoche cuando llegaron a casa. Arizona había estado muy callada, como si hubiera pasado algo.
Pero ¿qué?
Después del chapuzón en el lago, parecía haberse divertido sinceramente, sobre todo durante la vuelta que habían dado en barca. Había vuelto la cara al viento, había cerrado los ojos y se había relajado.
Luego se había reído cuando Jackson se había montado en un flotador enganchado a la barca y había rebotado sobre las olas. Y Chris les había impresionado a los dos con su destreza de esquiador acuático. Más tarde habían hablado tranquilamente

alrededor de una hoguera mientras los insectos nocturnos zumbaban y de vez en cuando se oía el chapoteo de un pez en el agua. Un millón de estrellas llenaban el cielo, haciendo la noche mágica.

Arizona había insistido en hacer varias fotos con su cámara nueva. Antes de marcharse, había abrazado a los perros y a los gatos y a continuación también a los humanos.

Jackson, en particular, la había abrazado largo rato mientras le hablaba en voz baja, y a Spencer le habían dado ganas de tumbarlo de un puñetazo. Solo cuando Chris le había dado un empujón, riéndose, se había dado cuenta de cómo les estaba mirando. Después Arizona se había quedado muy callada, así que Spencer solo podía hacer conjeturas sobre lo que le había dicho Jackson durante aquella conversación en voz baja.

Había habido algo en su forma de despedirse que le había molestado. Su modo de decirles adiós le había parecido demasiado intenso, como si no pensara volver a verlos en mucho tiempo. Normalmente no era muy dada a los abrazos. Casi siempre evitaba las muestras de emoción como si la hicieran sentirse incómoda.

En el camino de vuelta, escucharon la radio, cansados por el sol y el aire fresco. A veces le había parecido que Arizona estaba dormida. Pero luego ella había suspirado, o bostezado, o se había desperezado, y había comprendido que solo estaba enfrascada en sus pensamientos.

—¿Cansada? —preguntó tras aparcar la camioneta.

—Relajada —le sonrió—. Me siento casi tan floja como después de hacer el amor contigo.

Spencer se quedó mudo de excitación.

—¿Te importa que deje mis regalos en tu camioneta por ahora? —preguntó ella.

Así que estaba cansada.

—Puedo llevarlos yo.

Ella negó con la cabeza.

—No importa —abrió la puerta con las sandalias en la mano y salió—. Es tarde. Podemos sacarlos mañana.

—De acuerdo —y aunque sus sospechas se intensificaron, Spencer no supo a qué se debían.

Mientras subían por el camino de entrada, ella miró varias veces hacia la casa de Marla y, cuando esta se asomó a la ventana, la saludó con la mano. No como si le dijera «te he pillado», sino como si de verdad la saludara.

Marla bajó la cortina sin responder, y Arizona suspiró.

—Está muy colgada de ti.

—No creo, pero, si lo está, ya se le pasará.

Marla no era una mujer capaz de pasar mucho tiempo languideciendo por un hombre, y no malgastaría su tiempo en una causa perdida.

Y él era una causa perdida. Todo por culpa de Arizona.

No la entendía. Aunque eso no era nada nuevo. No estaba seguro de ser capaz de entenderla, ni aunque se pasara el resto de su vida con ella.

Aquella idea le inquietó mientras abría la puerta y entraba. Encendió una luz. Arizona dejó los zapatos junto a la puerta, lo agarró de la mano y comenzó a avanzar de espaldas hacia el dormitorio.

—Bueno, Spence, ¿vas a mantenerme en suspenso?

Sabía muy bien a qué se refería, pero decidió tomarle un poco el pelo.

—¿Sobre qué?

—No me hagas que te lo saque a la fuerza —una vez en su habitación, se acercó a él y, poniéndose de puntillas, le rodeó el cuello con los brazos—. Porque preferiría dedicar mi tiempo a hacerle otras cosas a ese cuerpazo tuyo tan deseable.

Era tan sincera, tan franca en su deseo... Eso, al menos, era un logro de él. Y le gustaba. Le gustaba Arizona. Seguramente demasiado. ¿Tenía razón Dare? ¿Debía mirar las cosas desde otra perspectiva?

Arizona le mordió el labio inferior.

—Suéltalo de una vez. ¿Vas a unirte a los chicos o no?

La agarró por la cintura.

—Le he dicho a Trace que iba a pensármelo, y eso voy a hacer.

—Oh, vamos —se inclinó hacia él y le dio otro mordisquito, esta vez en el pecho—. Seguro que ya sabes si quieres o no.

—¿Y a ti por qué te interesa tanto? —le gustaba cuando se ponía juguetona—. ¿Por el dinero?

—Pfff. Qué tontería.

Pero Spencer hablaba a medias en serio. Con el salario de un cazarrecompensas tenía que llevar un estilo de vida frugal, ni mucho menos tan elitista como el de los otros. Sus casas eran como destinos vacacionales. Dare tenía más de una barca, cada una de las cuales costaba posiblemente el doble que la camioneta de Spencer cuando era nueva. Y Jackson ganaba tanto dinero que quería regalarle una casa a Arizona por su cumpleaños.

Podían retirarse los tres y vivir cómodamente el resto de sus vidas. Pero Spencer sabía que no iban a hacerlo. De hecho, querían ampliar su empresa... con él.

—¿No te gusta la seguridad económica?

—Claro, supongo que sí —se apartó de él a regañadientes y se sentó en el borde de la cama—. Pero por lo visto, si Jackson se sale con la suya, dentro de poco voy a ser dueña de una casa y esas cosas. ¿Qué más puedo necesitar?

Le pedía tan poco a la vida... ¿De veras no le importaba en absoluto? Con las manos en las caderas, Spencer bajó la cabeza.

—No sé.

—¿Te refieres a su oferta? —ella se quedó mirándolo—. ¿A lo que vas a hacer?

—Hay muchas cosas en las que pensar.

—Lo sé —pasó una mano por las mantas para no mirarlo—. Como, por ejemplo, si quieres o no tener que estar tan cerca de mí, ¿no?

Ah, demonios. ¿Qué podía decir? Desde luego, era un factor importante... pero como incentivo. Un incentivo peligroso.

Al ver que dudaba, ella continuó diciendo:

—Porque Jackson se empeña en tratarme como si fuera

su hermana pequeña, y los otros... parece que me han aceptado.
—Te han aceptado totalmente —necesitaba que lo entendiera y que lo creyera.
—Sí —lo miró—. Y las mujeres... Creo que las asusto un poco, y que me tienen lástima, pero son bastante agradables.
Spencer se sentó a su lado. El colchón se hundió y sus caderas se rozaron.
—Te equivocas. Están impresionadas contigo, me lo han dicho. Te admiran, igual que yo. Y sí, lamentan lo que te pasó, pero saben que no te ha impedido seguir adelante. En todo caso, te ha hecho más fuerte.
—Sí, ya —cruzó las manos entre las rodillas y movió los pies descalzos—. Tan fuerte que me da miedo un lago.
Spencer le hizo volver la cara.
—Tan fuerte que, con miedo o sin él, te has metido en el agua.
—Solo porque tú estabas conmigo.
Aquella confesión hecha en voz baja impresionó a Spencer. Susurró:
—Eres tan fuerte que me das miedo.
—¿Por qué?
De pronto sintió la necesidad de besarla. Le dio un beso suave, tierno, nada satisfactorio.
—Sé que no hay modo de frenarte, por más que quiera.
—Eres consciente de ello, ¿verdad? —dijo muy seria.
—También soy consciente de que no eres una mujer capaz de mantenerse al margen, y hago lo que puedo por aceptarlo.
Ella tocó su pecho, con la respiración un poco agitada.
—No es mi intención ponerte las cosas difíciles.
—Lo sé —se tumbó de espaldas en la cama—. ¿Por qué no dejamos en suspenso esta conversación durante un rato?
Sus preciosos ojos azules brillaron, risueños.
—¿Se te ocurre otra cosa mejor?
—Desde luego que sí —puso los brazos detrás de la cabeza

y se acomodó—. ¿Quieres probar a llevar tú las riendas? Pues estoy más que dispuesto. Ya estoy cachondo con solo pensarlo.
—¿Sí? Bueno, entonces, de acuerdo.
Se subió encima de él y Spencer aspiró el olor de su piel y su pelo. Con la nariz cerca de su cuello, dijo:
—¡Qué bien hueles!
—Seguramente debería ducharme.
—No —habían pasado todo el día al sol, dentro y fuera del lago, y el viento les había quemado durante su paseo en barca—. Hueles a tierra, y a sexo, y eso me excita.
Se frotó contra él.
—A mí también me encanta cómo hueles tú. Hueles tan bien que podría comerte —acompañó sus palabras con una serie de besos con la boca abierta por su garganta y su pecho. Se sentó sobre sus muslos y dijo—: Quítate la camiseta.
—De acuerdo —inclinándose todo lo que pudo, agarró la camiseta y se la sacó por la cabeza.
—Ya está —susurró ella, y desplegó las manos sobre su torso, acariciando sus abdominales, bajando por sus caderas... hasta su erección.
Spencer contuvo un gruñido.
Arizona se apartó de él y ordenó:
—Levanta las caderas. Quiero quitarte también los pantalones —lo miró con ojos brillantes—. Quiero poder tocarte.
Él hinchó el pecho, cerró los puños y levantó las caderas. Que Arizona lo desnudara era un placer único. Ella se dio prisa, ansiosa por verlo desnudo, y en cuanto le quitó los pantalones se detuvo a mirarlo.
—¿Tú no quieres desnudarte?
—Claro, ¿por qué no? Pero recuerda que no puedes tocarme, ¿de acuerdo?
Mientras la veía quitarse la ropa, Spencer susurró:
—Lo que tú digas, nena.
Ella se quedó quieta y sonrió.
—Me gusta cómo suena eso —tras tirar su ropa al suelo, preguntó—: ¿Dónde guardas los preservativos?

—En la mesilla de noche —estaba tan excitado que le costaba hablar—. Pero no los necesitamos aún.

—No quiero tener que buscarlos a toda prisa —sacó la caja y se volvió hacia él—. Separa un poco las piernas.

Maldición. Se lo había tomado en serio. Spencer separó las piernas y enseguida sintió sus manos deslizándose por sus corvas y por la cara interior de sus muslos.

—Eres tan fuerte... —se sentó entre sus piernas y se inclinó hacia delante para explorar su pecho, sus costillas, sus abdominales—. Pero nunca me harías daño.

—Nunca —afirmó él.

—Lo sé. Lo sé de verdad —su largo pelo le hizo cosquillas en la piel cuando le besó la garganta y los hombros—. Creo que por eso puedo estar contigo. Confío en Jackson, y aun así hoy me asusté.

Dios, cuánto deseaba abrazarla.

—Lo siento...

—Shh —lamió uno de sus pezones y dio un suave mordisco—. Creo que, si hubieras sido tú, no habría pasado nada. Por la razón que sea, pero eres especial.

Él no supo qué decir. ¿Era lo bastante especial para ayudarla a superar su horrible pasado? ¿Para que pudiera disfrutar de una vida normal con él? ¿O solo era especial en la cama? ¿Quería ella experimentar?

—Recuerda lo que te dije: lo que tú quieras.

—Ahora mismo, solo quiero saciarme de ti.

¿Y podía hacerlo en una sola noche? Porque él no podía. Lo sabía, lo aceptaba, pero ignoraba qué hacer al respecto.

Arizona estuvo besándolo al menos diez minutos, y el contacto de su boca, de sus dientes pequeños y agudos, de su lengüecita caliente, compitió con el atractivo irresistible de verla así. La sedosa cascada de su pelo oscuro se mecía constantemente sobre su cuerpo. Sus pezones erectos rozaban su piel cada vez que se inclinaba sobre él.

Cuando concentró toda su atención en su verga, Spencer comprendió que estaba perdido. Ella rodeó su miembro con las manos y él gruñó. Mientras lo acariciaba, Arizona lo observó, y él levantó las caderas de la cama. Ella esbozó una sonrisa satisfecha y maliciosa.

—Estás a punto, ¿verdad?

—Sí —le costaba respirar... y rezaba por que acercara la boca a su verga. La observó entre una roja neblina de pasión y esperó.

Ella agarró sus testículos con una mano, sostuvo su verga con la otra y se inclinó sobre sus piernas. Frotando su tersa mejilla contra su miembro, preguntó:

—¿Estoy siendo sugerente?

—Estás siendo diabólica —se estremeció cuando le lamió el miembro desde la base hasta el glande—. Arizona...

Abrió la boca e introdujo su verga en el ardor de su boca.

—Dios mío, nena... —Spencer sintió la caricia de su lengua, la firmeza con que lo sujetaba su mano, y comprendió que no aguantaría mucho—. Perdona, Arizona —se retiró, retorciéndose.

Ella lo miró con los ojos empañados por el placer.

—¿No te ha gustado?

—Me ha gustado una barbaridad.

—Ah —jadeando, miró su verga, que todavía sujetaba con fuerza—. Umm —lo besó otra vez, y él se puso tenso de la cabeza a los pies.

—No voy a aguantar. Si no paras ya, se acabó, y no es lo que queremos.

—Tú no sabes lo que yo quiero.

Él levantó despacio una mano y, al ver que ella no protestaba, tocó su mejilla.

—Estás jadeando. Tienes la cara colorada y los pezones duros. Si te metiera los dedos ahora mismo, estarías mojada y lista. Reconócelo.

Arizona tragó saliva y asintió.

—Sí.

—Me deseas. Y me encanta que me desees.

A ella le brillaron un poco los ojos, pero siguió callada.

—Eso significa que tenemos que acabar esto juntos.

Arizona miró de nuevo su polla.

—¿Contigo dentro de mí?

—Dios mío, sí.

—Está bien —pero lo atormentó un poco más diciendo—: Pero yo sigo al mando.

Spencer retiró la mano y puso el brazo detrás de la cabeza. Ella le puso el preservativo sin apresurarse.

—Eres impresionante en todos los sentidos.

—Soy un hombre normal y corriente —repuso él.

—Nada de eso.

—En este momento, un hombre increíblemente cachondo. Ella se rio. Él, no.

—Te necesito, Arizona. Ahora mismo. Se acabaron los juegos.

Lo miró a los ojos, con una mirada... profunda. Él lo sintió, aunque ella no lo sintiera.

—Quiero estar dentro de ti.

—Sí, de acuerdo —se sentó sobre él bruscamente.

—Necesitas que te toque.

—No —sacudió la cabeza mientras guiaba su verga—. Solo quiero verte.

Pero su polla era enorme, y en aquella postura le llegaba tan adentro...

—Toda entera, cariño.

Ella se mordió el labio inferior y bajó sobre él. Se levantó otra vez y bajó más aún.

—Siéntate, Arizona —con las manos unidas detrás de la cabeza y los hombros, el pecho y los abdominales crispados por la tensión, Spencer la observó, vio cómo se acaloraba y, a pesar de que no pretendía hacerlo, tomó el control—. Apoya las manos sobre mi pecho.

Ella obedeció, con los brazos tensos y rígidos.

—Eso es —su voz sonó rasposa—. Ahora relájate. Más, cariño. Sí, déjame entrar hasta el fondo.

Completamente sentada sobre él, apretó un poco más hacia abajo hasta que Spencer no pudo evitar soltar un áspero gemido.

—De acuerdo, ya está —jadeó ella—. Me matas.

Intentando refrenar el impulso de hundirse más en ella, Spencer preguntó roncamente:

—¿Qué?

—Me mata oírte así, tan excitado.

—Dios, Arizona, ¿cómo no voy a estar excitado? —miró su cuerpo, su cara—. ¿Sabes lo que me haces sentir? ¿Lo que me gusta verte así, estar contigo así?

—Sí, de acuerdo —estiró los brazos—. Puedes tomar el control. Y tocarme todo lo que quieras...

Antes de que acabara de hablar, la atrajo hacia sí, la rodeó con los brazos y comenzó a tocarla con las manos y con la boca, sujetándola mientras se hundía en ella febrilmente.

Arizona le clavó las uñas en los hombros y gritó. En cuanto la sintió correrse, Spencer quiso unirse a ella, pero se refrenó.

No fue fácil.

Asiendo sus nalgas, la ayudó a mantener el ritmo para que sintiera cada oleada de placer.

Muy pronto, pensó, le llegaría su turno. Pero esta vez sería distinto.

Y sería importante.

Envuelta en una bruma soñolienta, con el corazón todavía acelerado, sintiéndose floja y esponjada, Arizona sonrió.

—Esto es cada vez mejor.

Spencer acarició su pelo lánguidamente y luego, muy despacio, le dio la vuelta para colocarse sobre ella. Penetrándola todavía, se apoyó sobre los codos y se sostuvo en vilo sobre ella para no apoyar su peso sobre su cuerpo. La miró y acarició suavemente su mejilla.

Era curioso, pero, por el simple hecho de que se trataba de Spencer, Arizona se dio cuenta de que no sentía ningún miedo.

Él le besó la frente, el puente de la nariz, los labios.

—¿Estás bien?

Ella sintió el temblor de su cuerpo grande y fornido y asintió.

—Quiero ver cómo te corres.

Spencer apoyó la frente en la de ella y se retiró lentamente para volver a hundirse en su cuerpo. Arizona sintió sus jadeos junto a los labios, sintió el calor que emanaba de él. En cierto modo se sentía más segura teniéndolo encima así, cubriéndola con su fuerza y su tamaño. Le producía la sensación de estar... protegida, en vez de sentirse dominada.

Sin pensarlo siquiera, lo rodeó con una pierna. Él empujó un poco más fuerte, un poco más rápido.

Increíble. Ella lo rodeó también con la otra pierna y se tensó.

—Arizona —susurró Spencer, y la besó con ansia, apasionadamente. Dos embestidas después, echó la cabeza hacia atrás y gruñó al alcanzar el orgasmo.

Fue asombroso. Ella sonrió al bajar las piernas, sonrió al ver que incluso en ese instante, después de correrse, Spencer tuvo la precaución de seguir manteniéndose en vilo sobre ella.

Protegiéndola. Siempre pensando en ella.

Cuidando de ella.

De pronto se sintió embargada por la emoción.

Spencer respiró hondo varias veces, besó su cuello, su boca otra vez, y la miró.

—¿Estás bien?

Ella asintió, con los ojos cerrados.

Spencer le apartó el pelo de la cara y pasó el pulgar por sus cejas.

—Quiero que me mires, cariño. Necesito ver que estás bien.

Pero ella no podía hacerlo.

Las lágrimas le ardían en los ojos, y no quería que él las atribuyera a otra razón.

—¿Arizona? Mírame, cariño —repitió con dulzura.

Ella lo rodeó con los brazos fuertemente y lo apretó contra sí.

—Antes de conocerte, nunca lloraba.

Él no le pidió que no llorara. No dijo nada en absoluto. Se limitó a abrazarla al tumbarse a su lado, apretándola contra su cuerpo y envolviéndola con su calor, su fuerza, su afecto.

Y, para mortificación de Arizona, sus emociones se desbordaron. Oyó el primer sollozo y deseó morir. Pero luego llegó el segundo, y después más, hasta que mojó el pecho de Spencer y comenzó a temblar, sacudida por el llanto.

Spencer se incorporó y, estrechándola en sus brazos, apoyó la espalda contra el cabecero de la cama. Apagó la lámpara de la mesilla de noche, dejando solo la luz que llegaba del pasillo. Subió la sábana para taparse y la acunó suavemente mientras acariciaba su pelo.

Después besó su frente, su oreja, la coronilla de su cabeza, su espalda, su cadera, y siguió abrazándola.

—Dios mío, esto es una mierda —se quejó ella entre sollozos.

—Conmigo no —dijo él en voz baja—. Yo soy especial, ¿recuerdas?

Arizona se rio y escondió la cara contra su cuello para llorar un poco más. Sí, tenía razón, él era especial. Tan especial que aquella situación la estaba matando.

Por fin, después de lo que le pareció una eternidad, su respiración se aquietó y aquella turbulenta oleada de emoción remitió. Spencer cambió de postura, alargó un brazo y agarró una caja de pañuelos de papel. Se la ofreció en silencio.

Después de limpiarse la cara, Arizona se sintió tan tonta que no supo qué decir.

—Me disculparía...

—Pero no es necesario —la estrechó contra sí—. Conmigo no. Nunca.

—Eso me parecía —se acurrucó contra él y suspiró—. Supongo que estarás cansado.

—No.

—Yo tampoco —sintió el roce del vello de su pecho y el latido fuerte y tranquilizador de su corazón—. ¿O lo dices solo porque no quieres interrumpir mi ataque de llanto?
—No —la miró—. Y además ya no estás llorando.
—Ha sido repulsivo, ¿verdad?
—No, nada de eso —la apretó—. Y no digas esas cosas. Me jode.
—Has dicho un taco.
Spencer se encogió de hombros y respondió:
—Y tú has llorado. Así que los dos somos humanos.
¿Era así como veía su estallido de emoción? ¿Como una prueba de que era humana?
—Pues yo me siento tonta.
—No, por favor.
Lo miró con el ceño fruncido. La brevedad de sus respuestas empezaba a molestarla.
—No tienes muchas ganas de hablar, ¿no?
—Estoy disfrutando de abrazarte, eso es todo.
Sería una broma, ¿no? ¿De veras era eso lo que sentía? ¿No se sentía asqueado, ni incómodo?
—No sé qué estás pensando, Arizona, pero te equivocas —le levantó la cara y la besó en los labios—. Me alegro de ser yo quien esté aquí contigo y no otro. Y me siento orgulloso de que confíes en mí hasta ese punto.
Sí, tal vez fuera una cuestión de confianza. Pero también tenía que ver con el hecho de saber que tal vez esa noche fuera la última que pasarían juntos.
—Entonces —pasó un dedo por su garganta—, ¿te apetece una ducha?
—Claro.
—Y luego quizás... —se aclaró la voz—. Esto es muy violento. Me refiero a después de haberme puesto a llorar y todo eso...
Él la besó en la frente, sonriendo.
—¿Me deseas otra vez, nena?
Los hombres intuitivos eran tan sexys...

—Sí, exacto.

Él se levantó de la cama sosteniéndola en brazos sin ningún esfuerzo.

—Voy a necesitar una hora, más o menos. Pero supongo que es el tiempo que tardaré en besarte por todo el cuerpo, así que deberíamos empezar ya.

¿Y él la llamaba «diabólica»?

CAPÍTULO 23

En cuanto se despertó, incluso antes de abrir los párpados, Spencer comprendió que Arizona se había ido. Esa certeza lo golpeó como un tsunami de agua helada.

La cama, la casa, el aire mismo parecían vacíos.

La vitalidad de Arizona, la energía que la envolvía incluso cuando dormía... todo eso había desaparecido. Y aquel vacío hizo que él también se sintiera hueco por dentro.

Se sentó y miró la hora. Solo eran las nueve. Habían estado despiertos hasta muy tarde haciendo el amor, y se había quedado dormido abrazado a ella.

Arizona todavía tenía los ojos hinchados de llorar. Y la nariz todavía sonrosada.

Maldición, habían quedado los dos exhaustos, y ella se habría aprovechado de su cansancio para escabullirse. De hecho... ¿habría sido ese su plan desde el principio? ¿Hacer el amor durante horas para dejarlo agotado?

¿O tal vez para saciarse de él antes de dejarlo?

—Dios mío —su marcha solo podía significar una cosa: problemas. Agarró su teléfono móvil, que había dejado en la mesilla, y marcó su número, pero ella no contestó. Probó con su otro número. Tampoco obtuvo respuesta.

Apartó la sábana y se levantó con la mente girando como un torbellino mientras intentaba decidir qué hacer primero. ¿Inspeccionar la casa en busca de pistas? ¿Llamar a Jackson? ¿Esperarla?

Se puso los vaqueros y volvió a maldecir, consciente del miedo que empezaba a apoderarse de él. Tal vez Jackson pudiera rastrear su móvil si lo llevaba encima. O quizá supiera dónde estaba.

Pero ¿y si no?

Llamaron a la puerta, y entró precipitadamente en el cuarto de estar. Abrió la puerta de golpe y se encontró cara a cara con Marla.

—Marla —dijo con impaciencia. Se pasó una mano por el pelo y comenzó a volverse—. Ahora no tengo tiempo...

—Es Arizona.

Volvió a mirarla.

—Cuéntame.

—Lo siento, Spencer, no lo sabía, pero ayer me preguntó si iba a estar aquí esta mañana. Me dijo que quizá tuviera que irse... que largarse, creo que dijo... antes de lo que esperaba. Y me preguntó si de veras me importabas, si era de fiar...

—¿Dónde está?

Marla dio un respingo.

Maldición. Extendió las manos para tranquilizarla.

—Perdona —le costó un enorme esfuerzo, pero consiguió modular su tono de voz y la hizo pasar—. Se ha ido, y eso no es bueno. Tiene tendencia a meterse en situaciones peligrosas. Cuanto antes salga a buscarla, mejor, así que si sabes algo...

—Por eso he venido. Arizona me dijo que seguramente estaría de vuelta a la hora de la comida, pero... —Marla le dio una nota—. Me dio esto para ti. Dijo que, si no volvía, te lo diera a mediodía, pero yo... reconozco que lo he abierto.

Spencer le quitó la nota de la mano y la desdobló. La letra de Arizona era grande y atropellada, pero perfectamente espaciada, clara y legible.

Marla lo asió de la muñeca.

—No quería que te enseñara la nota aún, pero, después de leerla, aunque no lo entiendo del todo, he pensado que no debía esperar.

Él estuvo a punto de arrugar la nota. La rabia se apoderó de él. Cuando la encontrara, y la encontraría, iba a...

—Gracias. Has hecho lo correcto.

Marla lo detuvo cuando de nuevo hizo ademán de alejarse.

—Spencer...
—¿Qué?
—Tú y yo... Lo nuestro no tenía futuro, ¿verdad?
Él negó con la cabeza.
—Lo siento, pero no.
Ella lo aceptó.
—Arizona me lo dijo —respiró hondo—. ¿Estás enamorado de ella?
«Dios». Respiró hondo.
—Sí.
—Ella no lo sabe.
—No —había sido un idiota. Pero quizá aún estuviera a tiempo de arreglar las cosas.
—Seguramente deberías decírselo —luego añadió en tono de reproche—: Las mujeres necesitamos saber estas cosas.
Y Arizona necesitaba saberlo aún más que la mayoría.
—He sido un imbécil —tenía que llamar a Jackson y ponerse en marcha.
Marla asintió.
—¿Puedo hacer algo?
Él comenzó a negar con la cabeza, pero luego se lo pensó mejor y dijo:
—Llámame si viene por aquí.
—De acuerdo —compuso una sonrisa—. Espero que todo salga bien, Spencer. Lo digo de corazón.
—Gracias —Marla era de veras buena persona. Arizona se había dado cuenta de ello. Claro que solía acertar juzgando a la gente.
¿Se habría dado cuenta también de que lo de esa mañana era una trampa? Esperaba que sí, pero haría todo lo posible por ayudarla, y se encargaría de que los otros también estuvieran allí.
Arizona ya no estaba sola.
De un modo u otro, conseguiría que lo entendiera.

El sol del amanecer, rojo como el fuego, hendía el cielo tiñendo las nubes de rosa y malva y reflejándose en el pavimento.

Iba a hacer un día húmedo y abrasador, típico de esa época del año. Pero Arizona no se quejaría. Le gustaba que hiciera calor, lo prefería al frío.

Llegó temprano al lugar de encuentro y condujo despacio por la calle, mirando a su alrededor, atenta a una posible emboscada. Localizó a Quin enseguida, sentado en un banco delante de la tienda de empeño Harry's Hocks. Aunque alguien quisiera hacerle pensar lo contrario, sabía que la tienda de empeño estaba cerrada desde hacía un tiempo. Así que, ¿por qué el cartel de la ventana afirmaba que abriría a mediodía?

Una posible trampa.

A la derecha del edificio había una tienda que abría las veinticuatro horas del día, con una reja de hierro en la ventana y una fachada de ladrillo llena de pintadas. A la izquierda había una floristería abandonada con el aparcamiento invadido por las malas hierbas y un letrero torcido y tan descolorido que ya apenas se veían las letras. A su lado había una gasolinera que había conocido mejores tiempos. Más allá, una tienda de recambios para coches, un estanco y un establecimiento de reembolso de cheques en efectivo. Todo los locales tenían un aspecto destartalado y poco recomendable.

A una hora tan temprana había poca gente por la calle y apenas pasaban coches. En los edificios de viviendas cercanos, muchas ventanas estaban cubiertas con cartones o tablones de contrachapado. Los porches apenas se sostenían en pie, y la basura se acumulaba en todos los rincones.

Quin estaba recostado en el banco de una parada de autobús, con la ropa sucia, el pelo grasiento y las piernas dobladas para apoyar la cara en las rodillas. Varios robles gigantescos cuyas raíces rompían la acera lo separaban de un aparcamiento vacío. Parecía haber dormido allí, buscando el cobijo de los árboles.

¿Había dormido a la intemperie esos últimos días, a pesar de las tormentas? ¿O había buscado allí refugio del sol y del calor del día?

Se las había arreglado de algún modo para escapar cuando la policía había cerrado el Ganso Verde. Tal vez tuviera algo que ocultar, algo que le hacía desconfiar de la ley incluso cuando intentaban rescatarlo.

O quizás alguien se había apoderado de él primero.

Arizona rodeó la manzana y aparcó lejos, casi a un kilómetro de allí, cerca de un supermercado. Tras cerrar bien el coche, regresó caminando adonde había visto a Quin. Esa mañana, en casa de Spencer, sin hacer ruido y a oscuras, se había puesto unos vaqueros desgastados, unas deportivas y una camiseta suelta y se había recogido el pelo en una coleta alta.

El sol le daba de lleno en la cabeza y el sudor le corría por la nuca y la espalda. Mientras caminaba, observó con asombro los árboles. A pesar de la degradación de aquella zona de la ciudad, eran muchos, grandes, sanos y hermosos. Seguramente en algún momento aquel barrio había sido muy bonito. Pero, al igual que le había ocurrido a ella, el tiempo y el maltrato lo habían cambiado para siempre y ya nunca sería el mismo.

Quin no la vio ni la oyó acercarse, lo cual la hizo dudar de que se hubiera implicado en aquello por propia voluntad. Cualquier matón la habría localizado desde varias manzanas de distancia, ya que no se había molestado en ocultarse. Para intentar entrar y salir a escondidas de aquel vecindario habría tenido que usar callejones y portales oscuros, y eso era más peligroso que ir por el medio de la calle.

Tras pasarse las manos por la cara, Quin se levantó y empezó a pasearse de un lado a otro. Con los brazos cruzados y los hombros hundidos, cojeando ligeramente, se acercó nervioso al borde de la acera y volvió atrás.

«¿Qué estás tramando, Quinto?».

Sus vaqueros ocultaban la pistola que llevaba en el tobillo. Pegada a los riñones, notaba la funda del cuchillo, que se le clavaba en la carne cada vez que daba un paso. No era el cuchillo que le había regalado Chris. No, no quería arriesgarse a perderlo. Lo apreciaba demasiado.

El cuchillo, junto con los demás regalos, lo había dejado en la camioneta de Spencer.

Cuando Spencer empezara a buscarla, en caso de que la buscara, ¿entendería el significado de aquello? ¿Lo vería como una señal de que quería volver? ¿Con él?

No, no se había llevado su cuchillo nuevo. Pero llevaba los bolsillos llenos con otras armas, algunas evidentes, otras no tanto.

En ese momento, su mejor arma era la rabia.

Cuando se acercó lo suficiente, compuso una sonrisa.

—Hola, Quin.

Él se giró tan bruscamente que estuvo a punto de caerse. Se quedó de piedra al verla allí. Mientras la miraba con los ojos como platos, algo horrible brilló en su cara, algo semejante a un miedo paralizador.

Arizona también se quedó quieta. Quin parecía... vapuleado. Entornó los párpados. Con voz suave pero amenazadora, preguntó:

—¿Qué te ha pasado, Quin?

Una brisa ardiente meció las enormes ramas de los árboles, y la luz moteada del sol danzó sobre la piel oscura del muchacho. Sacudió la cabeza sin responder.

—Llegas temprano.

¿Era un reproche? Los ojos de Quin parecían febriles, llenos de miedo. Consciente de que todo formaba parte de una trampa, Arizona se encogió de hombros.

—Soy un poco desconfiada.

Casi enfermo, él se llevó una mano temblorosa a la cara y cerró los ojos.

—Lo siento.

—¿Por qué? —se acercó al banco solitario sin dejar de vigilar. Todos los edificios cercanos ofrecían escondrijos. El peligro podía llegar de cualquier parte.

Pero, si no se enfrentaba al peligro, no podía combatirlo.

—No he tenido más remedio.

—Sí, ya me lo figuraba, ¿sabes? Sé distinguir a los buenos de los malos. Así que ¿qué te parece si nos largamos de aquí? Yo puedo ayudarte si me dejas.

Negó con la cabeza.

—No puedo.

—¿Por qué? —preguntó de nuevo.

—Yo... —tragó saliva, pareció debatirse interiormente y luego balbució con pesar—: Tengo una hermana. Una hermana pequeña. Es todo lo que tengo.

Ah, claro.

—Entonces alguien la está utilizando para obligarte a hacer esto, ¿eh? —la embargó la compasión, pero la rabia fue más fuerte. Ella no tenía una hermana. No tenía... a nadie. Bueno, tal vez a Jackson. Pero que Dios se apiadara de quien intentara servirse de él para hacerle daño—. ¿Cuántos años tienes, Quin?

—Dieciséis.

Ella se sentó en el banco.

—Estás trabajando para alguien.

Se puso pálido.

—Ya lo sabía. Lo que no sé es para quién. La redada en el bar de la que me hablaste... ¿Cómo conseguiste escapar? ¿Cómo escapó esa persona? ¿O es que no estaba allí?

Él negó con la cabeza.

—No he tenido más remedio.

—Sí, lo sé. Eso ya ha quedado claro, ¿de acuerdo? —se mantuvo alerta, atenta a cualquier señal de peligro—. No te estoy culpando, ¿sabes?

—Pero lo harás.

Cuánto miedo... Arizona lo entendía, porque ella también lo había sentido. ¿A quién pretendía engañar? Todavía lo sentía a veces.

Si no, no habría recurrido a Marla, no habría confiado en ella por si las cosas salían mal. Si aquello se torcía, y era posible que así fuera, entonces Marla se lo diría a Spencer, y él avisaría a Jackson y a los otros, y de un modo u otro la encontrarían.

Había dejado suficiente información para que dieran fácilmente con su rastro.

Y si entre tanto resultaba herida... Bien, al menos Quinto quedaría libre. Al menos, algún cerdo pagaría.

Si hubiera recurrido a Jackson y a los demás en primer lugar, no le habrían permitido involucrarse. Ya habían puesto el grito en el cielo cuando había ido al bar, así que reunirse con Quin en aquel vecindario... No, habrían desbaratado el plan para probar otra cosa y, aunque no dudaba de que al final habrían conseguido su propósito, ¿qué habría sido de Quin entre tanto?

—Anda, siéntate, Quin. Vamos a hablar, ¿de acuerdo?

Él sacudió la cabeza y dio un paso atrás.

Arizona aguzó sus sentidos.

—He llegado una hora temprano como mínimo, así que imagino que tenemos un poco de tiempo, ¿no?

Quin comenzó a respirar más aprisa.

—La verdad es... —bajó los ojos y meneó otra vez la cabeza—. No.

Arizona sintió un cambio en el ambiente.

Mierda.

Se levantó de un salto en el instante en que tres hombres se le acercaban desde tres ángulos distintos. ¡Tres! Por lo visto no querían arriesgarse a que se les escapara.

Sonrió cuando el primero se acercó y, cuando lo tuvo al alcance de la mano, le propinó una patada en los testículos. Él se dobló por la cintura. Al mismo tiempo, Arizona agachó la cabeza para esquivar un puñetazo de otro y, girando sobre sí misma, le dio una patada en la rodilla. Le hizo daño, pero no el suficiente.

Podía sacar el cuchillo, pero no se hacía ilusiones: sabía que no conseguiría escapar. Y si mostraba el cuchillo en ese momento, estaba segura de que se lo quitarían, y sin duda iba a necesitarlo más tarde.

Uno de los hombres la agarró por el cuello y le echó la cabeza hacia atrás mientras los otros la agarraban por las muñecas. Una mano enguantada le tapó la boca.

No entendió lo que pasaba hasta que aspiró un olor dulzón y comenzó a marearse.

«Cloroformo».

¡Dios, no! La ira le dio fuerzas. Intentó contener la respiración mientras redoblaba sus esfuerzos y daba pisotones y lanzaba patadas, pero cada vez se mareaba más. Logró dar un buen cabezazo y hundir el talón en la entrepierna de uno de sus atacantes. Alguien lanzó un juramento mientras otro se reía. A un lado, un hombre dijo:

—¡Agárrala por los pies, idiota!

¿Había un cuarto hombre? ¿Qué demonios...? ¿Habían mandado a un batallón a por ella?

Por desgracia, Quin se apresuró a obedecer y luchó por agarrarla de los pies. Arizona le dio una patada en la cara que lo lanzó hacia atrás. El pobre Quin cayó al suelo sangrando. Alguien se rio aún con más fuerza al ver aquella escena.

—Eres un inútil —dijo el hombre—. Un completo inútil —y entonces, de pronto, la golpearon en la sien.

Mientras se desvanecía, Arizona temió por Quin. Y también reconoció aquella voz.

Era la de Joel Pitts. Aquel bicho raro del bar. El dibujante amable y torpón.

Caramba.

De pronto todo tenía sentido.

Desde la azotea de un edificio abandonado, Spencer observó con ojos ardientes cómo arrastraban a Arizona al interior de la tienda de empeño. Cada uno de los hombres que se había atrevido a tocarla iba a pagarlo muy caro. Él se encargaría de que así fuera.

Se dominó a sí mismo con mano de hierro porque era lo necesario. Pero en cuanto la tuviera a salvo...

Jackson se acercó a él sin hacer ruido.

—¿Cuántos son?

—Cinco, contando al chico y a ese cretino del dibujante. El dibujante y el chico han entrado con ella.

—Entonces los otros solo son guardias, ¿no? Mejor así.

—Les ha dado una buena tunda —comentó Spencer, y procuró que su tono no sonara admirativo. Pero la verdad era que Arizona era una mujer de armas tomar. Si no hubieran sido tantos, tal vez habría podido escapar.

Jackson se inclinó para mirar hacia la calle y sonrió al ver que uno de los matones se frotaba la bragueta y otro seguía doblado, rodeándose con los brazos. El tercero, por su parte, se encaminó cojeando hacia la parte de atrás del edificio.

—Esa chica tiene una puntería mortal, ¿sabes?

Sí, lo sabía. Una vez le había dado una patada. Antes de empezar a confiar en él. Antes de ir a vivir a su casa.

Antes de entregarse a él.

Consciente de que debía bloquear aquellos pensamientos o se dejaría cegar por la emoción, Spencer sacudió la cabeza.

—¿Dare está vigilando la puerta trasera?

—Sí. Tendrá cubierto al tercer tío. A no ser que tengan un túnel subterráneo, no van a ir a ninguna parte con ella.

El edificio al que la habían llevado era cuadrado, bajo y visible por todos los lados.

Arizona había acompañado su nota con información detallada sobre la zona. Debía de haberse levantado muy temprano para informarse acerca del barrio. En una sola frase se disculpaba con Spencer por no contarle sus planes, y a continuación le decía que, si insistía en meterse en aquello, debía seguir sus instrucciones.

Y eso había hecho él.

—Podría ser un sótano —le sorprendió ser capaz de hablar de manera coherente sintiendo una rabia tan cegadora que le comprimía la garganta.

—Seguramente lo es. Una bodega, al menos, o algo así. Muchos de estos tugurios tienen una —Jackson se mordió el labio inferior y añadió, sorprendiendo a Spencer—: Bueno, ¿qué quieres que hagamos?

—Matarlos a todos.

—¿En serio?

Maldición. Spencer sacudió la cabeza.

—No, al chico no —se frotó los ojos cansados y aceptó la verdad—. Creo que es Quin, el camarero del bar. Arizona... estaba preocupada por él, por eso está aquí. Puede que esté aquí obligado. Y Arizona me pateará el culo si permito que le pase algo.

—¿Y si resulta que nadie le ha obligado a nada?

—Entonces que haga lo que quiera con él.

—Entendido —Jackson mandó un código a Dare y Trace y luego miró por sus prismáticos—. Ah, ya los veo.

Spencer le quitó los prismáticos y vio con alivio que Arizona tenía los ojos abiertos y sonreía malévolamente.

«Gracias a Dios». Sintió una alegría tan intensa que perdió la compostura. No había querido ni pensar en la posibilidad de que no estuviera simplemente aturdida y, ahora que la veía así, tan descarada como siempre, podía respirar un poco más tranquilo.

—Podríamos entrar por la fuerza... —comentó Jackson.

—Pero Arizona podría resultar herida —no sabía si Quin o el dibujante estaban armados—. No, hay que hacerlo bien. Y en su nota nos pedía que respetáramos su criterio.

Jackson rezongó algo incomprensible, pero asintió con un gesto.

—A mí tampoco me hace gracia —Spencer mantuvo la mirada fija en ella, deseando que fuera precavida—. Pero Arizona no creía que fuéramos a dejarla hacer esto sola...

—¡Y no la habríamos dejado!

—Así que este es su modo de probarse a sí misma —o de conseguir el respeto que necesitaba.

El respeto que merecía.

Nunca más intentaría cambiarla.

Se quedaron los dos callados mientras observaban el lugar.

Los idiotas de sus secuestradores la tenían en un colchón fino y estrecho en una habitación que se veía desde de la ventana. Quin merodeaba cerca de ella. Tenía manchas de sangre en la cara, y su nariz, su labio superior y su barbilla estaban amoratados. Seguramente tenía la nariz rota. Joel Pitts estaba de pie al pie del colchón, mirando a Arizona y frotándose las manos.

Menudo capullo.

Spencer bajó los prismáticos y preguntó:

—¿Puedes disparar limpiamente desde aquí?

Jackson, que era un tirador sin igual, se acercó, apuntó con su rifle y dijo:

—Sí —siguió mirando a través de la mira telescópica y luego bajó el rifle—. El caso es que... Esto no va a gustarte, Spencer.

A él le dio un vuelco el corazón. Levantó otra vez los prismáticos.

—¿Qué pasa? ¿Ocurre algo?

—Arizona me está haciendo la señal de esperar.

La tensión se apoderó de Spencer.

—¿Tenéis una puta señal para eso?

Jackson se rascó la oreja.

—Hay una señal para casi todo.

Spencer no podía creerlo.

—Entonces ¿sabe que estamos aquí?

—Es más lista que un lince, así que sí —Jackson sacó su móvil—. Y parece que está despierta, cabreada y decidida a salirse con la suya.

CAPÍTULO 24

Arizona hizo lo posible por ignorar el dolor que sentía en la cabeza. Le palpitaba, le latía, y de vez en cuanto se le encogía el estómago como si fuera a vomitar. Pero, como tenía las manos atadas a la espalda y no había ningún cubo a mano, sería un verdadero asco.

—Creo que me habéis dejado el cerebro hecho papilla.

Al oírla hablar, Joel dio un brinco de alegría y la miró expectante. Exhaló un suspiro de emoción cuando ella se sentó más erguida.

—¡Estás despierta!

—A duras penas, capullo. ¿Se puede saber a qué viene esto, de todos modos?

Él se echó hacia atrás.

—Escucha qué lenguaje. ¿Qué te ocurre?

—¿A mí? —tenía que estar bromeando—. El loco eres tú, chaval.

Luchó por enderezarse un poco más y sintió alivio al comprobar que, aunque tenía las manos atadas, aquellos idiotas no le habían quitado el cuchillo. Notaba la presión de la funda en su espalda y la forma del mango contra sus muñecas.

—Ay, Dios —tenía la sensación de que la cabeza iba a caérsele de los hombros. Miró a su alrededor con los ojos entornados. Parecían tenerlo todo planeado—. ¿Qué has hecho?

—Te he traído a casa. Bueno, a casa no, en realidad. A un sitio donde puedo verte... más —alargó la mano para tocar la parte de arriba de su camiseta.

Arizona lo empujó hacia atrás con los pies.

—¡Fuera esas manos!

Su vehemencia sorprendió a Joel, que se tambaleó hacia atrás, consiguió a duras penas mantener el equilibrio y se frotó la cintura, donde le había golpeado con los talones.

—¿Estás enfadada?

—¿Enfadada? —si tiraba de sus ataduras le dolía más cabeza, pero era lo que se esperaba de ella. Y luego, cuando sacara el cuchillo, no sospecharían nada—. Suéltame y ya verás si estoy enfadada.

—Pero... —sacudió la cabeza, perplejo—. ¿No tienes miedo?

—¿De un muerto? —soltó un bufido—. Por favor...

Él soltó una breve carcajada de sorpresa. Extendió las manos.

—Pero yo no estoy muerto.

—Sí que lo estás, pero eres tan estúpido que todavía no lo sabes —para asegurarse, miró de nuevo hacia la ventana y sacudió de nuevo bruscamente la cabeza. En cuanto había vuelto en sí, había visto el destello del sol, seguramente al reflejarse en unos prismáticos, o en el cañón de un rifle, o en una mira telescópica.

Spencer la había encontrado. Antes de lo que esperaba. ¿Significaba eso que Marla se había ido de la lengua antes de lo previsto? Si era así, significaba que no quería perderla de vista para siempre. Tal vez, aunque no pudiera llamarla «amiga», sí pudiera considerarla una aliada.

—Deberías dejar de forcejear, porque no puedes desatarte las manos. Y ahora que estás despierta, voy a atártelas a la argolla del suelo.

—Ni lo sueñes. Acércate y lo lamentarás.

Él levantó una ceja, intrigado.

—¿Qué vas a hacerme?

—Intenta tocarme y ya lo averiguarás —seguramente Spencer había llevado a Jackson consigo. Y tal vez incluso a los otros dos...

Se le revolvió de nuevo el estómago y tuvo que respirar a toda prisa para no vomitar. Allí cerca, Quin parecía acobardado, silencioso y triste.

Arizona le lanzó una mirada de disculpa y luego decidió ignorarlo. No suponía ningún peligro.

—Mira, Joel... —se detuvo un momento—. Supongo que ese no es tu verdadero nombre.

—Pues sí, lo es.

—Genial —¿cómo era posible que lo hubiera juzgado tan mal?—. No solo eres un psicópata, también eres idiota.

Él entornó los ojos.

—Vas a dejar de insultarme.

—¿Y si no lo hago? ¿Qué vas a hacer, secuestrarme? ¿Pegarme en la cabeza? —miró a su alrededor—. ¿Atarme en una habitación sucia, encima de un colchón infecto?

—¡Cállate!

Arizona dejó escapar un largo suspiro mientras se retorcía otra vez como si intentara soltarse las manos. Casi tenía su cuchillo.

—Bueno, ¿dónde han ido los otros matones?

—Están vigilando.

—¿Fuera? —vaya, eso era... perfecto.

—Sí.

Esbozó una sonrisa satisfecha, pero enseguida la borró de sus labios.

—Escucha, Joel. Si me sueltas ahora, puede que consiga mantenerte con vida, pero si no...

De repente, Pitts se le acercó y le propinó una fuerte bofetada. La cabeza de Arizona giró bruscamente hacia un lado. La sangre comenzó a gotear de su labio. Se la lamió y luego movió la mandíbula.

—¿Sabes qué, Joel? —lo miró de nuevo a los ojos con los párpados entornados—. Ahora espero que de verdad te maten.

Quin respiró hondo, trémulo.

—Ya no es Joel.

Vaya...

—¿Cómo dices?

—Joel es un idiota —dijo... Joel.

Arizona bajó la barbilla, lo miró de nuevo y sintió ganas de gritar de pura frustración. En un aparte le preguntó a Quinto:

—¿Qué es esto? ¿Quién es?

—Soy uno y el mismo —contestó Joel con sorna—, pero más fuerte. No soy tonto. No soy un pintor debilucho y pusilánime.

Ah, por amor de... Lo que le hacía falta. Arizona no pudo evitar reírse. Al ver que el rostro de Pitts se crispaba, se rio aún más.

—Y yo que dudaba de mi intuición y pensaba que la había cagado de verdad... Pero, claro, no sabía que eras de los malos. Porque el Joel al que yo conocí no era de los malos, ¿verdad? Así que, ¿cómo iba a saberlo?

—No podías.

Curiosamente, aquello la hizo sentirse mejor. Al menos ahora sabía que no se había equivocado por completo.

—Entonces... ¿qué eres? —sonrió—. ¿Como Jekyll y Hyde?

—¿Te atreves a reírte de mí? —se lanzó hacia ella rabioso, con los puños cerrados y la cara colorada—. Estás loca.

—Le dijo la sartén al cazo —escupió sangre y agarró con los dedos la empuñadura del cuchillo—. Dios mío, me retumba la cabeza como si tuviera dentro de una banda de música —miró de nuevo hacia la ventana y sacudió la cabeza. Ni Quinto ni Joel le prestaron atención. Supusieron que intentaba despejarse—. Entonces, Joel número dos, ¿sabías que dirigían una red de tráfico de personas?

Se quedó quieto.

—Qué sorpresa, ¿eh? Lo sé todo sobre su pequeño negocio de mierda —fue sacando su cuchillo de la funda poco a poco—. Esos cretinos... Terry y Carl y todos los demás que se dedicaban a vender seres humanos... Ahora mismo se estarán pudriendo en el infierno. Pero tú... Tú conseguiste escapar.

—Sí.

—Entonces, dime, ¿sabías a qué se dedicaban? ¿Sabías que compraban y vendían personas?

—Naturalmente que lo sabía. A fin de cuentas, soy el dueño del local.

Arizona se quedó de una pieza.

—¿Tú, el dueño?

Joel se encogió de hombros.

—Para eso estaba allí Joel. Para reconfortar a las que se escapaban.

Dios santo... Estaba de verdad como una cabra.

—Te refieres a Joel número uno, ¿verdad?

—¡Somos uno y el mismo!

—Pero Joel Dos —repuso ella, haciendo caso omiso de su rabia—, él no las reconfortaba, ¿no?

Esbozó una sonrisa desdeñosa y de pronto pareció muy distinto al dibujante necesitado de cariño.

—Estaban usadas, destrozadas. Sucias. Yo cuidaba de ellas cuando nadie las quería ya.

—Quieres decir que te cebabas en ellas, ¿no es eso?

—Después de pasar un tiempo trabajando, son débiles. Me necesitan —se acercó y la miró con perversidad—. Es fácil aprovecharse de ellas.

Arizona se moría de ganas de lanzarse sobre él. Pero Joel era tan inestable que no sabía qué podía hacer. Podía matar a Quinto antes de que llegaran los otros.

Y Arizona no quería esa muerte sobre su conciencia. El chico ya había sufrido bastante. Así que, en lugar de atacar, siguió hablando con Joel.

—¿Y para qué las quieres? ¿Para violarlas? ¿Para prostituirlas? ¿Para qué? —si conseguía que siguiera hablando, mejorarían mucho sus posibilidades de sobrevivir.

—Claro que no. Eso sería impropio de mí —miró más allá de ella—. Las convierto en... mascotas... como he hecho con Quin.

Al imaginar la vergüenza que habría sentido Quinto al oír aquello, Arizona se apresuró a cortar sus ataduras. Al cortarlas se hizo un poco de daño en las manos con el afilado cuchillo, pero nada grave.

—Pero no es eso lo único que le has hecho a Quin, ¿verdad?

Joel se encogió de hombros como si aquello careciera de importancia.

—Tiene una hermana. O, mejor dicho, yo tengo a su hermana —se rio.

—¿Ah, sí? ¿En serio? —sintió que la cuerda se aflojaba. «Ya casi está»—. ¿Dónde la tienes?

—A la mayoría de las chicas las tengo en mi casa, en el sótano, un sitio fresco y confortable.

—¿Dónde está eso exactamente?

Él ladeó la cabeza.

—¿Sigues maquinando? ¿Sigues pensando que vas a escaparte? —su risa sonó demoníaca—. Idiota.

—Yo sé dónde vive —susurró Quinto con una mirada un poco febril—. Lo sé.

—Sí, pero tu hermana no está allí, ¿verdad, Quin? —Joel se miró una uña sonriendo.

—¿Por qué no? —preguntó Arizona como si no le importara mucho—. ¿La tienes en otra parte? —«¿dónde?».

—La verdad es que estaba en una furgoneta de reparto que debía llegar a la ciudad, pero estando Terry Janes encerrado... —se encogió de hombros—. Ya me enteraré de dónde está, y entonces será mía.

Quinto pareció desinflarse. Arizona, no. Dijo con enorme placer:

—Sí, seguro —lo miró a los ojos. Un minuto más y tendría las manos libres—. Esa furgoneta ya ha sido recuperada.

—No.

—Sí —se volvió hacia Quin—. Todo el mundo está a salvo.

—¿A salvo? —Quin se quedó allí unos segundos. Luego cayó de rodillas a su lado—. ¿Estás segura?

—¡Está mintiendo! —gritó Joel—. No sabe nada de eso.

—Sí, lo sé. Sé toda clase de cosas —a través de la ventana, vio que Spencer saltaba por una pared de cemento medio desmoronada, seguido por Trace. Eso significaba que Dare estaba vigilando la parte de atrás y que Jackson estaba escondido con su rifle de francotirador a punto.

Su prioridad ahora era sacar a Quin de allí sin que resultara herido.

—Todas las personas que iban en esa furgoneta están a salvo... y tú eres hombre muerto.

Joel cerró los puños.

—Nadie va a matarme —dio un paso hacia ella en actitud amenazadora.

Arizona estaba preparada, pero entonces Quin se lanzó hacia delante y se puso en medio.

—¡No!

Que Dios la salvara de los héroes.

—Eh, Quin... ¿Y si te apartas?

Joel respiraba agitadamente, furioso. Se sacó una pequeña pistola del bolsillo.

—Quítate de en medio.

—No puedo —replicó Quin, armándose de valor—. Ya has hecho suficiente daño.

Joel apuntó y Arizona se apresuró a decir:

—Quin, en serio, tío, apártate, ¿de acuerdo?

El chico siguió dándole la espalda y mirando a Joel.

—Lo siento mucho.

—Lo sé. No te preocupes.

Giró la cabeza para mirarla.

—No te entiendo.

—Sí, me suele pasar. Hazme un favor y no te acerques tanto a mí.

Antes de que Quin pudiera apartarse, Joel le golpeó en la sien con la pistola y el chico se tambaleó y cayó de rodillas. Joel lo apartó de una patada.

Arizona lo sintió por Quin, pero no permitió que eso la distrajera. Clavó la mirada en Joel.

—Has sellado tu destino.

—Hablas con mucho descaro para estar atada.

Ya no le dolía la cabeza. No le dolía nada. La furia sofocaba cualquier otra sensación. Le sostuvo la mirada.

—Voy a hacerte pedazos hasta con las manos atadas.

Quin gruñó. Joel le dijo:

—Cállate —pero entonces, demostrando que estaba preocupado, se acercó a la ventana y preguntó—: ¿Te ha seguido alguien? ¿Has traído a amigos para que te ayuden? —vio a sus dos matones montando guardia todavía.

Más tranquilo, regresó junto a Arizona. Cruzó los brazos sin soltar la pistola y sonrió.

—Casi me has convencido de que habías traído a todo un ejército.

—A un ejército, no —aunque, dada su destreza, casi podían serlo—. Bueno, venga, entonces. Veo que tienes ganas de guerra. Veamos qué sabes hacer —aunque mantenía una postura aparentemente relajada, con las manos a la espalda, estaba preparada.

Joel dio un paso hacia ella, indeciso, levantó el puño para golpearla... y Arizona le propinó una fuerte patada en las pelotas. Cuando se echó mano de la entrepierna, le dio otra patada, esta vez en el plexo solar. Joel dejó escapar una especie de silbido y cayó hacia atrás.

Arizona se levantó del colchón en un abrir y cerrar de ojos, sujetando el cuchillo con las dos manos, ahora ensangrentadas.

Histérico al verla libre, Joel se arrastró hacia atrás por el suelo gritando:

—¡Guardias! ¡Venid aquí!

Un matón entró bruscamente por la parte de atrás pistola en mano, pero un instante después el cristal de la ventana trasera se hizo añicos. Como a cámara lenta, el hombre se desplomó hacia delante por la fuerza del impacto de bala. Su pecho se llenó de sangre... y cayó de bruces al suelo.

—Te lo dije —dijo Arizona, satisfecha.

Joel apuntó temblando, pero ella le lanzó una veloz cuchillada a la muñeca. Chilló al soltar la pistola, y la sangre comenzó a chorrear por su brazo. Se puso pálido de asombro y de dolor.

—Dios mío —gimió—. ¿Qué has hecho? —sujetándose la muñeca con lágrimas en los ojos, se recostó contra la pared y se dejó caer lentamente hasta el suelo. La miró con expresión herida—. Dios mío.

«Ah, Joel el dibujante ha vuelto».

Arizona le quitó la pistola al guardia, que gemía, de modo que seguía con vida, y apartó la de Joel de una patada. Al mirar a Quin, vio que la observaba atónito.

—¿Estás bien?

—Sí —asintió con la cabeza—. Sí, estoy bien.

Arizona se puso en cuclillas delante de Joel.

—¿Y tú, colega? ¿Estás bien?

Spencer entró de pronto por la puerta. Iba armado de pies a cabeza, con un chaleco antibalas y la pistola en la mano, dispuesto a todo. Joel chilló otra vez, pero Arizona lo entendió. A fin de cuentas, Spencer era enorme y parecía furioso.

—Caray —dijo—. ¿Has visto eso? —le dijo a Joel.

Spencer se paró en seco al verla delante de Joel. Comenzó a respirar agitadamente. Ella se levantó despacio. Se sentía... en fin, casi violenta. Señaló con la cabeza su cinturón cargado de munición.

—Parece que has venido con todo el equipo. ¿Esperabas problemas?

Él inspeccionó la habitación con la mirada, se fijó en Quinto y en el guardia caído. Volvió a clavar la mirada en la cara de Arizona, la recorrió de pies a cabeza con los ojos y, entornando los párpados, comenzó a avanzar hacia ella.

—Hay otras mujeres —balbució ella—. En su casa. Quinto sabe dónde está.

Spencer se detuvo otra vez. Quin asintió rápidamente. Ella señaló a Joel con el cuchillo manchado de sangre.

—Está... Bueno, está loco. Totalmente chiflado —hizo una mueca—. No puedes matarlo.

—No iba a hacerlo.

—Ah. Bueno... mejor.

—He supuesto que, si lo querías muerto, tú misma te encargarías de ello.

—Eh, sí, lo habría hecho —¿hablaba en serio? ¿De veras confiaba en ella hasta ese punto? Pensando en eso, dijo—: ¿Puedes decirles a los demás que tampoco maten a nadie? Porque sería un engorro y...

Spencer se acercó a ella de una zancada y la estrechó entre sus brazos.

—¡Estoy hecha un asco! —protestó Arizona.

—Eres mía —contestó él.

«De acuerdo, espera un momento». Respiró hondo para preguntarle qué demonios había querido decir con eso, pero él la abrazó con fuerza, con tanta fuerza que ella apenas pudo respirar, y menos aún hablar.

—¿Has desarmado a ese matón? —preguntó Spencer en voz baja.

—Sí —contestó ella con voz aguda.

—¿El chalado no está armado? —besó su sien, su oreja.

—También le he quitado la pistola.

Él comenzó a acariciarle la espalda y volvió a apretarla.

—¿Y el otro no es ningún peligro?

Ella negó con la cabeza.

En ese momento, entró Jackson. Iba vestido igual que Spencer. Su presencia en el pequeño edificio significaba que ya habían reducido a los guardias. Al verlos, puso los ojos en blanco.

—Bueno, ¿qué hacemos aquí?

Spencer soltó a Arizona, tomó su cara entre las manos y le alisó el pelo.

—¿Tienes una conmoción cerebral?

—Eh... seguramente —reconoció ella—. Casi me desmayo al veros, y tengo un dolor de cabeza de mil demonios.

Él gruñó y la besó en la frente.

—¿Qué quieres que hagan? Dímelo rápido para que pueda llevarte al hospital.

—¿Al hospital? —pero ella no quería ir al hospital. Tenía que ir a casa de Joel, necesitaba liberar a las que mantenía cautivas. Tenía que...

—Shh. Dime qué quieres que hagamos, cariño. Tú mandas. Lo entiendo.

—¿Sí?

—Aprendo rápido —la miró con reproche—.Y la intención de tu nota estaba clarísima.

Ay, Dios. Sí, había querido que aquello fuera una declaración de intenciones: estaba disponible si él la quería, pero no podía, ni quería, cambiar por completo su psique. Era como era, tenía una fuerte personalidad a la que habían dado forma sus experiencias, y una voluntad aún más fuerte. Intentaría refrenar su tendencia a resolver los problemas por sí sola, pero jamás podría ser una simple observadora.

—Yo, eh... —se aclaró la garganta—. Si estás interesado, tal vez podamos llegar a un acuerdo.

—Cada cosa a su tiempo, cariño —Spencer le dedicó una sonrisa tierna—. La policía viene para acá, y también una ambulancia. Me estoy refrenando a duras penas, así que vamos a ir al hospital, ¿de acuerdo?

Buscando un poco de consejo, miró a Jackson, pero él ya se había quitado la camisa para envolver con ella el brazo de Joel.

—¿Dónde están los chicos?

—Esperando instrucciones —Jackson la miró—. Pero imagino que no quieres que este tipo se desangre.

Joel parecía a punto de desmayarse. Arizona le hizo a Jackson señas de que continuara y se volvió hacia Spencer.

Maldición, ¿por qué se sentía tímida? No sabía qué significaba todo aquello, y odiaba sentirse insegura. Se apartó el pelo de la cara... y Spencer contuvo bruscamente la respiración.

—Dios mío —la agarró de las manos y se las levantó para verlas más de cerca.

La sangre que le había chorreado desde las muñecas se le había metido entre los dedos y debajo de las uñas.

—Son cortes superficiales, no te preocupes —dijo—. Me he cortado un poco al liberarme —no sabía qué hacer con sus manos manchadas de sangre, pero Spencer siguió el ejemplo de

Jackson y se quitó la camiseta. La rasgó limpiamente por la mitad con poco esfuerzo.

Arizona se quedó mirando su chaleco antibalas, sujeto con anchas bandas de velcro justo por debajo de sus pectorales y encima de sus abdominales.

—Trace se empeñó en que me lo pusiera —explicó él—. Yo tenía otras cosas en la cabeza.

—¿Sí? ¿Como cuales? —esperó, esperanzada.

Él alisó las tiras de algodón alrededor de su muñeca izquierda y la palma de su mano.

—Encontrarte —le levantó la otra mano y añadió con voz ronca—. No podía pensar en otra cosa.

¿Le había asustado? Por supuesto que sí. Spencer se preocupaba por todo el mundo, y había intentando mantenerla a salvo desde el día en que se habían conocido.

—Perdona.

—Estás perdonada —acabó de vendarle las manos cuando comenzaron a oír las sirenas de la policía—. ¿Y ahora qué?

Arizona se volvió y vio a Quinto apoyado en la pared con los ojos cerrados.

—Tiene que comer —le dijo a Spencer—. Y necesita ver a su hermana. Y descansar. Y...

Trace le puso una mano sobre el hombro.

—Yo me encargo de eso.

Ella se sobresaltó. No lo había oído entrar.

Tras mirarla a los ojos, él le apretó el hombro.

—Lo has hecho bien, Arizona, pero hasta los mejores soldados saben cuándo retirarse.

Ella se puso colorada y masculló:

—Yo no soy un soldado.

—No, pero eres muy tenaz, intuitiva y capaz —se inclinó para darle un beso en la frente—. Bueno, ¿qué te parece si ahora acabas con el sufrimiento de Spencer y te sientas hasta que llegue la ambulancia?

¿Acabar con su sufrimiento? Miró la cara de Spencer y arrugó el ceño. Sí, parecía muy angustiado. Y era culpa suya.

Jackson dijo sin mirar atrás:

—Te está ofreciendo el respeto que mereces, muñeca. Sé buena y acéptalo.

—Dejadla los dos en paz —cada vez más irritado, Spencer la rodeó con el brazo—. Vamos, voy a llevarte fuera para que tomes un poco el aire. Esperaremos allí a la ambulancia.

—Sí, de acuerdo —fue con él voluntariamente, intentando no hacer muecas de dolor—. Me siento hecha un asco.

Él comenzó a decir algo, pero entonces salieron a la calle, donde cada vez se iba congregando más gente, entre policías y vecinos. Los paramédicos entraron a toda prisa para atender a Joel y al hombre al que había disparado Dare. Otros se hicieron cargo de ella y, tras examinarla rápidamente, insistieron en que fuera al hospital.

—Genial —masculló, enfadada.

Spencer se inclinó para besarla en la frente.

—Yo voy contigo. No vas a volver a librarte de mí.

Aquello la dejó tan confusa que no se quejó mientras la subían a la ambulancia para llevarla al hospital.

CAPÍTULO 25

Spencer estaba sentado en una silla de plástico, con el café enfriándose delante de él y Jackson paseándose a su alrededor de un lado para otro.

Dare y Trace estaban ocupados zanjando el asunto de Quin y Joel, porque ellos habían insistido, y ni siquiera el agente de la policía al mando había intentado disuadirles. Supuestamente mantenían un perfil bajo, pero tenían tanto poder que siempre se aseguraban de que las cosas se hicieran conforme a su criterio. Y ahora Spencer formaba parte de todo eso.

Y ellos querían que formara parte de su grupo. Tendría que mudarse para mantener el anonimato, empezar de cero y enterrar el pasado para siempre.

Seguir adelante con su vida.

Seguir adelante con Arizona... si ella lo aceptaba.

Se frotó la cara. Hacía apenas una hora que se la habían llevado (el tiempo justo para que la examinaran y le hicieran unas pruebas), pero aun así estaba preocupado.

Conociéndola, era capaz de escabullirse. Otra vez.

Podía negarse a recibir tratamiento médico. No era tonta, pero parecía creer que era invencible. O prescindible.

Podía...

—Para de una vez, maldita sea —gruñó Jackson—. Me estás poniendo nervioso.

Spencer lo miró con las cejas levantadas.

—No he hecho nada.
—No paras de darle vueltas a la cabeza —Jackson se dejó caer a su lado con expresión de enfado—. Cielo santo, ¿por qué tardan tanto?

Spencer lo miró con fastidio.

—Vas a pasarlo fatal cuando Alani dé a luz. Lo sabes, ¿verdad?

—Cállate —se puso a pasear otra vez.

Spencer se unió a él.

—Si fuera un tío... —dijo Jackson.

Spencer se rio.

—Entonces yo posiblemente no estaría aquí.

—Bueno... sí —sonrió de repente—. Ha demostrado lo que vale, ¿eh?

—Creo que eso es lo que pretendía.

—Detesto que Chris tenga razón —Jackson se metió las manos en los bolsillos—. No va a parar de recordárnoslo.

Spencer hizo giros con los hombros. Seguía sintiendo el deseo de destrozar a Joel, pero más aún quería demostrarle a Arizona lo importante que era para él.

—¿Qué vamos a hacer? —preguntó Jackson.

¿Vamos?

—Quiero recuperarla —dijo Spencer, enfrascado en sus pensamientos.

—¿En serio?

—Voy a recuperarla —afirmó, desafiándolo con una mirada—. Y voy a quedarme con ella —Dios, hablaba como si ella fuera una mascota. Miró a Jackson y añadió—: La quiero.

—¿Y se supone que tengo que sorprenderme?

Spencer se encogió de hombros. Para él sí era una sorpresa.

—Solo lo digo.

—Sí, pero ¿por qué me lo dices a mí?

—Y yo qué sé —masculló, y se frotó la cara otra vez—. Solo podemos confiar en saber siempre dónde está y qué hace. Si intentamos que lo deje...

—Volverá a meterse en otro lío —Jackson se acercó a mirar por la ventana, desde la que solo se veía el aparcamiento—. Sola.

Spencer no soportaba pensarlo.

—Por lo menos, si trabaja contigo, y no me refiero a trabajo de ordenador, puedo colaborar con ella. De todos modos, es lo que quiere —que fueran compañeros en más de un sentido, aunque tal vez Arizona aún no lo supiera.

Jackson levantó una ceja.

—¿Te lo ha dicho ella?

—Sí —hacía algún tiempo, cuando él era demasiado arrogante para escucharla, cuando creía que podía ayudarla de algún modo y luego sacarla de su vida—. Así podremos vigilarla. Sabremos qué hace.

Jackson asintió con un gesto y dijo en voz baja:

—No volverá a salirse del radar.

Comprendiendo que no tenía alternativa, Spencer respiró hondo.

—Es la única solución, porque no creo que Arizona sea capaz de adoptar un papel pasivo.

—No puede, como no puedo yo —repuso Jackson, y añadió—: Ninguno de nosotros.

—De eso se trata.

—En fin... supongo que ya está decidido.

A Spencer le sorprendió que accediera tan rápidamente.

—¿No tienes que hablarlo con Dare y Trace?

Jackson se rio.

—No. Solo estaban esperando a que tú y yo nos resignáramos y lo aceptáramos. Han llegado a la misma conclusión que tú: tenemos que mantenerla cerca, trabajar con ella...

—Aceptarla y quererla —Spencer sonrió—. Y eso pienso hacer.

Salió el doctor a saludarles, y aunque parecía cansado, sonreía. Sí, Arizona surtía ese efecto.

Era una mujer excitante, impredecible, sexy y preciosa.

Y aunque ella aún no lo supiera, era suya.

Cuando Spencer apartó la cortina, Arizona se había puesto los vaqueros pero aún no se los había abrochado. Arrugó la nariz, mirándolo.

—Estos estúpidos vendajes de las manos... Le he dicho al médico que no hacían falta, pero no me ha hecho caso.

Sin decir palabra, Spencer le apartó las manos y le abrochó los pantalones. Luego le alisó la camiseta.

—Estarás perfectamente para la boda de Jackson.

—Sí, claro. Ya te dije que eran cortes superficiales —se encogió de hombros—. Nada del otro mundo.

Spencer tomó su cara entre las manos y se inclinó para besarla.

Con ternura.

Sin prisas.

Fue muy agradable. Pero, en cuanto dejó de besarla, ella preguntó:

—Bueno, ¿qué ha pasado? ¿Qué me he perdido?

—Jackson está esperando para hablar contigo, pero yo quería entrar primero. Se ha puesto histérico mientras esperábamos para saber si estabas bien.

—Pfff —no se imaginaba al duro de Jackson preocupado—. Claro que estoy bien.

—Dare y Trace están haciendo lo que mejor se les da. Se han hecho cargo de todo. Van a asegurarse de que Joel no escape de esta y siga haciendo daño, ya han liberado a las mujeres de su casa y van a reunir a Quinto con su hermana.

—Ahhh... Ojalá pudiera verlo.

—Tengo entendido que Quinto está mucho mejor ahora que sabe que su hermana está bien. Está en mejor forma que tú, eso seguro —dobló las rodillas para mirarla a los ojos—. ¿Cómo te encuentras?

—Descuida, sobreviviré.

Muy serio, Spencer pasó la mano por su cabeza y la posó de nuevo en su mejilla.

—Eres una superviviente, ¿verdad? —acarició su piel con el pulgar—. Pero ¿cómo te encuentras? ¿Todavía te duele la cabeza?

—Es soportable —de pronto sentía una especie de nudo en la garganta. No sabía adónde quería ir a parar Spencer, en caso de que quisiera ir a parar a alguna parte—. ¿Te has quedado para llevarme a casa? —preguntó, indecisa.

—Si por «casa» te refieres a la mía, sí. Vas a venir conmigo, ¿verdad?

Seguía mirándola a los ojos y sujetando su cara, muy serio y atento.

—Yo... eh...

—El médico ha dicho que hay que vigilarte unas horas, por si te mareas o empiezas a vomitar —la besó otra vez—. Necesitas alguien que cuide de ti, Arizona, para que no hagas demasiados esfuerzos. Deja que sea yo esa persona.

Ella sintió que se le aflojaban las rodillas al verlo tan tierno.

—Sí, de acuerdo, como quieras. Si quieres hacer de enfermero, por mí no hay...

Un beso más largo y dulce acalló su respuesta. Cuando Spencer levantó la cabeza, ella sintió que se tambaleaba. «Contrólate, Arizona». Se aclaró la voz, cada vez más confusa y aturdida.

—Yo...

—Voy a vender mi casa.

—¿Qué?

En lugar de explicárselo, la apretó contra su pecho.

—He aceptado la oferta de trabajo. ¿Te parece bien?

Ella dio un brinco de alegría, e hizo una mueca de dolor.

—Ay, maldita sea —se llevó una mano a la cabeza y lo apartó un poco—. Sí, claro que me parece bien. Pero qué digo, estoy encantada —se frotó las sienes.

Spencer la agarró de la muñeca y la condujo a la cama para que se sentara.

—¿Quieres que seamos compañeros?

Lo miró, atónita. Menos mal que la había hecho sentarse antes de soltar la bomba.

—¿Cómo dices?

—Voy a aceptar el trabajo con una condición: que tú trabajes conmigo. Y voy a vender la casa porque me conocen demasiado en el barrio. Demasiadas pistas que conducen a demasiados detalles sobre mi vida.

—Ah... pues sí, puede ser —pero ¿su casa? Le encantaba aquella casa. Incluso le encantaba a ella—. Pero todas las cosas de tu mujer... Quiero decir que era vuestra casa...

—Shh —besó su frente y el puente de su nariz—. He pensado que podemos comprar cosas nuevas y ponerlas en una casa nueva. Nuestra casa.

A ella le dio un vuelco el estómago.

—¿Nuestra...? —movió un dedo entre ella y él—. ¿Te refieres a nosotros?

Spencer asintió firmemente con la cabeza.

—Sí, a nosotros. A ti y a mí. Compañeros —se metió entre sus piernas y la apretó contra su pecho.

Parecía sentir la necesidad de tenerla muy cerca.

—Me encantan todas las cosas que puso tu mujer en esa casa para que fuera un hogar.

—Te quiero, Arizona.

«Caramba». Luchó por desasirse de sus brazos y mirarlo.

—¿A ti también te han dado un golpe en la cabeza?

—No. Me desperté y te habías ido, y supe que había sido un idiota. Pero la verdad es que ya lo sabía antes. Me di cuenta de que había estado intentando... —apretó la boca, enfadado consigo mismo—. Quería ayudarte a superar el pasado.

—Sí, y lo has hecho. He hecho un montón de progresos. Si no fuera por el golpe en la cabeza, creo que ahora mismo podría saltar un edificio de varias plantas de un solo brinco.

Él no se rio.

—Si decidieras hacerlo, estoy seguro de que encontrarías la manera.

—Era una broma, Spence.

Él sonrió.

—Debes de sentirte más garbosa, porque vuelves a llamarme «Spence».

—¿Garbosa? —entornó los ojos, pero no mucho porque le dolía.

Spencer sonrió más aún.

—Eres preciosa.

—Y tú te estás portando de una forma muy rara —¿de veras había dicho que la quería? A lo mejor se refería a que la quería igual que Jackson. Solo que Jackson no se había acostado con ella. Jackson no la había hecho derretirse de placer. Jackson no había...

—Te quiero, Arizona. Quiero estar contigo.

—Te refieres a que seamos... compañeros de trabajo, ¿no? —porque la verdad era que nada de aquello tenía mucho sentido. Pero ella estaba deseando trabajar con los chicos. Sería un sueño hecho realidad.

—Y amantes.

Si Spencer no hubiera estado sujetándola, tal vez se habría caído al suelo.

—¿En serio? ¡Sería alucinante! Tenía esperanzas, pero no quería presionarte... Y luego tuve que meterme en este asunto con Quinto, y pensé que pasarías de mí, ¿sabes? Pero si tú...

Le tapó la boca con la mano.

—Trabajemos con el trío dinámico o no, quiero que seamos compañeros.

—Y acostarte conmigo —le recordó ella.

Él asintió con un gesto y añadió:

—En la salud y la enfermedad.

A ella le brillaron los ojos. Imposible. Aquello sonaba a... proposición matrimonial. Soltó una risilla nerviosa.

—¿Significa eso que...?

Spencer le levantó la barbilla, se inclinó y la besó una vez más.

—Pensaba que eras demasiado joven para mí.

Soltó un bufido.

—¡Qué tontería!

Otro beso, y Spencer se echó a reír.

—Dios, te necesito, Arizona. No, no eres demasiado joven. Eres perfecta. Para mí. Y te quiero.

¡Ya estaba otra vez! Y lo decía como si fuera verdad, y no en el mismo sentido que se lo decía Jackson.

—No estaba segura...

—Yo sí. Muy seguro —la rodeó con sus brazos y ella aspiró su delicioso olor—. Creía que quería ayudarte a superar un pasado tan trágico que me partía el corazón.

—¡Y me has ayudado! Lo he superado. Casi todo, por lo menos. Sigo teniendo pesadillas, pero seguramente las tendré siempre.

—Pero, de ahora en adelante, no estarás sola cuando las tengas, porque estarás conmigo.

—Ah. De acuerdo —sí, el pasado la había cambiado para siempre, pero ya no se sentía herida, no si... Lo miró—. ¿Me aceptas tal y como soy?

—Te quiero tal y como eres. Espero que empieces a ser más precavida, pero...

—¡Siempre soy precavida!

La miró con severidad.

—Se acabó el dejarme notas. Y el escabullirte sin mí.

—Bueno, en cuanto a eso, tuve que hacerlo. Necesitaba que vieras que sabía valerme sola.

—Me lo imaginaba. Eres una mujer destinada a defender a los demás. Y estuviste asombrosa.

Ella no pudo refrenar una sonrisa, aunque le doliera más aún la cabeza.

—¿Sí?

Spencer suspiró con tierna exasperación.

—Lo que intento decirte es que pensaba que podía ayudarte, y en vez de eso me has ayudado tú a mí. Me has hecho salir del pasado. Ahora solo veo el futuro.

Ella se estremeció de placer y chilló:

—¿Conmigo?

—Hoy, mañana y el resto de nuestras vidas.

—Eso sería... alucinante.

Él sonrió lentamente.

—¿Tú crees?

—Sí, porque, ya sabes, yo también te quiero de verdad.

La sonrisa de Spencer se hizo más amplia. Ella también sonrió, porque ahora que lo había dicho se sentía totalmente... libre.

Spencer posó la mano suavemente en su nuca y la besó.
—Venga, cariño. Vámonos a casa.

Apoyado contra la pared, con Dare a su lado, Spencer vio como Arizona sostenía en brazos al diminuto recién nacido. Lo miraba asombrada, y estaba increíblemente tierna. Como una mujer.

Su mujer.

Iba a ser la mejor tía del mundo.

—Es preciosa, Jackson.

Jackson estaba sentado junto a Arizona, rodeándola con el brazo, mientras su hijita se agarraba a su pulgar con la manita.

—Y además huele de maravilla, ¿verdad que sí?

Arizona acercó la nariz al pelo suave y rubio del bebé y aspiró.

—Umm... Sí, huele de maravilla —acunó al bebé—. Si te embotelláramos, niña, ganaríamos una fortuna.

Jackson sonrió.

—Se parece a Alani.

Detrás del sofá, Trace se inclinaba para contemplar embobado al nuevo miembro de la familia. Alani, que acababa de amamantar al bebé, estaba en la otra habitación con Molly y Priss, abriendo más regalos.

Chris entró, recién salido de la ducha. Se puso una camiseta limpia y se acercó a Arizona.

—Tienes instinto de madre, Arizona.

Ella sonrió, pero al volverse hacia él preguntó:

—¿Hiciste averiguaciones sobre el dueño del salón de masajes?

—Sí. Dare dice que merece la pena investigarlo —tocó los pies de la niña—. Trabajo forzado, como mínimo, pero posiblemente también tráfico de personas, teniendo en cuenta los contactos del dueño.

—Me pasaré por allí para echar un vistazo —añadió Trace—, a ver si consigo pruebas de primera mano.

—¿Cómo piensas conseguir pruebas en un salón de masajes? —preguntó Jackson—. ¿Vas a pagar por un «final feliz»?

—Yo ya tengo mi final feliz, capullo.

—Ay, muy bonito. No quieres que diga tacos delante de Alani, pero tú sí puedes decirlos delante de mi hija.

—Es demasiado pequeña para entenderlos.

El bebé se estiró, y Arizona dijo con voz dulce:

—Ayyyy —luego miró a Trace—. ¿Me avisarás cuando sepas algo?

Trace le dio un pellizco en la punta de la nariz.

—Serás la primera en saberlo.

—Gracias.

Dare dio un codazo a Spencer, que se había quedado absorto.

—¿Te están entrando ganas de tener un bebé?

Estaba tan contento, era tan feliz, que casi le daba miedo. Arizona y él iban a mudarse a su nueva casa, recién construida, esa misma semana. Ella tenía montones de fotos de familia listas para decorar las paredes.

De momento, su acuerdo de trabajo era perfecto. Se preocupaba cada vez que ella iba detrás de un criminal, pero Arizona le hacía feliz, y era buena en su oficio. Realmente buena.

Ahora que la habían aceptado, trabajaba coordinándose con los demás, lo cual reducía mucho los riesgos. Y solo había tenido un par de pesadillas, que se habían disipado rápidamente después de hacer el amor.

Así que Spencer dijo de todo corazón:

—Lo que quiera Arizona.

Dare sonrió.

—Con esa actitud, seguro que te metes en líos.

Gracias a aquella actitud había conseguido todo lo que quería. Y lo que quería, lo que había querido siempre, era a Arizona.

Últimos títulos publicados en Top Novel

Los Montford – CANDACE CAMP
Tentando a la suerte – SUZANNE BROCKMANN
De repente, un verano – ROBYN CARR
Empezar de nuevo – ISABEL KEATS
Una luz en el mar – SUSAN WIGGS
Los Mackenzie – LINDA HOWARD
Una rosa en la tormenta – BRENDA JOYCE
Sabor a peligro – LORI FOSTER
Entre las azucenas olvidado – GEMA SAMARO
Cierra los ojos… – SUSAN WIGGS
Más allá del odio – DIANA PALMER
Historias nocturnas – NORA ROBERTS
Vacaciones al amor – ISABEL KEATS
Afterburn/Aftershock – SYLVIA DAY
Las reglas del juego – ANNA CASANOVAS
Luz de luna – ROBYN CARR
Cautivar a un dragón – LIS HALEY
Damas y libertinos – STEPHANIE LAURENS
Spanish lady – CLAUDIA VELASCO
Mi alma gemela (Mo anam cara) – CAROLINE MARCH
Corazones errantes – SUSAN WIGGS
Cuando no se olvida – ANNA CASANOVAS
Luces de invierno – ROBYN CARR
Nada más verte/Nunca es tarde – ISABEL KEATS
Amor en cadena – LORRAINE COCÓ
Una rosa en la batalla – BRENDA JOYCE

www.ingramcontent.com/pod-product-compliance
Lightning Source LLC
LaVergne TN
LVHW030334070526
838199LV00067B/6270